U0096274

人民共和國文化與文學叢書

八　編

李　怡　主編

第 **15** 冊

新疆多民族文學題材類型研究（1949～1966）

李　煒　著

花木蘭文化事業有限公司

國家圖書館出版品預行編目資料

新疆多民族文學題材類型研究（1949～1966）／李煒 著--
初版 -- 新北市：花木蘭文化事業有限公司，2020〔民109〕
目 2+228 面；19×26 公分
（人民共和國文化與文學叢書 八編；第15冊）
ISBN 978-986-518-224-3（精裝）
1. 地方文學 2. 中國文學 3. 文學評論 4. 新疆維吾爾自治區
820.8   109010914

特邀編委（以姓氏筆畫為序）：

ISBN-978-986-518-224-3

吳義勤　孟繁華　張 檸
張志忠　張清華　陳思和
陳曉明　程光煒　劉福春
（臺灣）宋如珊
（日本）岩佐昌暲
（新西蘭）王一燕
（澳大利亞）鄭 怡

人民共和國文化與文學叢書
八 編　第十五冊　　　　　　　ISBN：978-986-518-224-3

新疆多民族文學題材類型研究（1949～1966）

作　　者　李 煒
主　　編　李 怡
企　　劃　四川大學中國詩歌研究院
總 編 輯　杜潔祥
副總編輯　楊嘉樂
編　　輯　許郁翎、張雅淋　美術編輯　陳逸婷
印　　刷　普羅文化出版廣告事業
出　　版　花木蘭文化事業有限公司
發 行 人　高小娟
聯絡地址　235 新北市中和區中安街七二號十三樓
　　　　　電話：02-2923-1455／傳真：02-2923-1452
網　　址　http://www.huamulan.tw 信箱 hml 810518@gmail.com
初　　版　2020 年 9 月
全書字數　206386 字
定　　價　八編 18 冊（精裝）台幣 55,000 元

新疆多民族文學題材類型研究（1949～1966）

李煒　著

作者簡介

李煒，畢業於暨南大學文學院，獲文藝學博士學位，現為太原理工大學文法學院漢語國際教育專業教師，目前主要從事現當代文學、文藝理論、漢語國際教育及來華留學生教學和研究。研究方向為文藝美學、現當代文藝思潮、漢語國際教育及來華留學生教育。主持各級別社會科學基金項目六項、山西省大學精品課程重點建設項目，榮獲 2018 年度山西省「模範教師」稱號。

提　　要

　　本文的研究對象為 1949 ～ 1966 年間新疆多民族文學的題材類型。本文將十七年時期的新疆多民族文學作為切塊，放置於中國民族文學建構的整體歷史中加以觀察，既從中國文學看新疆多民族文學，也從新疆多民族文學來反觀中國文學。在這種互相觀照的研究中，試圖揭示十七年時期新疆多民族文學與中國文學之間的種種關係，以及多元一體的中國文學的豐富性與複雜性。

　　第一章首先梳理題材與十七年時期之間的關係，並在此基礎上將這一時期新疆多民族文學的題材類型放置於中國文學的語境中，對比分析新疆多民族文學題材類型的獨特性。第二、三、四章抽取十七年時期新疆多民族文學中的三大典型題材類型，即農業合作化題材、政治抒情題材和革命歷史題材進行具體的比較分析。在對比分析十七年時期新疆各民族文學、中國主流文學、其他民族文學同一題材作品的基礎上，進一步對比分析作者的身份流變、創作環境，以及作品的生產機制、生成環境、創作風格、表現手法、敘事特徵等，力圖展現多元一體的中國文學的豐富性與複雜性。第五章主要結合作家與評論家訪談來探討十七年時期新疆多民族文學的生產，具體從文學期刊、作家培養和文學翻譯三個角度來看這一時期的文學生產狀況及其所展現出的價值與缺陷。

　　最後根據以上的對照分析及作品細讀，對十七年時期新疆多民族文學的建構進行總體概括，並進行價值評判，得出其中的經驗與教訓，以期為跨地域、多民族、多文化的當代中國文學研究做出一定的補充。本文的結論是中國當代文學是中華民族多元一體的文學，我們應當衝破文化壁壘、尊重各民族文學與文化，促進富於生命力的異質同構的中國文學及中華民族共同體的建構。

全球化時代如何討論當下的文學問題
——《人民共和國文化與文學》第八編引言

李　怡

　　我們常常說，這是一個「全球化的時代」，也就是說，對當下文學的討論，「全球化」是一個不可回避的語境。但是「全球化語境下的中國當代文學」這個題目所包含的意蘊以及它所昭示的學術立場本身就是意味深長的。我覺得，在我們積極地研究當下文學自身成就的同時，適當的反顧一下我們已經採取或者可能會採取的立場，也不失為一種新的推進方式。「全球化」是新世紀中國學術的一個重大課題，「中國當下的文學」雖然已經闡述了多年，但在今天的「新世紀」或者說「新時代」的時間段落中，無疑也具有了特殊的意義。只是，如果我們竭力將這些關鍵詞置放在一起，其相互的意義鏈接就變得有點曲曲折折了。

　　從表面上看，「全球化」與「中國當下」，這是一個普遍性的時間和一個特殊空間的問題。我們常常在說「全球化時代」如何如何，這也就是說我們正在經歷一個正在怎麼「化」的過程，這是一個時間的過程。「全球化語境中的中國文學」，似乎應當考慮的是一個局部空間的文學現象如何適應更有普遍意義的時代發展的要求，當然，關於這方面的話題我們可以談出許多。例如全球化時代的經濟一體化進程與民族文化矛盾對於不同民族文化交流與融合的影響，而這種文化的衝突與融合對於文學藝術的創造又取著怎樣的關係，接踵而來的另一個直接問題就是：中國當下的文學，這一目前可能民族性呼聲很高的區域文學如何在呼應「全球化」時代的主體精神的同時保持自己真正的有價值的個性？近 40 年來的學術史上，關於這樣的「時代要求」與民族

國家關係的討論曾經也熱烈地進行過，那就是上一個世紀 80 年代中期的「走向世界」，當時，人們通過重述歌德與恩格斯關於「世界文學」時代到來的論斷，力圖將中國文學納入到「世界文學」時代的統一進程當中，因為這樣一來，我們就可以有力地走出地域空間的封閉而更多地呼應世界性的時代思潮了。

那麼，「全球化」的提出與當年的「走向世界」有什麼不同，它又可能賦予我們文學研究什麼樣的新意呢？在我看來，當年的「走向世界」思潮與其說是關於文學的理性的分析，毋寧說是一種文學呼喚的激情，一種向所有的文學工作者吹響的進軍的號角，除了面對啟蒙目標的偉大衝動外，關於文學特別是文學研究的新的理性評判系統並沒有建立起來，而啟蒙本身的意義也常常被闡述得籠統而模糊。所謂「全球化語境」，其實是為我們的文學特別是文學的研究提供了一個比較完整的新的思考的框架。例如作為人類精神發展基礎的「經濟」的框架：當前全球經濟一體化的過程對於文化與文學究竟會產生怎樣的影響？一個民族國家（諸如中國）的精神創造是如何回應或如何反抗這樣的「同一」過程的？而經濟制度本身又如何對精神生產形成制約或推動？這些思路從宏觀上看將與目前熱烈進行的「現代性」問題的討論相互聯繫，與所謂世俗現代性／審美現代性的分合問題相互聯繫，從而在文學的「內」、「外」結合部位完成細節的展開。顯然，這比過去籠統的「經濟基礎決定上層建築」或者「文學發展與經濟發展的不平衡原則」要具體而充實。從微觀上看，今天我們所討論的「民族國家文學」問題本身就聯繫著「一帶一路」這樣經濟的事實，我們似乎沒有必要將民族國家文學的發展局限在知識分子書齋活動之中，這裡所產生的可能是一個更具有深遠意義的「文化審視」問題——不僅當下中國的人們有了重新自我審視的機會，而且其他地方的人也有了深入審視中國的可能，其實文學的繁榮不就是同時貢獻了多重的視線與眼光嗎？或許正是在這個意義上，我以為，新世的「全球化」思維具有了比 80 年代「走向世界」思維更多的優勢。

但是，「全球化」思維又並非就可以敞開我們今天可以感知到一切問題，我甚至發現，在關於文學發展的一個基本的困惑點上，它卻與「走向世界」時代所面對的爭論大同小異了，這個困惑就是我們究竟當如何在「或世界或民族」之間作出選擇，或者說全球化時代的文學普遍意義與民族文學、地區文學之間的矛盾是否還存在，如果存在，我們又當如何解決？無論我們目前

的議論如何竭力「消解」所謂二元對立的思維，其實在學術界討論「全球化」與「民族性」的複雜關係時，我們都彷彿見到了當年世界性與民族性爭論時的熱烈，甚至，其基本的思維出發點也大約相似：全球化時代與世界化時代都代表了更廣大的普遍的時代形象，而中國則是一個局部的空間範圍。這兩個概念的連接，顯然包含著一系列的空間開放與地域融合的問題，也就是說「中國」這個有限空間的韻律應該如何更好地匯入時代性的「合奏」，我們既需要「合奏」，又還要在「合奏」中聽見不同的聲部與樂器！這裡有一個十分重要的理論假定：即最終決定文化發展的是時間，是時間的流動推動了空間內部的變化──應當說，這是我們到目前為止的社會史與文學史都十分習慣的一種思維方式，即我們都是在時代思潮的流變中來探求具體的空間（地域）範圍的變化，首先是出現了時間意義的變革，然後才貫注到了不同的空間意義上，空間似乎就是時間的承載之物，而時間才是運動變化的根本源泉，我們的歷史就是時間不斷在空間上劃出的道道痕跡。例如我們已經讀過的文學史總先得有一章「五四新文化運動的發生」，然後才是「五四在北京」、「五四在上海」或者「五四新文化運動在詩歌領域裡引發的革命」、「在小說領域裡產生的推動」、「在戲劇中的反映」等等。這固然是合理的，但從另一方面來說，它所體現的也就是牛頓式的時空觀念：將時間與空間分割開來，並將其各自絕對化。在這一問題上，愛因斯坦的「相對論」是從打破時空絕對性的立場深化了我們對於時間、空間及其相互關係的認識。在這方面，被譽為繼愛因斯坦之後最偉大的科學家的史蒂芬·霍金有過一個深刻的論述：

> 相對論迫使我們從根本上改變了對時間和空間的觀念。我們必須接受的觀念是：時間不能完全脫離和獨立於空間，而必須和空間結合在一起形成所謂的時空的客體。〔註1〕

這是不是可以啟發我們，在所有「時代思潮」所推動的空間變革之中，其實都包含了空間自我變化的意義。在這個時候，時間的變革不僅不是與空間的變化相分離的，而且常常就是空間變化的某種表現。中國現當代文學決不僅僅是西方「現代性」思潮衝擊與裹挾的結果，它同時更是中國現代知識分子立足於本民族與本地域特定空間範圍的新選擇。只有充分認識到了這一事實，我們才有可能走出今天「質疑現代性」的困境，為中國現當代文學尋找到合法性的證明。

〔註1〕 史蒂芬·霍金：《時間簡史》第 21 頁，湖南科學技術出版社 2002 年版。

　　在時間變遷的大潮中發現空間的本源性意義，這對我們重新讀解中國當下的文學，重新展開「全球化語境中的中國文學」這一命題也很有啟發性。比如，當我們真正重視了空間生存的本源性地位，那麼我們就會發現，從表面上看，這是一個普遍性的時間和一個特殊空間的問題，但在實質上來說，其實所包含的卻是中國自身的「空間」與全球化的「時間」的問題，所謂「全球化」，與其說是一個普遍的時代思潮，還不如說西方人的生存感受。是中國的經濟方式與生活方式在某種意義上匯入了「全球性」的漩流之中，於是，他們將這一感受作為「問題」對包括中國人在內的其他人提了出來，自然，中國人對此也並非全然是被動的對於外來「時間」的反應，他們同樣也在思考，同樣也在感受，但他們感受與思考的本質是什麼呢？僅僅是在「領會」外來的思潮麼？當經濟開發的洪流滾滾而來，當國際的經濟循環四處流淌，當外來的異鄉人紛至遝來，當接受和不能接受、理解和不能理解的文化方式與宗教方式，生活方式與語言方式都前所未有地洶湧撲來，中國的精神世界是怎樣的？中國的文學又是怎樣的？很明顯，在貫通東方與西方、全球與中國的「時代共同性」的底部，還是一個人類與民族「各自生存」的問題，是一個在各自具體的空間範圍內自我感知的問題。

　　理解中國當下的文學，歸根結底還是要理解中國人自己的感受。這裡的「全球化」與其說更具有普遍性還不如說更具有生存的具體性，與其說可能更具有跨地域認同性還不如說可能包含了更多的地域分歧與衝突的故事，當然，也有融合。既然今天的西方人都可以在連續不斷的抗議和攻擊中走向「全球化」，那麼，我們為什麼不是？所要指出的是，在文學創造的意義上，這裡的抗議與拒絕並非簡單的守舊與停滯，它本身就是一種「有意味」的姿態，或者，它本身也構成了「全球化」的一部分。

2019 年 12 月改於成都長灘

目次

緒　論

「中華文明歷史悠久，中華各民族間相互影響、相互融合的歷史也源遠流長，而從多民族文學共同發展的視角來研究由多民族共構的中華民族文學，無疑是具有重要歷史意義與現實意義的。但是一方面中華多民族文學的歷史悠久，任何一個單項課題都難以對這一豐厚的歷史進行全面的一次性研究；另一方面，自覺的、以 56 個民族為基本多元一體民族單位的中華多民族文學的共同發展歷史，實際上是伴隨著新中國的建立、成長、發展而建構起來的，它既是我們反觀中華多民族文學關係史的基本出發點，更是對轉型期中國所正在展開的重構多元一體中華多民族關係之歷史使命的文學一翼的回應。」〔註 1〕因此，以漢語主流文學與多民族文學兩種視角互為關照的研究才能更好地把握有機的、多元一體的中國當代文學、更好地揭示中國當代文學的豐富性與複雜性，以及文學作品中所彰顯出的中華民族共同體意識。在多元一體的中國當代文學中，選取新疆多民族文學為研究對象的原因主要有以下幾個方面：

首先是新疆的地域特點與民族特點。新疆自古以來便是一個多民族共同聚居的地區，這裡世居著 13 個民族〔註 2〕，多種宗教文化並存，多種語言文字流通。同時，由於新疆地處邊陲，它同中國內陸與周邊多國進行著多向的文化交流和溝通，長久以來形成了豐富多彩的多民族的風俗風情、文學文化與智慧結晶。其次是新疆多民族文學的多元性與複雜性。新疆多民族文學不只是簡單的

〔註 1〕姚新勇：《多彩的共和國文學——中國當代多民族文學共同發展研究》國家社科基金重大項目投標書打印稿。

〔註 2〕新疆共有 47 個民族成份，其中世居民族有 13 個：維吾爾族、漢族、哈薩克族、回族、柯爾克孜族、蒙古族、塔吉克族、錫伯族、滿族、烏孜別克族、俄羅斯族、達斡爾族、塔塔爾族。

地域文學，在這裡生活過的人都知道，此地的文學與文化並不是簡單的各民族語言文學與文化的綜合〔註3〕，而是一種極其複雜的「雜糅」。「雜糅」，「在詩學中它意指後殖民、第三世界、少數族裔寫作所具有的多元文化雜交的特性，而其中又強調的是各類邊緣式的寫作，對主流文學和文化的反叛性突圍，正是通過反叛和突圍，邊緣的、被壓制或抑制的文化（學）發出異質的聲音，並創造出了既不屈從於主流文化（學），又非絕對『純我』的雜糅的文學作品」〔註4〕。其三是新疆多民族文學由於其本身的「雜糅」性與複雜性，能更好地展現邊疆地域的民族文學與中國多民族文學之間的多重關係。屬於中國文學文化一部分的新疆多民族文學與文化，不可避免地與中國多族群、跨地域、多樣性的文學與文化在不同時期發生著不同的互動，因而在比較詩學的視野下對新疆多民族文學進行研究，能夠更深層次地發掘中國多民族文學的多樣性與豐富性。

本文的研究對象是新疆多民族文學，但並不是對其進行單一性的研究，而是以互相關照的視角將新疆多民族文學作為切塊，放置於中國民族文學的建構之中，既從中國文學看新疆多民族文學，也從新疆多民族文學來反觀整體的中國文學。因此，一方面由於篇幅的侷限，另一方面為了能夠更好地從新疆多民族文學來考察中國當代民族文學的建構，本文選取十七年時期作為節點。以十七年時期作為節點的原因主要有以下幾個方面：

首先是十七年時期的社會歷史意義。十七年時期是一個特殊的時期，它因新的社會制度的國家的建立而邁入了一個社會轉型期。「社會轉型」使得社會這一複雜體的各個部分，包括經濟結構、政治制度、價值觀念、文化形態都發生了深刻的改變。同時，轉型期也會造成中國國家認同的危機，「如何將多民族文學、文化的發展同和諧多元一體國家建設有機地結合在一起，如何讓日益欣欣向榮的多民族文學、文化，成為建構中華民族認同的有效途徑，而不是成為製

〔註3〕新疆地區，較大的民族就有 13 個，如果說地域文學是地域文化的反映或載體，那麼，這 13 個民族空間中的哪一個民族的文化應該作為新疆文學的文化載體呢？如果說哪一個單獨都不能，新疆文學的獨特性，就應該是它的多民族性、它的文化交匯性。可是這多民族性、文化交匯性的具體特徵又是什麼呢？而且我們能否找到足以代表「新疆文化」的文學特性嗎？如果我們朝這個方向追問下去，不要說自在的「新疆文學」這個概念都有可能消解，就是其他更小的集合概念的實在性也可能會受到動搖。引自姚新勇：《西部與小說「敘事革命」》，《暨南學報》2004 年第 1 期。

〔註4〕姚新勇：《雜糅的詩性：轉型期少數族裔漢語詩歌語言詩性重構的一種解讀》，《民族文學研究》2010 年第 3 期。

造差異、在多元建設中喪失中華民族認同的『分離機』」，〔註 5〕就成為一個十分重要的問題。因此，在當下社會與文化轉型的中期去考察上一轉型期中十七年時期的文學建構是很必要的回顧與反思。其次是「十七年」文學的研究現狀。「十七年」文學的研究自 1949 年以來經歷了肯定與否定的多次交替，但這些評價在 80 年代之前大多是站在政治立場的交鋒。80 年代之後，文學研究者對於這一時期的文學逐漸能夠進行冷靜的分析，且視野也更為寬闊。有學者開始擺脫了個人與群體的關係，從國家建構的角度來看共和國文學，但這些研究常常會忽視邊疆與民族的視角。其三是「十七年」文學與中國當代民族文學建構之間的關係。十七年時期不僅是新的政權國家建構的重要時期，也是新的民族共同體與新的民族文學建構的重要時期，同時也是新疆當代民族文學建構的重要時期。「自上世紀五十年代起，在國家的引導與支持下，真正意義上的自覺的中國各少數民族文學建設開始起步，迅速發展，並作為重要的組成部分匯聚於整個中國社會主義文學中。」〔註 6〕處於社會轉型期的「十七年」文學一方面存在於新的國家話語體系中，另一方面卻又在不同的地域與民族中呈現出話語建構的豐富性與差異性。因此，將十七年時期的新疆多民族文學作為研究對象更能展現在國家一體化的進程中，多族群、多語言文字、多文化樣態是如何一步步被融入共和國文學之中的，它們在其中又是如何吸收、拒絕、排異與學習的。以十七年時期為節點來互相關照新疆多民族文學與中國當代文學，不僅能夠看到多元一體的中國民族文學建構的複雜性，也能夠看到在這一過程中如何「形成了和諧多元為主導、差異衝突為偏差的結構性關係」〔註7〕。

本文以十七年時期的新疆多民族文學為研究對象需要進一步說明的是，本文的主要研究對象是包括漢族在內的 13 個新疆主要民族〔註8〕的文學。新

〔註 5〕姚新勇：《多彩的共和國文學——中國當代多民族文學共同發展研究》國家社科基金重大項目投標書打印稿。

〔註 6〕姚新勇：《多彩的共和國文學——中國當代多民族文學共同發展研究》國家社科基金重大項目投標書打印稿。

〔註 7〕姚新勇：《多彩的共和國文學——中國當代多民族文學共同發展研究》國家社科基金重大項目投標書打印稿。

〔註 8〕本書所指的「民族」是自新中國成立以來在政府部門與學術界最流行、最具權威性的定義依然是斯大林於 1913 年在《馬克思主義和民族問題》一文中所提出的「民族」定義，即人們今天仍經常引用的「四個特徵」：「民族是人們在歷史上形成的一個有共同語言、共同地域、共同經濟生活以及表現於共同文化上的共同心理素質的穩定的共同體。」參見馬戎：《民族社會學：社會學的族群關係研究》，北京大學出版社 2004 年版，第 45 頁。

疆當代少數民族文學始於 1949 年中華人民共和國成立之時，這與我國其他民族的當代文學是一樣的。新中國成立以後，黨和政府推行各民族共同繁榮發展的文藝政策，大力扶持少數民族作家和翻譯家，新疆各民族陸續出現新的作品、新的作家、新的翻譯家及不少民族語言的雜誌期刊，各民族文學都相應得到了較大較快速的發展。直至「文革」十年，新疆文學與全國文學一樣也經歷了凋敝期。總體來看，新疆各少數民族文學的發展基本是同步的，但各民族文學的發展卻是不均衡的，其中維吾爾族、哈薩克族、回族、錫伯族、蒙古族、柯爾克孜族、塔吉克族和滿族這九個民族的作家作品較多，而達斡爾族、塔塔爾族和俄羅斯族的作家作品則很少。另，「烏孜別克族人數也不多，但只是因為作家們多用維吾爾文創作，於是人們常把它歸入維吾爾族文學藝術中。」〔註9〕十七年時期的新疆漢族作家的構成也較為複雜，有本土作家、遊歷作家、下派作家與下放作家〔註10〕等。

　　為了更好地揭示十七年時期新疆多民族文學與中國當代文學之間的種種關係，以及多元一體的中國民族文學的豐富性與複雜性，本文以「題材類型」為切入點進行研究。隨著中華人民共和國的成立，迅速建構起新的民族共同體與新的民族文學對於建構新的政權國家顯得極為重要。因此在新的一體化的國家政權建立之後，在統一的意識形態的統領之下，在共同的經濟建設的步伐中，我國文學界極其重視「寫什麼」與「怎樣寫」的問題。在《延安文藝座談會上的講話》中，毛澤東就指明「一切危害人民群眾的黑暗勢力必須暴露之，一切人民群眾的革命鬥爭必須歌頌之，這就是革命文藝家的根本任務。」〔註11〕這些要求就促使在這一時期的文學創作中產生了不少共同的題材，新疆多民族文學也不例外。「五六十年代的小說創作，多數是恪守著題材的分類邊界」，文學界甚至還出現了「這一時期特有的題材分類概念，如革命歷史題材、農村題材、工業題材、知識分子題材、軍爭題材等。」〔註12〕因此，我國文學史的撰寫一向都很關注題材的研究，從文學題材中也能夠折射

〔註9〕夏冠洲，阿扎提‧蘇里坦，艾光輝等編著：《新疆當代多民族文學史》（小說卷），
　　　　新疆人民出版社 2006 年版，前言第 7 頁。
〔註10〕王玉胡就是一位新中國下派至新疆的作家，王蒙則是一位被錯劃為「右派」
　　　　而下放至新疆的作家，新疆也為王蒙帶來了諸多創作的契機與靈感，王蒙也
　　　　創作了不少優秀的以新疆為題材的作品。
〔註11〕毛澤東：《延安文藝座談會上的講話》，《解放日報》1943 年 10 月 19 日。
〔註12〕洪子誠：《中國當代文學史》，北京大學出版社 2003 年版，第 83 頁。

出新中國建構新社會與社會主義新人的具體要求與表現。儘管十七年時期的新疆多民族文學和漢語主流文學的題材多數相同，但在具體的創作之中也存在著許多相異之處，這些同中之異是由多種原因而產生的，同時也揭示出共和國文學在建構初期所具有同一性與差異性並存的特點。因此，以「題材類型」為切入點來考察十七年時期的多民族文學不僅能夠更好地認識十七年時期這一特殊的社會轉型期，也能夠更好地認識多元一體的中國文學是如何被建構的，以及建構中華民族共同體的文化意義。

　　本文從十七年時期的新疆多民族文學的題材類型去看國家建構及共和國文學的建構，從中試圖揭示在多元一體的中國文學中，不同族群在國家建構與民族文學建構中的關係。因此，研究中要摒棄中國文學史即漢文學史的錯誤觀念，樹立中華民族多民族文學史觀；摒棄中國文學史即我國各單一民族文學史相加之和的錯誤觀念，樹立中國文學是各民族文學及文化不斷碰撞、衝突、交流與融合的觀念。在展現被主流文學所忽視的新疆多民族文學的基礎上，對新疆這一多民族共同聚居的地域中的各民族文學之間、新疆多民族文學與中國其他少數民族文學、新疆多民族文學與中國主流文學之間進行交叉性的多向比較研究，進而呈現更全面的中國「十七年」文學的多元一體性。為了更好地展現十七年時期的新疆多民族文學與共和國文學之間的關係，研究中需要使用社會學、歷史學與文化地理學方面的知識，具體採取文史結合、文本細讀、作家及文藝評論家訪談、跨文化與跨地域的對比分析等方法進行研究。

　　本文試圖通過對新疆多民族文學在 1949～1966 年這一階段的題材類型所進行的跨文化與跨地域的對比分析，來勾勒出這一時期的新疆多民族文學在多種因素的推動與制約下、在共和國文學中的整體狀況與發展態勢。首先，因為本文以「題材類型」為切入點來，因此第一章第一節先梳理新中國題材研究的軌跡，來看題材在這一時期的重要性和不同時期文學界對題材的研究。之後，第一章第二節以較為詳細的數據來統計十七年時期新疆多民族文學的題材類型，並與新中國之前及新時期的新疆多民族文學的題材類型進行對比。第一章第三節將十七年時期新疆多民族文學的題材類型放置於共和國文學的語境中，對比分析這一時期新疆多民族文學在多元一體的共和國文學建構過程中所體現出同一性與差異性。第二、三、四章以上文得出的具體數據為基礎，抽取十七年時期新疆多民族文學中典型的三大題材類型，即農業合作化

題材、政治抒情題材和革命歷史題材進行具體的比較分析。第二、三、四章根據每一題材加入作品精讀的對比分析，從邊疆與民族的視角深度剖析這一時期的文學生態、文學發展與文學作品。這三章對比分析以這三大題材類型作者的身份流變、創作環境，以及作品的創作風格、表現手法、敘事特徵、生成環境及生產機制，從而探求這一時期多元一體的共和國文學所呈現出的話語建構的差異性和複雜性。其中第二章主要抽取新疆農業合作化題材中的女性形象和「外來者」形象進行對比，並從民間的視角具體抽取祖農·哈迪爾的《鍛鍊》與趙樹理的《鍛鍊鍛鍊》進行作品精讀比較。第三章主要抽取新疆政治抒情題材中的作品生成環境和作家身份流變進行對比，並從宗教與民族文化的視角具體抽取維吾爾族與藏族政治抒情詩進行作品精讀比較。第四章主要抽取新疆革命歷史題材中的民族矛盾與階級矛盾和女性形象進行對比，並在其中進行作品的精讀比較分析。第五章主要結合作家與評論家訪談來揭示十七年時期新疆多民族文學的生產，具體主要從文學期刊、作家培養和文學翻譯三個角度來看這一時期的文學生產狀況及其所展現出的價值與缺點。結語部分根據以上的詳細梳理及作品細讀，對十七年時期的新疆多民族文學進行總體概括，並進行一定的價值評判，以此得出一定的經驗與教訓，以期為跨地域、多民族、多文化的當代中國文學做出一定的補充。本文的結論是中國當代文學是中華民族多元一體的文學，我們應當衝破文化壁壘、自覺傾聽異質邊緣的聲音、尊重每個民族的文學與文化，從而促進富於生命力的異質同構的中國文學及文化認同的建構。

第一章　題材研究及新疆多民族文學題材流變

第一節　題材與「十七年」文學

　　「題材」，簡言之，就是作品「寫什麼」。對於創作者而言，在自由的藝術創作中，題材就是他從自己熟悉的生活中所選取的其「想寫」的材料，然後進行藝術加工，進而形成藝術作品。閱讀者通過藝術作品的題材首先就能夠獲取創作者對事物的態度與立場，以及他們的喜好，評論家也會就此對創作者進行評判。而這一過程反過來也會影響創作者對題材的選擇，創作者有時會因讀者的喜好及評論家的評判態度對自己「想寫」的材料進行調整，這樣，原本較為自由的題材選擇就不再簡單地僅與作家相連了，而是同時與諸多複雜因素聯繫在了一起，如某一時代的審美需求、政治背景、意識形態，等等。

一、題材在「十七年」文學中的重要性

　　在「十七年」文學中，「題材」的選取尤為重要，它「被認為是關係到對社會生活本質『反映』的『真實』程度，也關係到『文學方向』確立的重要因素」。〔註 1〕對於創作者而言，它不僅會影響這部作品的評價，還會因此為作家貼上某種決定性的標籤，甚至會影響創作者的命運。題材同樣也曾吸引了諸多文學理論家與評論家的關注，引發了許多爭論，並且在這些爭論中有

〔註 1〕洪子誠：《中國當代文學史》，北京大學出版社 2003 年版，第 81 頁。

學者還因此而引來災禍。題材問題在這一時期不斷引發文藝評論界的各種爭論，「題材」是研究我國當代文學中一個特殊的時期——十七年時期無可規避的重要概念。在理論界對「題材」爭論的軌跡中也能夠展現出十七年時期的文學大環境、文藝思潮和文學運動，並能夠折射出這一時期作品背後的深層內涵及創作者更為複雜的創作意圖，這也是論文選取題材為切入點來研究這一時期新疆多民族文學的原因。

十七年時期關於題材較為集中的爭論主要有三次，即建國前夕由「可不可以寫小資產階級」所引發的爭論；50 年代中期，「反右」前後的爭論；60年代初由《文藝報》「專論」所引起的爭論。「在前三次爭論中，積極的主張時勝時敗，題材的路子便時寬時窄，文學創作就時盛時衰；而總的趨勢是，由於消極的主張常占上風，並且愈演愈烈，題材的禁區就越來越多，路子越走越窄，『文革』10 年便走到山窮水盡的地步了。」〔註 2〕

早在第一次文代會上，周揚在其《新的人民的文藝》這一報告中將「《中國人民文藝叢書》所選入的 177 篇作品（包括歌劇、話劇、小說、報告、敘事詩等）的主題，作了一個粗略的統計」，發現「新的主題，新的人物，新的語言、形式」〔註 3〕大量湧現。周揚在此基礎上提出「民族的、階級的鬥爭與勞動生產成為了作品中壓倒一切的主題，工農兵群眾在作品中如在社會中一樣取得了真正主人公的地位。知識分子一般地是作為整個人民解放事業中各方面的工作幹部、作為與體力勞動者相結合的腦力勞動者被描寫著。知識分子離開人民的鬥爭，沉溺於自己小圈子內的生活及個人情感的世界，這樣的主題就顯得渺小與沒有意義了。」〔註 4〕周揚在此處雖未明確提出創作者應當寫什麼主題，什麼主題更為重要，但他還是認為工農兵群眾的階級鬥爭及生產勞動這類主題的成為作品中壓倒一切的主題，且認為以知識分子為主題的作品可以寫，但不應描寫他們「小圈子內的生活及個人情感的世界」。1949 年 8 月 11 日，陳白塵在第一次文代會上的講話引發《文匯報》開展了「可不可以寫小資產階級」的爭論，最終以何其芳在《文藝報》上所發表的長篇論文《一個文藝創作問題的爭論》為其做結論，認為文藝作品要「以寫

〔註 2〕武振平：《衝開的閘門：當代文學題材發展問題》，上海社會科學出版社 1994
　　　年版，第 1 頁。
〔註 3〕周揚：《新的人民的文藝》，引自謝冕、洪子誠主編《中國當代文學史料選（1948
　　　～1975）》，北京大學出版社 1995 年版，第 20 頁。
〔註 4〕周揚：《新的人民的文藝》，第 20～21 頁。

工農兵及其幹部為主」,「並以他們為主角或至少以他們為其中的一個重要方面的主角」〔註5〕。雖然文中一方面稱「不可能只以小資產階級或其他非工農階級的人物為主角」,但另一方面又曖昧地表示「這也並不等於在全部的文藝創作中就不可能有一些小資產階級的人物或其他非工農兵階級的人物為主角的作品。」〔註6〕從中便能看出國家及文藝界對這次爭論的態度,之後強調寫「重大題材」、寫「中心」,對題材的限制還是顯而易見的。可見,針對題材問題,在當時是一個極為重要而嚴肅的話題,儘管周恩來總理等其他領導人也多次表示過:「黨對文藝的領導是指政治方向的指引,而不是指要寫什麼題材、不要寫什麼題材」,但圍繞題材這一話題仍是爭論不斷。

50年代中期,「題材問題跳了一次『搖擺舞』,經歷了一次大起大落:長期被禁錮的文學題材一度呈觀出新的生機;但是不久,卻又陷入新的困境。」〔註7〕1956年毛澤東主席針對學術界對蘇聯的迷信,希望學術界能夠打破教條主義,同意陸定一提出的「學術與政治不同,只能自由討論」,並最終提出了「百花齊放,百家爭鳴」的「雙百」方針。「雙百」方針明確指出:

> 對於文學藝術工作,黨只有一個要求,就是「為工農兵服務」,今天來說,也就是為包括知識分子在內的一切勞動人民服務。社會主義現實主義,我認為是最好的創作方法,但並不是唯一的創作方法;在為工農兵服務的前提下,任何作家可以用自己認為最好的方法來創作,互相競賽。題材問題,黨從未加以限制。只許寫工農兵題材,只許寫新社會,只許寫新人物等等,這種限制是不對的。文藝既然要為工農兵服務,當然要歌頌新社會和正面人物,同時也要批評舊社會和反面人物,要歌頌進步,同時要批評落後,所以,文藝題材應該非常寬廣。

可是,好景不長,1957年初就出現了不少反對「題材廣泛論」的文章發表。3月,毛澤東同志的《正確處理人民內部矛盾》的報告又給文藝界以信心,《消除題材問題上的清規戒律》〔註8〕等一批正面文章又得以發表,有關題材的認識得以短暫的開闊。然而,「不幸的是,1957年6月以後,我國政治潮流

〔註5〕何其芳:《一個文藝創作的爭論》,《文藝報》第1卷第4期。

〔註6〕何其芳:《一個文藝創作的爭論》,《文藝報》第1卷第4期

〔註7〕武振平:《衝開的閘門:當代文學題材發展問題》,上海社會科學出版社1994年版,第35頁。

〔註8〕煙波:《消除題材問題上的清規戒律》,《文藝報》1957年第2期。

突然大逆轉，反右運動擴大化的惡浪急劇襲來，隨著現實主義潮流的迅速衰落，文學題材廣闊自由的短暫局面也就立刻煙消雲散了，教條主義、庸俗社會學以更嚴厲的方式捲土重來，文學題材又回到了狹窄單調的老路上去」〔註9〕，第二次的爭論自然也戛然而止了。這一時期儘管「雙百」方針的提出也對糾正題材問題上的爭論有一定的幫助，受到了廣大文藝工作者的擁護，但在具體實踐的過程中，依舊困難重重，在文藝創作中領導部門給作家出題目、給任務、進行逐級審查依舊是主流趨勢。針對題材問題，在當時是一個極為重要而嚴肅的話題，儘管周恩來總理等其他領導人也多次表示過：「黨對文藝的領導是指政治方向的指引，而不是指要寫什麼題材、不要寫什麼題材」，但圍繞題材這一話題仍是爭論不斷。例如胡風因被指責其提出「反對寫重要題材，反對創作正面人物」而受到批評，並因此而牽連了一批作家和批評家，被指斥為「胡風反革命集團」。50年代末討論茹志鵑的小說創作時，題材問題也成為重要的爭論對象。表現在具體的文學創作上，1957年的「反右」運動之後，文學創作的題材又被限制在狹小的範圍之內了。

　　第三次爭論由1961年發表在《文藝報》上的《題材問題》的專論而引起，專論中指出題材一是作家「從生活的汪洋大海中間，選取他充分熟悉、透徹理解、他認為有價值、有意義的東西，作為自己加工提煉的對象，這就是題材。可見，題材是作家在觀察、體驗生活的過程中形成的，是開始進入創作過程的產物」；二是指「可以作為寫材料的社會生活、社會現象的某些方面，如像革命鬥爭題材、工業題材、農業題材等等」。〔註10〕更重要的是，專論還明確表明：

> 描寫重大題材，指的是藝術地表現工農兵群眾在革命鬥爭中和社會主義建設中變革舊世界、創造新生活的豐功偉績。時代和群眾向文藝提出了這個要求。社會主義文藝應當回答這個要求。恩格斯曾經渴望作家描寫叱吒風雲的革命英雄，建議作家表現工人生活的積極方面。列寧認為，凡是真正偉大的藝術家，至少應當反映出革命的某些本質的方面。毛澤東同志號召我國文藝家深入工農兵群眾，反映群眾的火熱鬥爭，寫出新的人物、新的世界。這也是提倡描寫

〔註9〕武振平：《衝開的閘門：當代文學題材發展問題》，上海社會科學出版社 1994年版，第44頁。

〔註10〕張光年執筆：《題材問題》，《文藝報》1961年第3期。

具有重大社會意義的題材。提倡描寫重大題材，就是提倡作家藝術家面向群眾鬥爭，更有力地反映偉大的時代。

提倡描寫重大題材，正是要從根本上大大地擴展和充實文藝創作的題材內容，而重大題材本身就是多樣化的。革命鬥爭和社會主義建設，包含著無限豐富的內容，為文學藝術提供了多種多樣的題材；而處理這些重大題材，也要按照作家的不同個性，通過多種途徑、多種手法、多種形式、風格來表現。單調的東西是乏味的，它首先同這些題材內容的無限豐富性相牴觸。

這些年來，圍繞著題材問題，文藝界也曾進行過兩條戰線的鬥爭。反革命的胡風集團和右派分子，為了達到他們不可告人的目的，曾經把反對描寫工農兵群眾革命鬥爭的重大題材作為他們反社會主義綱領的一個重要內容，這當然是不能容忍的。

題材是重要的。古往今來許多偉大作家，都不只是描寫他感興趣的事物，而同時注意於千百萬讀者感到興趣的事物。今天的社會主義文學，作品的思想內容和生活內容，更有著密切的關聯。儘管是這樣，題材本身，並不是判斷一部作品價值的主要的和決定性的條件，更不是唯一的條件。在政治標準第一的前提下，高度思想性和藝術性的統一，革命的政治內容和盡可能完美的藝術形式的統一，這才是我們所要爭取的目標。因為題材並不等於主題。同樣題材在不同的作家手下，可以得到完全不同甚至完全相反的思想效果。〔註11〕

最後還重溫了「雙百」方針，並指出「關於題材問題的清規戒律，只會把文藝工作窒息，是公式主義和低級趣味發展起來，是有害無益的。」專論刊出後，再次繼「雙百方針」之後又給文藝界吹來一股清新之風，且引發了熱烈的討論，各種意見活躍而出。評論家李希凡在對 1961 年短篇小說的題材作總結時認為：「題材的多樣化。人們對於一九六一年短篇小說擴展出來的新的題材內容的作品，表現出極大的興趣」〔註12〕。他還肯定地認為「現實生活有著無限豐富的內容，所以作家選取和提煉題材也必然有著廣闊的用武之地，尤其是短篇小說這種樣式，選取和提煉題材的角度和方法，應該說是作家藝術構思中很重要的部分，抓不住這個環節，整個藝術表現方法都將被侷限住。一九六一年的幾個

〔註11〕張光年執筆：《題材問題》，《文藝報》1961 年第 3 期。
〔註12〕李希凡：《題材‧思想‧藝術》，百花文藝出版社 1964 年版，第 3 頁。

優秀的短篇，首先在這方面，都是表現了新的特點的。」〔註13〕

可惜這種較好的氛圍持續時間並不長，到了1962年大連的「農村題材短篇小說創作座談會」，情況就變得複雜一些了，雖然會上周揚反對用「重大題材」、「尖端題材」來束縛作家，但還是有與之不同的保守意見，如邵荃麟還是將題材的廣闊性與戰鬥性的關係置於主要地位。在這次座談會上甚至有的評論家因討論了除英雄人物之外也應描寫中間人物而受到批評，並且對批評有關寫「中間人物」的範圍很快擴大，許多作家、評論家都因此而受到批判及更大的打擊。之後，《題材問題》這一專論也遭到指責，全國的文藝形勢進一步惡化，直至1966年「文化大革命」爆發，在《部隊文藝工作紀要》中，列舉的「文藝黑線」的八個論點中，其中「反『題材決定論』」正是針對《題材問題》的。對題材的謹慎與限製表現在藝術創作與評論中更為明顯，例如，「在小說題材中，工農兵的生活，優於知識分子或『非勞動人民』的生活；『重大』性質的鬥爭（一般指當代的政治運動、『中心工作』），優於『家務事、兒女情』等『私人』生活；現實的、當前迫切的政治任務，優於已經逝去的歷史情景；現代的由中共所領導的革命運動，優於『歷史』的其他事實和活動；而對於行動、鬥爭的表現，也優於『個人』的情感和內在心理的刻畫。」〔註14〕

「文革」後，隨著全國的推翻錯誤與思想解放的影響，曾經爭論頗多的題材問題也再次受到關注，70年代末到80年代初，我國文學界就「文藝黑線專政論」的批判，又開展了一場關於題材的討論。「所謂『反題材決定論』曾經被定罪為『黑八論』之一，這次討論推翻了這個荒謬的罪名，剖析了『題材決定』論的謬誤，進而逐步深入，追溯了『文革』前17年教條主義和庸俗社會學關於題材的種種偏狹主張，澄清了被長期搞混的理論是非。」〔註15〕這次討論使建國以來關於題材的爭論與桎梏得以結束，就文學創作而言，新的題材、新的創作方法層出不窮。

十七年時期對於題材這一問題的爭論是有一定歷史背景的，在激烈的戰爭與階級鬥爭的年代，中國共產黨十分重視文藝的實用功能，希望文藝作品能夠在廣大民眾中起到積極的宣傳教育作用，因而對「寫什麼」格外關注，文藝創作者創作什麼題材的作品就如同拿筆做武器的文藝戰士站在哪一戰線

〔註13〕李希凡：《題材・思想・藝術》，百花文藝出版社1964年版，第3頁。

〔註14〕洪子誠：《中國當代文學史》，北京大學出版社2003年版，第83頁。

〔註15〕武振平：《衝開的閘門：當代文學題材發展問題》，上海社會科學出版社1994
年版，第61頁。

向誰開戰一樣，自然十分重要。因此，題材問題對於創作者而言，不再僅僅
是簡單的藝術材料的選擇與加工；對於評論者而言，也不僅僅是根據文學規
律對藝術作品的賞析與批評，而是「走在哪一條道路」的原則性問題。因而，
面對「走哪一條道路」的重大問題，已不是人民內部矛盾的簡單命題，創作
者與評論家定會慎重創作與發言，這自然就會影響那一時期的文學作品與文
學氛圍，這也成為當代諸多評論家對十七年時期文學的價值產生質疑的原因
質疑。例如曾於 1956 年任廣州任省委宣傳部、文教部副部長的作家、評論家
杜埃在其 1953 年 12 月所寫的《主題思想與主題的選擇》一文中寫道：

> 好的主題，是從現實生活的深處吸取的，是在現實中比較普遍
> 存在、有其更高意義的問題；而不是在現實中已經批判了的、沒有
> 多大現實意義的東西。譬如有位作者寫的「黑夜」一稿，主題是描
> 寫農村的民兵如何在黑夜裏破獲了「聚賭」的案子。這個主題，就
> 不是當前農村現實中的主要問題，也不是當前現實中本質性的問題，
> 而是個別性的，在土地改革後的新農村中非本質的現象。我們應該
> 抓住這更有積極意義的農村新主題。而積極的主題，在今天和今後
> 的農村，是很多的，如農業的互助合作運動就是一個新主題，儘管
> 它有些還是在萌芽狀態，但這是新生的東西，必須好好地抓住它，
> 必須從這些新生事物的發展的前途方向上來加以描寫。〔註16〕

可見，作家不僅被要求寫新事物、新現象，事實上是要求寫進步的新事物、
新現象，或是符合社會主義要求的新事物、新現象，這也難怪如今有諸多學
者對當時的文學作品產生質疑。

十七年時期文學的題材在那一時期常常以社會勞動的領域或重大的政
治事件來分類。例如農村題材、工業題材、部隊題材、知識分子題材等就是
以社會勞動的領域進行的分類；「抗美援朝」題材、「農業合作化」題材、「大
躍進」題材、「大煉鋼鐵」題材就是以其時期開展的政治運動所進行的分類。
〔註17〕從創作的數量和影響來看，十七年時期文學的主要題材有頌歌題材、
農村題材、革命歷史題材和工業題材。這裡是以較為寬泛的方式所做的分類，
例如頌歌題材中包括對黨和國家的歌頌，對新社會、新家鄉中的新人、新事

〔註16〕杜埃：《主題思想與主題的選擇》，摘自《論生活與創作》，作家出版社 1956
　　　　年版，第 9 頁。
〔註17〕參見洪子誠：《中國當代文學史》，北京大學出版社 2003 年版，第 83 頁。

的歌頌；農村題材包括土改題材、農業合作化題材等。當然，由於中國文學是跨地域、多民族的複雜體，不同地域與不同民族在多元一體的中國文學發展中也會略有不同，有關題材的討論與創作也會有共同點和差異處。

二、「十七年」新疆文學題材的基本情況

十七年時期有關題材的爭論已然超越了文學與藝術的領域，更多的是文學與政治的博弈〔註18〕，這些博弈同時也從側面再現了那個時代。新疆雖然遠在邊陲，且多民族、多宗教、多文化使得該地區的各種情況都較為複雜，但新中國的各種政治運動仍舊不可避免地在新疆發生。新疆作為多元一體國家的一部分，中國文藝界的各種爭論與政策的導向也影響著新疆文藝界。十七年時期有關題材的爭論自然也影響著新疆文藝界，但影響的時間並不一致（一般新疆會較晚於漢語主流文學界），影響程度也不完全相同。

全國的文藝形勢在新中國直至「文化大革命」前不斷變化，新疆文藝界自然也不例外。在此期間，文藝創作總是要以「為工農兵服務，為社會主義建設服務」為宗旨，因此文藝作品的題材總是根據黨和國家所發起的運動而不斷變化，文藝作品也具有很強的實用價值。例如，1949 年 11 月，中國人民解放軍初進駐新疆喀什，為配合解放戰爭和部隊整訓，解放軍二師文工隊便排演了小歌劇《玉蘭姑娘》和活報劇《警覺》等；1950 年 7 月，為了對國民黨起義部隊進行改造教育，解放軍 26 師政治部宣傳隊便排演了《解放》、《見面》等小歌劇。抗美援朝戰爭打響後，儘管新疆遠在邊疆，但是為了控訴美帝國主義在朝鮮的暴行，1950 年 9 月，阿克蘇劇團便演出了由艾買提編寫的話劇《正義的呼聲》，新疆省文工團也專門創作了反映朝鮮人民抗美鬥爭的話劇《新鮮河邊》並演出。戲劇是最容易被普通老百姓所接受的藝術形式之一，因此它自然也肩負起更多宣傳國家政策法規及政治運動的任務。為宣傳減租反霸運動，新疆的文化團體不僅演出了許多內地創作的劇目，如《白毛女》、《窮人恨》等，還創作並排演了不少以新疆人民生活為背景的劇目，如《天山腳下》、《巴依和長工》等。農業合作化時期，為宣傳和反映農業合作化運動，1954 年 11 月，新疆省文聯專門組織創作小組深入南疆等地生活了 5 個多月，創作了一批以農業合作化為題材的作品，如由祖農·哈迪爾和瑪納甫合

〔註18〕從上文對題材爭論的梳理中不難看出，在這場博弈中似乎常常是以政治的取勝為結局。

寫的五場話劇《喜事》、海米提創作的小說《金穗》、吐爾貢・阿里瑪斯創作的小說《黎明的風》等。

　　有關題材問題所產生的爭論及變化，在新疆儘管並不像全國文藝界那樣反應強烈，卻也同樣存在。隨著 1956 年 4 月 28 日，在中央政治局擴大會議上，毛澤東提出在藝術問題上要百花齊放，在學術問題上要百家爭鳴，新疆文藝界也積極響應。1957 年 5 月 25 日，新疆維吾爾自治區作家代表大會開幕，10 個民族的 120 名正式代表、50 名列席代表參加，會上自治區黨政領導賽福鼎作了《讓各種花都「放」，讓各家都「鳴」》的報告，老舍作了《多民族的新疆必將成為極其美好的百花齊放的園地》的祝詞。並且，在「雙百」方針的鼓舞之下，新疆的作家也創作了不少作品，這些作品也不再是單一的題材，例如吳連增創作的短篇小說《司機的妻子》就是以「中間人物」為主人公的作品。主人公既不是「高大全」式的英雄人物，也不是在平凡的崗位上做不平凡的事的社會主義新人形象，也不是在平凡的崗位上做不平凡的事的社會主義新人形象，並且這位司機的妻子還有不少缺陷與不足，她對同事的羨慕與嫉妒、對丈夫加班而無法歸家的思念與埋怨，這些人性的弱點反而使這個人物格外真實。這篇作品一經發表，在新疆文藝評論界便引起了大家的關注，有的認為這不是一篇好作品，認為主人公「理想願望是這樣卑微，生活圈子是這樣的狹小，思夫之情是這樣的貧乏，除了個人的思念外，沒有其他的內容」，「實在不值得花費很大的精力筆墨去再現現實生活中這樣的人物」；有的卻認為她對丈夫的思念「是每一個普通的青年婦女身臨此情此境都會產生的正常感情，這篇作品「一首動人心弦的抒情詩」，是「一首心的歌」，是一篇好作品。〔註19〕1962 年 6 月，《新疆文學》雜誌編輯部連續召開了三次座談會對這篇作品進行討論，並在其刊物上發表了相關爭鳴文章。結果，好景不長，到了 1964 年 8 月，根據毛澤東關於文藝的兩個批示，文藝界開始了整風運動。1964 年冬，「文藝界整風運動動員大會」在新疆人民劇場召開，很多人被揪出批判。首先批判了維吾爾族詩人鐵依甫江・艾里耶夫及其諷刺詩作《「基本」的控訴》，詩人在詩作中揭露了大搞浮誇風、欺上瞞下的騙子手與投機者，並且在詩中還大膽控訴：「官僚主義者成了庇護他們的靠山」，諷刺那些大搞浮誇風的人是「用舌頭攻佔城池的勇士」，鐵依甫江因此被扣上了攻擊「三面紅旗」的帽子。緊接著，1964 年 11 月，在《新疆文學》11 月與 12 月的合刊上

〔註19〕日蓮：《〈新疆文學〉討論〈司機的妻子〉》，《文學評論》1963 年第 1 期。

便發表了《新疆文學》編輯部關於對《司機的妻子》改變看法的文章《糾正錯誤，更好前進》，該作品被打成文藝界的大毒草，其作者吳連增及對該作品進行過正面評價的評論家都受到了不同程度的批評與迫害，吳連增為負責人的《水利戰士報》也被迫停刊。在這種形勢下，在層層關卡的包圍中，作家與評論家自然無法吐露真實的思想感情，作品創作也越來越少。之後，這種形勢愈演愈烈，1965 年 4 月，新疆維吾爾自治區文聯、文化廳等單位向全疆文藝工作者發出了《高舉毛澤東文藝紅旗，在革命化的道路上乘勝前進》的號召書，其中明確表示：「目前，自治區戲劇舞臺上已經擺脫了帝王將相、才子佳人，成為努力反映偉大的社會主義新時代的思想陣地」，並要求各族文藝工作者加速革命化，創作出能反映時代精神和刻畫工農兵英雄形象的作品。1966 年，「文化大革命」在全國範圍內開展起來，從中央到地方，開始層層揪「文藝黑幫」。1966 年 6 月 15 日，《新疆日報》發表了署名「文先鋒」的《徹底揭露和批判王谷林的反黨反社會主義罪行》的文章，《新疆文學》副主編王谷林、自治區文聯黨組書記劉蕭無、中國作協新疆分會副主席王玉胡等都牽涉其中。同年 8 月 8 日，劉蕭無被定為「黑幫分子」，王玉胡、王谷林、鐵依甫江·艾里耶夫、克里木·霍加、郝斯力汗等各族作家分別被打成「反黨黑幫」、「文藝黑幫」、「反革命修正主義分子」、「地方民族主義分子」、「裏通外國分子」等罪名，受到了各種形式的批評與鬥爭。自此，文藝界更是只有一種聲音，文藝作品也只有工農兵題材了，這種情況一直持續至「文化大革命」結束，諸多被錯誤批判的文藝界人士直至 1979 年才陸續平反，恢復名譽及工作。

　　十七年時期雖然將文學題材分等分類、分為高低上下，以題材限制作家創作的「題材決定論」妨礙了文學多樣化的健康發展，是不正確的。但從中國民族文學的建構來看，這一時期有關題材的爭論與變化，以及作家對於題材的重視，都是隸屬於意識形態話語的，是新的國家與新的民族共同體的建構的一部分。「作家從生活的汪洋大海中提煉什麼題材作為描寫的對象，對構成他自己的創作風貌，相應地也構成一定時代的創作風貌，都有著不容忽視的關係」〔註 20〕。因此，題材問題的研究是十七年時期文學很重要的一部分，它不僅能反映某一作家或某一地域作家的創作風貌，也能從一個側面展現這一時期的文藝政策，以及這一時期國家建構多元一體的中國文學的過程與方式。

〔註 20〕張炯：《社會主義文學藝術論》，花山文藝出版社 1996 年版，第 182 頁。

第二節　十七年時期新疆多民族文學題材統計

題材對於十七年時期的新疆文學十分重要，這一時期不僅有關題材的各種理念顯現在新疆文學的創作上，有關題材的各種討論也同樣存在於新疆文學界。上節我們對十七年時期中國文學題材的一般情況和相關的討論，以及新疆文學題材的情況做了概要介紹，下面對十七年時期新疆文學題材進行詳細統計，並將之與新中國之前和新時期的新疆文學題材進行簡單的對比。

根據《新疆多民族文學史》〔註21〕、《二十世紀維吾爾文學史》〔註22〕、《哈薩克文學簡史》〔註23〕、《新疆回族文學史》〔註24〕中的主要作品為參考，對新中國成立至「文革」開始之前的「十七年時期」的新疆主要文學原創作品進行統計，共統計213篇作品，其中詩歌66篇，小說74篇（其中69篇為短篇小說，中篇小說5篇，長篇小說5篇），戲劇12部，散文40篇，電影文學7篇，報告文學1篇。在這213篇作品中，維吾爾族作家創作的作品共75篇，其中詩歌43篇，小說26篇（均為短篇小說），戲劇1部，散文5篇。哈薩克族作家創作的作品共38篇，其中詩歌23篇（其中長詩2首），小說10篇（其中1篇為長篇詩體小說，1篇為中篇小說），戲劇1部。漢族作家創作的作品共94篇，其中小說39篇（其中30篇為短篇小說，中篇小說4篇，長篇小說4篇，紀實性小說1篇），戲劇10部，散文38篇，影視文學7篇。錫伯族作家創作的作品2篇，1篇短篇小說，1篇散文。回族、柯爾克孜族、烏孜別克族作家創作的作品各1篇短篇小說，蒙古族創作的1篇報告文學。

在這些作品中，根據其題材類型分類，歌頌黨和祖國的作品最多，這類作品就有40篇，其中維吾爾族作家創作的作品24篇，哈薩克族作家創作的作品16篇。描寫社會主義新人的作品21篇，其中維吾爾族作家創作的作品9篇，哈薩克族作家創作的作品7篇，漢族作家創作的作品5篇。以歌頌新生活為題材的作品17篇，其中維吾爾族作家創作的作品10篇，漢族作家創作的作品7篇。以愛情婚姻為題材的作品14篇，其中維吾爾族作家創作的

〔註21〕夏冠洲、阿扎提·蘇里坦、艾光輝主編：《新疆當代多民族文學史》，新疆人民出版社2006年版。

〔註22〕阿扎提·蘇里坦、張明、努爾買買提·扎曼：《二十世紀維吾爾文學史》，新疆大學出版社2001年版。

〔註23〕趙嘉麒：《哈薩克文學簡史》，新疆人民出版社2007年版。

〔註24〕李竟成：《新疆回族文學史》，新疆大學出版社2003年版。

作品 10 篇，哈薩克族作家創作的作品 1 篇，漢族作家創作的作品 3 篇。以農業合作化為題材的作品 22 篇，其中維吾爾族作家創作的作品 10 篇，哈薩克族作家創作的作品 5 篇，漢族作家創作的作品 7 篇。以民族團結為題材的作品 12 篇，其中維吾爾族作家創作的作品 6 篇，哈薩克族作家創作的作品 4 篇，漢族作家創作的作品 3 篇。歌頌家鄉及人民為的作品 11 篇，其中哈薩克族作家創作的作品 3 篇，漢族作家創作的作品 8 篇。以對軍墾生活為題材的作品 10 篇，其中錫伯族作家創作的作品 1 篇，漢族作家創作的作品 9 篇。部隊題材、工人題材的作品各 8 篇，都是漢族作家創作的。革命歷史題材（主要為「三區革命」與剿匪題材）的作品 7 篇，其中維吾爾族作家創作的作品 4 篇，漢族作家創作的作品 3 篇。描寫邊疆老百姓的生活 7 篇，其中維吾爾族作家創作的作品 1 篇，哈薩克族作家創作的作品 1 篇，漢族作家創作的作品 5 篇。其他還有較少數以土改、諷刺不正之風、農場生產、遊記、黎‧穆塔裏甫的革命事蹟、知識分子、歌頌玉石、培養少數民族幹部、蘭新鐵路通車、介紹和回憶詩人唐加勒克、庫爾班騎驢去北京的事蹟、西漢時期遠嫁烏孫的公主、新疆油田、哈薩克阿肯、朱德視察新疆等為題材創作的作品。

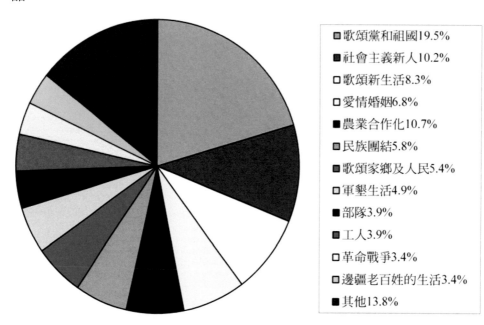

歌頌黨和祖國19.5%
社會主義新人10.2%
歌頌新生活8.3%
愛情婚姻6.8%
農業合作化10.7%
民族團結5.8%
歌頌家鄉及人民5.4%
軍墾生活4.9%
部隊3.9%
工人3.9%
革命戰爭3.4%
邊疆老百姓的生活3.4%
其他13.8%

十七年時期新疆各民族文學作品題材類型統計圖例

　　同樣根據《新疆多民族文學史》、《二十世紀維吾爾文學史》、《哈薩克文學簡史》、《新疆回族文學史》中的主要作品進行統計，共統計新中國前新疆少數民族作家作品〔註25〕235 篇，其中詩歌 173 篇，小說 21 篇，戲劇 30 部，雜文 2 篇，遊記 1 篇，政論 3 篇，通訊 4 篇，特寫 1 篇。在這 235 篇作品中，維吾爾族作家創作的作品共 146 篇，其中詩歌 88 篇（其中寓言詩 3 首，小型敘事詩 1 首），小說 20 篇（其中 20 篇為短篇小說，長篇小說 1 篇），戲劇 27 部，雜文 2 篇，遊記 1 篇，政論 3 篇，通訊 4 篇，特寫 1 篇。哈薩克族作家創作的作品共 72 篇，其中詩歌 68 篇（其中長詩 4 首），中篇小說 1 篇，戲劇 3 部。回族作家創作的作品共 17 篇詩歌。

　　在這些作品中，根據其題材類型分類，控訴統治階級的作品最多，這類作品就有 42 篇，其中維吾爾族作家創作的作品 22 篇，哈薩克族作家創作的作品 20 篇。以民族風俗、風情、風景為題材的作品 26 篇，其中維吾爾族作家創作的作品 1 篇，哈薩克族作家創作的作品 8 篇，回族作家創作的作品 17 篇。以愛情為題材的作品 25 篇，其中維吾爾族作家創作的作品 19 篇，哈薩克族作家創作的作品 6 篇。以批評舊思想、提倡科學與知識為題材的作品 24 篇，其中維吾爾族作家創作的作品 17 篇，哈薩克族作家創作的作品 7 篇。以三區革命為題材的作品 23 篇，其中維吾爾族作家創作的作品 21 篇，哈薩克族作家創作的作品 2 篇。以抗戰為題材的作品 19 篇，其中維吾爾族作家創作的作品 17 篇，哈薩克族作家創作的作品 2 篇。以對光明未來的嚮往為題材的作品 12 篇，其中維吾爾族作家創作的作品 10 篇，哈薩克族作家創作的作品 2 篇。以揭露本民族弱點，呼籲其覺醒而鬥爭為題材的作品 10 篇，這 10 篇都是哈薩克族作家創作的作品。以揭露黑暗的牢獄生活，控訴劊子手的殘酷迫害為題材的作品 8 篇，也都是哈薩克族作家創作的作品。以熱愛祖國、保衛祖國與對人民的謳歌為題材的作品 6 篇，都是維吾爾族作家創作的作品。其他還有較少數以婦女、婚姻自由、生活哲理、葉城到印度的商隊遊記、哈薩克族源、政論、反封建、謳歌「十月革命」、知識分子題材的作品，以及根據古代阿拉伯民間傳說創作的作品。

〔註25〕由於新中國前新疆文學中基本沒有漢族作家的創作，因此此處的統計便是新疆少數民族作家的創作。

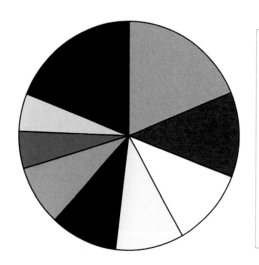

- 控訴統治階級18.8%
- 民族風俗、風情、風景12%
- 愛情11%
- 三區革命10%
- 批評舊思想、提倡科學與知識10%
- 抗戰8.5%
- 勞動人民的生活5.3%
- 對光明未來的嚮往5.3%
- 其他19.1%

新中國前新疆少數民族文學作品題材類型圖例

　　同樣根據《新疆多民族文學史》、《二十世紀維吾爾文學史》、《哈薩克文學簡史》、《新疆回族文學史》中的主要作品進行統計，共統計「文革」後至今的新疆原創作家作品434篇，其中詩歌47篇，小說283篇（其中126篇短篇小說，7篇中篇小說，89篇長篇小說，11篇系列小說），戲劇31部，散文50篇，報告文學13篇，影視文學10篇。在這434篇作品中，維吾爾族作家創作的作品共157篇，其中詩歌47篇（其中長詩4首），小說70篇（其中8篇為短篇小說，中篇小說6篇，長篇小說56篇），戲劇17部，散文12篇，報告文學7篇，影視文學4篇。哈薩克族作家創作的作品共76篇，中篇小說38篇（其中8篇為長篇小說，5篇為中篇小說，24篇為短篇小說，1篇系列小說），散文32篇，報告文學6篇。漢族作家創作的作品共109篇，其中小說89篇（其中42篇為短篇小說，中篇小說26篇，長篇小說18篇，系列小說3篇），戲劇14部，影視文學6篇。蒙古族作家創作的作品共8篇小說（其中2篇為短篇小說，中篇小說3篇，長篇小說3篇）。回族作家創作的作品共15篇，其中小說14篇（其中13篇為短篇小說，中篇小說1篇），散文1篇。錫伯族作家創作的作品共31篇，其中小說26篇（其中14篇為短篇小說，中篇小說3篇，長篇小說2篇，系列小說7篇），散文5篇。柯爾克孜族作家創作的作品共34篇小說（其中22篇為短篇小說，中篇小說10篇，長篇小說2篇）。塔吉克族作家創作的作品共4篇小說（其中1篇為短篇小說，中篇小說3篇）。

　　在這些作品中，根據其題材類型分類，描寫新時期人民的生活及變化的作品最多，這類作品就有 75 篇，其中維吾爾族作家創作的作品 47 篇，哈薩克族作家創作的作品 5 篇，回族作家創作的作品 10 篇，錫伯族作家創作的作品 3 篇，柯爾克孜族作家創作的作品 5 篇，塔吉克族作家創作的作品 1 篇，漢族作家創作的作品 4 篇。歷史題材的作品 63 篇，其中維吾爾族作家創作的作品 31 篇，哈薩克族作家創作的作品 7 篇，蒙古族作家創作的作品 1 篇，回族作家創作的作品 1 篇，錫伯族作家創作的作品 6 篇，柯爾克孜族作家創作的作品 1 篇，塔吉克族作家創作的作品 2 篇，漢族作家創作的作品 14 篇。以女性及婚戀為題材的作品 47 篇，其中維吾爾族作家創作的作品 15 篇，哈薩克族作家創作的作品 8 篇，回族作家創作的作品 1 篇，錫伯族作家創作的作品 6 篇，柯爾克孜族作家創作的作品 5 篇，塔吉克族作家創作的作品 1 篇，漢族作家創作的作品 11 篇。以傷痕及反思為題材的作品 31 篇，其中維吾爾族作家創作的作品 3 篇，哈薩克族作家創作的作品 7 篇，回族作家創作的作品 2 篇，柯爾克孜族作家創作的作品 3 篇，漢族作家創作的作品 16 篇。以家鄉風情、風景及文化為題材的作品 30 篇，其中維吾爾族作家創作的作品 7 篇，哈薩克族作家創作的作品 8 篇，錫伯族作家創作的作品 6 篇，漢族作家創作的作品 9 篇。對現代生活進行哲理性思考的作品 26 篇，其中維吾爾族作家創作的作品 10 篇，哈薩克族作家創作的作品 8 篇，柯爾克孜族作家創作的作品 3 篇，漢族作家創作的作品 5 篇。以兵團及屯墾為題材的作品 22 篇，都是漢族作家創作。諷刺不正之風的作品 15 篇，其中維吾爾族作家創作的作品 10 篇，哈薩克族作家創作的作品 1 篇，柯爾克孜族作家創作的作品 2 篇，漢族作家創作的作品 1 篇。兒童文學作品 8 篇，哈薩克族作家創作的作品 1 篇，柯爾克孜族作家創作的作品 7 篇。遊記 8 篇，哈薩克族作家創作的作品 7 篇，回族作家創作的作品 1 篇。知識分子題材的作品 7 篇，其中維吾爾族作家創作的作品 5 篇，柯爾克孜族作家創作的作品 1 篇，漢族作家創作的作品 1 篇。以「三區革命」為題材的作品 7 篇，其中維吾爾族作家創作的作品 3 篇，哈薩克族作家創作的作品 2 篇，蒙古族作家創作的作品 2 篇。部隊題材的作品 7 篇，都是漢族作家創作的。其他還有較少數以歌頌親情或友情、西部生活、民族團結、新疆的石油工業及石油工人、海外華僑、歌頌祖國、回憶錄、革命戰爭、傳說改編、反恐、高空之王阿迪力達瓦孜家族幾代的艱苦的經歷及科幻為題材創作的作品。

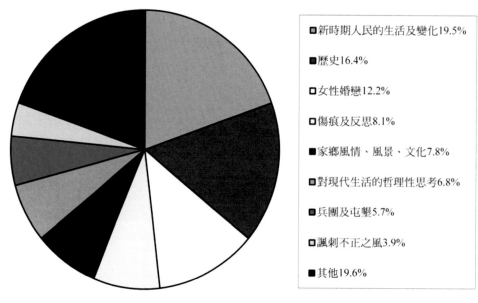

- ■新時期人民的生活及變化19.5%
- ■歷史16.4%
- □女性婚戀12.2%
- □傷痕及反思8.1%
- ■家鄉風情、風景、文化7.8%
- ■對現代生活的哲理性思考6.8%
- ■兵團及屯墾5.7%
- □諷刺不正之風3.9%
- ■其他19.6%

新時期新疆各民族文學作品題材類型圖例

　　從以上對十七年時期新疆各民族文學作品題材類型的統計來看，便不難發現民族文學與主流文學既有共通點，也有其獨有的特色。首先，在這一時期中，面對全新的社會主義國家的建立，作家們紛紛展開對一切新鮮事物的歌頌，如歌頌黨和祖國、歌頌社會主義新人、歌頌新生活與新家鄉等。頌歌題材在這一時期是舉國上下的作家們所熱衷的題材之一，少數民族作家更是以頌歌題材來表達自我對新的國家政權的認同。因此，頌歌題材在新疆各民族文學作品中佔據的比例很大。其次，與主流文學一樣，新疆多民族文學也創作了很多工農兵題材的作品。但是，由於新疆本地的具體情況，工農兵題材的創作與主流文學又有一定的偏差。一是新疆是一個農牧業地區，新中國前幾乎沒有工業，因此工農兵題材中農村題材最多。二是在農村題材中，由於新疆進行土改的時間很短，因此，農村題材主要集中在農業合作化題材的創作上。三是由於新疆是和平解放，進駐新疆的部隊和國民黨改造部隊在新中國時期的主要任務是「化劍為犁」，在保衛新疆的基礎上建設新疆，因此出現了不少軍墾題材的作品。再次，除了和主流文學較為一致的工農兵題材作品的創作外，我們還能夠看到一些新疆多民族文學較為獨特的題材。例如，愛情題材與民族團結題材。在十七年時期文學中並不受歡迎的愛情題材，在新疆多民族文學的創作中卻依舊受到作家們的青睞，這是與主流文學完全不同的地方。愛情題材在新疆文學中的多

見有很多原因，在下一節中將進行詳細敘述。獨特的民族團結題材作品主要描寫了各民族之間在生產生活，以及在階級鬥爭中所建立起的情感和友誼，展示了多民族聚居區的新疆人民的獨特生活。但是在這一題材的作品中有兩個較為有深意的現象，一是這一題材的作品基本上描寫的是漢族與當地少數民族之間的關係，一是十七年時期民族團結題材的作品基本上是由漢族作家所創作的。從這兩個現象中更能體現新的政權國家在建立之後，對於盡快建構起多元一體的民族共同體的迫切期待。

同時，我們將十七年時期新疆與新中國之前及新時期的新疆各民族文學作品題材類型進行比較也會發現其中的共同點與差異。首先，無論處於哪一時期，新疆各民族對於愛情這一題材的書寫都有著極大的熱情。但新疆各民族作家在不同時期對於愛情這一題材的書寫在不同時期其側重點並不相同，新中國之前的愛情題材主要側重於書寫在封建制度束縛之下對自由的愛情婚姻的追求與嚮往，十七年時期則將愛情的敘寫放置於社會主義建設的背景之中，新時期則更注重在新的社會變遷中人們對兩性關係的思考。其次，儘管每一時期新疆各民族作家們都熱衷於對家鄉的描述與歌頌，但相比較而言，每一時期的側重點也有所不同。新中國之前的對家鄉的描述與歌頌是較為單純的家鄉風俗、風情、風景的敘寫，十七年時期則將對家鄉的描述與歌頌與新的社會主義國家的歌頌連接了起來，新時期新疆各民族作家對於家鄉的描述與歌頌則更多包含著面對現代化進程中對自然、對家鄉、對民族文化產生影響的思考與憂慮。其三，儘管每一時期都有關於「三區革命」題材的創作，但是新中國之前的這一題材是屬於正當下的民族革命戰鬥的描述，而十七年時期對於這一題材的敘寫就屬於革命歷史題材的創作，新時期對於這一題材的再創作則是隸屬於「重述歷史」的熱潮之中的。有關新時期我國少數民族作家大量創作歷史題材的現象早有學者進行過闡述，並將這種情況稱之為「重述歷史」現象：「人口較少民族因現代性衝擊的加劇而存在文化自保壓力，以及濃厚的述源釋源、敘根論根的敘事氛圍，形成其文學書寫的『重述歷史』現象，具有不同於其他民族文學的生態意識及文體混雜和結構的空間化現象。『重述歷史』重在反思當下，強烈的身份書寫使這種寫作出現若干值得注意的問題。」〔註26〕

〔註26〕李長中：《「重述歷史」現象論──以當代人口較少民族文學書寫為例》，《民族文學研究》2011 年第 4 期。

第三節　「十七年」新疆多民族文學題材類型的獨特性

綜合不同時期新疆各民族文學作品題材類型的統計數據可見，儘管文學作為藝術的一種，是無國界的，但由於它與社會生活有著緊密的聯繫，每一時代都有每一時代的文學。將十七年時期新疆多民族文學的題材類型與新中國之前及新時期新疆多民族文學的題材類型進行對比，更能凸顯這一時期由新疆多民族文學的題材類型所展現出的獨特性，以及新疆多民族文學與中國當代文學建構之間的種種複雜關係。

一、社會主義現實主義思潮與「十七年」新疆多民族文學題材

從不同時期新疆各民族文學作品題材類型的統計中，我們不難發現新疆文學與主流文學之間的密切關係。新疆雖地處西域邊陲，在這裡聚居著十三個民族，但其文學與主流文學仍舊緊密相連。首先，新疆多民族文學是中國文學的一部分，其文學創作也受到中國現當代不同文學思潮的影響。新疆多民族文學雖然沒有產生獨立的文學思潮與可供歸納的文學流派，但它在全國政治思想的影響下也產生了思想文化的大交匯與大衝撞。其次，中國主流文學的文學思潮對新疆各民族作家產生了或直接或間接的影響，有力推動了不同時期新疆多民族文學的建構與發展。這一點也實證了新疆多民族文學不僅是中國文學中重要的一部分，其發生、發展及主要內容都與我國主流文學有著千絲萬縷的聯繫，研究新疆多民族文學是研究中國文學這一複雜整體所不可或缺的，這必將增加中國現當代文學研究的完整性與全面性。

1949～1966 年間，由於新疆和中央政權之間的關係較解放前更為緊密，因此這一時期我國文藝界的社會主義現實主義思潮對新疆各民族文學的影響更為直接，影響也更大。社會主義現實主義文學思潮對於新疆各民族文學的影響表現在各個方面，自然也體現在新疆各民族作家創作的文學作品題材上。這一時期新疆各民族作家所創作作品的題材大部分都是社會主義現實主義文學思潮的一種體現，如歌頌黨和祖國、歌頌社會主義新人形象、歌頌新生活、農業合作化和農村的階級鬥爭等題材等，都遵從了第一次文代會的主要宗旨，即中國的文藝事業是人民的事業，新中國的文學藝術家，必須是為人民服務的人民的藝術家。緊接著，在 1953 年的第二次文代會上更是以如何使文學藝

術跟上新的歷史時期的國家經濟建設和文化建設的步伐為目的，認為如何用愛國主義和社會主義精神指導人民、教育人民，塑造好社會主義英雄人物的典型形象是社會主義現實主義文學創作中一個十分重要的問題。在這種明確的文藝方針的指導下，沉浸在人民當家作主的喜悅中的新疆各民族作家紛紛創作文藝作品歌唱新社會、塑造新人物。與此同時，新疆各民族文學也在新中國成立之時進入了當代文學時期。

　　這一時期的文學作品在社會主義現實主義文學思潮的影響下產生了與新疆現代文學決然不同的題材和主題。一是表達對祖國和黨的熱愛，如維吾爾族詩人鐵依甫江・艾里耶夫的《獻給祖國的格則勒》、阿不都克里木・霍加的《天堂在哪裏》，哈薩克族詩人庫爾班・阿里的《我們的力量是共產黨》等。一是作家們對新社新生活會的歌唱，如維吾爾族作家穆哈默德・熱依木的《春雷》、艾海堤・吐爾地的《新生活的開始》、哈薩克族詩人庫爾班・阿里的代表作《從小氈房走向全世界》等。更多的則是利用文學作品來塑造社會主義新人形象，如維吾爾族作家克里木・霍加便著有許多謳歌新時代新人物的詩篇，他們當中「有從延安來到鞏乃斯河畔用革命傳統培養青年一代的播種者老書記（《播種者與種子》），有在老書記的教誨下成長起來的新一代少數民族的共產黨員『山鷹』（《播種者與種子》）；有和新中國同時誕生、取名『阿扎提』（解放）的維吾爾族少年（《阿扎提》）；有在勞動中結下了新型愛情關係的青年牧民（《天鵝》）；還有被作者譽為『祖國的眼睛』的邊防軍戰士（《祖國的眼睛》）。」〔註27〕除此之外，還有以集體化與農村合作化為題材的作品，如揭開我國維吾爾族電影藝術第一頁的影片《綠洲凱歌》、艾爾西丁・塔提里克創作的維吾爾族文學史上的第一部中篇小說《檢驗》等，都描寫了新中國新的生產方式給人民帶來的欣喜與變化。

二、不同民族作品的創作題材與其民族特性間的關係

　　雖然新疆各民族文學是隸屬於中國多民族文學，其發生、發展與主流文學有著千絲萬縷的聯繫，但不同民族的創作因種種原因也略有不同，這一點從以下不同時期新疆各民族文學作品題材的分族別表格中便可發現。

〔註27〕（維）阿扎提・蘇里坦，張明，努爾買買提・扎曼：《二十世紀維吾爾文學史》，新疆大學出版社 2001 年版，等 163 頁。

表 1：現代新疆少數民族作品題材分族別排序

題材排序	維吾爾族	哈薩克族
1	控訴統治階級	控訴統治階級
2	三區革命	揭露本民族弱點，呼籲其覺醒而鬥爭
3	愛情	揭露黑暗的牢獄生活，控訴劊子手的殘酷迫害
4	批評舊思想、提倡科學與知識	民族風俗、風情、風景
5	抗戰	批評舊思想、提倡科學與知識
6	勞動人民的生活	愛情
7	對光明未來的嚮往	
8	熱愛祖國、保衛祖國與人民的謳歌	

表 2：十七年時期新疆主要民族作品題材分族別排序

題材排序	維吾爾族	哈薩克族	漢族
1	歌頌黨和祖國	歌頌黨和祖國	民族團結
2	歌頌新生活	社會主義新人	軍墾生活
3	愛情婚姻	農業合作化	歌頌家鄉及人民
4	社會主義新人	歌頌家鄉及人民	部隊
5	農業合作化	哈薩克族源	工人
6	革命戰爭	革命戰爭	歌頌新生活
7			邊疆老百姓的生活

表 3：新時期新疆主要民族作品題材分族別排序

題材排序	維吾爾族	哈薩克族	回族	錫伯族
1	新時期人民的生活及變化	對現代生活的哲理性思考	新時期人民的生活及變化	歷史
2	歷史	家鄉風情、風景、文化	傷痕及反思	家鄉風情、風景、文化
3	女性及婚戀	女性及婚戀	女性及婚戀	女性及婚戀
4	對現代生活的哲理性思考	傷痕及反思	歷史	新時期人民的生活及變化
5	諷刺不正之風	遊記	遊記	

| 6 | 家鄉風情、風景、文化 | 新時期人民的生活及變化 | 民族團結 | |
| 7 | 知識分子 | | | |

題材排序	柯爾克孜族	塔吉克族	蒙古族	漢族
8	兒童文學	歷史	三區革命	兵團及屯墾
9	新時期人民的生活及變化	新時期人民的生活及變化	民族團結	傷痕及反思
10	女性及婚戀	女性及婚戀		歷史
11	傷痕及反思			女性及婚戀
12	對現代生活的哲理性思考			家鄉風情、風景、文化
13	歷史			對現代生活的哲理性思考

　　儘管這些少數民族都是生活在新疆這一地域，且絕大多數生活於此的少數民族都信仰著共同的伊斯蘭教，但是不同民族仍然有著不同的文化與風俗習慣。例如新疆數量較多的兩個少數民族——維吾爾族和哈薩克族，他們有很多相同之處，甚至語言文字都有不少相似之處，但是他們一個以農耕經濟為主，一個以游牧經濟為主，因此其文化也有很多不同之處。因此，在這些不同的新疆少數民族文學的創作中也會有一些不同之處：

1、維吾爾族與愛情題材

　　愛情是人類永恆的話題之一，也是文學作品中必不可少的母題，它歷來就是古今中外詩人、小說家、戲劇家所喜愛的題材之一，更是熱情的維吾爾族作家熱衷創作的重要題材。維吾爾族是一個能歌善舞的民族，其民歌的基本門類中除了勞動歌、生活歌、禮儀歌、歷史歌以外，還專設情歌一類。情歌在維吾爾族民歌中佔有很大的比重，青年男女間熾熱的戀情往往通過富有維吾爾族民族心理特徵和地域特色的比興手法來加以表達，極具獨特的藝術魅力，從而傳播也很廣泛，深受維吾爾族民眾的喜愛。在維吾爾族的民間故事中，以愛情為題材或涉及愛情描寫的作品，就佔了１／２左右。以愛情為題材的敘事詩是維吾爾族民間敘事詩中最富有藝術光彩的，也是最受群眾所喜愛的，《艾里甫與賽乃姆》、《塔依爾與佐合拉》、《萊麗和麥吉儂》、《帕爾哈迪與希琳》、《熱碧亞與賽丁》等都是其中的名篇。並且，這些流傳於民間的愛情故事還常常成為歷代詩人、作家進行再創作的題材。這些由作家再創作的

愛情故事又回流至民間，如此循環往復，形成了民間文學與作家文學自然的
水乳交融的狀態，這也是維吾爾族文學的一個獨特之處。在對現當代新疆文
學題材進行梳理的過程中，不難發現愛情題材確為維吾爾族作家矢志不渝的
創作題材之一，不論是在現代時期常見的反抗封建婚姻、謳歌婚姻自主的愛
情長詩，還是在新時期對新的時代中愛情婚姻及兩性關係變化的描寫，甚至
在文學創作受到意識形態影響極大、愛情這一領域逐漸成為創作禁區的十七
年時期，維吾爾作家都會抒寫愛情給人們帶來的種種或美好或青澀或傷感的
情緒情感，這一點較之同時期我國主流文學和其他民族文學都較為獨特。

　　維吾爾族作家雖然一直熱衷於創作愛情題材的作品，但在不同時期他們
對愛情的謳歌側重的主題略有不同。現代時期維吾爾族作家創作的愛情題材
作品大多在反抗封建婚姻、謳歌婚姻自主上，維吾爾族著名的七部愛情長詩
都是這一主題。而十七年時期維吾爾族作家創作的愛情題材作品則大多與當
時火熱的社會主義運動及生產結合在一起，並強烈地以表達愛情觀來傳遞自
己所接受的新的社會主義價值觀。例如鐵依甫江・艾里耶夫在其詩作《鄉村
姑娘之歌》中以一個鄉村姑娘的口吻寫道：「我在大田裏仔細觀察／好樣的青
年要從這兒挑選」，「我的眼睛呢／對懶漢看也不屑一看」。除此之外，還有不
少愛情故事穿插在農業合作化運動或激烈的階級鬥爭中。儘管十七年時期維
吾爾族作家所創作的愛情題材作品也不可避免地受到了這一時期意識形態和
階級運動的影響，但是這一時期仍有不少單純歌頌美好愛情的作品。例如鐵
依甫江・艾里耶夫「著名的《唱不完的歌》一詩，從 1956 年發表至今，一直
被廣大讀者喜愛、傳頌，並被譜成各種曲調傳唱。詩中的『我』是個出於熱
戀的小夥子，他每晚都徘徊在戀人的家所在的那條小巷中，並總唱著同一支
歌。當鄰居的一位老頭被吵醒並呵斥他時，這位追求美好愛情的年輕人說道：
『別見怪呵，老大爺，想想往日的情景／您不也曾經是個難以入眠的年輕人，
／這就是那支您當年也唱不完的歌呵／如今，您怎麼就不理解這種心情？！』
它揭示了一個生活的真理：對愛情的追求是一支世世代代唱不完的歌。」〔註
28〕這種單純歌頌美好愛情的作品在這一時期的全國文藝作品中是極為少見的，
當然這與維吾爾族本身的熱情和其少數民族的身份都是分不開的，正如被大
家所喜愛的電影《五朵金花》在以政治話語為主的時代中卻仍能夠以愛情為

〔註28〕夏冠洲、阿扎提・蘇里坦、艾光輝主編：《新疆當代多民族文學史》（詩歌卷），
　　　　新疆人民出版社 2006 年版，第 34 頁。

主題，正是由於其少數民族的身份。而新時期維吾爾族作家創作的愛情題材作品與同時期其他民族作家所關注的視角則是基本一致的，這一時期作家關注更多的是兩性關係及愛情婚姻的複雜性。現代及十七年時期幾乎沒有維吾爾族女性作家創作的作品出現，而新時期女性作家的加入更值得關注，她們以其獨特的女性視角、細膩的情感、豐富的觀察力及在家庭中不可或缺的重要地位，從而對愛情婚姻的理解與詮釋常常不同於男性作家，因而也創作出不少好的愛情婚姻題材作品。例如哈麗黛·依斯拉音的《沙漠之夢》，作者以女性獨特而細膩的視角，將一個女人從少女的純真、愛情的背叛與扭曲了的心靈將現代愛情與婚姻的複雜性與多面性一一展現在讀者面前。

2、哈薩克族與阿肯彈唱傳統及草原文化

哈薩克族是一個能歌善舞的草原民族，阿肯彈唱不僅是哈薩克草原上重要的娛樂方式之一，也是哈薩克族人民生活中不可或缺的一部分，每逢其各種傳統節日、婚喪嫁娶、宗教典禮、生活習俗都要舉行隆重的阿肯彈唱。阿肯絕不只是我們尋常意義中的民間藝人，他們不僅是演唱者和傳播者，他們還是詩歌的創作者與史詩的記錄者和傳承者，我國不少民族都有這樣在其歷史生活中佔據重要地位的民間藝人存在，如傣族的康朗甩等民間歌手。阿肯在哈薩克族人的心目中有著尊貴的地位，他們把對唱中取勝的阿肯與駿馬、英雄相提並論，甚至將對唱中的失敗者也稱譽為「敢於搏擊風雨的雄鷹」、「敢進沙漠的駱駝」，給予熱情鼓勵。正如《詩經》對我國古代詩人的影響一樣，阿肯彈唱傳統也深深地影響著哈薩克族作家的創作，不同時期的哈薩克族作家都會對家鄉的風情、風景、文化進行歌詠，以及他們對本民族族源的追溯與敘寫等都是秉承了阿肯彈唱的傳統。

哈薩克族是一個長期隨畜逐水草而居的民族，他們的一切都與草原息息相關，他們的生產與生活方式以及與之相應的風俗習慣、社會制度、思想觀念、宗教信仰、文學藝術、民族性格等都不可避免地與草原生態有著密切的聯繫，其物質文化具有濃鬱的草原文化特色。草原文化的烙印不僅表現在哈薩克族生活的方方面面，也不可避免地體現在哈薩克作家所創作作品的題材中。與農耕文化相比，草原文化與生態的關係更為密切，也更依賴於大自然，這種生態寫作在哈薩克族作家創作的作品中較為明顯，當然，這一點在同樣是草原文化的蒙古族作家作品中也有所體現。早期哈薩克族的神話、傳說、民間故事的現存表述中就蘊含著豐厚的生態主義思想，熱情倡導生態和諧成

為哈薩克草原游牧文化最顯著的特徵和主旋律。〔註29〕哈薩克族作家在現代時期和十七年時期主要是歌頌其生活的故鄉——美麗的草原，如唐加勒克的詩歌《春之印象》、《夏日之晨》，郝斯力汗·胡孜巴尤夫的散文《故鄉的山村》、烏瑪爾哈孜·艾坦的詩歌《瑪依勒—加依爾》等。新時期哈薩克族作家則不僅對草原美景進行讚美與歌頌，他們也同樣熱愛草原上與其一同生活的一切美好生靈，這在朱瑪拜·比拉勒的作品中很多見，他讚頌美麗的白馬「像一張畫一樣俊美」，他讚頌山鷹是「天之驕子」，他讚頌駱駝是「沙漠之舟」，即將離世的老人甚至要求將他的屍骨搭在馬背上下葬，因為他的馬曾帶著他走遍山川深谷，把他的愛也都汲去了〔註30〕。哈薩克族作家還把這種對大自然各種生靈的熱愛滲透入他們對人類的理解中，他們將人比作與他們朝夕相處的各種動物，例如他們把心寬體胖的女人比作「大腹便便的母馬」，將憤怒之人的反應比作「像一條憤怒的蛇一樣瞪大眼睛，臉變得像一個吹足了氣的羊肚子，腫脹起來，發出青色的暗光」，〔註31〕將因親屬離世的傷心之人比作「一群被焚燒了巢穴的老鷹一樣痛苦地鳴叫著」，〔註32〕。他們熱愛那些與他們朝夕相處的動物，認為它們也是有靈性與情感的，所以也將動物比作人，例如朱瑪拜·比拉勒對駱駝描寫：「駱駝們天生易受驚嚇，天生心軟，好動感情。然而它們卻又天生剛毅、富有耐力。」〔註33〕新時期由於草原文化受到現代化與城市化的巨大影響，哈薩克族作家對草原的熱愛就不只限於單純的歌頌了，這種熱愛促使他們對草原的生態甚為擔憂。朱瑪拜·比拉勒在其作品《再見吧，你這個倒楣的祖傳業》中是這樣描述他們心愛的草原現在的景象的：「過去的那片蘆葦灘雖然不怎麼好，但它畢竟還能替人畜遮擋風寒，現在它們卻已經消失了。那橫穿大地的河流也已經乾涸，草原開始退化，蘆葦灘好像一張生羊皮那樣支離破碎，一家造紙廠占去了大片蘆葦灘，廠區堆滿了垃圾和

〔註29〕 王吉祥，吳孝成：《淺析哈薩克民間散文體敘事文學中所蘊含的生態思想》，《昌吉學院學報》2010年第5期。

〔註30〕 （哈）朱瑪拜·比拉勒：《白馬》，選自《藍雪》，新疆青少年出版社2007年版，第9頁。

〔註31〕 （哈）朱瑪拜·比拉勒：《童養媳》，選自《藍雪》，新疆青少年出版社2007年版，第38頁。

〔註32〕 （哈）朱瑪拜·比拉勒：《少婦》，選自《藍雪》，新疆青少年出版社2007年版，第61頁。

〔註33〕 （哈）朱瑪拜·比拉勒：《生存》，選自《藍雪》，新疆青少年出版社2007年版，第94頁。

廢紙，煙塵污染著大地」。〔註34〕作者朱瑪拜・比拉勒還借小黑馬對大地母親訴說的心聲來表達自己對人類傷害大自然的不滿：「母親，請你不要再失去你的孩子，不要再讓人類傷害你的心靈」。〔註35〕

　　這種對大自然的關注不止朱瑪拜・比拉勒一位作家，葉爾克西・胡爾曼別克的筆下所見到的都是那些和他們朝夕相處的動物，〔註36〕蘇丹・張波拉托夫的散文《自然、家園：憂傷的愛》表露了作者對大自然受到人類傷害的擔憂，阿吾里汗的散文《天鵝回來了》傳遞了作者看到天鵝歸來的喜悅，等等。有的哈薩克作家還表達了他們對草原文化受到新的生產方式與城市文化的影響而褪變的擔憂，如哈依霞・塔巴熱克的魂系列（《魂在人間》、《魂在草原》、《魂在大地》），哈尼的報告文學《在欽格斯山腳下》及朱瑪拜的報告文學《百戶村的故事》則記錄了在新時期離開草原文化，受到市場經濟影響下的哈薩克族族個體勞動者創業的艱苦。

　　當然，事實上，這種來自現代化和城市化，對鄉村的生產生活方式、傳統文化風俗、生態環境等各個方面產生巨大衝擊的，不只是哈薩克族和我國的少數民族，這是一個在現代化與城市化進程中所面臨的普遍問題，這一點不僅中國文學，世界文學中也出現過不少這樣主題的作品。現代化目前來看還是一把雙刃劍，對於現代化對生態的破壞這一難題是世界各國都力圖解決的難題。

　　從以上對於十七年時期新疆多民族文學題材的梳理，我們既能看到民族文學與主流文學之間的一致性，也能夠看到新疆民族文學所體現出的獨特性。從作品的創作數量來看，這一時期新疆多民族文學的題材主要有頌歌題材和農業合作化題材。這兩大題材也同屬主流文學中的重要題材，因此本文也將抽取這兩大題材進行詳細剖析。另，十七年時期主流文學中還有一重要題材，即革命歷史題材。雖然新疆多民族文學作品中這一題材的作品數量並不多，但是由於這一題材的作品大多都是這一時期影響較大的長篇小說，且其中能

〔註34〕（哈）朱瑪拜・比拉勒：《再見吧，你這個倒楣的祖傳業》，選自《藍雪》，新疆青少年出版社 2007 年版，第 218 頁。

〔註35〕（哈）朱瑪拜・比拉勒：《皮籠套》，選自《藍雪》，新疆青少年出版社 2007 年版，第 188 頁。

〔註36〕葉爾克西・胡爾曼別克在她的作品集《永生羊》、《草原火母》中記錄了哈薩克人在草原的生活，和哈薩克人生活朝夕相處的牛、羊、貓、狗、雞，甚至有狼等動物都是作者筆下的重要角色，可見生態環境與哈薩克人生活關係之密切。

第二章 農業合作化題材

第一節 新疆農業合作化題材作品概述

　　「在五六十年代，以農村生活為題材的創作，無論是作家人數，還是作品數量，在小說創作中都居首位。這種情況，既是『五四』以來新文學的小說『傳統』的延續，更與當時文學界對表現農村生活的重要性的強調有關。」〔註1〕作家對農村題材的熱衷雖未改變，但「十七年時期」的農村題材與之前現代文學中的農村題材卻有所不同，這一時期作家對農村的關注點已不在鄉村的風俗風景與人物生活，或是對鄉土的追憶與懷戀，而是根據現實及政治需要將目光聚焦在農村裏所進行的政治運動、政策變化及這些運動與變化為農村與農民所帶來的改變上，因此，在這一時期轟轟烈烈的農業合作化運動便成為作家們爭相描寫的重要題材。現在回過頭來看，這些作品雖然有很多不足，但它們就像是一部歷史，「把一些在當時很有影響的而在藝術上又比較成功的作品依次讀來，大體上可以看到一部不甚完備的農業合作化的形象的編年史。它們描寫了農民從個體所有制到集體所有制的轉變，客觀上反映了農業合作化運動從初期到高潮再到後期出現了失誤和偏差的全過程。」〔註2〕

　　眾所周知，「農業合作化題材作品」是特定歷史中的產物，是與我國建國初期農業社會主義改造的合作化運動密切相關的，也正是由於這類作品與政治、經濟、意識形態的關係之緊密已勝於作品與藝術的關係，因此對這類作

〔註1〕洪子誠：《中國當代文學史》，北京大學出版社 2003 年版，第 92 頁。
〔註2〕劉思謙：《對建國以來農村題材小說的再認識》，《文學評論》1983 年第 2 期。

品的評價也在 80 年代多被認為是「政治的附庸」或「特定時代的產物」，而較少有全面研究其藝術價值。當歷史的一頁又被翻了過去，因解放的勝利或是因錯誤的憤怒所產生的一次次運動與情緒的激動漸漸冷卻時，「對這段文學的敘述進入兩難境地，既不能肯定大批判的思路，也不能回到由過去命名而形成的敘述成規，真所謂『左』邊是深淵，『右』邊是陷阱，至少用一種簡單的非『左』即『右』、非此即彼的分析和判斷問題方式是行不通了」〔註3〕當代文學的研究學者重新將目光置於「十七年」文學之時，也認為對這段特殊時期文學的研究「不僅是對過去一段文字歷史的探討與評價，而且也關係著 20 世紀下半葉整個中國文學命運的思考。它所提供的歷史經驗對當下文學靈魂的設計，具有深刻的借鑒意義」。〔註4〕然而，如何對其定位研究與評判鑒賞才是這個問題的關鍵所在，既然非「左」即「右」的評價行不通，而掌握其中的「度」又是如此難以把握，看來只有先「把歷史還給歷史」，而後在這還原了的歷史文化生態環境中進行作品細讀是較為穩妥的方式。

一、農業合作化運動概況

早在 1933 年解放區就根據蘇聯的經驗制定了《中共蘇維埃共和國臨時政府頒布的勞動互助社組織綱要》，勞動互助組織不僅成立了，其範圍還在不斷地擴大，「到 1944 年 7 月 3 日，中央委員會主席毛澤東在楊家嶺大禮堂作了合作社的方針、任務的講話，指出合作社的業務主要有十項：工業、農業、運輸、畜牧、供銷、衛生、信用、教育、植樹、公益」。中華人民共和國成立後，隨著全國各地土地改革運動的開展與完成，翻身農民有了自己一生夢寐以求的土地，發展生產的熱情前所未有地高漲，卻也隨之產生了新的問題。從 1950 年東北局、華北老區等地方的農村生產情況調查便可見，自土改後，貧雇農上升為中農的速度快，成為農村中的多數；中農升富裕中農因顧慮多而上升速度慢；少數鰥寡孤獨戶因底子薄、少農具畜力而生活再度出現困難；少數經濟上升較快的，包括農村黨員及村幹部則開始雇工，新的貧富差距進一步拉大，新的社會矛盾也因此產生。根據這些情況，中央於 1951 年在各地組織了三種生產互助組，即勞動互助組（撥工族、變工族等）、勞力戶主發展

〔註 3〕董之林：《史與言──〈舊夢新知：「十七年」小說論稿〉導言》，《江海學刊》
　　　　2003 年第 2 期。
〔註 4〕吳秀明，段懷清：《文化生態環境與十七年文學歷史評價國際學術研討會綜述》，
　　　　《文學評論》2006 年第 4 期。

到經濟合作、農業生產合作社（高級形式），且據調研顯示這種農業互助合作能夠合理使用勞動力、克服生產中缺少耕畜與農具的困難，以增產增收。可見，農業合作運動的產生發展與當時農民的實際情況及其心理心態是較為吻合的。1951 年 9 月 20 日，中共中央召開了第一次全國互助合作會議，通過了《關於農業生產互助合作的決議（草案）》。會後，全國的農業生產互助合作運動很快開展起來。在一年多試點的經驗基礎上，1953 年 12 月 16 日中共中央正式通過了《關於發展農業合作社的決議》（該決議明確注明不包括某些少數民族地區），農業合作化運動正式進入發展階段。到 1956 年底，這場轟轟烈烈的農業合作化運動已經席捲了整個中國農村，加入合作社的農戶甚至到達了全國農戶總數的 96.3%，當然，這場運動的高潮——「人民公社」的建立也為農業合作社畫上了句號。從農業合作化運動開始到高潮發展的迅速，我們就不難發現新的社會主義國家對於到達共產主義目標的迫切，也可見新的政權對全國各部分的控制已能另如此大的一場運動在這麼短的時間裏就進入全國每一個角落。

　　整體看農業合作化運動的歷史，不難看出其總體方向是以較快的速度發展壯大的，但仔細研讀史料會發現這場運動從始至終也並不總是朝著一個方向往前衝的，其發展也在根據具體數據而不斷進行一定的調整。從 1951 年全國第一次互助合作會議開始，直至 1958 年人民公社的建立，各地不斷推進農業合作化，1952 年上半年的數據就顯示農業合作社已占全國總農戶的 40%左右，但是從各地農業合作社的調研報告中，中央也發現了其中存在一些農業合作社的發展有冒進偏激的問題。因此，1953 年 3 月 8 日，中央便通過了《中央關於縮減農業增產和互助合作發展的五年計劃數字的指示》，之後也通過了《中央同意中南局關於糾正試辦合作社中急躁傾向的報告》等糾正各地急躁冒進工作的指示。但走合作化道路依然是不容更改的，在 1953 年 12 月《黨在過渡時期總路線的學習與宣傳提綱》中就明確寫道：對農業進行社會主義改造，必須經過合作化的道路。事實上，農業合作化運動不僅是生產方式的簡單變更，對於以走社會主義道路為宗旨的中國共產黨而言，它更是走哪條道路的根本命題，且作為一個農業大國，農業的社會主義改造將是整個國家社會主義改造中最為重要的一步。1953 年 10 月與 11 月毛澤東關於農業互助合作的兩次談話也表明了這一態度：「華北現有 6000 個社，翻一番——攤派，翻兩番——商量。……控制數字不必太大，地方可以超過，超額完成，情緒

很好」，「『糾正急躁冒進』，總是一股風吧，吹下去了，吹倒了一些不應當吹倒的農業生產合作社」。〔註5〕這種發展與控制的反覆一直存在於中國的農業合作化道路中，我們也不得不承認，這個新生事物在一個全新的人民民主專政的國家裏的發展，只能是「摸著石頭過河」了。

雖然在農業互助合作發展的指示與毛澤東的講話中都提到，少數民族地區由於尚未完成土改〔註6〕，可以暫時不搞，但歷史證明，遠在祖國西北邊陲的新疆維吾爾自治區也投身於這場運動之中，只是由於具體情況的不同而略有區別。1954 年 2 月 10 日，新疆省人民政府宣布了全疆 57 個縣、3 個市，共 1520 個鄉的土地改革勝利完成，而此時的中國大部分農村開展農業生產合作運動已有些年頭了。新疆則在此之前也已初步開展了農業合作化運動了，在 1953 年 12 月召開的新疆省第四屆生產會議上，王恩茂作了題為《為大力搞好互助合作運動，逐步實現對農業的社會主義改造而奮鬥》的報告。在 1954 年 3 月新疆分局向中共中央呈報的《關於新疆互助合作工作的彙報提綱》中顯示，當時全疆已成立農業互助組 58773 個，參加互助組的農戶占農戶總數的 30%，但當時全省僅有 10 個生產合作社；到 1954 年 9 月，合作社就已達到 138 個了；1955 年冬季後其發展速度更快，全區入社農戶達總農戶的 85% 以上。新疆不僅是一個多民族聚居區，維吾爾族中有不少人從事手工業勞動，新疆同時也是祖國重要的牧區，因此，新疆的合作化運動也極其重視手工業合作社與畜牧業合作社的建立，這自然也是新疆手工業與畜牧業的社會主義改造的重要組成部分。在 1954 年年底中共中央新疆分局所作出的 1954 年工作總結中便顯示，新疆已建立牧業互助組 1780 個，並在試辦試驗中也在不斷調整畜牧業生產合作社的方式方法與政策措施。1955 年 5 月中共中央新疆分局召開常委會議，要求各地黨委要從新疆地區的特點出發，按照社會需要，有計劃有步驟地開展手工業合作化運動。到 1956 年 2 月 2 日，僅烏魯木齊市

〔註5〕《當代中國農業合作化》編輯室：《建國以來農業合作化史料彙編》，中共黨史出版社 1992 年版，第 168～169 頁。

〔註6〕據《乾德縣土改始末》一文記載：乾德縣（今新疆維吾爾自治區米泉市）1950年的減租反霸時間短，地主階級的勢力依舊很大。乾德縣是全疆土改的試點縣之一，是迪化專區試辦土改最早的縣，其土改從 1951 年 10 月至 1953 年 3 月，歷時一年半。但據數據顯示，土改程度並不十分深入，土改前貧雇農擁有土地總面積的 7.1%，土改後占 43.3%。見張敏：《乾德縣土改始末》，摘自政協米泉縣委員會文史資料委員會：《米泉文史》（第 2 輯），米泉縣印刷廠 1990 年版，第 1 頁。

的手工業生產合作社（組）便已達到了 89 個，參加合作社（組）的手工業者已占全市手工業者總數的 97%。

　　表面來看，新疆的農業合作化運動基本與國家的農業合作化運動是同步且較為順利的，但在具體的操作中卻並非如此。由於新疆多民族、多宗教的複雜性，全國興起的種種運動在新疆的實施過程中都較為謹慎，至今依然如此，畢竟國家的穩定是第一位的。對於農業而言，新疆的土改、減租反霸運動等都不比內地運動的激烈，而是要充分考慮新疆當地的情況而做以修正實施。例如，1950 年 4 月 5 日，在對待富農的問題上，「王恩茂認為：必須很好地執行人民民主統一戰線政策，我們的政策應孤立敵人，而不能自己孤立自己。因此打擊的人不能太多，這在新疆民族地區，有特別重要的意義」〔註 7〕這種謹慎絕不是沒有意義的，不僅由於新疆有 13 個世居民族，更由於新疆多個民族全民信仰的伊斯蘭教的獨特性。解放前的新疆很多民族政教並不能完全地分開，因此，伊斯蘭教的宗教人員阿訇很多同時也是當地的地主或富農。同時，由於伊斯蘭教的生活化，人們生活中常常需要宗教人員為其舉行宗教儀式，如生喪嫁娶等，這些都離不開阿訇。這就使得當時的很多運動要再三考慮，例如對待富農的態度等。除此之外，由於新疆是一個農牧業結合的地區，因此很多農業合作化的政策在此地的實施就會出現很多問題，這也是慣於處理農業地區的漢族幹部所不熟悉的。例如，1951 年 10 月，在實行減租反霸活動後，「伊犁地區發生了牧民自發鬥爭牧主、宰殺羊隻的情況，中共中央新疆分局發出《通報》，要求各地加強宣傳教育工作，說明減租反霸只限於農業區。明確規定不能用處理地主土地的方法處理牧主的牲畜，對牧主與牧民之間的糾紛，通過調解，適當解決。」〔註 9〕可見，雖然十七年時期中國各種運動紛紜迭起，但這些運動在新疆不僅要謹慎處理，還會有很多不同之處，這一點對於我們比較分析新疆作品也要綜合考察，才能全面深入地理解作品的意義。

二、我國的農業合作化題材作品

　　農業合作化運動「涉及到每個農民的家庭及個人命運的變化，特別是要

〔註 7〕中共新疆維吾爾自治區委員會黨史委：《中國共產黨新疆歷史大事記（1949.10～1966.4）》（上冊），新疆人民出版社 1993 年版，第 32 頁。

〔註 8〕中共新疆維吾爾自治區委員會黨史委：《中國共產黨新疆歷史大事記（1949.10～1966.4）》（上冊），新疆人民出版社 1993 年版，第 60 頁。

求農民從幾千年的小生產者的生產方式和傳統私有觀念中解放出來，轉變為中國社會主義革命的動力的『運動』，對於從土地革命中獲得土地、勞動發家的夢想剛剛開始燃燒的廣大農民來說，真是一場痛苦的、觸及靈魂的考驗。同樣，對於一些熟悉農村生活、與農民情感上血肉相連的作家來說，也不能不相伴著經歷一場嚴峻的靈魂搏鬥。在政治上，作家們都理解這場革命的意義，並希望通過歌頌農村的新生事物來推動這場革命的順利進行，可是越深入到生活的激流深處去設身處地地體驗、觀察、把握農民思想情感，以及他們所經受的脫胎換骨的考驗，真正願意與農民共命運的知識分子的自身靈魂也不能不經受同樣的震盪與感動。」〔註9〕本文的重點並不是評判農業互助合作生產的是非曲直，而是那些在此背景下應運而生的農業合作化題材的文學作品。儘管這類作品有圖解政策、宣傳合作化、過於貼近意識形態之嫌，但我們也難以否認在這樣波及全國的運動中，身處其中的作家的確樂意展開這一時代所賦予的話題。「農業合作化題材小說所描寫的生活並非盡善盡美，不過小說家心目中還是有一副新社會應該盡善盡美的藍圖，並用他們認為『生活應該是怎樣的』想像，努力去編織這幅藍圖」。〔註10〕這種現象與新的政治話語的普及、新的文學觀念的建制、權威意識形態對審美趣味的轉變與體制化的文學藝術生產機制勢必都有著千絲萬縷的聯繫，但同時，它們也的確是來源於現實生活的。農業合作化運動帶給農民巨大的變化，而這鮮活的生活又產生了鮮活的「三年早知道」、「小腿疼」、「吃不飽」、「自古道」等人物形象，他們並不是上層建築與意識形態能夠簡單抽象出來的，而是在那個社會歷史文化背景中所滋生的。且不說梁生寶是否就是現實中王家斌的化身，馬烽那近似報告文學的作品中的人物是否存在，僅憑這些作家在當時文藝政策的指導下深入農村生活、體驗農民感情便可知，這些作品中的多數是來源於現實生活的，為我們留下了那個時代寶貴的剪影與故事，能夠讓我們在時空交錯中感受到那個時代的風雲變幻與激情似火，以及當時各地農民不斷變化的複雜心態。這些作品也從一個側面反映了這場國家轟轟烈烈逐步實現的越來越激烈的農業合作化運動，直至人民公社制度的實施強烈挫傷了農民的生產積極性，破壞了上千年來農村形成的較為和諧的自足狀態的整個過程。面

〔註9〕陳思和：《中國當代文學史教程》，復旦大學出版社1999年版，第36頁。
〔註10〕董之林：《熱風時節——當代中國「十七年」小說史論》（上），上海書店出版社2010年版，第196頁。

對現實和意識形態的反差與矛盾,「小說這種文體賦予作家虛構的權力,他們可以根據自己的體察和感悟,對新中國初期農村生活出現的兩極化端倪表示憂慮和擔心,抒發對一種烏托邦前景的希冀與憧憬,特別是當他們通過一定的方式表現了這種『合情合理的不可能』,像《不能走那條路》連同後來一批在小說史上發生影響的農業合作化題材小說所體現的那樣,就應該肯定這些作品在文學史上的意義,並以此銜接當代小說發展的歷史脈絡」〔註11〕,這無疑也是農業合作化題材作品的意義所在。

從新中國各地農村情況的報告便可見農業的互助合作是針對其產生的問題而做出的相應舉措,而且根據對當時我國農民的實際情況與心理狀態做以分析,也可見在這場自上而下的大規模運動中,不僅有意識形態與國家總體目標的作用,同時也是契合不同農民心理的,這些在農業合作化題材的文學作品中也有所體現。孟富國在《農業合作化初期的農民心理分析》一文中,將其心理分為三種。首先,土改使廣大農民成為土地的所有者,使其對共產黨、政府、毛主席的感激滿溢於胸,尤其是那些原本沒有土地的貧雇農,就像《創業史》裏梁生寶的父親梁三老漢在拿到土地證後的欣喜若狂。「即使在今天,我們任何一個人也無法否認五十年代初中國農民對共產黨無比的熱情和信任度。經歷了土地改革運動之後的絕大多數中國農民,突然之間成為了土地的主人,正如這份喜悅是難以相信的巨大一樣,他們對於給予這份機遇的共產黨政府的感謝同樣深厚。」〔註12〕但這也同時造成了這類人加入合作社的困難,中國農民對土地懷抱的深深眷戀使他們對於土地再次「被收回」入社產生恐慌,正如《山鄉巨變》中的陳先晉一樣,舊社會的他儘管勤勞肯幹,卻始終在貧困線上掙扎,土改後,他決心大幹一場,讓他把好不容易到手的土地入社自然難以接受,因此《山鄉巨變》中的陳先晉入社前後的矛盾心理與變化便成為作品的一大亮點。但這類人中的絕大多數由於感激與歸屬感而決心為祖國多生產、多打糧,國家讓成立合作社便一心直奔合作社,他們在文學作品中多為共產黨員或共青團員,例如《狠透鐵》中的狠透鐵、《創業史》裏的梁生寶等為了合作社上下求索,嘔心瀝血。其次,是幾千年來農民逐漸形成的「均平」與「求富」的心態。建國初的中國農村自然是貧下中

〔註11〕董之林:《熱風時節——當代中國「十七年」小說史論》(上),第133頁。
〔註12〕賀仲明:《真實的尺度——重評五十年代農業合作化題材小說》,《文學評論》
　　　　2003 年第 4 期。

農為多數、富裕中農為少數，這些人自然希望大家都共同走向富裕，哪怕是《創業史》裏想發家致富的郭振山，也會在下力狠干時產生動搖，不知自己的獨自創業是對是錯，因為獨自富裕畢竟與社會主義的道路是不相符合的。戰爭結束了，國家穩定了，渴求富裕的美好生活不僅是農民的心願，也是全國人民的共同願望。「黨和國家對合作化的宣傳迎合了農民的這種心態。1950年，黨和國家通過明快上口的牆頭標語、基層宣傳員的講解、文化站圖片展、民間義演等各種宣傳途徑極力渲染合作化的美妙前景」。〔註13〕這些在《山鄉巨變》、《三里灣》等文學作品中也可見，《山鄉巨變》裏的盛淑君帶領青年團全村貼對聯挨家宣傳，《三里灣》裏則將鄉村的未來找畫師描繪了無比美好的圖畫，這些淺顯易懂的方式都將走上農業合作化道路後的鄉村與公路、拖拉機、電燈、電話等現代化工具聯繫在一起，使農民相信這將是更快捷的致富之路。其三，是小農經濟進一步發展的需要與其所面臨的壓力。土改後的農民雖然擁有了土地，但由於長期經受的剝削與壓迫，家底依然很薄，尤其是缺乏生產工具和資金，「當時的貧雇農每戶平均佔有耕畜 0.47 頭，犁 0.41 個，一年用於購置生產資料的支出只有 30 元，其中購置生產工具的只有 3.5 元」。〔註14〕這個問題不僅在各地的農業報告中可見，在許多農業合作化題材的作品中也可詳知，在馬烽的《四訪孫玉厚》中堅持辦社的貧農都是因為沒有畜力而無法單獨生產，共同克服困難未嘗不是一件好事。還有一種需要就是農業基礎設施與農田水利工程的建設，這些都是小農經濟所無法解決的難題，但是通過互助合作與政府幫助就能夠較好地解決這些難題了。例如《三里灣》裏的一件大事就是解決開渠經過私人地基的問題，大夥兒參加了合作社、土地、農具、耕畜統籌安排便使問題迎刃而解，同時也為生產豐收打下了基礎。第三種則是在土改較早地區所產生的新的中上農與富農，他們對今後的發展方向產生了猶疑，想繼續發展又怕犯錯誤，畢竟剛剛經歷過的土改還令人有所顧忌，這些人迫於國家政策與被孤立的危險而加入合作社，就像《創業史》裏的梁生祿雖然入了社可心卻不在社裏。馬烽的《三年早知道》裏的社長甄明山設身處地地去理解趙滿囤：「其實滿囤過去那樣自私自利，也不是啥奇怪事。不要說他是中農，又是被逼到社裏的，就是自願入社的貧農也不是個個

〔註13〕孟富國：《農業合作化初期的農民心理分析》，《滄桑》，2008 年第 2 期。
〔註14〕周鴻：《中華人民共和國國史通鑒》（第一卷），紅旗出版社 1993 年版，第 27頁。

人一入社馬上就變得大公無私。農民嘛,祖祖輩輩一家一戶過活慣了,從古至今都是各家打各家的算盤。農民社比單幹再強,乍入社總不是一下就能轉過彎來」。﹝註15﹞這些在新疆的農業合作化題材作品中也或多或少,或相同、或有所區別地都有所體現。

二、新疆的農業合作化題材作品

　　第一章第二節對新中國成立至「文革」開始之前的「十七年時期」的新疆主要文學原創作品進行了統計,該統計主要依據《新疆多民族文學史》、《二十世紀維吾爾文學史》、《哈薩克文學簡史》、《新疆回族文學史》,以及漢文雜誌《新疆文學》中的主要作品,共統計 213 篇作品,其中以農業合作化為題材的作品有 13 篇,其中維吾爾族作家創作的作品 6 篇,哈薩克族作家創作的作品 4 篇,漢族作家創作的作品 3 篇。另對維吾爾文雜誌《塔里木》和哈薩克文雜誌《曙光》在這一時期的原創作品進行了統計,以農業合作化為題材的作品自 1959 年 9 月起至 1964 年,幾乎每一期都有此類題材的作品出現,總計 54 篇,其中以詩歌為主,也有小說、記錄、歌詞及特寫。﹝註16﹞

　　由新疆多民族作家所創作的合作化題材作品為數不少,涉及了詩歌、短篇小說、長篇小說與戲劇,其中最為著名的是維吾爾族作家祖農・哈迪爾創作的短篇小說《鍛鍊》。《鍛鍊》雖然只是一篇短篇小說,但作品的藝術性、人物形象的塑造卻絲毫不比許多該題材的長篇小說遜色,因此這部作品在 1981 年舉行的全國少數民族三十年文學作品評選活動中獲得了一等獎。﹝註17﹞整篇小說藝術上乾淨流暢,語言平淡卻風趣幽默,極具維吾爾文學的機智與幽默特色;內容上作者主要展現的是新疆的農業合作化運動,但其中也涉及新疆手工業的社會主義改造。主人公麥提亞孜的成功塑造不是偶得的,這與作者有著緊密的聯繫。首先,祖農・哈迪爾出生於一個手工業者家庭,他熟諳手工業者的生活方式與心理心態,自然才能深入挖掘其內心感受,也能夠設身處地地理解他面對生活與生產的巨大變化時的不適應。同時,《鍛鍊》一

﹝註15﹞馬烽:《三年早知道》,上海文藝出版社 1963 年版,第 38 頁。
﹝註16﹞有關維吾爾文雜誌《塔里木》和哈薩克文雜誌《曙光》中農業合作化題材作品的具體統計詳見附錄(四)。但這部分作品是以維吾爾文和哈薩克文書寫的,因本人維吾爾文和哈薩克文翻譯水平有限,僅能根據查閱到的雜誌翻譯其目錄,故文中將這一部分的作品沒有進行詳細分析。
﹝註17﹞有關祖農・哈迪爾的《鍛鍊》一文的詳細分析可見論文第二章第四節。

文的寫作是深入農村體驗生活的結果，儘管這也是黨和政府交付的任務，但當時的知識分子懷抱著為祖國多做貢獻的激情，在情緒情感上是積極主動的，這部作品的成功自然也得益於作者對生活的深入接觸與感受。除此之外，1954年隨新疆省文聯創作小組在南疆的喀什、阿克蘇、莎車生活五個多月的祖農‧哈迪爾還與瑪納甫合寫了一部五幕話劇《喜事》，作品通過一個老中農對互助合作運動態度的逐步轉變展現了農村的社會主義道路的轉變。

哈薩克族作家郝斯力汗也創作了一些農業合作化題材作品，他的《起點》（1957）、《牧村紀事》（1959）、《阿吾勒的春天》（1963）等作品都是描寫新疆牧業合作社的。這些小說創作得較《鍛鍊》晚些，作品中對於兩條道路，兩個階級的對立與鬥爭的敘寫也更多，不像《鍛鍊》裏中農反對麥提亞孜加入互助組也僅僅是說些風涼話而已。因此，在郝斯力汗的合作化題材小說裏主要有兩種人，一種是支持並堅決走合作化道路的積極分子，他們過去是遭受牧主欺壓的牧民，而今卻成為幹部或積極分子，自然全心全意投入合作社。如《起點》中的瑪麗亞，不顧他人挑撥其夫妻關係堅決要求加入合作社；《牧村紀事》裏的紅泉公社的養羊模範鐵亞那老漢和他做隊長的女兒達麥特干一心保護牧區與牲畜；《阿吾勒的春天》裏的老牧民庫肯為了保護解放軍的駱駝母子而不顧自家的牲畜，這些人都堅決保護公社與集體的利益。而另一種人則以反面角色出現，試圖破壞集體和公社的利益，有的為了肥私，有的則出於報復心理，如《起點》中的庫地雅爾因為自家作春窩和秋窩的草地在合作社的統籌安排下要改作耕地而反對合作社；《牧村紀事》裏的奴爾哈里生活富足，不願與窮鬼夥著幹，公社成立前他便企圖把所有的家畜都賣掉，因被達麥特干揭發受到批評而懷恨在心；《阿吾勒的春天》裏的碧海莎則只是一個自私自利、愛佔便宜、好說閒話的喜劇角色。這些反面角色雖然都對集體利益產生了傷害，但是這些傷害都不是致命的，充分反映了有生產條件的中農對待合作化道路的兩面性。一方面，他們由於在整個群體中較為富裕，便害怕其個體利益在加入合作社之後受到損害，一旦稍不如意或利益受損，他們便將憤怒與不滿投射於合作社並試圖對其進行破壞；另一方面，他們並不是剝削者，他們還是屬於勞動者中的一部分，其破壞都是有限的，還上升不到階級的對立，當其小陰謀失敗暴露後，通過教育，這些人也是能夠轉變的。新疆的農業合作化題材作品相比《山鄉巨變》、《三里灣》、《創業史》中的農業合作化運動所遭受的困難似乎較少也較為簡單一些，這與新疆的農業合作化

運動由於土改較晚、少數民族較多、情況較為複雜而開展較晚也是有一定聯繫的，這樣就能夠在內地實踐經驗的基礎上根據當地情況及時做調整，收到的效果自然也會好一些，這些實際情況在作品的對比中也有所體現。

　　除上述主要作品外，還有發表於《新疆文學》、《塔里木》、《曙光》等文學期刊上的短篇小說及不少以農業合作化為題材的詩歌，如克里木‧霍加的《在路上》、《阿依罕》，郭基南的《早安，金色的伊犁河谷》、《草原接羔忙》、《播呀播》等，以及由柯尤慕‧圖爾迪在新時期所創作的長篇小說《戰鬥的年代》三部曲之三《春之歌》。儘管這些作品都被烙上了地域特色與民族風情，描繪了與中原地區不同的手工業者、牧民如何走上農業合作化道路的過程與結果，獨特的邊疆風光、生動的民族語言、風趣幽默的維吾爾族人與爽朗直率的哈薩克人所展現出的民族個性都在作品中有所體現，但它們仍是中國當代文學合作化題材作品中的一部分，也較為真實地反映了那個時代中農牧民的生產生活與情緒情感的波折與變化，為曾經的歷史留下了生動的一頁。這些作品無一不展示了五十年代在幅員廣闊的農村所發生的變化，特別是這亙古未有的歷史變動對於中國農民心靈的震撼。在此意義上，這些作家是表現中國農民革命從戰爭時期轉向農業合作化運動的史詩撰寫者〔註 18〕，這些作品也飽含了文學與歷史的雙重價值。

第二節　新疆農業合作化題材作品中的女性形象

　　從「五四」起，追求自由獨立就伴隨著國家與人民的解放進入了千百年來受壓迫的婦女世界。「著眼於共產主義運動的歷史過程，婦女，不僅是這一宏大社會革命中的生力軍，而且是這一革命的特性、意義和成功程度的重要表徵。在中國革命中，婦女問題總是與階級問題相提並論的，婦女解放一直被認為是階級壓迫終結、進而是全人類解放的重要組成部分。」〔註 19〕新中國建立後，婦女解放運動將解放區的種種舉措推而廣之，提倡婚姻自由，鼓勵並組織婦女走出家庭，參加勞動與社會生活，在政治上促使婦女享有與男性同等的公民權、選舉權、同工同酬權等，使那些在封建專制下無法發出聲

〔註 18〕參見董之林：《熱風時節——當代中國「十七年」小說史論》（上），上海書店出版社 2010 年版，第 197 頁。

〔註 19〕郭於華：《心靈的集體化：陝北驥村農業合作化的女性記憶》，《中國社會科學》2003 年第 4 期。

音的婦女逐步擁有個體意識，不再只是父親、丈夫與兒子等其生活中的男性的附庸品。這種有關女性的解放自然也是新中國文學的重要題材之一，十七年時期的文學作品也表現了女性所取得的這一革命性歷史轉變。新中國迎來了一個新時代，文學作品中自然也催生了一大批新人物，其中也包括了一大批新的女性形象，這些形象既是這個時代所特有的產物，也是長久以來中國婦女在爭取自由的道路中極具特色的群體。十七年時期作品中的新女性雖然與「五四」時期新文學中的新女性一樣追求自由，但她們借助於新社會給予女性的新政策和新地位不再只侷限於對自由婚姻愛情的追求，而是獲得了一定的政治與經濟地位，這使得她們不會再重複子君從一個家庭走向另一個家庭的悲劇，此時的她們獲得了從家庭走向社會的真實權利。這種對婦女的解放來自於整個社會，「從鼓勵婦女離開鍋臺下田勞動、男女同工同酬，到提倡婚姻戀愛自由乃至婦女工作協會及各項婦女工作機構的確立，」〔註20〕這些從解放區便開始的制度性的措施逐步使社會對女性的認可不再是短暫的和局面的，而是漸漸深入人心，深入生活。

由於建國初期最主要的任務即國家意識形態急需在人民群眾的內心確立政權的合法性，以及以實際的經濟建設為基礎來支撐新興的上層建築，因而十七年時期的文學作品包含兩種基本題材，一是革命戰爭；一是農村題材，農村題材具體有農業合作化運動（包括合作社時期和人民公社時期）、農村的階級鬥爭等，其中自然也不乏新的女性形象。在農業合作化題材作品中，這種新的女性形象如趙樹理《孟祥英翻身》裏的孟祥英、《三里灣》裏的玉梅，周立波《山鄉巨變》裏的盛淑君，柳青《創業史》裏的徐改霞，李準《李雙雙小傳》中的李雙雙、《耕雲記》裏的蕭淑英，白朗《為了幸福的明天》裏的邵玉梅，王汶石《新結識的夥伴》裏的張臘月、吳淑蘭，《黑鳳》裏的黑鳳等，她們都是勇敢從家庭走出去的新時代女性的傑出代表。這些渴望被解放的、走在解放道路上的新女性形象符合那個一切都處於解放與被解放的時代的總基調，因為這種解放「不僅是全國人民的社會的和物質生活的解放，而且同時也必然是人性上的、智慧上的和情感上的整個解放；這當然也就給新中國的文藝帶來了最豐富最偉大的主題內容」。〔註21〕事實上，這些作品

〔註20〕孟悅、戴錦華：《浮出歷史地表》，河南人民出版社，1989 年版，第 210～211 頁。

〔註21〕王瑤：《中國新文學史稿》，新文藝出版社 1954 年版，第 446 頁。

中出現的「進步」的女性形象是否在現實生活中大量存在呢？恐怕她們的確存在〔註22〕，但卻並不是每一位農村婦女都能夠如此之「進步」，因為仔細考證婦女的現實生活，就不難看出「進步」對於她們並不是一件易事。在生產分工尚不夠細化的時代，她們雖然沒有外出工作，但她們所承擔的勞動卻並不少，她們要生兒育女〔註23〕、照顧老人、飼養家禽、做家務等，農忙時還要下田勞作。合作化運動開始後，她們被要求和男性一樣出工幹農活，且幹活的強度並不因其是女性而有所減輕（給予她們的勞動報酬卻不能和男性同等）〔註24〕，同時她們仍舊要承擔出門幹活之前所承擔的各種生理的、家庭的勞務，這對於她們是相當不易的，因此在趙樹理的作品中才會出現「小腿疼」和「吃不飽」〔註25〕那樣的「落後」形象，這些「落後」形象才是真實的現實生活中大多數農村婦女的寫照。恐怕正是由於現實生活中缺乏「進步」女性，所以在那個文藝作品是革命工作重要的宣傳工具的時代裏，所以作者才要極力塑造農村「進步」女性，用以倡導婦女克服生活中的困難而全身心投入合作化運動。

一、新疆農業合作化題材作品中的「進步」女性形象

在這種十七年時期典型的農業合作化題材作品中，新疆多民族作家創作的作品裏也出現了很多典型的女性形象，她們和上述女性形象既有共同之處，也展現出不同的特色。

〔註22〕筆者的奶奶就是這樣一位「進步」婦女，她在解放前就抱著孩子參加了識字班，解放後還積極參加工作，處處要求上進，一直擁有入黨的美好願望，也一直以黨員的高標準要求自己的工作。

〔註23〕飽受戰爭摧殘的中國在解放初期極度缺乏勞動力，毛主席在百業待興之際，提出了鼓勵人民多生孩子的號召，對於不懂得如何節育的農村婦女，育齡婦女的生育頻率是很高的，而生產之後，在孩子尚無法自理之前，養育與照顧孩子的任務也等著她們去完成。

〔註24〕在農業生產勞動中，雖然從初級社開始直到人民公社解散，作為分配依據的工分始終是女性低於男性（入社之初，婦女最高是 5 分，公社時期最高為 8 分；男子最高一直是 10 分），但婦女在勞動量和勞動強度上並沒有受到照顧。摘自郭於華：《心靈的集體化：陝北驥村農業合作化的女性記憶》，《中國社會科學》2003 年第 4 期。

〔註25〕中國農村婦女習慣了將食物主要分配給家庭重要的男性勞動力，且她們固有的美德讓她們照顧著老人與孩子，因此，在食物匱乏的時代，她們留給自己的食物就少之又少了。

　　哈薩克族作家郝斯力汗的短篇小說《起點》〔註26〕中的瑪麗亞、《牧村紀事》〔註27〕裏的紅泉公社女隊長達麥特干，哈薩克族作家阿合買提與居努斯共同創作的短篇小說《草原上的春天》〔註28〕中的納格姆、哈薩克族作家吐·阿勒琴巴尤夫的短篇小說《幸福》〔註29〕中的古麗切，維吾爾族作家特·沙水薩克的短篇小說《入社》〔註30〕中的海比孜汗，維吾爾族作家阿地勒·卡斯木的短篇小說《農村裏的故事》〔註31〕中的莎岱特克孜，維吾爾族詩人克里木·霍加的詩歌〔註32〕《阿依罕》中的阿依罕，還有漢族作家歐琳編劇的

〔註26〕哈薩克族作家郝斯力汗的短篇小說《起點》中的主人公是一對夫婦，其中瑪麗亞的丈夫是一個「落後分子」，他不願參加合作社，而妻子瑪麗亞，不顧他人挑撥其夫妻關係堅決要求加入合作社，最終丈夫在妻子的勸說及「反動分子」陰謀的破產中加入了合作社。

〔註27〕哈薩克族作家郝斯力汗的短篇小說《牧村紀事》中描繪了一對模範父女，他們一個是紅泉公社的女隊長達麥特干，一個是養羊模範鐵亞那老漢的女兒，他們一心保護牧區與牲畜，同時勇敢地和那些企圖破壞公社的「壞分子」鬥爭。

〔註28〕哈薩克族作家阿合買提與居努斯共同創作的短篇小說《草原上的春天》刊載於《新疆文學》1958年第2期。文中的主人公納格姆姑娘是牧業合作社領導人之一，但她的父親父親夏班拜被曾經的貴族柯拉泰挑撥不願加入合作社，向來聽話懂事的女兒和父親鬧了矛盾，最終在剛轉業回來、後被選為社長的塔以拉克的幫助下揭穿了柯拉泰的罪行，最終父親加入了合作社，父女倆和好如初。

〔註29〕哈薩克作家吐·阿勒琴巴尤夫的短篇小說《幸福》刊載於《新疆文學》1959年第7期。割草隊的隊員古麗切和哈巴斯是一對情侶，古麗切發現她的姐夫哈力克拜與反革命分子勾結,當大家在黨派來的張同志的幫助下抓住了歹徒，最後發現反革命分子就是她的愛人哈巴斯，古麗切毅然與其決裂。

〔註30〕維吾爾族作家特·沙水薩克的短篇小說《入社》刊載於《新疆文學》1957年第1期。文中的主人公是一對夫婦，妻子海比孜汗希望自家加入合作社，而丈夫買素拉洪卻極其反感加入合作社，妻子耐心說服丈夫，最後在合作社社員幫助其渡過難關後，丈夫最終要求加入合作社。

〔註31〕維吾爾族作家特·沙水薩克的短篇小說《農村裏的故事》刊載於《新疆文學》1958年第9期。主人公託乎地在減租反霸、土地改革中，都表現得很好。但不知怎的，當農村一開始合作化，他便鬆了勁，開始東遊西逛起來，吃的穿的也開始挑挑揀揀的了。託乎地看上了靴匠斯德克的女兒莎岱特克孜，莎岱特克孜也喜歡託乎地，但由於託乎地越來越好吃懶做、游手好閒莎岱特克孜便對他疏遠了。當大家學習革命先烈劉胡蘭的事蹟時使託乎地後悔萬分，決心改過自新，感受到了勞動的意義，最終莎岱特克孜也與他和好如初。

〔註32〕由新疆少數民族作家創作的農業合作化題材作品，尤其是詩歌在維吾爾文雜誌《塔里木》和哈薩克文雜誌《曙光》中還有很多，具體統計情況可詳見附錄（四）。但這部分作品是以維吾爾文和哈薩克文書寫的，因本人維吾爾文和哈薩克文翻譯水平有限，僅能根據查閱到的雜誌翻譯其目錄，故論文中將這一部分的作品沒有進行詳細分析。

電影劇本《天山的紅花》〔註33〕中的生產隊長阿依古麗等，都是這一時期典型的進步女性形象，且她們都具備一些共同特點。

首先，以上作品中的女性形象都是作品中的主人公，她們無一例外也是作品中的進步形象，是農業合作化運動中的支持者或是先進人物。而這種所謂的先進或落後的評判標準來自於是否參加合作社這一表面看來是極其簡單的命題，實際上是一個嚴肅的原則性命題，即「批判集體化過程中的小農意識，作品思想的聚焦點在於，是實行『一大二公』的合作化，還是實行『單幹』的兩條道路、兩種思想的鬥爭，帶有更為濃鬱的激進時代的政治色彩。」〔註34〕同時，在作品中和這些進步女性關係密切的男性人物形象，如丈夫、男友、父親、姐夫等，且他們中總是有一個是落後分子。這些落後的男性人物形象固執守舊，不願參加合作化運動，他們還會有意或無意地成為反革命分子的幫兇，甚至有的自己就是反革命分子。例如，《起點》中的瑪麗亞、《入社》中的海比孜汗、《天山的紅花》中的阿依古麗都堅決要求加入合作社，但她們的丈夫卻都是「落後分子」不願參加合作社。《草原上的春天》中的納格姆姑娘是牧業合作社的領導人之一，但她的父親夏班拜卻被曾經的牧主柯拉泰挑撥而不願加入合作社，向來聽話懂事的女兒因此和父親鬧了矛盾。《幸福》中的古麗切是割草隊的隊員，是一位積極要求進步的青年，她的姐夫哈力克拜卻與反革命分子勾結在了一起，沒想到古麗切最後發現反革命分子竟然是她的男友哈巴斯，古麗切便毅然與其決裂。

其次，這些女性形象不僅是「進步者」，她們還是幫助這些落後的男性形象進步的說服者。《入社》中勤勞善良的妻子海比孜汗耐心溫和地勸說丈夫買素拉洪加入合作社：

> 「不要生氣呀。」她又愛又可憐的看著她丈夫怒不可遏的面
> 孔：「我們是新社會裏的人，我們入合作社吧，只有這樣我們的生活

〔註33〕由歐琳編劇，陳懷皚、劉保德、崔嵬執導的電影《天山的紅花》中的生產隊長阿依古麗，積極進步，一心為集體搞生產，而其丈夫阿斯哈勒由於擔心妻子關心集體不顧家庭，對阿依古麗的工作很不支持，因而給「反動分子」阿思木製造了機會，挑撥其家庭關係，在工作與生活中製造了很多困難。但是在阿依古麗的不斷努力下，終於用事實教育了固執的老公，並揪出了階級敵人，同時保證了生產的順利發展。

〔註34〕董之林：《熱風時節——當代中國「十七年」小說史論》（上），上海書店出版社 2010 年版，第 124 頁。

才有幸福。」

「當妻子的人知道什麼，難還在天上飛呢！你就拿起碗來等著吃肉喝湯了。」他走到她跟前，右手指頭在地上劃著：「我們願意在地裏種什麼，我們就種什麼，我們用我們用慣了的農具來耕作，願意怎麼作就怎麼作。入了社就沒有這樣隨便了，算了吧，這個社還是不如的好。」

「這是什麼話，難道我們入『新道路』合作社就沒有『自由』了嗎？就不能獲得豐收嗎？」

……

「那卡伍爾大哥鬍子都白了，還能不說實話嗎？他說他去年參加豐收大會了，他從來也沒有見過像阿孜里汗寡婦一樣，裝了那麼多口袋的糧食。他後悔他去年為什麼不入社。還有，大家還給他蓋了房子，那色爾阿洪也分到了許多糧食。麻衣木汗兩口子分到了十三口袋半的糧食，還有很多錢。我們還是入社吧，合作社就是好。」
〔註35〕

這種在農業合作化題材作品中由女性成為進步形象，並幫助落後男性形象進步的現象同內地漢族作家創作的農業合作化小說不大一樣，由漢族作家所創作的這類女性進步的作品較為明顯的是李準的《李雙雙》，而在其餘主要的農業合作化題材作品中，如《三里灣》、《山鄉巨變》、《創業史》、《豔陽天》、《金光大道》等都沒有這類情節與人物對比的設置出現。農業合作化運動前期的《三里灣》與《山鄉巨變》雖沒有中後期的《創業史》、《豔陽天》與《金光大道》一樣設置了各個方面都十分優秀而無可挑剔的男主人公，如梁生寶、蕭長春、高大泉來帶領人民群眾快步邁向社會主義道路金光大道的主人公，但作品也沒有如李雙雙及以上新疆作家創作的作品中那種明顯的以女性為先進、進步人物的主人公設置。農業合作化題材的作品中雖然也不乏優秀的進步女性形象，如王汶石《新結識的夥伴》裏的張臘月與吳淑蘭，但這些作品中也沒有落後的男性形象與之相對應。《山鄉巨變》裏的盛淑君、《創業史》裏的徐改霞、《金光大道》裏的呂瑞芬，她們雖然已經勇敢地從家庭走向了社會生產，但那些高大全式的優秀男性依然是其生產、生活和思想上的依靠，

〔註35〕（維）特・沙水薩克：《入社》，《新疆文學》1957 年第 1 期。

這種人物設置也符合長久以來形成的男權意識。作品中所描寫的女性這種表面上的解放，還是要依據真實的歷史，在郭於華先生對陝北驥村進行的女性生活史的調查中，調查者主要使用的調查方式是傾聽和記錄當地女性的講述、解釋和評價，然而「面對提問她們經常的回答是『不曉得』和『忘記了』；或者直接讓我們去問男人，因為那個時候是『男人當家』或『老人（男性長輩）當家』」。〔註 36〕可見，作家們在作品中的描寫不僅是意識形態的傳遞，也是真實生活的一部分，文藝終究還是來源於生活的，哪怕是深受意識形態掌控的十七年時期文學，尤其是小說這種要以細節打動讀者的體裁，多數細節的描述還是要依賴於真實的生活的。以此看來，從這一對比的現象來看，新疆的農業合作化題材的文學作品似乎將女性解放得更為徹底。

二、「進步」女性形象產生的歷史原因

在十七年時期的文學作品中普遍出現進步女性形象，這不僅限於農業合作化題材作品，革命戰爭題材作品中也十分多見，可以說，在那個紅色的年代處處充斥著來自社會各個領域的「女英雄」。當然，這種英雄形象並不侷限於女性，十七年時期是一個崇拜英雄的時代，這些英雄既來自於文學藝術作品中，也來自於真實的現實生活，人人崇拜英雄、嚮往英雄，也在努力將自我塑造成一個英雄。這些英雄對於這個特殊的時代、對於一個新建的政權都是極其有益的，他們甚至發揮著「維持社會凝聚力，重建破碎世道」〔註 37〕的巨大作用。在幾千年的封建統治和封建倫理的壓制下，女性作為社會最底層的代表，其解放對於打破一切舊社會建立一個新社會的新中國的意志不僅是一致的，且更具有挑戰性，這一點對於新疆少數民族女性則是難上加難，挑戰性也更大。

中國的傳統的封建倫理信奉「男尊女卑」、「三從四德」、「男主外，女主內」的封建禮教思想，而建國前新疆的少數民族女性不僅受到來自封建社會對她們的壓制，更重要的是男權對其的約束和制約更來自於其全民信仰的伊斯蘭教教法和聖訓，伊斯蘭教婦女在家庭、社會、經濟及政治等方面的地位都很低。從《古蘭經》中婦女一章第 3 條：「你們可以擇你們愛悅的女人，各娶兩妻、三妻、四妻；如果你們恐怕不能公平地待遇他們，那麼，你們只可

〔註 36〕郭於華：《心靈的集體化：陝北驥村農業合作化的女性記憶》，《中國社會科學》2003 年第 4 期。

〔註 37〕陳順馨：《中國當代文學的敘事與性別》，北京大學出版社 1995 年版，第 110頁。

以各娶一妻，或以你們的女奴為滿足」〔註38〕，可見婦女是從屬於男性的。正如伊斯蘭教復興主義者庫特卜所言：「伊斯蘭教是一條生活之路，是一條要在人類生活各個領域裏實現的道路，」〔註39〕從維吾爾族婦女常年頭戴面紗便可見其在生活中所處的底層地位。〔註40〕維吾爾族的生活諺語中有不少描述女性地位的，如「男人的手裏是坎土鏝，女人的手裏是飯勺」、「好男人有事同眾人商議，好女人有事同丈夫商量，」可見婦女的活動區域主要集中在家庭，因而她們對事物的看法也只能來自於身邊的男性。甚至連維吾爾族智慧的結晶《福樂智慧》中也有言：「女子好比肉類，收藏十分要緊，一旦保管失當，腐敗散發臭氣，」〔註41〕足可見婦女在社會生活中地位的低下。在男權文化的制約下，女性要知羞恥，要千方百計在婚前保住貞潔〔註42〕：「教你的女兒知羞恥，別讓你的臉丟盡」；女孩子唯一的出路就是找一個男人：「姑娘最好是嫁人，不然最好是死去」；然後完全生活於男性的束縛之中：「娶來的媳婦買來的貨，收拾整治在自己」、「孩子從小就要教育，老婆娶來就要教育」；而女性本身也對男權的地位深信不疑：「哪怕是個山洞，是我的家就好；哪怕是隻狗熊，是我的丈夫就好」。〔註43〕新中國建立後，婦女得到了解放，

〔註38〕馬堅譯：《古蘭經》，中國社會出版社2005年版，第25頁。

〔註39〕馬福元：《對伊斯蘭諸多問題之我見》，摘自王士仁主編，《伊斯蘭文化》，甘肅人民出版社2008年版，第80頁。

〔註40〕據伊斯蘭教規定，婦女除手腳外，全身都是羞體。且婦女必需深居簡出，不能讓外人輕易窺見。男人若窺見陌生女子的面容，就會被認為是件不吉利和不幸的事情。所以伊斯蘭教婦女外出就要戴上蓋頭或面紗。這些面紗一般可蒙到腰部以上，但大的也可蒙到臀部以下。維吾爾族婦女蒙面紗的年齡最早從十幾歲就開始，五六十歲的婦女也有蒙面紗的。隨著婦女地位的不斷提高，她們和男子一樣從事各種勞動，參加各種社會活動，蒙面紗會妨礙她們正常交往和生產勞動，蒙面紗的婦女便越來越少了。據筆者理解，當新疆和平解放後，蒙面紗的婦女便很少了，當時少有的蒙面紗的婦女大多是家庭條件很好、不必參加勞動的婦女。但當「文化大革命」之後，南疆蒙面紗的婦女卻又漸漸多了起來，且這些蒙面紗的婦女並不限於家庭條件較為優越的和年齡較大的，甚至在烏魯木齊的今天仍可見蒙面紗的維吾爾族婦女。

〔註41〕（維）尤素甫·哈斯·哈吉甫：《福樂智慧》，郝關中、劉賓、張宏超譯，民族出版社1986年版，第590頁。

〔註42〕伊斯蘭教非常看重婚前女性的貞潔，直至今日還有習俗。當新婚的夫婦洞房花燭夜後的第二天，若女性是貞潔的，則丈夫要帶著新婚的妻子告知其父母並出示證據，然後夫家再告訴女方父母並送去禮品。

〔註43〕張勇：《從維吾爾諺語看維吾爾傳統文化中的婦女觀》，《新疆大學學報》2007年第5期。

對於新疆的女性來說，這種解放相比其之前的生活與身份地位更是前所未有的，為婦女生活的方方面面都開啟了全新的篇章，這些在十七年時期的新疆文學中也有所體現。當然，藝術真實並不是生活真實，藝術作品常常將作家的願望與企盼帶入作品，新疆文學中這種對於女性的解放並非真如十七年時期作品中所描述的那樣有力度。「雖然新疆和平解放後，維吾爾族女性的社會、家庭地位有了很大提高，婦女也獲得了受教育的權利，但是女性被壓抑的傳統，並沒有經歷「五四」式啟蒙文化真正的衝擊。所以很自然，在很長的時間內，維吾爾當代文學中幾乎都沒有女性作家」〔註 44〕，這一點就能顯現新疆女性在那一個時期的解放還是有限的。縱向比較新疆多民族作家作品的文學題材，就不難發現，「新時期」出現了一批女性作家，她們創作的作品大多是愛情婚姻及女性家庭生活的題材，這時的她們對自我命運的關注與思考雖不能說一定是女性解放的體現，但至少是女性意識增強的表現。

從未婚女性來看，新疆農業合作化題材作品中的未婚女性已經擁有了自主選擇愛情與婚姻的權力。《草原上的春天》中的女主人公納格姆姑娘不愛父親已經接受采禮的、曾是大財主且有反動心思的柯拉泰的兒子，而是選擇了與轉業回來後被選為社長的塔以拉克在工作中相知相愛；《幸福》中當女主人公古麗切發現她心愛的人哈巴斯竟然是反革命分子後，毅然與其決裂；《農村裏的故事》中的莎岱特克孜和託乎地自由戀愛，但當託乎地不努力工作時她也能夠選擇與其分手。《牧村紀事》中的達麥特干雖然是一個寡婦，但仍有男性的追求，而她也能夠進行自主選擇〔註 45〕。已婚的婦女則不僅能夠走出家庭參與社會工作，甚至還能做領導，《牧村紀事》裏的達麥特干是紅泉公社的隊長、《草原上的春天》裏的納格姆是牧業合作社的領導人之一、《天山的紅花》裏的阿依古麗勇敢地給自己投了一票並成功當選牧業生產隊的隊長。哪怕是極其傳統的已婚婦女，她們也敢在對其而言曾經像天一樣的丈夫面前發表自己對事物的看法了，《入社》裏的海比孜罕是一個賢惠善良的妻子，新社會裏的她面對丈夫買素拉洪發表大男子主義時，她也會不顧丈夫的頑固而柔

〔註 44〕姚新勇：《多樣的女性話語——轉型期少數族文學寫作中的女性話語》，《南方文壇》2007 年第 6 期。

〔註 45〕可是新時期哈薩克族作家朱瑪拜·比拉勒的長篇小說《寡婦》中女主人公小寡婦在婚後不久丈夫就意外去世後卻不僅受到婆婆和家族的制約，而且還受到來自娘家和社會的壓力，並且她本人也處於迷茫的狀態，並不清楚自己想要什麼，應該做什麼。

聲進行反對了。

> 「你說的對呀。」她用慈愛的眼光看著自己的丈夫：「是啊，
> 你是丈夫，我是妻子，但在這新的時代裏，你我都是一樣平等的！」
>
> 「你和我有什麼平等」他狠狠的咬著牙「家裏的一切東西都是
> 我弄進來的。」〔註46〕

《草原上的春天》裏那個一切聽父親安排的乖乖女納格姆也在新的時代裏發
生了變化，而不再只是唯父親是從了：「納格姆對父親一向是非常尊重的，很
聽他的話。可是，自從去年就不同了，好話就聽，錯誤的話就堅決反對。她
對生活、前途……都有了新的看法，堅決不走斜路」〔註47〕，這些都是女性
面對男權唯尊的對抗，是新社會為女性帶來的切實變化。

　　「然而仔細審視那些籠罩著巨大榮譽光環的女英雄，我們發現作家按照
『女＋英雄』模式刻畫出的女英雄不過是主流社會男性話語霸權的產物和修辭
策略，是為吸引更多女性走出家庭，加入建設者行列而締造出的一個文化符號。
『女』僅僅是一個沒有任何意義的定語，空洞的能指。」〔註48〕從表面上看，
這些新女性似乎擺脫了父權（如趙樹理小說《登記》中的艾艾和燕燕擺脫了「父
母之命，媒妁之言」的父權控制）、夫權（如趙樹理小說《孟祥英翻身》中的
孟祥英擺脫了丈夫和公婆打罵的夫權控制），但從某種程度上看，她們又步入
了國家意識形態對其生活生產及情緒情感的掌控。這一點在十七年時期漢族作
家創作的作品中較為明顯，這一時期的文學作品中出現了不少女英雄，這些女
英雄在國家主流意識形態的主宰下，渴望得到和男性相同的權力和生活，她們
不僅要求和男性一起勞動、幹一樣的活，要求擁有和男性一樣的政治話語權、
一起討論、一起決策，要求自己有男性一樣的性格與意志、要求自己堅強、勇
敢、豪邁。如王汶石的《新結識的朋友》中的張臘月所說：「舊前呀，男兒志
在四方，五湖四海交朋友；如今，咱們女人也志在四方啦，咱們也是朋友遍天
下」。所以，事實上，女性依舊生活在以男權意識為基礎的國家／黨意識形態
的統領之中，她們不是想如何成為自我，而是想成為那個國家／黨希望成為的
女性。國家／黨希望她們走出家庭，她們便和男人一起做體力活（當然，家務
依然還是得女性來完成）；她們選擇國家／黨所認可的男性為愛慕的對象；國

〔註46〕（維）特‧沙水薩克：《入社》，《新疆文學》1957年第1期。
〔註47〕（哈）阿合買提，居努斯：《草原上的春天》，《新疆文學》1958年第2期。
〔註48〕謝納：《「十七年」女性文學的倫理學思考》，《遼寧大學學報》2005年第2期。

家／黨指向哪裏，她們便心甘情願地走向哪裏〔註49〕。因此，有論述指出：「（1）這場人民翻身得解放的革命並沒有特別指向女性的徹底解放，女性解放只是革命的附屬產品；（2）女性不是作為「女性」被解放的，而是作為「人」被解放的，因此，女性解放的女性特質便不可避免地要被忽略；（3）這種人的解放只是制度層面上的，而非心理文化層面的。」〔註50〕

　　這種現象也存在於新疆作家所創作的農業合作化題材作品中，但情況並不完全相同。首先，從創作者的族別來看，漢族作家歐琳的電影劇本《天山的紅花》中的阿依古麗也和上述女性形象一樣，表面上阿依古麗不顧丈夫反對當選了東風公社哈薩克族牧業生產隊的女隊長，但這個女性形象一切的言談舉止都是國家意識形態的傳達。電影中她一出場就是幫助牧馬人制服受驚馬駒的一幕，極具男性特徵，她關心集體不顧家庭，這些都使這個女性失去了其女性本身的特徵。她批評了自己的丈夫幹違反集體利益的事，用事實教育固執的丈夫，並揪出階級敵人，她階級立場堅定，對反動分子企圖陰謀破壞集體生產堅決地進行鬥爭，這些明顯都是國家意志的顯現。劇本中的她表面上果敢堅決，但在重要事件面前，她完全信服於公社的劉書記，劉書記給她意見與建議，似乎沒有劉書記的指導，她和群眾就無法解決困難，此處的劉書記實則國家／黨意志的隱性表達，暗示文藝作品的受眾，只有跟著黨走，才是唯一正確的道路。當人們祝賀阿依古麗作為一個婦女，竟然當選了生產隊隊長之時，阿依古麗卻激動地說：「這都是因為有了黨呀！大家相信我，把草原的命運架在我的脊樑上，我就得做一匹駿馬，不能做一匹駕不了轅的兔子！」〔註51〕這也可見，作品選擇女性作為主人公的價值所在，新社會不僅讓底層人們翻身做了主人，甚至還讓底層人民中的底層——婦女，尤其是伊斯蘭教信仰者中地位最為低下的婦女，也翻身做了主人，讓她們不僅能夠走出家庭，還能夠當上領導幹部，這種情景給受眾所帶來的震撼性的敘事效果便可想而知。在那個時代的邊疆改造中，女性平等解放的問題既比較突出，而且當時男性也比較「保守」，如果將男性處理成正面形象，就難以展開敘事。

<hr>

〔註49〕新疆和平解放後因大多是內地部隊戰士，為了讓他們在邊疆扎根，國家曾派去幾批年輕女性和戰士共組家庭，一起建設兵團，如有名的「三千湘女下天山」。

〔註50〕喻曉薇：《十七年文學女性形象雄化特徵——以王汶石小說〈新結識的夥伴〉為例》，《哈爾濱學院學報》2007年第5期。

〔註51〕歐琳：《天山的紅花》，1965年版，第9頁。

因為不能夠在少數民族地區過於突出階級鬥爭，而眾所周知，伊斯蘭世界女性一般都是服從男性，孩子又要尊重長者，所以，男性如果成為正面形象很輕易地接受新的生產制度，就很難展開能為各方面讀者接受的效果，而此時的女性形象就大多被作者設置為正面形象，讓她們來率先接受新社會的新鮮事物。同時，作為邊緣文化的新疆少數民族文化，面對主流文化的強勢，少數民族作家將矛盾的焦點從民族文化與國家意識形態的不和諧轉移至男女性別文化的對抗，從而弱化階級矛盾和兩條道路的鬥爭，在那個政治氛圍緊張的年代似乎是更好的、也更為穩妥的寫作策略。

無獨有偶，在 1964 年上映《天山的紅花》之前，早在 1953 年 11 月就上映了一部根據瑪拉沁夫同名小說改編、由徐韜執導的蒙古族電影《草原上的人們》。這部電影的主角也是一位少數民族青年女性——女共青團員、互助組長、連續兩年獲得勞動模範稱號的薩仁格娃，影片中的她也是一心為了集體，在防風暴、防火災、與特務的鬥爭中起到了重要的作用。與《天山的紅花》不同的，一是作者民族身份的不同，雖然《草原上的人們》的作者是蒙古族作家，但由於瑪拉沁夫先生的身份不僅僅是一位少數民族作家，他還曾經是一位八路軍的戰士和基層領導，親身經歷了內蒙古解放前期的鬥爭，這些無疑也提升了他的政治與思想的覺悟。二是受到特務挑動的不是薩仁格娃的男友，而是她的父親；三是在《草原上的人們》出現的潛伏特務除了其本民族的特務寶魯外，還有漢族特務呂綏卿；四是《天山的紅花》中幫助阿依古麗和生產隊的是上面派來的劉書記，而《草原上的人們》中當薩仁格娃為互助組失去那麼多羊傷心，情緒產生波動時受到的是區長阿木古郎的教育和幫助。但兩部影片的主人公都是進步女青年，她們都是那個時代最強音的表達，同時她們的所作所為也是國家意識形態的傳聲筒。

在哈薩克族作家創作的作品中，未婚女性似乎能夠自主選擇其所愛，但不難發現其愛慕的對象與政治意識形態為人民提供的價值判斷是一致的，女性對婚姻與愛情的選擇依據來自於男性思想的進步性、勞動的積極性及政治的上進性。《幸福》中的古麗切所信服的是派來的張同志的愛情觀，即國家／黨的意志永遠處於愛情與自我之上，有了共同的共產主義理想就等於擁有了愛情，擁有了一切。

> 當社員們和張同志在一起像一家人談心的時候，大家問起張同志的愛人，他拿出她的相片給大家看，自豪的說：「我和我愛人已經

　　幾年不見面了，她在內地工作，我們的愛情就像祖國一樣的遼闊，
　　也像鋼鐵一樣的堅硬。熱愛人民，熱愛社會主義，共同的共產主義
　　理想，使我們結合在一起，互相學習，互相幫助，我們兩個人的感
　　情永遠不會破裂。」〔註52〕

因此，當她的男友哈巴斯受到張同志的批評，認為是張同志給他扣帽子、說
他的壞話而和張同志吵鬧時，古麗切便很生氣且決心勸說他。古麗切信任的
人是張同志，不被張同志認可的人她就無法選擇堅定地與其戀愛，所以當她
知道哈巴斯是反革命分子後便毅然與其決裂，是否與國家／黨站在一條戰線
上是其擇偶最重要標準。但是這種擇偶標準似乎對於女性而言更為重要，作
品中的男性就有所不同。《牧村紀事》裏的夏里甫看上了達麥特干，卻不是因
為達麥特干的思想好與勞動化，而是看上了她的美貌：「俏白臉兒，除了她之
外，咱們阿吾勒還有誰打扮得這樣俏麗呢！」而女方是否同意提親卻和以前
不同了，夏里甫因此而抱怨：「真氣人啊！奴爾哥，窮人死了老婆走投無路，
巴依死了老婆洞房花燭夜的年頭過去了。你也知道，現在不管幹個什麼，她
們一定得問問你的成分。」〔註53〕《草原上的春天》中的塔以拉克也是因為
姑娘的美貌而愛慕納格姆的，甚至可謂是一見鍾情。

　　　納格姆窈窕的身姿，雙頰凍得發紅，顯得格外美麗，姑娘好像
　　吸鐵石似的吸引著小夥子的雙目。他既緊張，又害羞，臉上一陣紅一
　　陣白，他雖然沒有開口說出願意和姑娘同甘共苦，白頭偕老，可是心
　　早已許給了姑娘，他剛才還在埋怨自己，為什麼不陪納格姆一塊走，
　　現在姑娘一來，懊惱的心情，很快就變為激動和興奮了。〔註54〕

　　可見，男性依然以千百年來選擇女性的外在形象，類似於大自然中生物
的擇偶標準，而女性則選擇國家意識形態為其所設定的標準。維吾爾族作家
創作的農業合作化題材作品中男性也是「以貌取人」，如《鍛鍊》裏的麥提亞
孜，他能夠在人群中一眼就認出自己心愛的伊扎提汗——「那個穿著紅裙衫
的女人。她把頭巾紮在額前，耳朵上不知還夾著一朵什麼花」〔註55〕。他甚

〔註52〕（哈）吐·阿勒琴巴尤夫：《幸福》，《新疆文學》1959年第7期。
〔註53〕（哈）郝斯力汗，張越編：《牧村紀事》，選自《郝斯力汗小說散文選》，新疆
　　　　人民出版社版1982年版，第39頁。
〔註54〕（哈）阿合買提，居努斯：《草原上的春天》，《新疆文學》1958年第2期。
〔註55〕（維）祖農·哈迪爾：《鍛鍊》，尤素夫·赫捷耶夫譯，作家出版社1958年版，
　　　　第52頁。

至躲在遠處暗戀著她：「伊扎提汗長得多麼健美啊」，他喜愛「那付長得像他哥哥一樣濃黑而彎曲的眉毛；那兩隻長著長長睫毛的羊眼睛；石榴一般的雙頰和那健美的身材。」〔註56〕《農村裏的故事》中的託乎地看上靴匠斯得克的女兒莎岱特克孜也是迷戀她那「一雙大眼睛永遠都那麼明亮，就像兩窪透明的泉水。」〔註57〕而在維吾爾作家所創作的農業合作化題材的作品中，女性擇偶的標準則不像上文提及的漢族及哈薩克族作家創作的作品中的那樣以國家／黨的意識形態為標準那樣簡單。如《農村裏的故事》面對託乎地的愛慕，

> 莎岱特克孜也常常幻想，將來最好能和託乎地生活在一起，通過勞動，建立起一個令人羨慕的幸福的家庭。白天，兩個人一起在社裏幹活，晚上一起學習，一起去社裏參加麥西來甫，就像在電影裏看到的蘇聯集體農莊莊員那樣。真的，託乎地是個漂亮的小夥子，有力氣，論動人的歌喉和優美的舞姿，在農業社都算是頭份呢……！〔註58〕

這段描述就較為複雜，莎岱特克孜的愛情標準就既有傳統女性對男性的認可，如漂亮、有力氣，有維吾爾族特殊的愛好，歌唱得好、舞跳得好〔註59〕；也有新社會及革命對其的影響，白天一起幹活，晚上一起學習，希望成為蘇聯集體農莊莊員那樣。然而，這個年輕姑娘對於婚姻的終極追求還是通過勞動，建立起一個令人羨慕的家庭。這種描述就比較符合人物真實的思想感情，這裡的莎岱特克孜首先是一個人（生物性），其次是一個女人（生理性），最後才是一個社員（社會性）。祖農·哈迪爾在《鍛鍊》裏描述女主人公伊扎提汗的想法時，也是先考慮到了她的人性特點。伊扎提汗作為一個寡婦，她再次選擇婚姻對象時，首要考慮的就是自己的孩子，有的人嫌她有了孩子，而她也怕欺侮了

〔註56〕（維）祖農·哈迪爾：《鍛鍊》，尤素夫·赫捷耶夫譯，作家出版社1958年版，第53頁。

〔註57〕（維）阿地勒·卡斯木：《草原上的春天》，《新疆文學》1958年第9期。

〔註58〕（維）阿地勒·卡斯木：《農村裏的故事》，《新疆文學》1958年第9期。

〔註59〕麥西來甫是維吾爾語「歡樂的廣場歌舞」之意，它是維吾爾族人在重大的節慶活動舉行的一種娛樂歌舞集會，它以舞為主，配以歌唱，節奏明快，熱情奔放。屆時無論城市和鄉村的廣場上，都要歡歌笑語，熱鬧非凡地舉行這種舞蹈集會。麥西來甫歌舞集會的主要內容有：撒那、賽乃姆、刀朗賽乃姆三種歌舞。撒那是維吾爾語「男子歌舞」之意，賽乃姆是「女子歌舞」之意，刀朗賽乃姆即「男女混合歌舞」之意。維吾爾族是一個熱情而好歌舞的民族，麥西來甫對於維吾爾族而言十分重要，男女老少都十分熱愛這項活動，歌舞自然也成為青年男女相互吸引的方式。

她的孤兒，所以當她看到麥提亞孜對待自己小兒子艾爾肯很好時，她也會想和他一起同家共居。但她還是要以男性的勞動能力作為擇偶的標準，一開始她討厭他的懶散疲踏勁兒，希望他能夠快手快腳地幹活，當麥提亞斯變得勤快起來後，兩人就自然地走在了一起。當莎岱特克孜發現託乎地「失掉了一個年青人應有的朝氣，變得游手好閒，好吃懶做起來」，便開始擔心起來。可見，對於女性而言，男性首先是農村傳統生產方式中極其重要的勞動力，這種描寫更為符合現實生活中的人情事理。並且，這種以勞動為認可標準的描寫實際上也是符合維吾爾族所信仰的伊斯蘭教的教義的，「伊斯蘭要人成為一個創造價值的人。……在伊斯蘭看來，創造社會價值也是一種功修，因此，伊斯蘭的修身，是在匡正自己行為的基礎上履行替真主治理世界的職責。」〔註60〕只是，這篇小說結局的處理明顯受到政治因素的影響，託乎地變得不愛勞動之後，他的父母、愛人、隊長都勸說過他，他都聽不進去，最後當大家學習革命先烈劉胡蘭的事蹟後，才使託乎地後悔萬分，決心改過自新，感受到了勞動的意義，最終莎岱特克孜也與他和好如初。這個由劉胡蘭的事蹟使他感受到勞動的意義的設置確實有些牽強，可謂小說的敗筆。

三、性別反差式寫作的體裁與創作時間差異

從創作體裁來看，這種男女形象的對比主要出現在小說與戲劇中，以農業合作化題材創作的詩歌也有將女性為主要描寫及歌頌對象的作品，如克里木·霍加的《阿依罕》，郭基南的《草原接羔忙》等，這些女性形象也都是進步的社會主義新人形象，但詩歌中卻沒有所謂進步女性幫助落後男性的設置。這種差異主要是依據體裁的不同特點而產生的，詩歌較為短小，不適宜設置較為複雜的人物矛盾與情節，而小說的亮點正在於人物與情節，戲劇善於解決人物之間的矛盾與衝突，而對於農業合作化題材而言，詩歌更適合展現並歌頌在這場運動中出現的社會主義新人形象。

從創作時間看，這類設置男性形象為農業合作化運動中的落後分子，女性則是進步人物的作品，主要集中在人民公社時期之前，人民公社時期之後的同類題材作品便不再出現這種有性別產生的人物的對比，取而代之的則是主人公無論男女，基本上都是先進人物，作品體裁也無論是小說、散文、報

〔註60〕丁士仁：《穆斯林的人生理想——兼與儒家文明的對話》，摘自馬明良，丁俊主編：《伊斯蘭文化前沿研究論集》，中國社會科學出版社 2010 年版，第 96 頁。

告文學，還是詩歌基本上都是對先進人物事蹟的述說，而不再有所謂「兩條道路的鬥爭」。首先，這種變化無疑正是「十七年」文學逐步受到政治因素干擾的體現。正如董之林先生所分析：

> 與激進的社會氛圍相一致，作家的創作觀念也越來越激進，「我們這個時代的勞動者，是在共產主義思想光輝的照耀下翻天覆地、創造新世界的巨人，他們的精神世界和感情的海洋，比起前人來，不知要深邃多少倍！」〔註61〕為了充分表現這樣的新人，表現「共產主義」的「時代精神」，作品對農民在合作化道路上表現出的搖擺和猶豫的描寫逐漸減少，代之而起的是義無反顧地帶領農民合作化道路，或在這條道路上勇於開拓、積極進取的新人形象。〔註62〕

其次，新疆農業合作化題材的中女性形象的突出，也從一個側面顯示了新疆農業社會主義改造，尤其是前期不像內地那樣激烈，時間也較晚於內地，作家為了較少涉及敏感的民族問題，所以比較弱化階級鬥爭，而將矛盾「人民內部化」處理，也就出現了男性與女性對於農業合作化政策在生活場景中的種種形式的爭論。

從十七年時期新疆的農業合作化題材作品來看，女性形象絕大多數被作者設置為率先接受了新社會新鮮事物的正面形象，且由她們去說服其身邊的男性形象，尤其是哈薩克族作家創作的作品，他們接受得更為徹底，但是這種情況到了新時期的作品中卻產生了不同。在哈薩克族女作家哈依夏·塔巴熱克的電影文學劇本《神井》中，以三個生活在不同時期的女性的經歷描述了哈薩克民族從游牧到半游牧，從半定居到定居的歷史，劇本以「神井」為劇情產生矛盾的焦點，三個女性從祖母的護井、到孫女的用井、直至曾孫女的棄井，記錄了哈薩克族隨著生產方式的變更為產生的不斷變化。其中孫女沙吾列經歷了十七年時期、文革時期和改革開放的新時期，「當她得知鐵路將橫貫神井一帶，這口千年神井面臨著被填的命運。這時，她憤怒了，為了保護這口象徵著哈薩克民族文化的神井。」〔註63〕這個在建國初十七年時期正

〔註61〕王汶石：《風雪之夜·後論》，摘自《風雪之夜》，人民文學出版社1959年版，第241頁。

〔註62〕董之林：《熱風時節——當代中國「十七年」小說史論》（上），上海書店出版社2010年版，第136頁。

〔註63〕（哈）哈依夏·塔巴熱克：《從電影文學劇本《神井》看哈薩克族女性文化素質的提高》，《昌吉學院學報》2004年第4期。

處於青年的哈薩克族女性，卻和十七年時期創作的作品中的女性形象有所不同，她不像阿依古麗、達麥特干她們一樣更能夠接受新的生產及生活方式，而是熱愛並堅守著千百年來的民族文化。並且當她在尋找保護神井之路時欣喜地發現還有很多像她一樣保護本民族文化的哈薩克人，這實際上也是作家創作意圖之一，新時期的少數民族作家開始反思如何保護其本民族文化，女性作家也是如此。新時期的少數民族女性作家不像漢族女作家那樣，在新的時代中努力解放自我的身體與靈魂，作品中充斥著大量對脫離男性掌控的高歌，而是「以自覺的身體意識，將自我織進民族話語中。浮出地表的女性意識，不是衝擊集體性的男性羅各斯中心主義，而是與其並肩作戰，發出更為強烈的族裔之音。」〔註 64〕除此之外，作者更深層次的創作意圖體現在第三代女性阿爾曼身上，她認為母親「只向後看，不向前看，哈薩克人裏像你這樣的人太多了，才落到了其他民族的後邊兒。」她不僅想到的是如何保護其本民族文化，而是如何在發展的基礎上保護並適應新的全球文化而使自我更加強大。這也是當下許多民族知識分子所思考的問題，他們也逐漸認識到：「只有徹悟了群體和民族的文化身份，才能在與他者交往時自尊自信而不自卑自賤或夜郎自大，學會尊重異己民族，正確處理與他者的文化關係，滿足民族自我肯定的需要，在揚棄外來文化的過程中捍衛、建設和發展自己民族的文化身份」。〔註 65〕

第三節　新疆農業合作化題材作品中的「外來者」形象

一、鄉村中的「外來者」

中國自古以來就是一個農業國，農村面積及人口在建國前都有相當大的數量，因此，無論是戰爭還是建國時期，農村都是一個無法規避的重要舞臺。當舊的封建體制逐漸被瓦解，對於千百年來擁有自足性和自我保護性的鄉村，也漸漸被迫迎來了一批批不同身份的「外來者」，他們為這個在戰爭中飽受創

〔註 64〕姚新勇：《多樣的女性話語──轉型期少數族文學寫作中的女性話語》，《南方文壇》2007 年第 6 期。

〔註 65〕馬麗蓉：《阿拉伯──伊斯蘭文化認同及其重構》，摘自馬明良，丁俊主編：《伊斯蘭文化前沿研究論集》，中國社會科學出版社 2010 年版，第 56 頁。

傷的凋敝的廣大地域帶來了新的生產工具與方式，同時也帶來了他們企圖為鄉村及鄉村人民植入的各種思想和文化。這些異質的思想與文化雖然在最初植入時是困難的，對於那些被植入者也是好奇與抵制並存的，但它們還是伴隨著植入者和各種轟轟烈烈的政治運動逐步滲入鄉村，這種變化對於鄉村及鄉村人，表面上既是不可避免的，也是無法抗拒的，然而鄉村及鄉村人也在以其特殊的方式進行著隱性的對抗。在短暫的歷史面前，對於這一變化，時隔不久的我們無法判斷它的好壞，但我們能夠做到的是盡可能地將其準確記錄，以供後人瞭解，這一點在十七年時期的農業合作化題材作品中得到了很好的體現。雖然這些作品今天來看不能如當時的評論稱之為「紅色經典」，但細讀這些作品，的確能夠看到不少曾經發生的和可以引以為戒的。已有學者對小說中的「外來者」做了分析：「具體在小說文本中的表現，『外來者』及其下鄉一般區分為顯性和隱性兩種形態，在身份指認上，他們大致是黨的幹部、人民戰士和歸鄉遊子，擔當著合法性論證、權力話語植入和表現英雄成長等功能。」〔註66〕

對於鄉村而言，建國前就曾經迎來了不少「外來者」及其帶來的異質文化。早在四十年代解放區的土地改革時期，就有一大批來自城市，也來自鄉村本身的共產主義者進入鄉村，「指導」並「幫助」廣大農民掀起了一場瓦解農村長久以來生產方式及生產體制的土地改革運動，這也是中國共產黨打破封建土地所有制的重要一步。「土改不僅對農村的財富進行廠重新的分配，更是將農民們發動起來，摧毀了舊有的村社結構，建立起全新的基層組織，順理成章地將農村、農民納人了中國共產黨的意識形態話語之中、為以後農村社會主義的改造奠定了思想、組織、群眾的基礎。」〔註67〕通過這次運動，不少農民獲得了土地，共產黨也因此而獲得了更為寶貴的千百萬廣大農民的信任與支持，調動了歷來以安身立命為本的他們的革命積極性，這無疑為解放戰爭的勝利打下了堅實的群眾基礎。「它不只是重新分配了與農民生活有著最根本聯繫的土地和財產，從而使許多人的社會地位和生活處境有了戲劇性的改變，同時也深刻地影響了整個農村的政治和文化進程，影響了幾代人的

〔註66〕葉君：《論「十七年」農村題材小說中的外來者下鄉——以〈創業史〉、〈山鄉巨變〉、〈豔陽天〉為中心》，《求是學刊》2010年第3期。
〔註67〕姚新勇：《尋找：共同的宿命與碰撞——轉型期中國文學與邊緣區域及少數民族文化關係研究》，中國社會科學出版社2010年版，第217頁。

未來和精神成長。」〔註68〕

　　親歷這場運動的許多解放區作家自然以其政治立場記錄下了這次農村的變革，如周立波的《暴風驟雨》、丁玲的《太陽照在桑乾河上》等，都是廣為流傳的作品，而這些作者本人，對於鄉村而言，也正是帶著異質文化前來的「外來者」。而丁玲、周立波等作家只是黨派去農村開展運動的一小部分，為了更好地貫徹「五四指示」，一批批工作團〔註69〕趕赴鄉村「幫助」農民群眾減租反霸、清算地主土地與財產，使農民「翻身」〔註70〕。作為曾經就是「土改工作組」隊員的創作者們，儘管其作品在那個特殊的年代不可避免地帶有主觀意識先行的特點，但這些作品也恰好反映了鄉村的「外來者」為農村及農民們所帶來的變化。這些「外來者」從思想上帶來了自上而下的土改政策，從行動上帶來了改變鄉村舊有格局的運動，而這些運動由於觸犯了當時仍是上層統治階級的利益，就不得不與其發生對抗，因此這時的土改還常常發生暴力，正如中國革命的最高統帥毛澤東的名言所說：「革命不是請客吃飯，不是做文章，不是繪畫繡花，不能那樣雅致，那樣從容不迫，文質彬彬，那樣溫良恭儉讓。革命是暴動，是一個階級推翻另一個階級的暴烈的行動。」對鄉村而言，在這種暴力的行動之後，留給它的只能是支離破碎；對鄉村中占絕大多數的農民而言，給予他們的不止是土地，還有展開新生活的信心和打破舊世界的激情。然而，處於革命較早期的土改運動，此時趕赴鄉村的「外來者」自身對於革命的認知也是有限和參差不齊的，工作隊本身也會出現問題，正如一向以創作「問題小說」為己任的趙樹理對於《邪不壓正》的創作目的就是發現了「土改中最不易防範的是流氓鑽空子，其次是幹部隊伍的成分不純和作風不正。」〔註71〕

〔註68〕賀仲明：《重與輕：歷史的兩面——論中國當代文學中的土改題材小說》，《文學評論》2004 年第 6 期。

〔註69〕據《人民日報》1946 年 6 月 20 日 2 版頭條任冰如採寫的報導《推動全邊區群運走向新階段，農民翻身隊昨日下鄉》記載，晉冀魯豫中央局組織了 200 多人的工作團下鄉，幫助農民實行土改。摘自錢江：《晉冀魯豫〈人民日報〉紀實》，人民日報出版社 2008 年版，第 166 頁。

〔註70〕據《人民日報》1946 年 6 月 20 日 2 版朱裏、韋林的文章《推揭皮——晉城天水嶺農民翻身記》報導，天水嶺村農民經過鬥爭，查算了 7 個地主應退賠的錢，結果這 7 個債主都變成了 7 個債戶。摘自錢江：《晉冀魯豫〈人民日報〉紀實》，人民日報出版社 2008 年版，第 166 頁。

〔註71〕趙樹理：《關於〈邪不壓正〉》，《人民日報》1950 年 1 月 15 日。

　　新中國不久，為了農村的私有制改造開展了農業合作化運動，這場全國範圍的運動改變了農村傳統生產及經營模式，而這場運動本身又為鄉村帶來了一批「外來者」，他們常常是上級機關派來下鄉的幹部，指導並督促這一運動的順利開展。此時表現在文學作品中的「外來者」不再是一個團隊，而是一個或幾個個體，正如《山鄉巨變》中的鄧秀梅，而且隨著合作化運動的逐步開展與擴大，農業合作化題材作品中的「外來者」不再以正面的方式出現在讀者的面前，而是以隱性的方式帶領當地老百姓堅定不移地走上合作化道路。但是，無論「外來者」是正面還是隱性出現在作品中，他們都是合作化運動開展的重要人物，這似乎也暗示了「舊有農村秩序的破壞及重建是由外來者的進入來完成的，或者我們可以說小說的敘述是借助一個外來者的視點來完成，不過這個外來者是黨的化身。」〔註72〕當柳青在《創業史》最初發表面對嚴家炎對梁生寶形象的質疑時都明確表明：

　　　　我要把梁生寶描寫為黨的忠實的兒子，我認為這是當代英雄最基本、最有普遍性的性格特徵。在這部小說裏，是因為有了黨的正確領導，不是因為有了梁生寶，村裏掀起了社會主義革命浪潮。是梁生寶在社會主義革命中受教育和成長著。小說的字裏行間徘徊著一個巨大的形象——黨，批評者為什麼始終沒有看見它？〔註73〕

而作品中出現的這些「外來者」大多都是應黨的號召，遵照毛主席為社會主義文藝工作者所指出的文藝方向「下鄉」體驗並創造的作者依據其體驗所塑造的人物，甚至常常以其自身為原型。這些作家往往身兼數職，既要投身火熱的社會主義建設，實際擔任農業合作化運動的幹部〔註74〕，同時又要收集素材以筆記錄，更重要的是宣傳農業合作化運動，用作品使讀者相信合作化運動的合理性、可行性以及對農民所帶來的價值。「作家們普遍採用的多是以自外而內或自上而下的『客人』的『他者』的立場與眼光來打量、看待和要求鄉村，而以鄉村人和鄉村社會為本位、站在鄉村人立場上來看待和要求

〔註72〕薩支山：《試論五十至七十年代「農村題材」長篇小說——以〈三里灣〉〈山鄉巨變〉〈創業史〉為中心》，《文學評論》2001第3期。

〔註73〕柳青：《提出幾個問題來討論》，《延河》1963年8月號，轉引自董之林：《熱風時節——當代中國「十七年」小說史論》（上），上海書店出版社2010年版，第205頁。

〔註74〕如1952年柳青舉家搬到陝西省長安縣皇甫村落戶並擔任縣委副書記，1955年周立波舉家回到故鄉湖南益陽並擔任大海塘鄉互助合作委員會副主任，他們走村串戶，宣傳黨的政策，解釋《合作社章程》，研究土地入股等具體問題。

鄉村內外社會變遷的作家和作品，即使不是完全無從尋覓也可以說是極為罕見」。〔註75〕

　　對於新成立的社會主義國家而言，農業合作化運動是農村的社會主義改造，是社會主義建構中極其重要的環節，因此是否加入合作社就是走哪一條道路的嚴重命題了，正如李準的成名作《不能走那條路》中東山勸父親宋老定一樣。然而農業合作化運動對於農民來說，和「土改」相比，也許並不是一件容易接受的事，農民並不真正懂得所謂的共產主義道路，但他們知道的是這次運動又是一次財產所有權轉移的運動。「土改」本身就是一次財產所有權轉移的運動，這次運動將佔有大量財產的少數的地主階級的財產轉移至大量的農民手中，這為原本處於社會底層的弱勢群體——千百萬農民帶來了他們一生都萬分渴望得到的、賴以生存的土地，這無疑是一件天大的好事，自然也使他們對中國共產黨和毛主席感恩戴德。而農業合作化運動正是要消滅土地私有制，這就必然要求農民們將剛拿到手不久的土地收歸集體，還包括在他們在「土改」中分到手的牲畜和農具，甚至還有在幾年相對平和的時間中積累的家畜和牲畜幼崽，這無疑又將他們才獲得不久的財產收了回去。這自然無法使農民們心甘情願放棄並自願加入合作社，正如郭於華先生在對陝北驥村農業合作化的回憶調查中瞭解到的一樣：

　　　　村民們至今仍能講述當時從單幹到集體的轉變過程及心理感受：頭到 57 年，那就你非入不行，箍定（方言：限定）了，不入不行，上邊就是這麼個政策。那陣也有地比較多的戶，他有欄的羊，喂的牲口，不願意入了，那生活富足嘛。就是「李闖王坐天下，三十畝地一頭牛，老婆抱娃娃熱炕頭」，因為那個條件就好著了，那就不願意參加（集體）。不願意不行嘛，誰也不頂事。土地成集體的了，牲靈給你打上價，你入社要投資了。入了社，家裏甚也沒了。沒入社單幹時打的有點餘糧，頭臨後一年不如一年，分的趕不上吃了，頭到 58 年那陣，就底墊完了。〔註76〕

同時，「土改」運動只是改變了農村的財產分配和階級地位，而農業合作化運動還改變了農民長久以來形成的家庭式生產方式和自給自足的收入分配方式，

〔註75〕范家進：《現代鄉土小說三家論》，三聯書店 2002 年版，第 14 頁。

〔註76〕郭於華：《心靈的集體化：陝北驥村農業合作化的女性記憶》，《中國社會科學》2003 年第 4 期。

這種改變比之「土改」運動對農民所產生的實際影響更為巨大。這就不難理解《創業史》裏的梁三老漢對於入社所產生的糾結了，「土改」為農民帶來了「發家致富」的希望，而合作化運動不僅打碎了這希望，梁三老漢的這種希望還為其帶來了到底走哪條道路的嫌疑，因為「土改」時提出的「發家致富」的口號此時也被當作「資本主義思想」進行批判了。在這種情況下，自然需要強大的思想政治工作來協助農業合作化運動的順利開展，而帶著黨的政策下鄉的「外來者」對於這次運動的意義則可想而知。

二、新疆農業合作化作品中的「外來者」形象

關於農業合作化題材作品中的「外來者」形象，新疆作家創作的作品和內地主流文學作品中的情況有很多不同之處。首先，新疆少數民族作家創作的農業合作化題材的作品中出現的「外來者」形象根據作者創作時間的不同而明顯不同。在最初的新疆少數民族作家創作的農業合作化題材作品中，「外來者」很少，其中幫助普通民眾進步成長的大多都是本來就在互助組或合作社中的組長或是社長等領導，且他們也並非都是黨員。如祖農‧哈迪爾創作於 1956 年的《鍛鍊》中的互助組組長艾木沙幫助麥提亞孜、特‧沙水薩克創作於 1957 年的《入社》中的「新道路」合作社的主任〔註 77〕總是在買素拉洪遇到困難時找社員幫助他。並且，這些作品中的那些幫助對合作化產生疑惑或不信任的農民的互助組或合作社的幹部，對於這些「落後」群眾也沒有任何說教，只是當他們遇到困難時在行動上默默地幫助他們。《鍛鍊》中的互助組組長艾木拉因麥提亞孜不懂收割而組織組員連夜幫他收割油菜，又在他心灰意冷時利用他的長處安排他進副業生產小組，點燃了他通過努力勞動過上幸福生活的信心。〔註 78〕《入社》中的買素拉洪堅持不願改變，一心走老路，甚至不肯使用新型的雙鏵犁，當他的犁被受驚嚇的牛弄折而無法耕地時，合作社的主任讓小夥子們幫他犁地，可他卻擔心雙鏵犁「把下面的濕土都翻到上面來了，還能叫莊稼長好嗎？」主任不但不生氣，也不對其進行入社的勸說，只是找人幫他除草澆水收麥，可買素拉洪仍舊沒有鬆口要加入合作社。直到收穫時他看到合作社使用雙鏵犁增收才最終主動要求加入合作社。整篇

〔註 77〕發表於 1957 年 1 月《新疆文學》雜誌的短篇小說《入社》中，「新道路」合作社的主任在文中出現多次，但作者並未表明他的民族及姓名，也未表明他是否是黨員。

〔註 78〕有關《鍛鍊》的詳細分析可見本文第二章第四節。

小說中，勸說買素拉洪的只有他的妻子海比孜汗，完全沒有「外來者」的身影，似乎在合作化運動開展的過程中，遇到的困難之後，當地的、本民族的幹部和群眾就能夠很好解決，他們不需要高深的思想理論指導，這種描寫顯得更為真實，使讀者讀起來更易接受和信服。事實上，這樣的描寫應當也是較為真實的，新疆不僅是一個大部分民族都是全民信仰伊斯蘭教的少數民族聚居區，在伊斯蘭教中，不信教的被稱為異教徒卡菲爾，這個詞彙雖不是貶義而是中性詞，但二者之間的和平相處基於互相尊重之上。伊斯蘭教可謂生活的宗教，其教義滲透在他們的日常生活中，這種宗教的差異使得新疆少數民族與漢族的交流更為困難，就像哈薩克族作家郝斯力汗的代表作《起點》中所描寫的一樣。作品的中少數民族對漢族幹部進入其生活區域在宗教上的質疑，如庫地雅爾為了挑撥瑪麗亞的丈夫賈帕拉克不要參加合作社時故意拿其信仰的宗教來使其難堪：「你死去的爹，是個虔誠的教徒，而你跟這些漢族人的炊具都混在一起了，使我很痛苦。今晚我雖然住在你這兒，可是想到你的碗和勺子，我就擔心。我看你們的面子才勉強喝了你的茶。」〔註79〕且當地大多民族都有自己獨立的語言，如維吾爾族、哈薩克族等，他們與內地的聯繫又很少，因而和漢族語言不通很難交流，在解放前，漢區和回區是分開的。由此可見，以上種種現狀確實符合早期合作化作品中的描寫。

隨著農業合作化運動的不斷開展，作品中開始出現「隱性外來者」，正如《創業史》中的梁生寶、《豔陽天》裏的蕭長春、《金光大道》裏的高大泉。他們既是一個曾經在鄉村中土生土長的本地人，但他們在部隊當兵的經歷又使他們和本地人並不一樣，「部隊生活給了他們政治意識形態提純和思想觀念更新的契機，『返鄉』之於他們的意義全然不在於情感的眷顧，而是力圖完成黨重新交給的一項政治任務。軍旅生活的洗禮，讓他們在返鄉前已然具備迥異於鄉村父老的先進性。」〔註80〕他們對於鄉村和農民已經是一個「外來者」，他們以革命的眼光審視著鄉村、鄉親和合作化進程中發生的事，他們對於這一運動有著與當地人不一樣的高深見解，他們甚至「深刻地懂得私有制是農民的『窮根』，深刻地懂得農民必須走組織起來的道路，深刻地懂得實現合作

〔註79〕（哈）郝斯力汗，張越編：《郝斯力汗小說散文選》，新疆人民出版社 1982 年版，第 18 頁。

〔註80〕葉君：《論「十七年」農村題材小說中的外來者下鄉——以〈創業史〉、〈山鄉巨變〉、〈豔陽天〉為中心》，《求是學刊》2010 年第 3 期。

化是一場尖銳複雜的兩條道路的鬥爭」〔註81〕，他們實際上就是黨的聲音與意志的另一種體現。他們來到鄉村便即刻打破農民們所經歷的困境，成為當地農民正確生產生活的思想及行動指導。

這種「隱性外來者」在新疆少數民族作家創作的作品中從1957年的下半年就開始出現了。維吾爾族作家玉素甫·伊利亞斯發表於1957年6月《新疆文學》上的短篇小說《黃信封》便出現了一個由縣裏調到區上、區上又調他到合作社幫忙的幹部特里艾特江，文中的他常說一句口頭禪：「人假若沒有意志是不行的」。作品並不複雜，但「美麗」農業社卻表現出它們需要這位幹部堅強的意志。在哈薩克族作家1957年發表於《天山》，後轉載於《延河》1957年12月號的作品《起點》中出現了一位漢族幹部王力，王力雖不是主人公，卻已經是當地群眾解決困難、抓捕反革命分子的關鍵人物了。1958年2月發表在《新疆文學》上哈薩克族作家阿合買提、居努斯合作創造的《草原上的春天》裏的女主人公牧業合作社領導人之一納格姆姑娘在遇到困難時，就出現了一位轉業回來的塔以拉克，他回來後不久就被選為社長，不僅愛上了納格姆姑娘，還幫助她解決了難題。這些「隱性外來者」仍舊是其本民族的黨員幹部或轉業軍人，他們不像梁生寶他們一樣是能夠力挽狂瀾的「英雄」，只是協助當地幹部群眾解決合作化進程中的困難，總的來說有問題基本上還是本民族、本互助組、生產隊內部解決，其中也有領導者指導，但都是來自其民族內部。

這些「隱性外來者」來自於「大躍進」時期之前新疆少數民族作家創作的作品中，「大躍進」之後，情況則明顯又發生了變化。「大躍進」之後的作品受意識形態影響的痕跡愈加明顯，幾乎每一部作品都有其政治背景，或是某一次運動所產生的結果。從1958年9月發表在《新疆文學》維吾爾作家阿地勒·卡斯木創作的短篇小說《農村裏的故事》描述了一個思想發生變化的青年的故事：

> 託乎地在減租反霸、土地改革中，都表現得很好。但不知怎的，
> 當農村一開始合作化，他便鬆了勁。噢！他這麼想過，合作化了，
> 全部的力量都集中起來，要種的地一兩天就能種完，再一兩天呢秋
> 收工作也可以搞完，剩下的日子就是人們玩耍的時間了。他忘了要

〔註81〕姚文元：《從阿Q到梁生寶——從文學作品中的人物看中國農民的歷史道路》，《上海文學》1961第1期。

過幸福的生活，光靠耕種眼前這幾塊地是不夠的，因此，他就開始
東遊西逛起來，吃的穿的也開始挑挑揀揀的了。「這是啥呀！」他常
嘀咕說：「一連幹了七八個月，才分到了這麼一點點東西，與其這樣，
我還不如到伊犁，或在烏魯木齊去找個活幹，當天就可以領到工資，
用起來也方便……。」〔註82〕

為了幫助這位青年迷途知返，託乎地的父親，託乎地喜歡的女孩莎岱特克孜，
團支部書記、社主任、生產隊長伊斯馬益爾都去勸說他，可是他改過的決心
並不大，文中雖然沒有出現「外來者」來幫助他，可是小說的結果卻耐人尋
味。伊斯馬益爾想到了區上「在青年中進行革命傳統教育」的指示，特意在
團支部開會時朗讀了報紙上關於劉胡蘭事蹟的文章，託乎地受到了教育，決
心在勞動中改過自新。作品不僅宣傳了黨的指示，且「劉胡蘭」實際也是一
個「外來者」，這個「外來者」已不是本民族、本地區的個體，而是一個黨和
國家認可與宣傳的英雄人物。之後的作品更是對黨和國家政策運動的直接宣
傳與體現了，《新疆文學》1958 年第 9 期上維吾爾族作家熱合買特專為「大鳴
大放」寫了特寫《上一代》〔註 83〕。公社化時期開始後，農業合作化作品一
方面是直接的歌頌，如 1959 年 1 月《新疆文學》中維吾爾作家阿·赫依提的
散文《英雄的勞動，幸福的生活——「東方紅」人民公社散記》主要記錄公
社的成立，作品中出現的人物語言基本上都是口號與標語了，如生產隊副隊
長臺烏庫爾提出了口號：「苦戰三晝夜，種完冬麥 56 畝」，技術員泰勒曼：「公
社就是比合作社優越，我們在大幹農業，大煉鋼鐵，還在大辦地方工業」等。
作品明顯受到「浮誇風」的嚴重影響，所述事例難以令人相信，如在公社成
立的二十天內，就興辦起三百五十多種小型地方工業，建立了近九百個工廠，
其中有煉油廠、化學肥料廠、鋼鐵廠、縫紉廠、農具製造廠和養鵝廠等。這
樣的作品越來越多，尤其是散文，作品中的人物只有笑臉和歌頌，作品基本
上難尋藝術性，有的只是誇張的數據和虛假的事例，政治性凌駕於文學性之
上，完全悖離了藝術的創作規律。

　　小說相比詩歌、散文、特寫等體裁而言情況稍好一些，作品還有一定的
可讀性，但此時的合作化題材作品中幾乎每篇都會出現一位對於鄉村而言真

〔註82〕（維）阿地勒·卡斯木：《農村裏的故事》，《新疆文學》1958 年第 9 期。
〔註83〕特寫《上一代》主要記錄了父親伊敏阿洪對我回憶苦難的過去，對比現在農
　　　　業社的好前景。

正的「外來者」，且通常都是上層機關下派前來幫助少數民族地區更好地開展
合作化運動的漢族幹部。這些漢族幹部機智勇敢，有先進的思想理論指導，
能看出當地少數民族幹部所看不出的問題並解決它，他們儼然就是當地幹部
與群眾的指路人，有了他們似乎任何難題都能夠迎刃而解。在 1959 年 7 月《新
疆文學》上哈薩克族作家吐·阿勒琴巴尤夫發表了一篇短篇小說《幸福》，文
中的女主角古麗切在工作與生活中遇到了困難，她發現姐夫哈力克拜與反革
命分子勾結夜裏殺了牧業社的馬，還企圖放火燒食堂，當她被壞人劫持時她
的眼前出現的是派來的張同志。

> 當壞人抓住古麗切時，好像張同志又站在了自己的面前，是那
> 樣堅定有力的堅毅的對自己說：「一個共青團員，對任何問題，做任
> 何事情，在任何地方，都要站穩自己的階級立場，要維護我們人民
> 的利益。」

> 一下子，她的心胸，好像綠色的草原，更加寬闊了。頭上的天
> 空更加明亮了，她的心裏流進一股暖流，好像每條血管裏都充滿了
> 不可戰勝的力量。

文中的張同志就像主人公前進道路中的明燈，在她困難與恐懼之時即刻為她
指明了方向，他實際上就是共產黨的化身與代表，作品暗示各民族群眾只有
在共產黨的領導下才能夠事事順利。

三、新疆與內地主流作品中「外來者」的不同

總的來說，雖然農業合作化運動後期作品常出現幫助當地幹部群眾的「外
來者」，但在新疆少數民族作家創作的作品中，無論是在本民族、本地的領導
者、進步者，還是「外來者」，他們對當地群眾都沒有類似《歡笑的金沙江》
中所出現的類似工作隊「喚醒」民眾的行為出現。本民族、本地的領導者、
進步者基本是以行動感化和幫助群眾，這一點在前文中已舉例詳述。這類作
品讀起來都較為真實，情節也有起伏變化，例如對於那些「落後者」從一開
始對合作化的不信任到逐步的信任，幫助他們改變觀念的領導幹部也沒有說
教，只是在行動上幫助他們，用具體事件（如剷除企圖破壞合作化運動的反
革命分子等）來使其產生信任，並不像《山鄉巨變》、《三里灣》等作品中的
幹部所使用的各種方式（如上門一次次地說服教育、寫黑板報、貼標語、從
其身邊親近的人下手說服等等）去鍥而不捨地說服其加入互助組或合作社。

內地作品中的「外來者」更像是一個個「符號權力」，即「在一個社會行動者本身合謀的基礎上，施加在他身上的力量。社會行動者對那些施加在他們身上的力量，恰恰並不領會那是一種權力，反而認可了這種權力，布迪厄將這種現象稱為誤識（misrecognition）」，〔註84〕這也能夠解釋當地群眾為何最終接受了「外來者」所帶來的思想。作品中看起來那些原本不願加入合作社的群眾在合作社幹部和社員的幫助下較為容易就能夠改變觀念，不像內地作家作品中的很多頑固的角色，如《山鄉巨變》中的梁三老漢，儘管他的兒子是作品中運動的核心人物，但是他對於讓其放棄一個中國農民世世代代抱有的「發家致富」的理想還是極為困難的。而這種現象是否是真實的呢？首先，我們需要考證當時新疆真實的地理與歷史狀況。從地理狀況而言，新疆地域雖然廣闊，但大部分是山脈和沙漠，由於極度缺乏水資源，人類能夠居住和可供耕種的土地很少，因此，當地民族都生活在沙漠中的綠洲。而綠洲並不是聚集在一起的，因此人們的居住點相距較遠，尤其是南疆，南疆水資源相比北疆更為稀少，氣候也更為乾燥，解放前由於生產力的落後，「就南疆本身來講，各個綠洲之間的交換也不發達。在每一個綠洲上，農民都把房屋建築在自己的土地上，分散的居住著」。〔註85〕這是主要從事農業的維吾爾族的居住與生產情況，新疆的另一主要民族——哈薩克族主要從事牧業生產，他們則更是逐水草而居，根據季節不同而遷徙，他們的居住更為分散。我們可以設想，在這樣的情況下，新疆的農民和牧民一直是自給自足的家庭式作業，而合作化運動是集體式的群體勞動，一時之間讓他們接受合作運動恐怕並不像作品中描述的那樣簡單。

而「外來者」大多在與「反革命分子」的鬥爭中起較大作用，他們多能識破隱藏的「反革命分子」，但他們並不直接充當說服群眾加入合作化運動的角色，也沒有像《歡笑的金沙江》中暗示漢民族和少數民族的彝族有「先進」與「落後」的二元劃分〔註86〕。這一點恐怕和新疆是一個複雜的少數民族聚居區有關，「外來者」也在儘量避免產生民族問題和民族矛盾。儘管《歡笑的

〔註84〕郭於華：《心靈的集體化：陝北驥村農業合作化的女性記憶》，《中國社會科學》2003 年第 4 期。

〔註85〕谷苞：《南疆農村的經濟結構與階級情況》，摘自新疆維吾爾自治區編輯組：《南疆農村社會》，新疆人民出版社 1980 年版，第 110 頁。

〔註86〕參見姚新勇：《尋找：共同的宿命與碰撞——轉型期中國文學與邊緣區域及少數民族文化關係研究》，中國社會科學出版社 2010 年版，第 220 頁。

金沙江》描述的也是少數民族的土地改革運動，但相比而言，新疆是一個遠離內地的邊疆地區，地域廣袤，與多國接壤，解放前長期世居在那裡的幾乎全是少數民族，新疆多數民族擁有本民族獨立的語言，且新疆的少數民族幾乎都是全民信仰伊斯蘭教的教徒，因此，做新疆的群眾工作要更為謹慎。因此，作品中的漢族幹部被處理為解決更為激烈也更為簡單的敵我矛盾，而非人民內部矛盾似乎更為合適。

從以上新疆農業合作化題材作品中的「外來者」形象盤點，我們發現一個問題，早期作品強調發揮本地革命者的力量，而「大躍進」後出現「隱性外來者」，雖然仍強調本地革命者，但這時的他們更重要的身份是黨的助手和政策的宣傳者，人民公社化以後幾乎每篇作品中都會有一位「外來者」，且他們是上級派來的漢族幹部，而 1960 年之後，「外來者」形象又消失在作品中了。這一農業合作化題材作品中「外來者」形象的演變過程卻恰好與內地漢族作家創作的作品相反，如前所述，內地早期作品中先出現正面的「外來者」，如《山鄉巨變》中開篇就描述了受到縣委指示下鄉的幹部鄧秀梅，之後作品中的「外來者」開始隱性出現，如《創業史》中的梁生寶、《豔陽天》中的蕭長春，他們一方面曾經是鄉村的一份子，另一方面他們的經歷又使他們在思想覺悟上明顯高於本地幹部與群眾。這種差異恐怕與早期國家注意少數民族群眾的意見與反映，一開始在對待少數民族地區的運動時都較為謹慎，而五十年代後期，隨著階級鬥爭的逐步白熱化，大家的注意力便轉移至各種運動上了。並且，隨著全國政治氛圍的逐步緊張化，文藝界也被帶入階級鬥爭的隊伍，1957 年 8 月 25 日，新疆維吾爾自治區文藝界開展「反右」鬥爭，1958 年 5 月 5 日自治區文藝界召開反地方民族主義鬥爭動員大會，隨後，一批少數民族作家被錯劃為民族主義分子，這些都對少數民族作家創作的作品產生了極大的影響。在這樣的政治與文藝環境中，作家很難在作品中表達其真實的思想與感情，也很難真實地描述現實生活。作為一位少數民族作家，那時的他們不僅會因其是知識分子、文藝工作者而被批判，還會由於其少數民族的身份而被劃為地方民族主義分子。因此，在新疆少數民族作家所創作的農業合作化題材後期的作品中，大量出現帶有明顯族裔與政治身份的「外來者」就不難理解了。

在對新疆少數民族作家創作的農業合作化題材作品中「外來者」形象的解讀中，我們發現每一個民族都會有其獨立的民族身份，它是「一個民族的

全體成員在參與社會共同的物質生產和精神生產活動的過程中，形成的一致的思想方式、行為方式和感知方式」〔註87〕，在處理民族關係時首先要尊重其民族的文化身份，祛除自身的民族優越感，這樣才能夠更好地理解與溝通，使我們不再只是少數民族兄弟姐妹身邊的「外來者」。

第四節　互映的民間──趙樹理《鍛鍊鍛鍊》與祖農·哈迪爾《鍛鍊》之比較

　　趙樹理的《鍛鍊鍛鍊》可謂是當代短篇小說的經典文本之一，細看中國當代文學史，卻發現在該作品問世之前還有著一篇與其同時代、同題材、同類型主人公，甚至是幾近同名的，由新疆維吾爾族作家祖農·哈迪爾創作的《鍛鍊》。比較分析後發現，在這兩篇作品相似的故事與人物設置背後隱藏的是互映的民間，它們都在國家一體化的進程中，受到國家意識形態的改造，同時也做出一定的抵抗。而兩篇作品對主人公不同的改造方式及兩位作者不同的創作風格轉變也正清晰再現了農業合作化運動不同時期在不同區域的不同表現。更重要的是，兩篇同樣優秀的作品卻因其文學傳播場域的位差而產生了截然不同的傳播效果，祖農·哈迪爾《鍛鍊》的被漠視正提醒了我們書寫共同的中華民族文學史的重要性，並最終搭建一個各族群之間相互尊重、相互理解、真正溝通與交流的良性平臺，進而在此平臺上建設中華民族共同體。

（一）

　　隨著 1951 年全國第一次農業互助合作會議的召開，「農民知識分子」趙樹理便於 1954 年創作了我國第一部以農業合作化運動為題材的長篇小說《三里灣》，在文中他向讀者與自己描繪了一幅美好的合作化運動的前景圖。在合作化運動逐步升溫擴大化至 1958 年人民公社建立後，趙樹理再次發表了該題材的短篇小說《鍛鍊鍛鍊》。但是，在這篇作品中趙樹理卻沒有像柳青、周立波、李準，也包括之前的自己那樣，對合作化運動維持積極樂觀的態度與高漲的熱情，反而在作品深層暗示出自己焦慮與矛盾的複雜心態。這篇作品正如趙樹理自己在 1959 年 3 月 13 日的山西文聯理論研究會召開的座談會上的

〔註87〕馬麗蓉：《阿拉伯──伊斯蘭文化認同及其重構》，摘自馬明良，丁俊主編：《伊斯蘭文化前沿研究論集》，中國社會科學出版社 2010 年版，第 56 頁。

發言所說的一樣，是一篇「『問題小說』。為什麼叫這個名字，就是因為我寫的小說，都是我下鄉工作時在工作中所碰到的問題，感到哪個問題解決回妨礙我們的工作進展，應該把它提出來」。〔註88〕然而這篇「問題小說」自身的經歷也與作者的經歷一樣一波三折，先是趙樹理因寫作此文等其他同類小說受到了意想不到的榮譽，此後又因這些文章受到了非同尋常的遭遇，〔註89〕新時期又被陳思和先生在其主編的《中國當代文學史教程》中以此文為趙樹理的「民間寫作」單列一節，給予了深層次的挖掘剖析和較高的評價，至此這篇小說仍被諸多學者以多種層面分析而津津樂道。〔註90〕

歷史總是驚人的相似，在中國當代文學史上還有著一篇與《鍛鍊鍛鍊》同時代、同題材、同類型主人公，甚至是幾近同名的短篇小說《鍛鍊》。《鍛鍊》是以初期的農業合作化為題材的短篇小說，作者講述了一個生活落魄而懶散的主人公麥提亞孜在互助組組長艾木拉的幫助下逐步加入互助組，過上充實幸福生活的故事。四十幾歲的單身漢麥提亞孜生於一個小手工業者的家庭，他不僅子承父業學會了父親傳授的理髮手藝，而且因興趣學會了很多小手藝，如製作與修理農具和工具、做皮鞋等。但是由於他生活懶散、做事疲杳，步入中年的他依舊孤獨地生活在破舊而髒亂的土屋裏。然而兩件事卻改變了他波瀾不驚的生活，一是他在土改中分得了土地，而他卻拿這土地束手無策使他產生了煩惱；一是他愛上了艾木拉寡居的妹妹伊扎提汗，伊扎提汗卻不喜歡他沒有目標、懶散的生活而使他煩惱。他在分來的土地上幹了不少荒唐事，直至互助組組長艾木拉及其組員一次次無私地幫助他，並讓他在互助組成立的副業生產小組中當了技師，他才在自信的勞動中被「鍛鍊」了出來，最終與心愛的伊扎提汗結婚，

〔註88〕趙樹理：《中國當代文學研究資料趙樹理專集》，福建人民出版社 1981 年版，第 141～142 頁。

〔註89〕因《鍛鍊鍛鍊》中描寫了有落後思想的農民「小腿疼」、「吃不飽」和和事佬式的幹部王聚海，他們雖然是落後的，確實影響了工作進展，但他們並不是站在人民的對立面，不需狠狠整他們一頓，這種人物被稱之為「中間人物」，1962 年，趙樹理的寫作被譽為寫「中間人物」和「現實主義深化」的典型。但是到了 1964 年下半年，「寫中間人物」和「現實主義深化」的觀點卻成了被公開批判的靶子，持有這兩種觀點的倡導者邵荃麟和趙樹理，也因此而受到猛烈批判。文革中，兩人都被迫害致死。

〔註90〕有關該作品的分析評論文章頗多，其中涉及其諷刺藝術、潛文本意義、傳播學價值、作者的自我身份認同、作者與農業合作化運動的關係、作者與「十七年」現實主義文學的關係，甚至包括該作品與當下「新農村建設」之間的關係，等等。

過上了幸福快樂的生活。這篇小說是新疆現當代一位重要的作家，維吾爾現代小說與戲劇的開創者、奠基人之一的祖農·哈迪爾創作的，它最早被發表在在1954年第四期的《天山》雜誌上，同年還被收入了由人民出版社出版的，向建國10週年的獻禮書《新生活的光輝》中，且以該作品為題名的漢語版小說也早在1958年便由中國作家協會出版社出版發行，介紹給全國的廣大讀者了。

　　然而，這篇可謂祖農·哈迪爾代表作之一的《鍛鍊》卻與和它題目極為相似的趙樹理的《鍛鍊鍛鍊》有著不同的命運，僅有極少文章對此文進行評論，而不像《鍛鍊鍛鍊》那樣一經發表便受到極大關注，且引發了或褒或貶的激烈討論。〔註91〕之後，在新時期儘管這篇短篇小說也在1981年舉行的全國少數民族三十年文學作品評選活動中獲得了一等獎，也有些許評論文章涉及此文，但這些關注正如其作者的少數族裔身份一樣，仍舊被侷限在「少數」領域與地區，完全沒有得到與其深層的、審美的價值相同比重的目光。

（二）

　　雖然祖農·哈迪爾的《鍛鍊鍛鍊》寫於農業合作化初期，而趙樹理的《鍛鍊》則創作於農業合作化運動的高潮階段，但這兩篇作品本身卻有著諸多不謀而合之處，仔細分析會發現作品背後也有意無意地產生了相類似的深層隱含意義。

　　從作品表層看，這兩篇作品不僅題材相同、故事與人物設置相似，都是描寫「落後」主人公在農業合作化運動中如何被「鍛鍊」出來的故事，而且兩位作家都是以極富生活氣息的語言、幽默風趣的風格來講述故事的。同時，兩位作家的創作目的也相同，祖農·哈迪爾的《鍛鍊》是他1954年隨新疆省文聯創作小組在南疆的喀什、阿克蘇、莎車生活了五個多月之後的創作所得之一；而趙樹理則更是早就聲稱：「我自1951年，即以文藝寫作者下鄉體驗生活的名義參加農業合作化的事，以後每年都有一段時間參與其事。」〔註92〕可見這兩篇作品都是既在主流意識形態的指引下，又是在作者的親身體驗與

〔註91〕在雜誌《塔里木》（維文）1959年8月期上有一篇此文的評論文章，在雜誌《天山》1959年10月期上的一篇評論祖農·哈迪爾的創作文章中對此文有所涉及，在老舍發表於1960年第9期的《文藝報》上的《天山文采》一文中對該文的人物塑造與幽默表示了讚賞。

〔註92〕趙樹理：《致陳伯達》，《趙樹理全集》第五卷，大眾文藝出版社，2006年版，第339頁。

真情實感的共同作用之下產生的。

　　從小說中相似的人物與故事設置來看，作者都有意無意地向讀者揭示出意識形態與農業合作化運動背後隱藏著的巨大的民間。先從小說中的主要人物說起，兩篇小說都設置了一正一反兩組人物，而這正反人物之間的鬥爭，抑或稱為先進人物幫助落後人物的鍛鍊過程，也被當時的評論文章冠之以「兩條道路的鬥爭」，亦稱其為小說之主題所在。〔註93〕《鍛鍊鍛鍊》中的反面人物由落後農民「小腿疼」、「吃不飽」與「和事佬」式的落後幹部王聚海組成，而《鍛鍊》中的反面人物則是懶漢麥提亞孜和自私中農賽以提。從表面看，「小腿疼」、「吃不飽」和麥提亞孜都是一身頑疾，他們都十分懶，但細究起來，其懶惰的表現和原因卻各不相同。「小腿疼」並不是時時刻刻都腿疼，她幹活就疼，不幹活就不疼，她也不是什麼事都懶得做，丈夫去世她一個人拉扯大兒子都沒問題，入社定額小她也沒問題，可見她並不是真的「懶做」。而「吃不飽」也不是一直都在喊「吃不飽」，她是自從糧食實行統購後才吃不飽的，平時她也不是吃不飽的，只有隊裏動員她參加勞動時，她才說「吃不飽」，可見她也並不是真的「好吃」。她們的「懶」似乎都來自於其自私自利，但是否僅這二位「落後典型」是如此私心重呢？似乎並不是這樣，她們這種懶得參加社裏勞動，勞動時又拾麥偷麥、拾花偷花的行為卻是村中婦女的普遍行為，不僅婦女大半不上地，而且拾「自由花」時，「有些婦女隊長也偷過！」因此，我們不難發現，「小說中，人物不是宣講政策的傳聲筒，他們身上分別體現著現實讀者也可以接受的傳統道德觀念，也就是小說家讓現實生活中人物的好與壞、美與醜，都融化在對人之常情的表現當中，比如通過勤與懶、損人利己與克己奉公、無理取鬧與義正詞嚴等一系列生活中是是非非的描寫，來說明人們擁護農業合作化運動。」〔註94〕然而正是從這些生活化的敘寫中，從

〔註93〕1959年發表於《開封師範學院學報》的《論諷刺文學與小說「鍛鍊鍛鍊」》中寫道：「作者在作品中形象地揭露了農村幹部和群眾中真實存在的缺點，喚醒他們通過整風來個大的轉變從而掀起波瀾壯闊的生產高潮」，並且明確發出類似指示性的堅定看法——「這種矛盾只有鬥爭——只有集體主義戰勝個人主義，這樣的矛盾鬥爭是不容和解的，更不准『和稀泥』！」同年發表於文學雜誌《天山》上的《談祖農・哈迪爾的創作》中認為：《鍛鍊》是通過主人公麥提亞孜由一個懶漢轉變為出色的社員的過程，從側面反映了農村合作化運動中兩條道路的鬥爭」，且把這種鬥爭上升為「實質上是願不願意把廣大農民引向共同富裕的社會主義道路的階級鬥爭的反映」。

〔註94〕董之林：《熱風時節——當代中國「十七年」小說史論》（上），上海書店出版社2010年版，第213頁。

這兩個落後分子的身上我們正看到了糧食不夠吃的蕭索凋敝的新中國初期鄉村圖景，同時也發現千百年來形成的自給自足、單門獨戶的小農私有制經濟模式，連同在此基礎上生成的民間傳統文化氛圍的被打破。集體生產、勞動成果公有的生產與分配方式的確立是配合新中國國家意識的建構與強大的工業民族國家的建構的必經之路，但這「對於廣大的小生產者來說，放棄小生產者的思想意識，接受社會主義思想，這是一個痛苦和艱難的過程」，〔註95〕這一點也在不少農業合作化題材的小說中有所體現。

《鍛鍊》中40多歲的單身漢麥提亞孜也很懶，他似乎比「小腿疼」和「吃不飽」還要懶，他甚至常常懶得讓人忍俊不禁。他去種地卻怕太陽曬，就躲在桑樹下避暑，從家裏出發也懶得帶水和乾糧，口渴難耐卻懶得去大河邊喝水，因為離大河有一里多路，為了這些小困難他甚至想到：「為什麼把我生在這多苦多難的世界上呢？還不如小時候死掉也就免得受這些洋罪了」，但是，他還是會仰面躺在桑樹下幻想著：「桑葚成熟啊，落到我的嘴裏來吧！」然而仔細分析便會發現，他的懶惰也是有原因的。

首先，我們應瞭解與土地相關的運動在全國及新疆的不同情況。解放區早在1946年便開始陸續進行土改，到1947年，解放區三分之二的地方已基本開展了土地改革，且在1933年便立了勞動互助組，全國的農業合作化運動也從1951年就正式拉開了帷幕。而遠在西北邊陲的少數民族聚居區新疆的情況卻不大一樣，直至1954年2月10日，新疆省人民政府才宣布了全疆57個縣、3個市，共1520個鄉土地改革的勝利完成，而此時的中國大部分農村開展農業生產合作運動已有些年頭了。國家發生了重大改變〔註96〕，但由於新疆地處偏遠，並沒有與內地同時同程度地進行各種運動，麥提亞孜作為一個鄉下人自然對這些變化的理解尚需要時間，作為一個手工業者的他自然也無法理解土地改革、農業合作化運動對新中國建構所產生的重要意義，因此不會像那些老革命與革命新人那樣在勞動中爆發出強烈的生產積極性。

其次，我們應瞭解新疆特殊的生產、生活方式及在此基礎上所生成的特殊文化。新疆長久以來就是一個多民族的聚居地，在這片土地上同時孕育著比重基本相當的農耕、手工業與畜牧業經濟，並且隨之而生成的三種文化在

〔註95〕曠新年：《寫在當代文學邊上》，上海教育出版社2005年版，第47頁。
〔註96〕舊政權被推翻，新的民族國家的建立，人民解放軍大舉進駐新疆各地，推行土地改革運動，繼而又開展農業合作化運動，各種規模與形式的運動在建國初期不斷展現與更迭。

這裡都佔據著重要的地位，對這裡的人民產生著潛移默化的極大影響。拿麥提亞孜賴以生存的手工業生產來說，「據 1953 年統計，全疆各地從事手工業生產的人數約達 11 萬人，生產總值約占整個國民經濟的 30%左右，僅次於農業。在廣大農村，特別是南疆農村，〔註97〕幾乎 100%的農民都使用手工業農具，家庭用具及其他生活用品 70%～80%以上也都是手工業生產。」〔註 98〕同時，歷史悠久的古絲綢之路與位於中亞大陸重要樞紐的地理優勢也使新疆的手工業及其貿易較為活躍，這裡生產的手工業品不僅能夠滿足當地居民的需要，還常常與過往商人進行貿易。長久以來，這裡的小手工業者形成了較為鬆散的生產生活方式，這種經濟運行模式應顧客的需要而變化，不似農耕經濟那樣強烈受制於自然與氣候條件，不需要春種秋收，也不需要「日出而作，日落而息」，因而比較隨性而為〔註99〕。作為一個手工業者家庭出生的人，麥提亞孜傳承到的不僅是手工技能，同時還有手工業者的生活方式、處事方式與價值觀念，這些在一個四十多歲的人身上應該已經是定了型的。所以，當麥提亞孜給村民剃頭之前為來人洗頭，由於揉搓的時間太久，「洗頭的髒水順著那個人的耳根，眉毛流下來，弄濕了襯衣」，他也還是邊剃頭邊講舊小說裏的故事，講得激動時甚至忘記了自己是在給別人剃頭，那人也不生氣，只是婉轉地提醒他一下：「匠人，頭髮乾了」，而他也「還是滔滔不絕地繼續說著小說裏的章回」。同時，麥提亞孜雖然懶，他幫別人修農具、做皮鞋、剃頭雖然慢，卻很認真負責，而且「從來不計較工錢，就是什麼也不給他，只說聲『謝謝你』，他也心甘情願。若是有人送他一兩碗奶皮茶喝麼，那他就會高興得像上了天」。〔註100〕這與其手工業者的處事方式有關，這些小手工業者大多沒有固定的店鋪，由於鄉村居住鬆散，他們往往挑著工具箱走街串巷，也因此而見多識廣、極其善於與他人溝通交流，他們對顧客和氣大方也才能夠不斷招徠回頭客以長久延續其貿易。因此，使這樣一個在手工業文化浸染中的人在新中國建立的一夜之間發生改變自然是使他難以接受的，也不會因為

〔註97〕 新疆以天山山脈為中軸，分為自然條件有明顯差異的南疆與北疆，作者祖農・哈迪爾下農村體驗生活的所在地喀什、阿克蘇、莎車便屬於南疆。

〔註98〕 吳福環主編：《新疆的歷史及民族及宗教》，民族出版社 2006 年版，第 164 頁。

〔註99〕 這種經濟與生活方式至今仍舊影響著維吾爾族人民，筆者曾見一在街邊販賣乾果的維吾爾族小販在其小三輪車把上掛一臺錄音機，放著歡快熱烈的維吾爾族歌曲邊唱邊舞，絲毫不在意其正在進行中的買賣。

〔註100〕 （維）祖農・哈迪爾：《鍛鍊》，尤素夫・赫捷耶夫譯，作家出版社 1958 年版，第 46 頁。

給他分了土地便能夠輕易地改變他的生活方式。

　　這時我們再來看看土地之於作為手工業者的麥提亞孜有何意義。此時的新疆雖然進行了土改，讓勞動人民都擁有了自己的土地，可謂是發生了翻天覆地的變化，這種由土改帶來的巨大喜悅曾讓中國的多少農民都欣喜若狂，《創業史》裏的梁三老漢甚至拿上土地證後把它往牆上一釘，就激動地跪下給毛主席像磕頭了，感激之情溢於言表，然而這些對於麥提亞孜這個手工業者的意義卻並不明顯，甚至還為他帶來了新的困擾。麥提亞孜不僅沒有農具和牲畜，而且他根本就不會種地，他面對分來的土地束手無策，甚至開玩笑要在這塊地裏建一個花園。當然，他的這種態度也與新疆的地廣人稀有著不可分割的聯繫，新疆的土地雖不肥沃卻不缺乏，只要你肯下力開荒，土地是夠用的〔註101〕，但這裡缺乏水資源，水才是影響新疆農民生產生活的關鍵所在〔註102〕。無奈之下，分得土地的他先在半普特地裏撒了半缸子包穀籽，卻只長出了25棵苗，因為他既不會犁地播種，也不會治理田地，種籽都被烏鴉吃了。對於剩下的土地他更加束手無策，他甚至想把它賣掉「好好地吃些油水」，經艾木拉勸說：「既然是這樣，你就應該在這塊土地上種些莊稼，等收割了以後，你吃了它也好，換來油水也好，那就隨你的便了」。結果艾木拉的這番勸說使缺少農作知識的他誤把油菜與油水劃上了等號，便單純地認為：「我看犯不著買來賣去的，乾脆就在這塊地上種油菜，豈不更好，」〔註103〕就這樣，他便在艾木拉的幫助下陰差陽錯地種了油菜。同時，手工業者的生活方式並不要求他像農民那樣有較強的時間限制，因此長久以來他便形成了自由散漫的做事態度。他常常半天剃一個頭，一個多月做一雙皮鞋，甚至花了六個多月修一個車輪子。本來依照常理，像他這樣一個既沒有農具與牲畜，也沒有農作技能的人，應當最渴望加入互助組以獲取他人的幫助，但是他散

〔註101〕據新疆人民出版社2007年出版的《區域經濟的現代化——中國新疆歷史現狀讀本》中的數據顯示，在1949～1957年間，新疆的農業播種面積由1949年的1027.89萬畝增加到1707.75萬畝，增長了66.14%；而到了1958～1962年間，新疆農村興修水利、開荒造田達到了高峰，耕地面積在短短的三年間便擴大了1788.13萬畝。據筆者所知，在三年饑荒期間，從內地湧入新疆的移民最初也是依靠開荒造田而在當地安居樂業。可見，在較長的一段時間甚至未來裏，由於新疆地廣人稀，土地還是夠用的。

〔註102〕新疆的農業是典型的綠洲農業，即逐水草而居，而南疆更屬於溫帶大陸性乾旱氣候，年降水量較少，水資源較為缺乏。

〔註103〕（維）祖農·哈迪爾：《鍛鍊》，尤素夫·赫捷耶夫譯，作家出版社1958年版，第50頁。

漫的生活方式卻讓他害怕互助組裏繁忙而有規律的工作，尤其是「他想一旦入了社，便不能自由自在地想睡覺就睡覺，想幹活就幹活了」。從以上分析中我們便不難發現，在強大的意識形態的急切灌輸下，在全新的民族國家建構的迫切步伐中，改變的不僅僅是中國大陸絕大多數的傳統農耕經濟方式與農耕文化，它也波及到了遠在邊疆腹地的手工業經濟方式及其文化。

再來看看面對這一組懶惰的「落後」人物的不足，另一組「落後」人物又是如何對待他們的呢？《鍛鍊鍛鍊》中的老幹部王聚海作為作品中被批評的落後幹部，對待「小腿疼」和「吃不飽」以及村中的大事小情無一不採取和稀泥的和事佬態度，而他的這種工作方式在小說中也使他成為真正需要「鍛鍊鍛鍊」的對象。當時的評論文章便認為，王聚海對矛盾的一次次和解不僅沒有解決問題，反而「一次又一次地阻撓了整風運動」，而他也「變成了先進勢力和落後勢力中間的一塊頑固的石頭」，並且「要想對落後勢力進行鬥爭，必須首先把這塊石頭踢開！」〔註104〕表面上看，王聚海是一個沒有原則、「和事不表理」的老好人，然而這樣一位社主任、老幹部不僅能夠一件件地處理村中事務，而且竟能夠連選連任，其背後隱藏的便是巨大的民間文化、民間倫理與各種根深蒂固的民間法則，他的這種中庸式的處世態度維護著在鄉村中日積月累、盤根錯節生長而來的血緣親情與鄉里鄉情，這種真實而滲入骨髓的民間意識自是無法輕而易舉就被抽象而冷靜的國家意識形態所取代，也無形中透露了新中國現代化民族國家的宏偉想像與表面弱小、實則強大的民間意志與民間文化之間的矛盾。而在《鍛鍊》一文中還表現了一位較為落後的角色——中農賽以提，當互助組組長艾木拉見到麥提亞孜的困難後便提議由互助組的人幫助他收割油菜，所有的人都同意，只有賽以提一人嘟囔著不願去。作為互助組裏唯一的一個中農，賽以提「經常吵鬧惹是非」，而他爭吵的原因就在於「我的馬肥車堅，套具齊全，應該多給我評分呀！」賽以提在此處正代表了小農經濟的看法，在農耕經濟中他依靠自己辛苦的勞作與豐富的經驗逐步積累財富，〔註105〕自給自足豐衣足食的觀念自然令他不願無緣無故去幫助一個懶漢，這點他與《創業史》裏的一心下力狠幹想發家致富而不願加入互助組的郭振山是一樣的。

〔註104〕齊文秦，王有恆：《論諷刺文學與小說「鍛鍊鍛鍊」》，開封師範學院學報 1958 年第 3 期。

〔註105〕清代以前新疆的農業人口主要是維吾爾族人，農區呈點狀分布於南疆維吾爾族聚居的綠洲地帶，且以南疆的喀什、和田、阿克蘇最為集中。

　　從以上分析我們可以發現，在這兩篇作品相似的故事與人物設置背後隱藏的是生機勃勃的民間，儘管它們因地域歷史與民族文化的不同而呈現出不同的風采，但它們都在國家一體化的進程中，遭遇著國家意識形態對它自在而為的生存狀態所進行的強力改造，而民間也以它牢牢滲透在人們日常生活中的生存方式、民間文化、民間倫理而做出抵抗。在這兩篇作品中，趙樹理恐怕是「站在了民間的立場上」，曲折地力圖「通過小說創作向上傳遞民間的聲音」，而祖農‧哈迪爾也許是在真實創作中無意地透露出深藏於其生活及內心的民間的語調，他們聲音的背後是漸漸隱退了的民間，以及他們為這隱退了的民間所產生的恐慌、焦慮與感傷。與此同時，兩位作者在國家一體化的改造中也遭遇了國家意識形態對知識分子的改造，這種改造對於已擁有明確世界觀、人生觀與價值觀的知識分子來說更是內在意志隱形而強力的對抗。文革中，趙樹理被迫害致死，而祖農‧哈迪爾也早在 1962 年就被下放到了新疆阿克蘇地區的塔里木進行勞動改造整整長達 17 年之久，再次回到工作崗位的他已然 68 歲。維吾爾族著名思想家、詩人阿布都許庫爾‧麥買提依明 1968年去看望曾經與祖農‧哈迪爾在阿克蘇任教期間的同事穆哈木德‧阿布都拉時曾忍不住囑託他：「請你們保護祖農‧哈迪爾，幫助他。我們民族很難找到這樣的人」，〔註106〕這期間作者的遭遇可想而知。

（三）

　　仔細分析兩篇作品的細節，我們會發現其中亦有不同之處，其中最大的不同就是所謂的先進力量對落後人物的改造方式大不一樣。《鍛鍊鍛鍊》中的先進力量是年輕幹部楊小四和高秀蘭，從表面上看，他們機智風趣、雷厲風行，他們乾脆利落地安排了新部署、利用了新手段、布置了新規定，解決了老問題。而且，他們敢於堅決與任何落後思想與落後行為作鬥爭，甚至包括與自己的領導王聚海的落後做法作鬥爭。然而細究其新手段、新規定與新部署，我們便會發現其中隱含的巨大矛盾。面對已入冬，地快要上凍，棉花無人摘，花杆無人拔，牲口閒站著，地卻犁不了，又要抓生產，又要搞整風，婦女卻大半不上地的困難局面，楊小四安排了新部署，而這個新部署實際上是以自由拾花為誘餌設圈套誘騙婦女上地。接下來面對「小腿疼」與「吃不

〔註106〕（維）帕孜來提‧努熱合買提：《維吾爾現當代作家祖農‧哈迪爾研究》，新
　　　　　疆大學 2006 年博士論文。

飽」這兩位頑固分子，他們先是採取寫大字報，誘騙其上當後便誣其偷花而大開批鬥會，並以新規定「不往指定地點，拾的花就算偷的，見一斤扣除勞動日的工分，不願叫扣除的送到法院去改造」來進行威逼恐嚇。在新幹部的新辦法背後，儼然站立著威嚴的國家機器與高高在上的意識形態。「寫大字報」這種新方式不僅是國家政治話語中對整風運動的配合，同時也輕而易舉地以書面文字的形式與不識字的老百姓拉開了距離，它的每一個細胞都充斥著高高在上的國家話語體系與意識形態。「開批鬥會」使昔日在土改鬥爭會上面對廣大村民認罪的階級敵人被置換成了農民中的不合作者，其目的便是迫使其放棄原有觀念而強制其接受現行推廣的國家秩序。最終面對仍不服從者的便是對老百姓而言極其恐怖的國家機器，即扭送到政府或法院。這些由新式幹部開發的先進做法無不顯示出「一方面，在政治秩序置換鄉土秩序的過程中是不乏暴力色彩和強制性質的；另一方面，在這個強制置換的過程中，底層農民是最大的受害者。」〔註 107〕事實上，作者趙樹理也認為有些幹部的觀念有問題，認為他們「又要靠群眾完成任務，又不給群眾解決問題，是沒有把群眾當成『人』來看待」。〔註 108〕

《鍛鍊》中的正面人物艾木拉對待落後分子麥提亞孜的態度與做法則完全不同。艾木拉在文中從未拿其互助組組長的身份對麥提亞孜進行說教，而是像一個多年的老朋友那樣耐心傾聽他的訴苦，看到他的困難便主動幫助。因為油菜雖然長成了，但由於麥提亞孜的散漫「因過了收割期在地裏就撒掉了很多油菜籽，其餘的一部分在捆繩勒索的時候撒到他那經過的路上了，還沒有捆起來的一部分又被牲口糟蹋了」，〔註 109〕艾木拉便提議由互助組的人月夜暗中幫助麥提亞孜割油菜，第二天，睡到日上三竿的麥提亞孜下定決心收割卻發現他的油菜已經有人幫他收好了，這種以行動幫助的方式自然比宣傳、勸服更容易打動人。當然，一個多年有陋習的人自是無法一日改變，麥提亞孜在修水渠時還是因為偷懶想藏在杏樹叢裏，結果大夥發現了被樹枝掛住羊皮襖的他，這使他再一次成為大家的笑柄。但是漸漸地，一個孤單生活的人體會到了和大夥一起

〔註 107〕喬亮：《秩序隔閡與政治理想的藝術表達——重新理解〈鍛鍊鍛鍊〉中的三個人物形象》，《山東理工大學學報》2008 年第 5 期。

〔註 108〕趙樹理：《給長治地委××的信》，《趙樹理全集》（第四卷），大眾文藝出版社，2006 年版，第 481 頁。

〔註 109〕（維）祖農·哈迪爾：《鍛鍊》，尤素夫·赫捷耶夫譯，作家出版社 1958 年版，第 61 頁。

有說有笑的勞動是多麼的愉快，而他本人也因此變得開朗了。當然最重要的是組長艾木拉發現了麥提亞孜作為「匠人哥」的長處並極力發揮它，在互助組成立了副業生產小組，讓麥提亞孜當技師，專門生產套具、麻繩、抬把子、筐子等，使他找到了勞動的信心與生活的目標，利用其熱愛的手藝獲得了他人的認可與尊重，這樣，麥提亞孜便很自然地在勞動中被「鍛鍊」出來了，最終也與伊扎提汗結婚，過上了幸福快樂的生活。表面看這個「鍛鍊」的過程較為人性化，但實際上從麥提亞孜作為一個手工業者分到土地這件事來說，也是農耕文化對其的強加，然而從另一個側面來看，對賽以提這個以農耕經濟為主要生存方式的中農來說，遠在邊疆的農耕文化同樣也受到了傷害，這與《鍛鍊鍛鍊》中所暗含的意義是一樣的。且由於新疆地域遼闊，交通與信息傳播不便使當地農民生產經營更加分散，其生產銷售方式也各行其是，由國家意識形態所帶來的農業互助合作方式卻要使其規範勞動時間與方式，這種強行植入的生產、生活與文化方式對當地多年來形成的獨特的農耕文化打擊明顯更大。

兩篇作品中對主人公不同的改造方式概源於作者創作作品的時間與地域不同。祖農・哈迪爾創作《鍛鍊》時的 1954 年，新疆剛開展農業合作化運動，且由於新疆是少數民族聚居區，國家意識形態在此地的表現通常會較晚於、弱於中原地區；而趙樹理創作《鍛鍊鍛鍊》時 1958 年的山西不僅在建國前就屬於解放區，而且這裡也是農業合作化運動的兩大策源地之一，且 1958 年已進入該運動飛速發展的人民公社時期，兩篇作品中的改造方式因此而不同。同樣由於創作時間的不同，兩篇作品的語言雖然都很幽默風趣，但其背後卻隱含著作者深層感情的差異。祖農・哈迪爾與趙樹理青少年時期都是在鄉村度過的，他們雖然一個生在手工業者家庭，一個生在農民家庭，但他們都深切感受到了鄉村貧困的生活，兩人又都在新中國建立之前便已開始了創作，所不同的是祖農在此期間一直生活與創作在國民黨統治的新疆，而趙樹理則在解放區進行創作。因此，趙樹理在 20 世紀 50 年代末之前的創作風格可以用茅盾先生予之的「明朗雋永」來概括，而祖農在解放前的作品則因其身處的黑暗社會環境而明顯帶有「沉鬱悲憤」的基調。〔註 110〕隨著新的社會主義

〔註 110〕祖農・哈迪爾在解放前的創作主要有戲劇《蘊倩姆》，短篇小說《筋疲力盡的時候》、《教員的信》、《慈愛的護士》等，描繪了 20 世紀 40 年代新疆黑暗的時代以及勞動人民反抗壓迫、爭取自由的場面，因而此時的作品大都展現出「沉鬱悲憤」的基調。

國家的建立，祖農於 1954 年來到了烏魯木齊，在新疆文化廳進行專業創作，這時他的作品主要描寫新時代與新生活，其創作風格也變得輕快幽默了。而趙樹理卻在創作《鍛鍊鍛鍊》期間也發生了風格的轉變，他自 1951 年下鄉體驗農業合作化工作的「八九年中，前三年感到工作還順利，以後便逐漸難於插手，到去年公社化後，更感到徹底無能為力」〔註 111〕，這也使其創作漸失其明朗而開始轉向「含蓄沉鬱」了，並且這一點最早正顯現於《鍛鍊鍛鍊》。

（四）

儘管這兩篇作品僅是篇幅不長的短篇小說，但它們卻是中國當代文學中一個獨特而富有內涵的案例，據分析我們不難看出二位作家雖身距千里，卻不約而同地書寫了小說中人物在國家一體化不可抗拒的建構進程中，不同區域、不同文化所遭遇的共同命運。這共同命運的背後正是共同的社會政治歷史背景，文中的主人公與文本的創作主體也在共同的命運中發出了共同的、來自民間的聲音，使我們看到了一個身處不同地域的互映的民間。

這兩篇作品雖然同樣優秀，卻因其文學傳播場域的位差而產生了截然不同的傳播效果。祖農・哈迪爾的《鍛鍊》至今仍靜立於被漠視的邊緣地帶，甚至大家還會以習慣性思維認為它之所以與趙樹理的《鍛鍊鍛鍊》有諸多相似之處，大概是這位身處文化與文明邊緣地帶的少數民族作家向先進文化地區的知名作家學習的結果，殊不知祖農的這篇作品雖然默默無聞，可是它早在可謂是當代短篇小說經典文本的《鍛鍊鍛鍊》問世四年之前便已創作而成了。倘若細看多樣化的中國當代文學史，這種跨地域、跨文化卻展現共同意義的案例也多有存在，然而認為少數民族文學多為民間文學且藝術價值較低的習慣性思維致使大多學者對這一領域與這一比較視角自覺進行放棄。在這些習慣性思維的背後裏挾著的是主流文學與主流文化的傲慢與自負，而這種偏見已然滲透在文學、藝術與文化領域的各個層面，並隨之影響著在這種文化氛圍中成長的一代代人，甚至包括部分學者與研究人員。這一點從我國文學史的書寫便可見，在一次次重寫文學史的浪潮與吶喊聲中，主流漢語文學始終是談論的焦點，儘管也有學者試圖打破這種對立，但撰寫中國多民族文學史的重要意義卻常常被掌握著主流話語權的人所忽略，而作為複合的中華

〔註 111〕趙樹理：《給長治地委××的信》，《趙樹理全集》（第四卷），大眾文藝出版社，2006 年版，第 481 頁。

民族中其他族群的文學至今依舊是其補充和巨大整體中的一小部分。事實上，從本文對趙樹理的《鍛鍊鍛鍊》與祖農‧哈迪爾的《鍛鍊》的對比分析便可見，當年的左傾思想對於民間文化與知識分子的改造和衝突是全面性的，也是不分族群的，因而它所造成的問題也是具有普遍性的。在一次次的社會轉型中也會有類似的事件發生，面對這些問題我們不能夠偏聽偏信或簡單下結論，而更應該冷靜思考問題背後的共同性。

第三章　政治抒情題材

　　在 1949 年 7 月召開於北平的第一次文代會上，周揚的講話就指明了新建立的國家政權對文藝工作的指導方針是毛澤東文藝思想。毛澤東文藝思想是從戰爭實踐中總結而來的，「由於戰爭是以爭取勝利為目的的，各種文學宣傳材料都必然要以歌頌性、樂觀性和前瞻性為主要基調，以起鼓舞士氣的作用，這就排除了悲劇色彩或任何悲觀頹廢傾向的文藝」〔註1〕，這種傾向自然也影響了新中國的文學。且由於十七年時期政治與文學的「親密」關係，這一時期最常見的題材之一就是政治抒情題材。從體裁來看，政治抒情題材的作品絕大多數都是詩歌。面對新的政權與新的政治制度，為了表達個體對新政權的認同，最容易傳遞這種情感的就是政治抒情詩。因此，這一時期出現了大量詩歌，其中既有新老詩人的專業創作，亦有大量民歌或普通百姓的業餘創作，它們表達的都是對新社會、新政權、新家鄉、新人物的歌頌。儘管這一題材的作品今天看來大多千篇一律地傳遞了集體的呼聲，缺少詩人的個體情感，且在藝術價值上也難以獲得肯定，但這一題材的作品從史實的角度來看卻是無以規避的巨大存在。更重要的是，研究這一題材更能夠窺見創作環境及作家在社會轉型期的身份流變對創作所產生的影響。文學創作的主體一是作家，一是讀者或欣賞者。在階級鬥爭與階級運動頻發的時代，作為知識分子的作家的身份確認與流變自然會影響作家的創作，這一點本身就極為複雜，而新疆少數民族作家的身份確認與流變則更為複雜。文學創作的客體一是作品，一是作品所描寫的客觀世界及客觀事物，客觀世界及客觀事物是作家創

〔註1〕陳思和：《中國當代文學史教程》，復旦大學出版社 1999 年版，第 32 頁。

作作品的基礎。因此，本章將詳細分析新疆多民族作家所創作的政治抒情作品與十七年時期的特殊語境和作家身份流變之間的關係。

第一節　十七年時期與新疆政治抒情題材

　　文學體裁中最能夠發揮抒情功效的寫作方式就是詩歌，政治抒情詩屬於抒情詩的一種，「它具有一般抒情詩的特點，又與一般抒情詩不同。在內容上，政治抒情詩歌詠的是巨大政治題材，回答的是當前生活中人們普遍關心的問題。」〔註2〕洪子誠認為這一時期的詩歌，「廣義地說，50到70年代的大多數詩歌，都是『政治詩』：即題材上或視角上的政治化。不過，仍存在有著更確定詩體模式的、被稱為『政治抒情詩』的詩體。這一概念的出現，大約在50年代末期或60年代初，但作為一種有獨立形態的詩的體式，出現的時間要早得多。」考察政治抒情題材能夠反映社會轉型期對於文學的影響及其表現，也能夠從一個側面更全面地反觀這一時期的文學與美學環境。〔註3〕同時，對比分析十七年時期新疆多民族文學的政治抒情題材，能夠展示出中國多民族文學在建構中的一致性，以及這種一致性所產生的社會歷史原因。面對這一題材的作品我們不能簡單地下結論，而要注意歷史與文學發展的豐富性、複雜性與多面性。因此，我們首先需要研究這一題材與十七年時期之間的關係，從中挖掘這一題材的產生、發展、消亡的原因，以及這一題材的獨特價值與歷史侷限性。

一、社會環境——全民歌頌的時代

　　眾所周知，1949年新中國的成立對於中國人民來說都是一件普天同慶的大好事。無論是新的國家，還是新的政黨，抑或是新的政治體制，都代表著一個嶄新的時代的到來，這些無疑都是值得歌頌的對象。反法西斯戰爭的勝利為中國人民重新樹立了民族自尊心，人民戰爭的勝利為廣大人民群眾帶來了前所未有的自豪感，無疑都為人們的歌頌產生了強大的動力。由中國共產黨領導的中國人民推翻了壓在頭上的三座大山、人民民主專政的開始、連年爭戰的結束、混亂的社會秩序的改變，這些都是人們渴望歌頌的原因。中國人民因此而步入了一個全民歌頌的時代，上自專業作家與藝術家，下至民間

〔註2〕尹訓典：《寫作知識辭典》，江西教育出版社1988年版，第109頁。
〔註3〕洪子誠：《中國當代文學史》（上篇），北京大學出版社1999年版，第74頁。

歌手與普通百姓，都在用詩歌或歌聲讚頌著這個劃時代的新國家與新政權，這是政治抒情題材得以迅速發展的現實原因。然而，事實上，這些嶄新的只是新國家的一面，另一面則是百廢待興，政治、經濟、文化、教育等社會各個層面都急需重新建立。政治上面臨的是新政權的鞏固、外部發達國家的擠壓、內部國民黨殘餘及地痞流氓的破壞和共產黨自身從戰爭走向經濟建設的巨大轉換。經濟上面臨的是蕭條的農業、幾乎從零開始的工業和急需進行社會主義改造的商業。在這種情況下，中國人民需要頌歌的力量，需要「人定勝天」的精神與勇氣。同時，作為領導者的中國共產黨也需要這種自中國共產黨成立之時起就形成的革命樂觀主義精神，這是政治抒情題材得以迅猛生長的豐潤的精神土壤。

十七年時期，新疆多民族文學也出現了大量的政治抒情題材作品，但是當時的新疆是否都是一片歡歌笑語和值得歌頌慶賀的人與事，還需進入歷史來全面細緻地進行考察。首先來看新疆的和平解放。當中國人民解放軍第一野戰軍解放了陝甘寧青四省之後，挺進甘肅酒泉，在經過新疆大門星星峽時，通過各方面的積極努力，爭取了國民黨新疆警備司陶峙嶽、新疆省政府主席兼新疆保安司令包爾漢的和平起義，獲取了新疆的和平解放。進入新中國的新疆雖然是和平解放，但也有許多急需解決的問題。新的政府要面對財政緊缺、社會混亂、糧食問題、民族與宗教問題等，這些問題每一項都需謹慎處理，否則就會有影響社會穩定和新的民族國家的完整的可能，正如 1949 年 10 月 5 日，包爾漢就以新疆省臨時政府主席的名義，致電毛主席等中央領導：「本省危機四伏，情勢嚴重。務希轉飭西來之人民解放軍兼程來新，並慰人民之熱望。同時，更希多派政治工作人員偕來，以資推動。」〔註 4〕從包爾漢的這段電文中我們便可見當時新疆情況的複雜，以及包爾漢作為前國民黨政府所承認的新疆省政府主席，在新的國家政權面前的忐忑與謹慎。

新的新疆省政府面對的第一要題就是財政經濟困難的問題。1949 年 10 月 12 日，新疆省臨時政府就派出代表團向彭德懷、王震彙報了這一問題。同年 12 月 6 日，在王震主持召開的新疆省財經委員會首次會議上，就討論了新疆特殊的財政情況及經濟問題：「會議認為，迪化物價上漲，並非物資缺乏，而是新疆兩種貨幣（三區『期票』與七區『銀元票』）發行量大，無

〔註 4〕中共新疆維吾爾自治區委員會黨史委：《中國共產黨新疆歷史大事記（1949.10～1966.4）》（上冊），新疆人民出版社 1993 年版，第 4 頁。

兌換比價，互不通用，致使三區與七區物資不能交流，新疆與內地不能通匯造成的。」〔註 5〕之後，在彭德懷瞭解了新疆的情況後，向中央做出報告反映說：

> 新疆目前最嚴重的問題，是財政經濟問題。新疆部隊及地方行政人員有 24 萬多人，本身財政只能解決 30%左右……加之 5 年來停止對蘇貿易，對內地貿易亦難暢通，因而陷入萎縮，經濟異常蕭條，市場日用品特別缺乏，金融發生嚴重波動，物價在此期間上漲 100 倍以上，如不大力解決，不僅影響入疆部隊的存在，而且對新疆民族問題、對民族軍的團結和起義部隊的改造問題，也將發生重大影響。〔註6〕

新疆由於遠離中原地區，且由於民族多、語言不通，因而此地的老百姓對於內地的戰爭與運動，甚至對於中國共產黨的瞭解都不是很深。這一點在電影《阿娜爾汗》中便可見，影片中的老百姓並不知道發生在內地的國內革命戰爭，他們面對的依舊只是地主階級的壓迫，他們在反抗時也沒有想到去尋求共產黨的幫助，而只是底層人民之間的互相協助，所以電影末尾將解放軍的到來與被壓迫女主人公得到解救連接在一起時，就略顯突兀。所以，當新疆各民族百姓面對政權的更迭、連年的征戰、貨幣的不通、經濟的蕭條與貿易的萎縮時，自然十分緊張，自然就會引發上述的金融波動與物價上漲。

擺在新政府面前的第二個問題就是社會混亂。國民黨軍隊的叛亂和民族激進分子的叛亂，給一切都尚不穩定的新疆社會更添混亂，也給當地民眾帶來更多的恐慌。雖然國民黨駐軍在陶峙嶽將軍的帶領下和平起義了，但這並不能代表所有官兵的意旨。在 1949 年 9 月 25、26 日通電起義後不久，國民黨駐軍一七八旅部分官兵在少數軍官的煽動下，在解放軍進疆前夕製造了搶劫哈密銀行黃金和縱火事件。10 月 16 日，在解放軍二軍四師即將抵達鄯善時，「當地國民黨駐軍六五旅一九四團三營部分官兵叛變，阻擋人民群眾歡迎解放軍，製造了殺害縣長和搶劫市民財產，燒毀民房的嚴重事件。」〔註7〕所幸，

〔註 5〕中共新疆維吾爾自治區委員會黨史委：《中國共產黨新疆歷史大事記（1949.10～1966.4）》（上冊），新疆人民出版社 1993 年版，第 15 頁。

〔註 6〕中共新疆維吾爾自治區委員會黨史委：《中國共產黨新疆歷史大事記（1949.10～1966.4）》（上冊），新疆人民出版社 1993 年版，第 19 頁。

〔註 7〕中共新疆維吾爾自治區委員會黨史委：《中國共產黨新疆歷史大事記（1949.10～1966.4）》（上冊），新疆人民出版社 1993 年版，第 7 頁。

這種由國民黨部隊所引發的叛亂得到了較快的制止。然而，除此之外，對於新疆而言，更為複雜的是與國外反動勢力勾結本地區民族的叛亂，其中最為嚴重的要數原新疆省政府委員兼阿山地區專員烏斯滿在美國駐迪化領事館副領事馬克南的策動下所進行的叛亂。1950 年 3 月，烏斯滿「趁人民解放軍忙於地方建黨、建政、生產、整編起義部隊之機，勾結原國民黨起義部隊改編的騎兵第七師內的一些反動軍官，矇騙、裹脅部分牧民，在奇臺至鎮西一帶，突然發動武裝叛亂」。〔註 8〕可見，當時的新疆政府所面臨的困難確實不少，僅從部隊而言，對於新疆原有軍隊的改編就比內地複雜。新疆原有軍隊的改編既包括國民黨原駐軍的改編，還包括「三區革命」民族軍的改編。「三區革命」軍不僅是由少數民族所組成，而且他們還成立了獨立的政府，因此，這支隊伍的改編則更需謹慎。除此之外，還有民族激進分子的叛亂，特務、惡霸、大土耳其主義者趁亂混入機關，以及麻煙、鴉片、賭博等社會惡習，這些都是社會的不安寧因素。

　　另一個非常實際的、看似簡單卻影響最大的問題是糧食問題，當然這一問題也是當時全中國所面臨的共同的難題。一方面是新疆和平解放之後人口數量的激增，除當地居民之外，還有了起義部隊、「三區革命」部隊，還有調至新疆的大批解放軍部隊。另一方面則是新疆耕地面積的缺乏，因此人民解放軍入駐新疆之後除了要穩定社會，還要屯墾戍邊，這也逐漸形成了新疆獨特的兵團模式。1950 年 1 月，毛主席對新疆軍區下達指示，要求其除了部分擔任國防、進軍西藏、清剿土匪、維持治安之外，其餘官兵都要參加生產勞動，要求其「完成 1950 年開荒 60 萬畝，生產糧食 50 萬公擔，棉花 1.8 萬公擔的任務」〔註 9〕。兵團女作家王伶的長篇小說及同名電視劇《化劍》正是描寫了這個這一歷史性的創舉，記錄了起義官兵與解放軍一起在艱苦的環境中，在缺少工具和經驗的情況下如何「化劍為犁」，開墾兵團、建設邊疆的真實故事。

　　除以上問題外，對於新疆而言，最難解決、也需最為謹慎處理的是民族問題與宗教問題。新中國初期，中共中央就對西北局的彭德懷、王震做出指

〔註 8〕中共新疆維吾爾自治區委員會黨史委：《中國共產黨新疆歷史大事記（1949.10
　　　　～1966.4）》（上冊），新疆人民出版社 1993 年版，第 28 頁。

〔註 9〕中共新疆維吾爾自治區委員會黨史委：《中國共產黨新疆歷史大事記（1949.10
　　　　～1966.4）》（上冊），新疆人民出版社 1993 年版，第 24 頁。

示，「要求在黨內黨外，目前要特別注意處理好民族問題。新疆的社會改革則完全不應性急。首先應對民族中的社會情況作深刻調查研究，然後才能確定改革的政策口號和時間，而且在不同民族中須採取不同的改革政策。此地應特別慎重地說服少數民族中性急的黨員。」〔註10〕從該指示的言辭中可見，經歷了諸多複雜的國內外形勢的共產黨，在新中國初期對於新疆的民族問題是十分重視和謹慎的。這一指示也解釋了新中國諸多運動在新疆的謹慎與慢節奏的處理，例如在對「三區革命」部隊的整編、減租反霸運動、土地改革運動等都是如此。大多數新疆少數民族民族幾乎是全民信仰伊斯蘭教，伊斯蘭教早已滲透入教民的日常生活之中，在解放前還有教政不分的現象，因此，在十七年時期紛繁迭起的各種政治運動中如何處理新疆民族的宗教問題就變得極為複雜。例如，在處理土地問題上，有很多伊斯蘭教的宗教人員阿訇就是地主或富農，王恩茂就「提出對阿訇作具體分析，不是每個阿訇都是地主，也不是每個地主都是阿訇。不要一般地提出反對阿訇的口號，因為群眾信仰宗教需要阿訇。」〔註11〕對於清真寺所擁有的土地和羊群也不能完全進行土改，而是要根據教民的意見進行保留。對於新疆民眾信仰的伊斯蘭教國家也在各方面表達了對其尊重的態度，中央對新疆分局在 1950 年 6 月 24 日召開的委員會上明確指示「在民族幹部訓練班內不要宣傳猴子變人」〔註12〕。國家專門派宗教人士去麥加朝聖，既是大毛拉也是詩人的尼米希依提還在朝聖途中作了其代表作《無盡的想念》。

　　以上正是新中國初期新疆複雜的社會歷史環境，也是當時的政治抒情題材作品的生成環境，從以上混亂而複雜的社會現狀來看，似乎不是能夠令作家輕鬆進行歌頌的環境。除此之外，另有一點也需注意，即新疆的和平解放。中國共產黨自 1937 年成立就在全國各地宣傳其思想，在農村辦「農民講習所」，在工廠發動「工人運動」，之後更是深入群眾進行抗日，還在許多地區建立了抗日根據地和解放區。因此，當新中國成立之時，中國共產黨早已深入人心了。同時，由共產黨所發起的減租反霸與「土地改革」都為廣大農民帶來了

〔註10〕中共新疆維吾爾自治區委員會黨史委：《中國共產黨新疆歷史大事記（1949.10～1966.4）》（上冊），新疆人民出版社 1993 年版，第 11 頁。

〔註11〕中共新疆維吾爾自治區委員會黨史委：《中國共產黨新疆歷史大事記（1949.10～1966.4）》（上冊），新疆人民出版社 1993 年版，第 31 頁。

〔註19〕中共新疆維吾爾自治區委員會黨史委：《中國共產黨新疆歷史大事記（1949.10～1966.4）》（上冊），新疆人民出版社 1993 年版，第 39 頁。

實實在在的利益。因此，當這個新的人民民主專政的社會主義國家建立之時，中國廣大老百姓有理由要大聲歌頌。然而，新疆的情況與內地相比有許多不同，新疆少數民族廣大群眾對於中國共產黨的瞭解還多限於進步知識分子，就是進步知識分子對社會主義的瞭解也多來自於蘇聯，且在內地開展的各種運動也沒有在新疆開展，抗日戰爭的火焰也較少延伸至新疆。在這種情況下，新疆人民似乎難以如內地人民一樣有感而發地高歌：「東方紅，太陽升，中國出了個毛澤東」，可是事實卻是，新疆民族文學在此期間也出現了大量的政治抒情題材作品。

二、政治文化環境——運動迭起的時代

從以上對十七年時期社會環境的分析來看，無論是中原地區還是新疆都相當複雜。但對於中原地區來說，雖然社會環境仍有許多問題亟待解決，但在中國人民結束了連年的征戰，又建立了人民民主專政的社會主義國家的情況下，他們還是有滿腔的激情需要大聲歌唱的。正是在一窮二白的惡劣社會基礎下，才更需要中國共產黨一貫的革命激情來鼓舞廣大人民群眾，政治抒情題材的作品在此時正是最為契合的。更重要的是，這一時期對於文學藝術的政治要求將文學與政治緊密地捆綁在了一起，無限擴大了文學的實用價值。由於馬雅可夫斯基的「無論是詩，還是歌，都是炸彈和旗幟」理論被奉為圭臬，文學為政治服務的社會功能的過分標舉，「十七年」文學本體蛻化為權力和革命話語的被動反映者和承載工具。尤其是政治抒情題材的作品，「它不從心靈和生活出發，而以政治運動和口號作取材和主題的釐定依據，配合中心工作和宣傳政策；抒情主體的個性空間被完全泯滅或遮蔽。」〔註13〕

這一時期的文學創作不僅受到嚴格的政治要求的約束，而且常常受到政治運動的左右。儘管新疆由於民族情況較為複雜而使得中央明確要求在保證民族問題不受影響的前提下逐步開展各種運動，但新疆還是不可避免地受到各種運動的直接影響。新中國初期，由於新的國家政權最需要的是穩定社會與政局，且新疆的情況又較為複雜，因而此時的政治運動並不多。在文學界，規範與統一文藝工作者的思想是這一時期的主要政治任務。1949年10月8日，《新疆日報》的副刊《文化先鋒》一出刊就連載了毛澤東的《在延安文藝座

〔註13〕羅振亞：《是與非：對立的二元共在———「十七年詩歌」反思》，《江漢論壇》2002年第3期。

談會上的講話》；11 月 20 日，馬寒冰就向新疆文化界人士講解了新民主主義的文化方針和老解放區的文化工作情況。在明確了新的國家的文藝方針及政策之後，新疆諸多文藝團體便隨即確立了與之相適應的宗旨，如新疆京劇社將社旨改為「服務於人民，改造舊形式，發揚新文藝」。之後，為了更好地發揮文學藝術的實用價值，被納入國家體系的文藝工作者在國家的號召下，被各級文藝組織下派到各地參加陸續而來的種種運動，如減租反霸運動、深入廠礦與牧區體驗生活、農業合作化運動等。在這些運動中，作家也創作了不少與之相應的作品，這些作品既是這些運動的描摹與體現，也是隱性宣傳這些運動政策的傳聲筒。因而，我們從這些作品中很難看到這些運動真實的狀貌以及作家本人的思想、態度及情感，這也就剝奪了創作主體進行藝術創作最重要的精華，也阻礙了文學藝術的健康發展。

當然，在這種嚴苛的政治管轄與影響中也有過階段性的放鬆，如 1956 年的「雙百方針」為文藝界所帶來的活力。儘管這雙百方針」的影響到新疆被延至 1957 年，但這自由之風仍然催生了一批較好的作品。可是，好景不長，1957 年 8 月，新疆維吾爾自治區文藝界就開始開展「反右」鬥爭了了，之後很多作家作品都被捲入了政治的風波。1958 年，隨著「大躍進」的開始，全國的政治環境使得文學文化環境更為嚴苛，3 月 28 日，新疆自治區文藝界也召開了千餘人的躍進誓師大會。對於少數民族作家而言，這種政治考驗則更為複雜，1958 年 5 月，自治區文藝界召開了反對地方民族主義的鬥爭，將一批少數民族作家錯劃為地方民族主義分子。「大躍進」運動對全國的文藝創作帶來了極大的破壞，1959 年 1 月，新疆維吾爾自治區黨委向各級黨委發出《放出最新最美的文藝衛星》的緊急指示，提出一年內要完成電影劇本 180 部，各類文藝作品 1.5 萬篇，要放 100 個衛星，群眾創作要達到 3000 萬至 3500 萬件。同時，與這種完全無視藝術創作規律的苛刻指示相對應的卻是很多文藝期刊的停刊〔註14〕。此後，政治對文學的控制愈加嚴厲。1963 年 12 月 12 日，毛澤東下達了關於柯慶施大抓故事會和評彈改革材料的指示之後，引導了「極左」思潮的泛濫，嚴重阻礙了文藝創作的發展。1964 年 8 月，根據毛澤東關於文藝的兩個批示，文藝界又開始了「整風」運動，一批文藝家又被牽涉其中，其中新疆重點批判了詩人鐵依甫江‧艾里耶夫及其諷刺詩作《「基本」的控訴》。同年 11 月，《新疆文學》發表了關於對《司機的妻子》的「再認識」，

〔註14〕如 1960 年 7 月，《綠洲》停刊。1961 年，《文學譯叢》停刊。

這表明了對之前稍有鬆動的文藝時期所創作的有關描寫「中間人物」的作品《司機的妻子》的否定，這也牽涉進一批肯定「中間人物」的知識分子和文藝評論家。1965 年，由於編輯人員參加社教，諸多刊物都被改為雙月刊，這時的知識分子的身份已經走向十分惡劣的境地，直至 1966 年「文化大革命」的爆發，知識分子大面積受到不公正的批判及各種來自於精神和肉體的鬥爭。知識分子被扣上了形形色色的「帽子」，如新疆維吾爾自治區文聯黨組書記劉蕭無被定為「反黨分子」，王玉胡、王谷林、鐵依甫江‧艾里耶夫、克里木‧霍加、郝斯力汗等各族作家被扣上了「黑幫」、「反革命修正主義分子」、「地方民族主義分子」、「裏通外國分子」等罪名，受到了各種形式的批判和折磨。

　　在這樣的政治文化背景下，藝術家想要進行自由的創作恐怕是不大可能的，因此評論家認為新疆當時的「詩歌幾乎談不上什麼藝術性問題，甚至在維吾爾現代文學中佔有重要地位的詩人尼米希依提、艾合邁德‧孜亞依、阿不都熱依木‧烏鐵庫爾、鐵依甫江‧艾里耶夫等人的創作也未能例外。」〔註15〕十七年時期湧現出數量極大的政治抒情題材作品也正從側面反映了政治對文藝的巨大影響與掌控。儘管這些政治抒情題材的作品並不能夠一概而論，如新中國初期的這類作品還是有較為真實的情感體驗的流露，但之後大量的該題材作品，包括專業作家、農民、牧民、工人所創作的幾乎千篇一律的歌頌作品，應該都是政治直接作用的產物。這種政治對文藝的直接作用從新疆的幾大重要的各民族文學刊物中就能夠明顯看出，新中國初期各民族文學刊物紛紛刊登了大量各民族作家的原創作品，到 1954 年之後，作家作品逐漸減少，而漢文的《新疆文學》雜誌更是到 1956 年之後不僅少有作家的原創作品，少數民族專業與業餘作家作品也很少出現了。

三、美學環境──紅色美學的時代

　　洪子誠在《中國當代新詩史》中說：「新中國的誕生，政權性質和社會生活的重大轉變，帶給這一階段的歷史以新的時代內容。它深刻地影響著社會政治、經濟、文化的發展，影響著波蕩的社會心理情緒的走向，構成了這一時期詩歌生成的社會政治環境和文化心理氛圍；同時，也在詩與政治、詩與現實、詩與讀者等方面的關係和詩歌自身的藝術方式上，建立了新的觀念和

〔註15〕夏冠洲等主編：《新疆當代多民族文學史》（詩歌卷），新疆人民出版社 2006年版，第 16 頁。

提出了新的規範性的要求。」〔註16〕新中國的建立將中國帶入了嶄新的社會轉型期，美學環境自然也會因此而發生變化。有關新中國十七年期間的美學已有學者進行了專門的探討，有的學者稱這一時期小說美學的特徵是寓教於樂與雅俗共賞〔註17〕。也有的學者將這一時期的美學特徵做了如下總結：

> 從總體上作考察，中國當代文學的前十七年是基本上運用剛健的材料、沿著正確的方向，建設性地、富有成效地塑造了自身的主體美學形象，並形成了只屬於它自己的、個性化的審美方式的。這從作家隊伍的思想和藝術素質與具體作品的思想和藝術成就中，便可以清楚地看出來。革命現實主義，是這一時期文學的主潮忠於革命、忠於生活、忠於時代、忠於人民，是這一時期文學的基本特點。這就歷史地決定了這一時期的文學，是以馬克思主義的唯物論的反映論，作為考察主客觀世界並將之轉化為文學行為的基本方式和方法是以強烈的使命感和高度的責任心，滿懷激情地描寫新的人物、新的世界、新的事變和新的時代的是深入生活，深入群眾，深入火熱的鬥爭，爭做時代的弄潮兒，爭繪現實的英雄譜是通過文學創作激勵群眾鬥志，高揚革命精神，在現實與理想之間架一道彩虹，在卑下與高尚之間掘一條深溝，以文學負載人生的價值和社會的意義，在審美過程和美學機體中楔入審視生活、判別是非和淬礪浩然正氣的內容是以民族特點、鄉土特色和地方風味，作為涵負社會主義現實生活內容和人性內蘊帥匠意和織機，並對之加以能動地、自覺地、和諧地建構與表達。〔註18〕

這段總結將這一時期作家創作時傳遞出的審美方式及讀者欣賞文藝作品的審美活動進行了褒揚，看似詳細卻並不能真實簡明地描述這一時期的美學環境。

十七年時期的文藝作品大多數是社會主義現實主義作品，對於美學而言，這類作品都指向了唯物主義的「美是生活」的美學命題。「美是生活」的命題

〔註16〕洪子誠：《中國當代新詩史》，人民文學出版社 1993 年版，第 1 頁。

〔註17〕可參見鄧福田 2009 年發表於《社會科學論壇》第 20 期的《寓教於樂：十七年小說創作的美學特徵》、《時代文學》第 5 期的《雅俗共賞：十七年小說文本建構的美學特徵》。

〔註18〕艾雯：《建國後十七年文學的主體美學形象與個性審美方式》，《文藝研究》1990 年第 4 期。

是俄國著名美學家車爾尼雪夫斯基對美的定義，他「以費爾巴哈的哲學思想作指導，首先批判了黑格爾派的唯心主義的美論，接著就提出了他自己的美的論點。他說：『又是生活；任何事機我們在那裡面看得見依照我們的理解應當如此的生活，那就是美的；任何東西，凡是顯示出生活或使我們想起生活的，那就是美的。』」〔註19〕這種「美是生活」的美學命題以及車爾尼雪夫斯基在其著作中所提出的「藝術的第一目的是為了再現現實」、「藝術的另一種功用是為了說明生活」，將生活與藝術、與美緊密地聯繫在了一起。這一命題的出發點是唯物主義，因此它完全符合中國共產黨所遵循的馬克思主義，自然受到了共產黨的認可。十七年時期我國文藝界的重要人物——周揚早在1949 年就譯介出版了車爾尼雪夫斯基的《生活與美學》的著作，足見這一命題對於當時文藝界的影響。這一時期的文藝創作大都符合這一美學命題，如農業合作化題材、政治抒情題材與革命戰爭題材都基本契合這一美學命題。

　　除此之外，這一時期的美學趨向是雄偉、崇高的美，如農業合作化題材作品中所體現的「人定勝天」的信心與魄力，革命戰爭題材作品中所體現出的我黨及人民在革命戰爭中所凸顯的力量與崇高美，政治抒情題材作品中也同樣在歌唱中展示出奔放與昂揚的氣勢，都是雄偉、崇高美的體現。中國當代詩人在這一時期所追隨和仿傚的蘇聯無產階級革命詩人馬雅可夫斯基，「進入 50 年代之後，更受到極高評價：中國當代詩人所著迷的，是他的創作的這一方面：『和自己的階級在一切戰線上一齊行動』，『直接參加到事變鬥爭中去』並『處於事變的中心』，『雄偉氣魄』，『像炸彈、像火焰、像洪水、像鋼鐵般的力量和聲音』。」〔註20〕因此，政治抒情題材在這一時期的大量出現也是符合此時期的美學傾向的。

　　分析了我國主流文學界十七年時期的美學環境，再來看看新疆多民族文學的美學環境。一方面，新疆多民族文學是中國文學的一部分，新疆各民族作家也是在同一美學環境中進行創作的。從詩歌來看，其政治抒情題材、敘事性傾向、向民間文學學習等似乎都同主流文學是相同的，但仔細分析也會發現其中的同與異。首先，政治抒情題材對於新疆少數民族文學來說，並不屬於其文學傳統，如維吾爾族詩歌多見哲理詩與愛情詩，因此，這一題材作品的大量出現應該是受到了主流文學的影響。其次，敘事性的傾向對於新疆

〔註19〕彭立勳：《西方美學與中國文論》，華中師範大學出版社 1986 年版，第 183 頁。
〔註20〕洪子誠：《中國當代文學史》（上篇），北京大學出版社 1999 年版，第 75 頁。

少數民族文學而言是不陌生的，新疆少數民族文學自古就有敘事詩歌的傳統，
如維吾爾族的四大愛情敘事長詩《艾里甫與賽乃姆》等、柯爾克孜族著名的
民族歷史敘事長詩《瑪納斯》等。其三，向民間文學的學習一方面是隸屬於
全國的文藝運動的，如1952年，中共新疆分局宣傳部文藝處與省文聯籌委會
就聯合組織了民間文學調查組，赴南疆的喀什、庫車、阿克蘇等地的農村與
牧區，調查、搜集、整理民間文學。這種調查在這一時期陸續進行著，甚至
到1962年，中國科學院新疆分院文學研究所都被改為中國作家協會新疆分會
內的民間文學組。另一方面，對於新疆少數民族文學而言，其新中國之前的
大部分文學成果本身就與民間文學有著不可分割的淵源與聯繫。譬如哈薩克
族的阿肯及阿肯文學，從當代文學的範疇來看，他們就是民間歌手與民間文
學，但是從哈薩克族文學本身來看，阿肯就是民族詩人，阿肯文學就是民族
詩歌，不僅阿肯在哈薩克族民眾中有著極為尊貴的身份地位，阿肯文化及阿
肯式的美學也是哈薩克族現實生活與精神生活中必不可少的一部分。柯爾克
孜族的長篇史詩巨著《瑪納斯》也是如此，這部作品就靠著主流文學所認為
的「民間藝人」口口代代相傳，但從另一個角度看，被當下文學界歸為民間
文學的《瑪納斯》本身也是柯爾克孜族的「主流文學」，它在其民族文學史中
佔據不可替代的重要地位。除此之外，新疆多民族文學的美學環境中還包含
著在這裡生活的少數民族的美學追求。如維吾爾族的浪漫，無論在怎樣嚴苛
的社會與政治環境中，維吾爾詩歌中都能夠見到浪漫的愛情詩。如哈薩克族
的生態美學追求，由於哈薩克族天生與草原的親近與感情，使得他們一直對
生態美、自然美格外青睞。如維吾爾族的麥西來甫〔註21〕式的狂歡精神，正
如西方的酒神狂歡精神一樣，這是滲透入維吾爾族生活的藝術形式與美學追
求，不論在何種政治與社會環境中都一樣扎根於維吾爾文化與美學環境中。
這種麥西來甫式的狂歡精神在新疆農業合作化題材作品中亦有所體現，描寫
人們在一起合作勞動後一起歡歌起舞。

　　儘管這種特殊的政治抒情題材作品是在特殊的時期所形成的，「開始時，
這種政治抒情語體，還因新中國的建立、翻身解放的激情而具有某種恢弘的

〔註21〕「麥西來甫」是維吾爾語「歡樂的廣場歌舞聚會之意」，是維吾爾族民間流行
　　　　的一種以歌舞和民間娛樂融為一體的娛樂形式，以舞為主，配以歌唱，節奏
　　　　明快，熱情奔放。參加麥西萊甫的人數不限，一般在節假日或傍晚休息時舉
　　　　行。人們聚集在一起，吹拉彈唱、表演雜技魔術、跳舞娛樂，大家都可登場
　　　　表演節目。

激情詩性，但是後來它們就越來越空洞、虛假，最後淪為『文革』時期的口號標語式的吶喊。不僅如此，它還作為幾乎唯一的抒情方式，嚴重地束縛了詩歌的創作，成為中國詩歌再生必須反叛的對象、砸碎的桎梏。」〔註22〕隨著這一時期的過去，人們對於政治的狂熱逐漸冷卻，這種題材的作品也隨之變少，然而政治抒情詩中所使用的抒情語體卻得到了少數民族作家的繼承和改造了。「與同期漢語主流詩歌相較，少數族裔詩歌似乎更多地繼承並改造性地回覆了當代政治抒情詩美學特徵，這從伊丹才讓、吉狄馬加、阿來等人的詩作中就可以看出。」〔註23〕但此時他們的詩歌已經從對政治和社會主義的抒情轉向了對其民族和家園的歌頌和吟詠，這一點和新時期少數民族文學中出現的「重述歷史」的熱潮是相互呼應的。日益強大的全球化趨勢和種種新的理論〔註24〕的引入，促使民族作家更注重於本民族歷史與文化的敘寫和歌詠，這也是弱勢民族對抗強勢民族文學與文化的本能反應之一。

第二節　新疆現當代少數民族作家身份流變

上一節對十七年時期文學的生成場閾進行了還原歷史式的分析，我們不難發現當時的作家是在既新生又危機四伏的複雜社會環境中，在政治運動頻繁、政治鬥爭激烈的政治文化環境中，在革命現實主義與革命浪漫主義包圍的狹隘美學環境中，進行創作的。當然，對於作家而言，這些只是其創作的外部環境，而在這一特殊的社會轉型期作家的身份流變為作家創作而營造的內部環境也十分複雜，且對作家的創作影響更大。因此研究在這一時期特有的政治抒情題材是難以規避對作家由於身份流變所產生的，獨特的思想感情、情緒態度、心理心態的分析的，且這一點對於有著更為複雜身份的民族作家及其作品更為重要。有學者甚至認為分析這一時期的詩歌史在一定意義上就是要解析此時詩人的心態史、思想史和靈魂史。「從建國初期開始，包括詩人在內的知識分子普遍感受到了一種新生而自豪的感覺，然而在接連不斷的思想改造運動中，詩人，尤其是那些早年的現代主義詩人應該具有的知識分子

〔註22〕 姚新勇：《雜糅的詩性：轉型期少數族裔漢語詩歌語言詩性重構的一種解讀》，《民族文學研究》2010 年第 3 期。

〔註23〕 姚新勇：《雜糅的詩性：轉型期少數族裔漢語詩歌語言詩性重構的一種解讀》。

〔註24〕 如新時期從西方文學界傳來的後殖民主義、文化人類學等理論，都將視角放置在民族文學與文化上。

的批判立場與內省意識基本消失殆盡。」〔註25〕這種來自身份危機的影響對於以情感創作的詩人更是明顯，「在新的政治體制與文化機制以及新的國家想像的巨大洪流的衝擊下，詩人們是在焦灼、緊張而又充滿熱望的複雜情緒中進行轉換與蛻變的。相當長時期內的新詩史敘事沒有注意到在這場激烈的轉換和蛻變中詩人（知識分子）心態的複雜性和尷尬狀態。很多詩人在建國後一時找不到合適的詩歌語言，寫作出現了危機，如艾青、馮至、田間、何其芳、郭沫若、臧克家等人的詩歌寫作上的轉變都有著相當複雜的新詩史和新詩研究價值。」因此，研究政治抒情題材是繞不開對作家身份流變的思考的。

一、現當代作家身份確立的歷史演變

「身份」一詞，《辭海》釋為：「人的出身、地位或資格」〔註26〕，《現代漢語詞典》釋為：「自身所處的地位」〔註27〕。我們現在所使用的「身份」一詞來源於英文的「identity」，「就是一個個體所有的關於他這種人是其所是的意識。」〔註28〕「身份」至今為止仍是理論界所爭論的一個話題，因其涉及自身與外界的種種複雜的聯繫，它不可避免地與「國家」、「族群」、「公民」、「性別」等詞彙聯繫在一起。對於個體所擁有的「身份」而言，它與個體自身及個體所身處的外界環境緊密相連，因此也常與「認同」聯繫在了一起，對於個體而言，自身的認同與外界環境對其的認同共同作用於個體的身份，而反過來，個體的身份對於個體自身的認同及外界對其的認同也會產生影響。由此可見，身份對於個體的重要性，「第一，對它的關注方式本身就是一種身份處境的自我隱喻；第二，它為我們譯解自我、民族和世界，暗示了充滿魅力的可能性。」〔註29〕

「作家」一詞，《現代漢語詞典》釋為：「從事文學創作有一定成就的人」〔註30〕。早在魏晉南北朝時期，曹丕就在其《典論·論文》中寫道：「蓋文章，

〔註25〕霍俊明：《新詩史敘事場閾中的十七年詩歌》，《當代文壇》2010 年第 6 期。

〔註26〕《辭海》，上海辭書出版社 2002 年版，第 1637 頁。

〔註27〕《現代漢語詞典》：商務印書館 1996 年版，第 1119 頁。

〔註28〕Paul Straffon & Nicky Hayes：《*A Student's Dictionary of Philosophy*》, Edward Arnold,1988.

〔註29〕深圳大學文學院傳系：《多維世界：文化與傳播研究》，北京大學出版社 2001 年版，第 385 頁。

〔註30〕倪文傑主編：《現代漢語常用詞辭典》（第三卷），中國建材工業出版社 2001 年版，第 1527 頁。

經國之大業，不朽之盛事」，可見文章地位之重，而寫文章之人，自然也擁有較高的社會地位，之後科舉考試制度的推行更是將讀書作文之人的身份地位制度化了。但古時的「文章」並不一定都是文學作品，而能夠為寫作者帶來身份地位的文章也不是文學作品，對社會生活不會直接產生價值的文藝作品的創作並不能夠成為寫作者賴以生存的職業。然而正是由於文藝作品的「無」價值，也為寫作者的創作帶來了自由，思想與情感上的自由，他們的創作只是有感而發，哪怕是「為賦新詞強說愁」，對於作家而言也是自由的。新事物的產生常常是一把雙刃劍，現代傳媒的出現催生了「作家」這一職業，也使文學作品有了實際的價值，然而也因此剝奪了作家創作作品時一定的「自由」。古時的文學愛好者在創作了文學作品之後，為了保存或使其廣而傳播，得到他人的認可，只能夠自費刻書，因而文學藝術並不屬於大多數人，它只是上層階級的又一特權。現代傳媒產生之後，由報館免費願為寫作者刊載文章，「1872 年 4 月 30 日《申報》創刊時，曾宣布『如有騷人韻士有願以短什長篇惠教者，如天下各名區竹枝詞，及長歌紀事之類，概不取值；如有名言讜論，實有繫乎國計民生、地利水源之類者，上關皇朝經濟之需，下知小民稼穡之苦，附登斯報，概不取酬』」〔註31〕，這對於寫作者無疑是一件可喜之事。隨著現代傳媒業的不斷發展，又逐漸形成了現代稿酬制度，而稿酬逐漸將文學作品的傳播媒介以及閱讀欣賞者聯繫了起來，能否拿到稿酬、稿酬的多少與傳播媒介是否接收、讀者的購買量緊密相連，因此，創作者雖然能夠以此獲得經濟價值，但逐漸也不乏有寫作者會附和編輯或讀者的情趣，這無疑又剝奪了作者的部分「自由」。雖然也常有靠稿費生存的作家會迎合大眾的欣賞水平而寫作，但仍不少作家不會因為稿費而改變自己的所思所想，不會為「五斗米而折腰」，而堅持作為寫作者的良知與操守。如現代文學大師魯迅，儘管他放棄了從醫的職業飯碗，自願成為一名作家，但他最恥於為錢而賣文，現代也不乏像他一樣堅持保有知識分子使命感的作家。總的來說，現代作家還是有很大的創作空間與創作自由的，他們以我手寫我心，其作品也是其所思所想所感的真切體現，自然也出現了不少經典作品和好的作家。此時的作家不僅是作品的創作者，是一種職業的從業者，更是一種自由思想與情感的宣洩者與傳播者，這也是魯迅當初棄醫從文的目的，能夠自由表露心聲並將思

〔註31〕李康化：《稿費與版稅：魯迅生活的經濟來源》，上海人民出版社 2003 年版，第 105 頁。

想通過媒介傳播給廣大民眾。

但由於現代中國的複雜性，作家所處區域的不同也會影響其生存及創作狀態，進而影響其作家傳遞思想的不同及寫作目的的不同。國統區的作家，如老舍、曹禺、魯迅、張愛玲、徐志摩、朱自清等，他們一方面部分受到稿酬制度的影響而創作，而更重要的還是為了自由表達其思想情感而創作。解放區作家，如丁玲、艾青、蕭軍、趙樹理等，他們則懷抱逐漸明確的政治理想，力圖將其思想訴諸於作品中進而傳播於大眾。起初，解放區作家都懷抱著知識分子的救世愛國的情操而進行創作，認為他們不僅是黨的政策的闡釋者與宣傳者，同時也應當是黨前進路上忠誠的夥伴與朋友，有責任及義務使年輕的党進步地更快更穩，如艾青曾在《瞭解作家，尊重作家》中表明其態度：「一個作家並不是『百靈鳥』，也不是專門唱歌娛樂人的歌伎，作家要觀察馬克思主義或黨沒有給予答案的問題。」〔註32〕然而，解放區作家們的理想並不能夠完全如願，毛澤東《在延安文藝座談會上的講話》中明確指出「藝術家和藝術無論何時都應服從於黨所交派的任務」，以及之後的延安「整風」運動都明確為作家及其創作進行了「規範」。對於革命，「階級」被排在了第一位，正如《青春之歌》中的林道靜不論怎樣努力學習馬列主義，還是會因為自身階級而不時感到自卑，正如在革命的隊伍中身為知識分子的作家，他們的「階級成分」並不好，其理想主義與小資產階級作風都是為革命所摒棄的，他們是需要改造的階級。陳雲在1943年延安黨的文藝工作者會議上的講話《關於黨的文藝工作者中間兩種傾向的問題》中就表明：「一個文藝工作者應該把自己看作是一名黨員，而不應該首先把自己看作是一名文藝工作者。我們希望通過學習和運用批評和自我批評，所有黨的文藝工作者要加強他們的黨性，去掉他們的壞習慣。」〔註33〕明顯可以看出文藝工作者在黨的面前是需要改造的階級，而不是能夠為黨提意見與批評的階級，陳雲在報告的最後也以居高臨下的態度給了這些要改造的同志們一些信心：「他們的缺點也只是革命中的缺點，從舊社會帶來的暫時的缺點，在革命隊伍中一定能夠很快克服的。我們的同志都是很聰明的人，這一回經過了整風，現在又到群眾中去做實際工作，進步一定很快。」〔註34〕

〔註32〕艾青：《艾青論創作》，上海文藝出版社1985年版，第51頁。
〔註33〕陳雲：《關於黨的文藝工作者中兩種傾向的問題》，摘自費正清：《劍橋中華人民共和國史》（1949～1965），中國社會科學出版社2007年版。
〔註34〕陳雲：《關於黨的文藝工作者中兩種傾向的問題》。

　　儘管藝術生產應當是藝術家作為主體的自由的精神生產勞動，藝術作品應當是可以反映藝術創作者身份而不應受其身份約束的自在產物，但在解放區對藝術家及知識分子來自於身份的約束就被定為對待知識分子的主要基調，很自然地隨著中國共產黨解放戰爭的勝利被帶入了新中國時期。雖然新中國一切都是全新的，但對於一個個體而言，其過往的身份無法抹去，依舊不可避免地被貼上了各種標籤，帶到了新的社會、新的時期。身份雖是無影無形的虛指，但它在任何一個時期都會對個體產生巨大的作用力，它能夠輕易破滅「人生而就是平等的」這個人類的美好願望，從個體呱呱墜地的那一剎那起，個體就擁有了無法更改的性別的、種族的、國別的、階級的種種混雜在一起的複雜身份，隨之這些身份也將伴隨個體的成長而對其產生或大或小、或隱或顯的各種影響。雖然在成長的過程中也有個體會努力改變其某一能夠產生變化的身份標籤，然而很多與生俱來的身份標籤將是伴隨終生而無以改變的。在浩瀚的歷史長河中，每一次巨大的歷史變革能夠帶來一個群體身份的改變，同時，「轉換的每一個片段都傾向於變成一種認同（身份）危機（an identity crisis）」〔註35〕，新中國的建立不僅是政權的更迭，更重要的是它改變了長久以來的階級所處的地位與身份。正如毛澤東主席在天安門城樓的一聲宣告：「中華人民共和國成立了，中國人民從此站起來了」一樣，這個新的國家帶來了巨大的變革，「站起來」的是人民，是曾經處於社會底層的無產階級，而舊中國處於上層的有產階級的身份地位也將伴隨著新的制度的建立而被徹底改變。從身份變更的角度來看，新中國的成立的確實可謂是「天翻地覆」的變化，隨之也改變了身份主體的命運。在這種情況下，作家因其過往身份的標籤而被重新貼上了新的身份標籤，原解放區作家、左翼作家與原國統區作家雖同為作家，卻有著不一樣的身份與境遇，郭沫若、周揚、丁玲等在新中國成為文藝界的官員，自然擁有不少話語權，而巴金、老舍、曹禺、朱光潛等國統區作家，則紛紛表達自己的立場與要「學習與改造」的決心，如巴金在第一屆中華全國文學藝術工作者代表大會上所做報告的題目就是《我是來學習的》。然而事實上是，不論是處於略有話語權和身份地位較為優越的左翼及原解放區作家，還是誠惶誠恐的原國統區作家，在那個政治第一、階級第一、革命第一的年代裏，作家按照自己的精神和思想軌跡進行創作的自由無形中都被剝奪了。並且由於「身份提供了一種在我們對世界的主體性

〔註35〕安東尼・吉登斯：《現代性與自我隊同》，三聯書店 1998 年版，第 174 頁。

的經驗與這種微妙的主體性由已構成的文化歷史設定之間相互作用的理解方式」〔註36〕，他們身上性別的、民族的、地域的身份都被階級的身份所佔據，這種不自由極大地影響著他們在新中國時期的創作，並在其作品中將這種不自由或隱或現地留下了印跡。

　　新中國建國後，作家這種自由職業都被納入了新的體制之中，文學組織不再只是民間的、獨立自發的組織，而是隸屬於社會主義體制中的具有具體行政職能的單位。1949 年 7 月，在中國人民政治協商會議的發起下，中國文學藝術界聯合會（簡稱中國文聯）成立了，它是是由全國性文學藝術家協會，各省、自治區、直轄市文學藝術界聯合會和全國性的產業文學藝術工作者聯合會組成的人民團體。隨之成立了中華全國文學工作者協會（簡稱全國文協），1953 年更名為中國作家協會（簡稱中國作協），其簡介稱：「中國作協是中國共產黨領導的中國各民族作家自願結合的專業性人民團體，是黨和政府聯繫廣大作家、文學工作者的橋樑和紐帶，是繁榮文學事業、加強社會主義精神文明建設的重要社會力量，是一個獨立的、中央一級的全國性人民團體。」從「文聯」及「作協」的宗旨與簡介中我們便不難發現，它們雖被稱為人民團體，實際是黨和政府組織文學藝術家的政府行政組織，是政治性的官方機構，而隸屬於其中的藝術家與作家自然也是黨和政府能夠認可和接納的，因而是否加入「文聯」及「作協」就成了作家是否被新政權所認可的標誌。「中國作協和它的機關刊物都是在列寧提出的這個原則下由黨設置的文學機構。它們既向黨報告工作，同時又以權力的身份出現在文學界。1953 年全國文協改為中國作協時，『被中央定為正部級單位』。」〔註37〕洪子城對這些文學機構的分析是：「作家協會的性質，有點類似一種『行會』的性質，保障那些有資格加入『協會』的作家的『權益』，並帶有某種程度的對這一行業的『壟斷』。但更主要的性質，是國家、執政黨管理、控制文藝界的機構。文革之前，中國作協在文藝領域的作用非常重要。」〔註38〕同時，作家為了使自己被官方組織所認可與接納，就得遵循其規則，也就是其創作的文藝作品要符合社會

〔註36〕Paul Straffon & Nicky Hayes: 《*A Student's Dictionary of Philosophy*》, Edward Arnold,1988.

〔註37〕袁向東：《民族文學的建構——以〈人民文學〉（1948～1966）為例》，暨南大學出版社 2011 年版，第 71 頁。

〔註38〕洪子誠：《問題與方法——中國當代文學史研究講稿》，三聯書店 2002 年版，第 196 頁。

主義精神文明的各種要求，黨和國家的要求永遠要排在第一位，其次才是創作者的思想感情。

　　體制的改變對作家所產生的影響是多方面的，拿老舍為例，一方面，從他出身的階級性來看，他還是屬於無產階級隊伍的，所以他在新的國家政權面前還是比較自信的，「跟延安、國統區來的許多作家心態不一樣，老捨心想自己是窮人出身，在很偶然的機會下免費上了學校，沒上過大學，親戚都是貧民，在感情上覺得跟共產黨有天然關係，跟新政權時一頭的。毛澤東認為知識分子是小資產階級分子，要脫褲子割尾巴。一些作家受到精神壓力，謹慎小心，有的做投降狀，生怕自己是否反映小資情調？是否背離黨的要求？很多作家不敢寫，寫不出來。而老舍沒有顧慮，如魚得水鉏。」〔註 39〕從這段老舍之子舒乙對其父親的回憶中，不僅能夠看出老舍面對新生活、新身份的心態，也能夠看見其他國統區作家誠惶誠恐的心態。另一方面，不可否認的是他是來自國統區的作家，因此他也還是有所顧慮的。當他面對黨和新中國時，他自我否定了解放前自己創作的作品，因為「那些作品的內容多半是個人的一些小感觸，不痛不癢，可有可無。它們所反映的生活，乍看確是五花八門；細一看卻無關宏旨圓」〔註 40〕。於是，他便決心要以自己勤奮的創作和新的作品來「改變」過去而進行忘我的工作。從制度來看，新的制度將作家納入國家體系，成為國家人力資源的一部分，他們的身份雖不「自由」卻因此而有了生活的保障，在經濟上他們不再受制於稿酬制度，而擁有了穩定的收入，老舍也坦言：「在精神上我得到尊重與鼓舞，在物質上我也得到照顧與報酬。寫稿有稿費，出版有版稅，我不但不像解放前那樣愁吃愁喝，而且有餘錢去珍藏幾張大畫師齊白石老先生的小畫，或買一兩件殘破而色彩仍然鮮麗可愛的康熙或乾隆時代的小瓶或碗」〔註 41〕，這些在舊社會時對於一個以文字而謀生的作家而言是難以實現的。老舍之例可見，「新中國文學組織的建構，不單單實現了單位機構對作家形式意義上的收編，更遠地導致了作家身份的一次歷史性變革。從組織之外的『自由職業者』，到組織之中的『文藝工作者』，作家因組織建構『重組資源』的性質，而成為一種非主體化的『國家資源』因『包下來』的單位體制的設置，而轉化為非個體化的國家機器上

〔註 39〕陳徒手：《人有病，天知否》，人民文學出版社 2000 年版，第 44 頁。
〔註 40〕老舍：《老舍創作與生活自述》，人民文學出版社 1982 年版，第 182 頁。
〔註 41〕老舍：《老舍創作與生活自述》，人民文學出版社 1982 年版，第 129 頁。

的『齒輪』和『螺絲釘』；因組織的科層建制，而成為一種等級化的社會符碼。」
〔註42〕再比如郭沫若，「洪子誠在《中國當代新詩史》中指，郭沫若在建國之
後寫作了大量的配合現實政治和社會運動的詩，這與郭沫若主動而自覺地將
政要、社會活動家身份與詩人身份聯繫在一起是不可分割的。」〔註43〕再比
如臧克家，「程光煒在《中國當代詩歌史》中也指出臧克家在解放後的各種運
動中的詩歌寫作和評論文章都是始終圍繞著歌頌與批判這兩種基調構思和寫
作。在某種意義上，他的詩歌是在運動中的表白，他的一系列評論文章則對
詩歌界發揮了指導、示範的作用。」〔註44〕因為此時的郭沫若或臧克家，其
在各種社會活動中的主要身份已不再僅僅是詩人與作家了，對於他們本身而
言，恐怕追求新政權對其的認可和政治身份更為重要。同時，國家政權為其
賦予的新身份的政治領導權使得他們不再需要強烈地展示自己的思想，而要
充分展示國家與集體的意志，他們自覺不自覺地在履行一個政治傳聲筒或文
學領域中的政治代言人的職責。這些作家在新中國的身份流變及其複雜性對
於作家的創作都不可避免地帶來了很大的影響，這一點尤其對於研究政治抒
情題材作品更無以規避。

二、新疆當代文學轉型期的歷史文化背景

從以上分析可見，新中國作家身份流變的複雜性，不僅要依據於作家當
下所處的階級和階級立場，還要追尋其過往的階級和階級立場，這種考察對
於少數民族作家而言就更為複雜，他們還會受到來自其族群的文化和歷史的
影響。另一方面來看，作為國家政權也需要得到少數民族知識分子對新的國
家政權的認同，這對於新的政權的建構是極其重要的。對於漢族作家而言，
在新中國強大的政治壓力面前，為了使國家的宏大敘事納入其作品，他們以
及他們的作品都要自覺祛除知識分子的軟弱性、小資產階級性等原本就隸屬
於其個性的某些特徵，而作為一個少數民族的作家，恐怕他們還需要祛除的
是他們的族裔性，從而使其納入中華民族的新的族群中，最終切實符合新的
國家意識形態。然而，儘管國家意識形態十分強大，但個體自身的諸多身份

〔註42〕斯炎偉：《新中國文學組織的建構與作家身份的嬗變》，《社會科學戰線》2009
　　　　年第 6 期。
〔註43〕霍俊明：《新詩史敘事場閾中的十七年詩歌》，《當代文壇》2010 年第 6 期。
〔註44〕霍俊明：《新詩史敘事場閾中的十七年詩歌》，《當代文壇》2010 年第 6 期。

符碼並不是一日而成的，很多都是生而有之、與生俱來的，並非依靠外力或自我意志就能夠隨心所欲地將其袪除，這些特徵可能在其作品中被人為壓抑而得不到顯露，但並不代表它不存在，時過境遷之後，這些曾經被壓抑的特徵反而會以更強大的形式表露出來。

　　新中國的成立不僅是一次簡單的政權更迭，在中國歷史上它更是一個重要的社會轉型期，在這一重要時期，一切都是新鮮的，但新的制度也是需要與各方面進行磨合的。新政權的成立急需取得各個不同陣營的團結與認同，面對少數民族地區，那就需要取得少數民族群眾對中華民族共同體的認同，因而爭取獲得在少數民族群眾中相對擁有話語權的知識分子的認同就顯得尤為重要。面對新的國家、新的體制，試圖取得身份的認同是來自於雙方面的，一方面，新的民族共同體的國家需要取得各民族對中華民族共同體的認同、新的政權需要取得數以萬計的廣大人民群眾對新體制的認同；而另一方面，公民個體也需要以各種方式來表達自己對新政權的認同，從而獲取新政權及執政黨對自己的認同，少數民族也要表達自我如何融入中華民族共同體來獲取新的民族國家對其民族的認同。為了爭取雙方面相互的認同就需要以實際的行動來完成，在建國初期新疆的一系列大事件中我們還是能夠窺見這一軌跡。

　　在國家方面，建國初國家不僅派人民軍隊來取得新疆的和平解放並建設新疆，同時還派來了不少文化宣傳工作者，他們帶來的不僅是國家的意識形態和政策法規，隨之帶來的還有主流地區的主流文化及藝術。首先，新的政府需要將文藝工作者集中到自己的組織體系之中，1949 年 10 月 5 日，為籌備組織迪化市文化工作者協會，新疆省臨時政府宣傳委員會就召集各族文化工作者進行座談，12 月 17 日，迪化市文化工作者聯合會籌委會就成立了，馬寒冰為主任。其次，思想政策上的統一更為重要，10 月 8 日，《新疆日報》副刊《文化先鋒》出刊，從出刊的那天起就開始每日一期連載毛澤東同志的《在延安文藝座談會上的講話》。11 月 20 日，新疆省臨時政府宣傳教育委員會召集文化界座談會，主要由一兵團宣傳部長馬寒冰講解新民主主義的文化方針和老解放區的文化工作情況，且這種對文藝方針政策及解放區文化工作方式的宣傳教育之後以各種方式不斷進行著。其三，對於向普通民眾和起義部隊的宣傳，主要採取下派文藝宣傳隊表演的這種較為通俗易懂的方式，10 月 25 日，解放軍二軍五師戰聲文工團進駐哈密，隨即演出《劉胡蘭》等劇目，後

該文工團又前往阿克蘇，為軍民演出了《白毛女》等劇目。11 月 7 日，解放軍一兵團六軍文工團飛抵迪化，團長劉蕭無、協理員王玉胡，11 月 17 日，解放軍一兵團文工團一團進駐迪化，團長田煒，這些人之後都成為新疆文藝工作的重要人物。此類由中央下派文藝宣傳團隊進行的文化宣傳活動之後在新疆各地還有很多，他們帶來的是中央的聲音和主流地區的文化。

新疆的各少數民族對新政權也以各種方式表達了他們的態度。1949 年 10 月 2 日，各民族文化促進會聯合代表向軍政當局致敬，表示竭誠擁護和平起義，歸向人民陣營，並籌集大批慰勞品慰問起義官兵。10 月 29 日，為歡迎參加中國人民政治協商會議的新疆代表歸來，青年歌舞團演出民族歌舞《向人民解放軍致敬》等。11 月 8 日為歡迎解放軍一兵團司令員王震，青年歌舞團、哈柯劇團、蒙文會等各族演員演出了民族歌舞。當然，之後隨著新疆文聯和作協的成立，少數民族文學藝術家也被納入了國家體制之中，而國家對文藝工作者的各種政治要求也伴隨著各種各樣的政治運動，如宣傳新婚姻法、提倡經濟民主生活、減租反霸、農業合作化、「大躍進」等運動而來，文藝工作者的創作也有了明確的政治目標。新疆少數民族作家在這一國家轉型期為了表達自我立場主要通過具體創作的作品，因而，在新中國成立至「文化大革命」之前的這段時期，出現了大量的頌歌題材的作品，這些作品主要歌頌黨和新中國、歌頌社會主義新人，這些作品正體現了作家力圖通過作品來表達自己對新政權及執政黨的認同，也以此來獲取新政府對自我的身份認同。

三、解放前新疆當代少數民族作家身份

首先，十七年時期主要的新疆少數民族作家的出生就有很多的不同之處。表面上看，新疆的主要少數民族作家（尼米希依提、祖農‧哈迪爾、艾勒坎木‧艾合坦木、阿不都熱依木‧烏鐵庫爾、郭基南、郝斯力汗、胡孜巴尤夫、庫爾班阿里‧烏斯曼諾夫、克里木‧霍加、鐵衣甫江‧艾里耶夫〔註45〕）的出生家庭據其自傳描述基本上都是無產階級，如農牧民、小手工業者和小商人，但仔細分析其出身就會發現這些無產階級也有很多不同之處。其一，都是農民家庭的尼米希依提、艾勒坎木‧艾合坦木、郭基南、克里木‧霍加和鐵衣甫江‧艾里耶夫就各有不同。雖然他們的父母都是依靠種地為生，但其

〔註45〕這九位作家的基本情況、主要經歷和代表作品可詳見附錄：十七年時期新疆主要少數民族作家身份流變。

中尼米希依提和鐵衣甫江・艾里耶夫的父親更重要的身份是毛拉〔註46〕，且尼米希依提本人也是毛拉。維吾爾族是全民信仰伊斯蘭教的，具有宗教教職的毛拉擁有受人尊敬的身份地位，在維吾爾族群眾中的威信也是很高的，這些對作家及其作品都會產生影響。如尼米希依提的代表作《無盡的想念》雖然是一首歌頌祖國的詩歌，但該作品是詩人 1956 年 7 月隨「中國伊斯蘭教朝罕團」前往麥加朝罕的歸國途中所寫的，作品雖然表現的確是作家對祖國的想念，但這些情感產生的基礎是作為宗教人士的他能夠前往伊斯蘭教聖地麥加朝聖的激動與榮幸。而另一位生長在宗教家庭的詩人鐵衣甫江・艾里耶夫，他的家人望其繼承父業當毛拉，詩人雖未如家人所願成為一位毛拉，但 1944年他在宗教學校裏學習了 4 年，這段經歷對作者還是有很大影響的。他的詩歌雖然並沒有明顯的宗教意蘊，但他是一位很有良知的詩人，在特殊的「十七年」文學中，只有他一人的作品不止歌頌新時代美好的事物，還敢於直面我黨當時所出現的一些問題，60 年代他寫了一批諷刺詩，如《報告迷之死》、《倉庫主任的錦囊妙計》、《基本的控訴》，這些詩歌大膽揭露了社會中的浮誇風和官僚主義習氣，而作家也因此在 1964 年遭到了嚴厲批判。這種敢於面對權威而堅持誠實的美德是伊斯蘭教始終所倡導的，《古蘭經》有言：「信道的人們啊！你們要敬畏真主，要和誠實的人們在一起」、「信士們啊！你們要敬畏真主。應當說正直的話」，且當時我國所盛行的浮誇風也正是伊斯蘭教所斥的：「信士們啊！為什麼你們高談闊論而不實幹呢？真主看來空談而不實幹極為可恨」，這些來自於宗教對教徒的要求恐怕也給了詩人講真話的力量。

祖農・哈迪爾的父親是小手工業者，手工業者的生活自然也出現在他的作品中，儘管《鍛鍊》一文是作者帶著「任務」下鄉體驗生活後的作品，但這篇農業合作化題材的作品思考的還是新的生產方式及制度為傳統手工業者所帶來的變化，可見作者還是關心著曾和自己家庭同樣身份的手工業者的命運。郝斯力汗・胡孜巴尤夫和庫爾班阿里・烏斯曼諾夫的父親不僅是一個牧民，更重要的是他還是當地一位有名的阿肯。阿肯不只是民歌演唱者那樣簡單，他們在哈薩克人的生活中扮演著很重要的角色，阿肯是哈薩克族人民對

〔註46〕毛拉（Mawla）　伊斯蘭教教職稱謂。舊譯「滿拉」、「莫洛」、「毛喇」、「曼拉」。阿拉伯語音譯，原意為「保護者」、「主人」、「主子」。志費尼《世界征服者史》載有「主啊！吾人之保護者」一語，其中「保護者」一詞的原文即為「毛拉」（Mawla）。隨著伊斯蘭教的傳播和發展，今為由清真寺經堂大學或經學院「穿衣」畢業，具有較高宗教學識的宗教人員——的通稱。

民間遊唱詩人的尊稱。哈薩克族的「阿肯與漢語意義上的詩人有著很大的差異，阿肯的外延遠比詩人要廣泛得多。阿肯既能即興做詩，又能自彈自唱。兼有詩人、歌手的藝術才智，備受人們的尊敬和愛戴。」〔註47〕阿肯是民間藝術的保存者、傳播者和創作者，他們在哈薩克歷史、文學、藝術、社會功能方面所發揮的作用是巨大的。據郝斯力汗在其自傳中介紹：在哈薩克族人生命中的重要時刻都要有阿肯的彈唱，「哈薩克人的一生是在歌聲中度過的。甚至當人死之後，也還要唱《卓克塔烏》達一年之久」，「在哈薩克族人的家裏借宿，都要被要求講故事。會彈唱的人伴以冬布拉唱古老的長詩；那些不會彈唱的，則講述他所知道的民間故事。」〔註48〕從郝斯力汗和庫爾班阿里的經歷來看，如果不是生在阿肯家庭，他們不一定會走上文學創作的道路。

其次，在新疆現代歷史上著名的「三區革命」事件不僅深深影響著新疆少數民族作家的創作，也影響著他們在建國之後的身份確立。本文所考察的這九位作家基本上都參加過「三區革命」，有的是游擊隊戰士，有的是「三區革命」地區進步刊物的編輯。「三區革命」在歷史上是一個較為複雜的事件，它一方面是反對國民政府的統治，因而中國共產黨最後為其定性為中國新民主主義革命的一部分，另一方面，它的初衷是民族獨立，且宣布成立了東突厥共和國，且其極端民族主義者以「殺回滅漢」為口號，還曾經血屠伊寧城漢人，這一點不僅有民族主義的傾向，也有悖於由多民族所共同組成的「中華民族」。因此，參加了「三區革命」的這一經歷並成為進入新社會的作家們的一件難以抹去又難以解釋的事件，我們從作家們在自傳中對這一段經歷的描述中便可見其不同心態。有的作家對這段經歷只是輕描淡寫地進行了敘述，如艾里坎木‧艾合坦木、庫爾班‧阿里和祖農‧哈迪爾只是簡單地介紹他們在三區革命時期做編輯。而有的作家卻為這段經歷而主動承認錯誤，且他們對這次革命的定性也是不一樣的。郭基南先生將「三區革命」定性為「以推翻國民黨反動派法西斯統治政權為目的的新疆伊犁、塔城、阿克蘇三區革命」，之後承認他在此期間投身於其中，但又坦言：「我在三區革命時期，儘管發表了許多作品，但由予我缺乏革命理論的指導，畢竟還是一個在文藝思想上和創作力法上都不夠明確、不夠成熟的青年。在我的作品中，同樣也存在著不

〔註47〕王旭東：《新疆吉木乃縣巴扎爾湖勒村調查》，雲南大學出版社 2004 年版，第 194 頁。

〔註48〕吳重陽：《中國少數民族作家傳略》，青海人民出版社 1980 年版，第 289 頁。

少缺點。」〔註49〕阿不都熱依木・烏鐵庫爾的情況更為複雜，他一歲時母親去世，五歲時父親去世，父親去世前將他託付於自己的好友烏斯滿・哈合。他的養父烏斯滿・哈合不僅是一位富商，也是一位開明人士，且他在 1931 年參加了哈密農民暴動，是暴動的組織者之一。1936 年，他和他的同學阿巴索夫一起到烏魯木齊求學，而阿巴索夫後來成為「三區革命」的領導人之一，這些人都是詩人身邊極為親近的人，他們的思想自然會對詩人產生極大的影響。他在自傳中也承認了這一點，同時也表明了自己現在的立場和改過的決心與行動：

> 一九四二年我從新疆學院畢業，直到一九四八年，先後擔任過
> 中學教員、編輯、新疆日報維吾爾文總編等職務。這期間，軍閥盛
> 世才撕去進步的偽裝，投靠了蔣介石，在新疆推行民族同化政策。
> 於是，在一些知識分子中，包括我在內產失了強烈的地方民族主義
> 情緒。因此，一九四四年，國民黨逮捕了我。一九四五年出獄時新
> 疆正處在反對國民黨的反動統治的民族解放鬥爭高潮時期，給了我
> 以深刻的印象。當時出於我的階級鬥爭和民族問題觀點模糊，因而
> 產少過一些錯誤認識，這些反映在四六年出版的我的詩集《心底沉
> 默》中的一些詩歌中。這是個人歷史上的一齣悲劇。到了一九四八
> 年在中國人民解放戰爭節節勝利和新疆革命形勢發展的影響下，我
> 開始覺醒、轉變。正是在這種思想指導下，我寫出了比較正確地反
> 映人民群眾反對國民黨鬥爭的長詩《喀什噶爾夜沉沉》的初稿。這
> 部作品沉睡了很長一段時間之後，在克里木・霍加、鐵衣甫江等同
> 志的鼓勵下，經過修改於一九八〇年由新疆人民出版社出版。〔註50〕

鐵衣甫江雖然因為年齡小而沒有參加「三區革命」，但直言自己很想參軍，他對這次革命的定性是這樣的：

> 被毛澤爾同志譽之為中國新民主主義革命的一個組成部分的
> 「三區」革命，很明顯，是國民黨反動派反人民政策的必然產物，
> 是他們對新疆各兄弟民族實行歧視、排斥、凌辱、鎮壓政策的必然

〔註49〕吳重陽：《中國少數民族作家傳略》，青海人民出版社 1980 年版，第 313、314
　　　　頁。
〔註50〕吳重陽：《中國少數民族作家傳略》（續集），青海人民出版社 1982 年版，第
　　　　74、75 頁。

產物。儘管這一革命在其發展過程中走了某些彎路，但在我國革命大局的影響下，經過革命進步力量的努力，總結了經驗教訓，克服了缺點錯誤，認識到只有反對反動的分裂主義活動，爭取中國共產黨的領導才能使我國各族人民獲得真正的解放並在這一思想的教導下，向前發展。〔註51〕

他雖然沒有直接參加這場運動，但他在此期間寫了不少關於「三區革命」的作品，他又對自己的這些作品進行了自我評價與批評：

我在「三區」革命時期寫的詩，大部分以揭露和號召推翻國民黨反動政權，謳歌「三區」革命為主題。還有一部分是譴責泛土耳其主義、批判迷信思想、呼籲講究文明的。這些詩雖然也表現了一定的進步思想，但寫作上模仿的痕跡是很明顯的，帶有濃重的稚氣。而且錯誤的見解也不少。〔註52〕

之後，他又對這些錯誤進行了部分開脫並積極表明自己當下的立場是堅定的：

在「三區」革命的文學戰線上，我是最早謳歌中國共產黨的，謳歌在中同共產黨領導下的中國革命；謳歌人民謀求解放的心情的人們中間的一個。這方面的詩作可以《天快亮了》、《我們的歌》、《信心》等篇為代表。

一九四九年十月一日，中華人民共和國宣告成立，「三區」革命地區沉浸在空前盛大的節日氣氛中，這一盛況成了我當時詩作的重要主題。我寫的《東方的天亮了》一詩，曾作為歌曲在伊犁地區廣為流傳。〔註53〕

其三，對於解放前新疆少數民族作家影響重大且會影響其新中國身份確立的經歷除了「三區革命」，還有就是接觸進步思想的經歷，因為這是與新中國執政黨緊密聯繫的渠道，也是獲取其認可的重要根據，因而這部分經歷在作家解放後所寫的自傳中也是極為強調的一部分。新疆當代少數民族作家中有不少在解放前就接觸過共產黨派到新疆的同志，並受到他們的影響，如郭基南，作為一個貧苦農民家的孩子，正是遇到了共產黨在新疆為傳播進步思

〔註51〕吳重陽：《中國少數民族作家傳略》，青海人民出版社1980年版，第301頁。
〔註52〕吳重陽：《中國少數民族作家傳略》，青海人民出版社1980年版，第302頁。
〔註53〕吳重陽：《中國少數民族作家傳略》，青海人民出版社1980年版，第302頁。

想的茅盾、趙丹等同志才有幸走入高等學堂，他們的講學旨在培養新疆各民族的文學藝術人才。而郭老對於這段歷史是發自內心的對共產黨的感激，他認為正是這次經歷改變了他的人生，也使他走上了文藝創作的道路，這些在筆者與郭老的訪談〔註54〕中便能夠感受到他真切的情感：

　　39 年的 9 月，我們快畢業時，聽說陳潭秋他們來了，他們來了就開展了以文化教育來抗日救國的工作，（致使）新疆的情況有了很多的改變。他們請來了很多內地有名的文學家、藝術家來新疆培養青年一代，發展新疆的文化教育。那時新疆有一個「反帝會」，出《反帝戰線》，主辦者是聯共的黨員，長的胖胖的，戴著帽子，茅盾他們都是《反帝戰線》的編委。那時，新疆學院的院長都是民族人士，杜重遠寫過一篇文章介紹沈、張二位先生，沈就是茅盾，他們都是國內有名的大名人、大作家，他的俄文好得很，他翻譯了很多馬列主義的著作並傳播。這樣，我就想，要是能夠成為他們的學生，接受他們的教育該有多好。湊巧的很，不過幾天，茅盾他們來了以後，搞了實驗劇團。實驗劇團那個時候他們已經演出了抗日的大話劇《戰鬥》，第二部《前夜》正在排演。實驗劇團就來（我們學校）招生來了，培養實驗劇團的演出人員。那時「五族中學」已經改成「伊寧中學」了，漢文班共招收了三個班，我在二班。那時我已經沒有了親人，所以我的班主任就像我的家長一樣，我就去問他我去可以可以，他就告訴我這是自願的，我願意去就可以，這樣我就報名了，我就被錄取了。第二天，錄取的 24 人就坐大卡車出發了，一天半就到了，司機開得快，那時的路況也不太好。到了之後，趙丹他們熱情接待我們並給我們介紹學校的教育宗旨，即一方面學習，一方面參加演出，邊學邊演。這樣（有一個問題），我們雖然是漢文班的，但是漢語的表達水平不行，表達不太準確。小時候學語言就比較準確，大了以後就不太行，我們小的時候學的是文字，那時的課都是錫族的老師翻譯過來進行講授的，老師的口語也不太準確。去了之後，我們看來《前夜》，看了之後，啊！（很激動）我們以前在農村根本就沒有看過這樣的話劇，那樣的舞臺裝置、電燈……，我們很

<hr>

〔註54〕郭基南老先生是新疆十七年時期作家中唯一一位在世的作家，筆者於 2011 年
　　　　4 月對郭老進行過訪談。

激動。我們都不會怎麼辦呢？當時的一個文化會議的會長就對我們
說，那好辦啊，茅盾先生、張仲仁先生，還有那時成立了新疆文協，
新疆文協下面有各族的文化會，我把你們的事給茅盾先生說一說，
如果可以的話，就把你們轉到他們那裡去。於是，我們就等消息。
第二天剛吃完早飯他就來了，他說：「好，同意了。」那時文幹班就
住在一個角落，就在老君廟裏住著，出來之後就是文幹班的校園，
文幹班就是現在的人民電影院那裡一個小學。學校裏（的校訓）就
是「團結、緊張、友誼、活潑」，文幹班裏的學員很多都是在職的人
員，從各個基層的文化會上來的，這樣，我們三四個人就在這裡學
習了。那個時候，我 16 歲。那裡的老師都是內地來的有名的老師，
他們的學識淵博，親身經歷的事情也多，對祖國非常熱忱。在教學
當中，他們用自己的親身經歷來教育我們，很生動。這樣，我們的
進步很大。

　　阿不都熱依木·烏鐵庫爾由於養父是富商，因此給他創造了很好的學習
條件，他在 1937 年就到烏魯木齊市第一中學上學，當時的校長李志梁的進步
思想對他產生初步影響：「《九一八》這支歌是我第一次從他那裡學會的。這
支歌，點燃了我們心中愛國主義的烈火。當時，盧溝橋事變已經發生，在李
校長的教育下，同學們的抗日情緒空前高漲起來，紛紛給抗日牆報撰寫文章、
詩歌、強烈的愛國主義精神使我也執筆寫起詩來。」〔註 55〕之後，他和艾里
坎木·艾合坦木在新疆學院學習時，杜重遠任院長、林基路任教務長，不少
教員也都是共產黨員，茅盾等著名作家、從蘇聯留學回來的知識分子都為他
們教授過課程，這些不僅對作家當時的創作產生過很大的影響，也為其之後
在新的國家政權中獲取了身份的認同。

四、新中國新疆當代少數民族作家身份的確立

　　新中國新疆當代少數民族作家身份的確立也是通過文聯、作協等由黨和
政府組織文學藝術家的政府行政組織，被這些政治性的官方機構所吸納就是
確立其身份的重要標誌。這些作家不僅被納入文聯與作協，有的還成為其中
的領導，如祖農·哈迪爾不僅是全國文聯委員、中國作家協會理事，還曾任

〔註 55〕吳重陽：《中國少數民族作家傳略》（續集），青海人民出版社 1982 年版，第
　　　　 73 頁。

新疆文聯副主席等職；艾勒坎木・艾合坦木1959年任「文革」前都是中國作家協會新疆分會的主席；克里木・霍加1953年任中國作協新疆分會副秘書長。還有的作家在其他政府機關任職並出任領導，如身為毛拉的尼米希依提當選中共宗教協會委員；艾合坎木・艾合坦木1956年任新疆維吾爾自治區文字改革委員會副主任、1963年任新疆教育廳副廳長；庫爾班阿里・烏斯曼諾夫曾任伊犁哈薩克自治州州長、自治區人大副主任、全國文聯委員和新疆文聯副主席等職。這些不僅是這些少數民族作家被新社會所認可的標誌，也是他們被納入新的國家體制中的標誌。當作家獲取新社會這一身份的變更時也要求其放棄他們之前的身份，或是將他們的不同身份符碼化而為一。作家曾經的經歷與身份甚至還為他們在特殊的政治年代帶來了禍患，這一點在全國都是如此。身為毛拉的尼米希依提在文革中遭到了殘酷的迫害，倍受摧殘和凌辱，許多詩稿和文稿被洗劫，於1972年8月22日含冤去世，直到1979年3月，詩人才得已平反昭雪。〔註56〕鐵衣甫江因其大膽創作的政治諷刺詩觸及當時政府所犯的錯誤而早在1958年就因反右鬥爭和反地方民族主義鬥爭的擴大化，受到錯誤的批評鬥爭，被下放勞動，1961年重回工作崗位後不久又再次受到批判，被下放勞動改造，直至1978年才恢復名譽，得以重新創作。其餘作家在這場席捲全國的政治風波中都受到了不公正的待遇，被下放勞動改造，直至「文革」結束，這些作家此時多已年邁，他們在這場運動中喪失了最好的創作時間，這對於作家本人和中國當代文學無疑都是極大的、難以挽回的損失。

新時期到來後，文藝創作環境大為改善，此時的作家已經懂得應努力保有其個體身份的自由才會創作出真實反映其思想情感的好作品。作為少數民族作家，他們不僅努力保有身為作家的思想創作的自由，還釋放了曾經被壓抑的民族身份及情感，因而，新時期新疆的少數民族作家創作了一大批反映其本民族歷史文化的作品，甚至出現了「重述歷史」的熱潮，這些正反映了他們對族裔身份認同的渴望。少數民族民族意識的覺醒與追求體現於少數民族文學工作者在其作品中對「自我民族文化身份」的重建，這對他們在全球化語境中如何既能堅持本土認同、族裔認同、民族文化認同，又能夠與外界多種不同文化因素進行溝通與交流是很重要的。

〔註56〕參見丁子人參編《新疆文藝志・文學篇》一書第三章的打印稿。

第三節　心中的新月與拈花微笑——維吾爾族與藏族政治抒情詩比較

　　詩歌在文學發展長河中一直佔據著重要的地位，世界諸多民族的文學都從詩歌逐步發展而來，我國的維吾爾族和藏族也不例外，他們都是有著悠久詩歌傳統歷史的民族。詩歌在諸多體裁中是最善於表達感情的，然而維吾爾族和藏族，當然也包括我國不少少數民族及世界上許多古老民族的詩歌，在相當長的一段時間裏，不僅承擔了抒情的功能，還承擔了敘事的功能，創作了許多流傳至今的重要敘事長詩的名篇，此處便不一一列舉。雖然詩歌最長於抒情，但政治抒情詩卻並不屬於我國各民族的詩歌傳統，它的某些特點甚至於我國漢族詩歌的傳統也不盡相同，它是一個特殊時期的政治催生物，儘管它在藝術價值上很難有所發掘，但它在我國當代文學史上無論是數量，還是影響，都是難以迴避的。此時探討這個極為特殊的政治與文學的共生產物，並不是要為它鳴不平，但也不能將這一題材的作品一律進行簡單的否定。此處將其作為一個社會重要轉型期的獨有文學存在提取出來，從各民族相同的、或不同的寫作中挖掘不同民族的創作環境與創作心態，進而展示我國多民族文學的複雜生態及各民族文學之間的複雜關係。此處抽取在我國 56 個民族中較為獨特的維吾爾族和藏族的十七年時期的政治抒情詩為例，在詳細闡釋詩作的基礎上，解析不同民族在這一時期、這一題材創作上的複雜性。選取這兩個民族作為解析對比的對象，其主要原因有二。其一是地理與歷史原因，新疆和西藏雖然自古就是中國的一部分，但由於其在地理位置上距離中央統治政權較遠，歷史上大多數中央統治政權都對其採取了較為寬鬆的統治。且由於地處偏遠，遷居此地的漢民族數量較少，加之伊斯蘭教信仰的民族一般不與他信仰的民族進行通婚，這些都使此地居民與漢族主流地區的互動與交流也較之我國其他少數民族較少，但同時也因此使當地少數民族較多地保存了本民族文化的獨特性。因此，在全民一致行動、統一思想的十七年時期，抽取民族個性與特點較為獨特的維吾爾族與藏族文學作為分析對象，更能體現政治與民族文學之間的複雜關係。其二是宗教原因，宗教信仰與信仰者的思想情感，甚至是生活習俗都有著直接的聯繫，且很難割裂它與信仰者之間的聯繫，因此這對於民族個性與民族文學來說都是一個很重要的因素。維吾爾族和藏族是幾乎全民信仰宗教的民族，伊斯蘭教與佛教不僅早已滲透入該民族的生產生活，且宗教思想、宗教信條、宗教經典也深深留存於該民族個

體的思想情感之中。新的政治體制與政權國家在初步確立之時，不僅要發動
政治運動、宣揚其政治宗旨、傳播其政治口號，更重要的是要通過以上方式
與手段來獲取個體對於該政治體制與政權國家在思想情感上的認可。因此，
政治思想難免與宗教思想有相悖之處，這時二者之間的複雜關係必然會影響
有宗教信仰的民族及其文學，抽取篤信宗教信仰的維吾爾族與藏族文學中直
接傳遞政治思想與情感的政治抒情詩進行剖析，更能夠展現民族文學與主流
民族及其文學之間的複雜關係。同時，需要說明的是，儘管十七年時期處於
一個全民歌頌的氛圍中，不僅有專業作家，還有很多普通民眾，創作了一大
批政治抒情詩，但論文主要關注其中具有複雜思想情感的專業作家創作的作
品。

一、維吾爾族政治抒情詩中的太陽意象

　　1949 年新中國成立後，維吾爾族詩人「和全國各族詩人一樣，縱情歌頌
黨、祖國、領袖和人民。在那段時間裏，時代的許多重大主題和政治生活中
的許多重大事件都在詩歌中得以反映。」〔註 57〕且在此期間的維吾爾族詩歌
與我國其他民族一樣，新老詩人與各工作與生活領域中的老百姓在這一時期
都創作了大量激情滿懷的政治抒情詩。將這些政治抒情詩從題材上再做細分，
又可分為對新中國、新政權、新領袖的歌頌和對新生活、新家鄉、社會主義
新人的歌頌。這一時期無論是專業作家還是普通民眾，無論是漢民族還是我
國各少數民族，在政治抒情題材上的創作幾乎都可以用千篇一律來形容，這
一點也表現在政治抒情詩所使用的意象上。對於新中國的歌頌，最為常使用
的就是母親的意象；對於新政權的歌頌，最為常使用的就是黑暗與天亮的意
象對比〔註 58〕；對於新領袖的歌頌，最為常使用的就是太陽的意象，維吾爾
族政治抒情詩也不例外。母親這一意象用於對祖國的歌唱，並非首見於這一
時期，此處便不再詳述。用於新政權歌頌的黑暗與天亮的意象對比實際上也
可以看作是太陽意象的使用，儘管將太陽意象使用於對新政權與新領袖的歌
頌肯定不是首創，但此處詳細分析維吾爾族政治抒情詩對這一意象的使用具
有特殊的含義，具體可見下文的分析。

〔註57〕阿扎提‧蘇里坦等《二十世紀維吾爾文學史》，新疆大學出版社 2001 年版，
　　　　第 112 頁。
〔註58〕將舊政權比作黑暗或黑夜，將新政權比作天亮或黎明，這一時期政治抒情詩
　　　　出現很多此類詩歌。

　　太陽是人類生存的必不可少的自然物，它是生長於地球的萬事萬物的生存之本，它為萬物帶來光和熱，也為萬物帶來黑夜和白天，帶來生生不息的生命與黑夜與白晝的、春秋冬夏的輪迴，因此太陽也多見於世界古老民族的圖騰，連我國華夏民族的祖先之一炎帝也被稱為太陽神。而由太陽所帶來的光和熱、黑夜與白晝、日出與日落、朝霞與晚霞等等就常被詩人所使用，在中國古典詩歌中，太陽是詩人們所青睞的意象之一。很多詩人都以太陽這一意象來表達自己的感情與心境，如李白的「總為浮雲能蔽日，長安不見使人愁」中以「浮雲蔽日」來暗指當時姦臣當道的朝廷與政治局勢；李商隱登高歎息「夕陽無限好，只是近黃昏」，以「夕陽」來慨歎光陰易逝；王維的「日暮飛鳥還，行人去不息」，以「日落」來營造出一種離別的感傷氛圍；還有毛澤東的「蒼山如海，殘陽如血」，以「殘陽」來傳遞悲壯的革命英雄精神。由於太陽這一意象不僅象徵著光和熱，它能為人類帶來溫暖與光明，驅除寒冷與黑暗，是世間萬物的生命之源，同時通過拓展其動態「太陽初升」象徵著新的生命與新的開始，這正契合於新的國家、新的政權與新的領袖的歌頌，因此，十七年時期的政治抒情詩中有大量以太陽為意象的詩歌。不僅全國人民都在高唱著「東方紅，太陽升，中國出了個毛澤東」，且像郭沫若、郭小川等這一時期的重要詩人也創作過以太陽為意象的詩歌，「據統計，艾青單以太陽為命題的就有《陽光在遠處》（1932）、《太陽》（1937）、《向太陽》、《太陽》（1940）、《給太陽》、《太陽的話》、《太陽島》等，更不說採用與太陽有關的邊緣類意象，如光、火、黎明等寫成的詩；直接或間接抒寫太陽及其邊緣類的詩在《艾青詩選》中占 10%左右」。〔註 59〕

　　維吾爾族詩人在這一時期創作的政治抒情詩中也大量使用了太陽及與太陽有關的意象。如鐵依甫江·艾里耶夫的《懷抱紅日的黎明來了》一詩：「懷抱紅日的黎明來了／沉重的夜色倏然消退／窮苦人自豪的日子來了／祖國呵，笑得滿臉光輝／呵哈——我們灑下的鮮血已化作含苞的玫瑰！」詩中，作者將太陽這一意象充分利用，他不僅將黎明與光明的新生活連接在了一起，還將太陽在黎明時分及陽光潑灑的動態表現地淋漓盡致，「懷抱」一詞令讀者感受到作者的自豪與熱愛，「笑得滿臉光輝」用擬人的手法傳遞出作者的激動與喜悅。詩人艾里坎木·艾合坦木創作了不少以太陽為意象的詩歌，如《在黎

〔註 59〕陳亮:《蘆笛吹響太陽之歌——論艾青詩歌中的太陽意象》，河北師範大學 2002
　　　　年學位論文。

明》、《天亮了》、《天亮的時候》、《您趕走黑夜，撒下曙光》等，這些作品都是該作者在這一時期的代表作品。這些詩篇不僅表達了對黨、社會主義、新中國的熱愛與歌頌，如《在黎明》裏作者高歌：「不管在阿勒泰／還是在塔城、伊寧／有誰／不從心裏感謝；／在黎明／領袖毛主席／我願在伊犁／高唱出，讚美您的詩」；以及作者在新社會的喜悅，如《天亮了》一詩中，作者歌唱「大地在黎明中歡笑，用太陽的光芒把臉兒擦洗」。這些詩更多的是向黨和國家的表態與宣誓，如在《您趕走黑夜，撒下曙光》一詩中，詩人用詩句向黨發誓：「為了黨您的道路，寧願犧牲生命」；在《獻給共產黨》一詩中，作者更是以直接喊口號來完成詩句：「一片歌聲，／互相祝賀，／互相擁抱，／新疆充滿節日的歡樂，／聽歌聲陣陣：／萬歲！共產黨／萬歲！毛主席！」。雖然這些詩歌都十分簡單，也沒有太多的藝術性，甚至很多還是口號式或宣言式的，但是我們也不能輕易斷言，這些深情歌唱社會主義祖國的詩人們，是完全背離自我的歌詠。

　　維吾爾族詩人這些使用太陽為意象的詩篇與當時我國許多同類詩篇一樣，都表達了對新中國、新政權與新領袖的歌頌與熱愛，但同時我們也能從中感受到政治與主流文學對維吾爾族文學的巨大影響。表面上看，以太陽這一意象來讚頌新中國、新政權與新領袖是很合乎情理的，仔細分析就會發現在這合理之中，已經先入為主地帶入了漢民族的思想。維吾爾族是一個幾乎全民信仰伊斯蘭教的民族，伊斯蘭教對其的影響不僅早已滲透入其生活的方方面面，也已浸潤其思想與感情，甚至這種影響的巨大常常是我們這些無宗教信仰的民族所難以理解的，維吾爾族尤其如此。太陽雖然是很多民族的早期圖騰，以農耕經濟為主的漢民族更崇拜太陽，但是在伊斯蘭教中月亮才是更為重要的自然物。月亮在伊斯蘭教中有很重要的地位，在《古蘭經》中不僅多次提到月亮，甚至其中還專列有「月亮」一章，且除了月亮之外，只有山嶽和星辰兩個自然事物為《古蘭經》的獨立篇章，卻沒有太陽。《古蘭經》中的「月亮」這一章的第一條就是「復活時臨近了，月亮破裂了」〔註60〕，伊斯蘭國家的宗教標誌就是「新月」，世界各地每一個清真寺上都高聳著一輪新月，就像基督教堂的「十字」。有人認為，對於月亮的崇拜是因為許多伊斯蘭教國家都在沙漠較多的地域，且最早《古蘭經》也是在阿拉伯地區首先傳播，這些炎熱乾燥的沙漠和熱帶地區對於夜晚為人類帶來柔和光芒的月亮更為青睞，其生產生活及宗教娛樂活動也

〔註60〕馬堅譯：《古蘭經》，中國社會科學出版社1981年版，第411頁。

多在晚上進行，故較為崇拜月亮。新月，原指上弦月，在天文學上被稱為「朔」，雅古布‧阿爾金‧帕沙認為，新月「好像是幸福、歡樂、新生的標誌，或者是壯大中的新宗教的表示」〔註61〕，在伊斯蘭國家被象徵為上升、新生、幸福、吉祥、初始光亮、新的時光，在伊斯蘭教中象徵著開創了人類文明的新時代。在穆罕默德看來，新月代表一種新生力量，從新月到月圓，標誌著伊斯蘭教摧枯拉朽、戰勝黑暗、圓滿功行、光明世界，因此，《古蘭經》第 2 章第 189 條有言：「新月是人事和朝覲的時計」〔註62〕。正因為月亮與新月在伊斯蘭教的重要性，伊斯蘭教極為重要的五功之一的齋月也與月亮及夜晚有關，聖訓有言「你們要見新月而封齋，見新月而開齋」。根據伊斯蘭教的教義，齋月期間，所有穆斯林從每天的日出到日落期間禁止一切飲食、吸煙和房事等活動，且在此期間應到清真寺作禱告，學習《古蘭經》。「穆斯林認為，齋戒是真主安拉對他們信仰的一種考驗，也是他們對安拉的忠貞信仰的一種具體表達，意在磨練意志，強化信仰，修身養性，清心節欲，通過體悟饑渴的方式，培育堅韌忠誠、寬容仁慈的精神和憐憫貧苦饑渴者的惻隱之心。」〔註63〕穆斯林經文中有言：「齋月時，凡是遵守宵禮以顯示自己的信仰和尋求安拉賜福的人，他先前的罪孽將被洗淨」，在穆斯林的心中，「齋月是尊貴吉祥的月份，因為齋月間降示了《古蘭經》」〔註64〕，齋月之後都要在舉行隆重的開齋節。儘管伊斯蘭教的影響及對教規的遵從在各個地區和民族中都有所不同，但伊斯蘭教的影響對於新疆地區的維吾爾族應當在我國的伊斯蘭教教徒中是相當大的，他們對於教規的遵從也是相當嚴格的。

　　儘管從以上分析得知，月亮在伊斯蘭教中的特殊含義與重要地位，但是在十七年時期卻少有作家以月亮為意象進行創作，我們看到的卻多數是以太陽為意象的政治抒情詩作。那麼，是否月亮這一伊斯蘭教中的崇拜對象在維吾爾族詩歌中很少見呢？事實並非如此。此處我們同樣以在十七年時期用太陽意象來創作過多首政治抒情詩的維吾爾族詩人艾里坎木‧艾合坦木為例。艾里坎木‧艾合坦木這一作者本身的複雜性在第二節中有較為詳細的分析，

〔註61〕中國社會科學院世界宗教研究所伊斯蘭教研究室：《伊斯蘭教文化面面觀》，齊魯書社 1991 年版，第 29 頁。
〔註62〕馬堅譯：《古蘭經》，中國社會科學出版社 1981 年版，第 21 頁。
〔註63〕丁俊主編：《阿拉伯人的歷史與文化》，甘肅人民出版社 2009 年版，第 61、62 頁。
〔註64〕丁俊主編：《阿拉伯人的歷史與文化》，甘肅人民出版社 2009 年版，第 62 頁。

此處便不再贅述。他做過苦工，參加過「三區革命」，新中國成立至「文革前」後還被委任為《伊犁日報》社副社長、伊犁自治州黨委宣傳部部長、新疆維吾爾自治區文字改革委員會副主任和中國作家協會新疆分會主席，但他在「文革」期間也遭受到了迫害，且長達十年之久．還被趕到塔里木十三年，直至1978 年 7 月才恢復其工作和名譽。僅從他的作品來看，艾里坎木・艾合坦木在建國後創作的詩篇絕大多數都是極其簡單的政治抒情詩，作者在作品中除了表達他對新中國、新政權和新領袖的歌頌之外，就是以舊生活來對比歌頌新生活、新家鄉和社會主義新人。他還不像維吾爾族詩人鐵依甫江・艾里耶夫，除了政治抒情詩，在文藝政策較為鬆動的間歇還創作了一些對新社會中出現的問題和社會中醜惡現象進行大膽揭露的諷刺詩，如對官僚主義者進行諷刺的《報告迷之死》、對騙子手和投機手進行諷刺的《基本的控訴》和《倉庫主任的錦囊妙計》，但艾里坎木・艾合坦木還是未能逃脫「文革」的迫害。但是從前兩節的分析我們可以看出，維吾爾族詩人艾里坎木・艾合坦木在「文革」中被迫害的原因並非僅由於他的知識分子身份，還有他參加過「三區革命」的特殊經歷等。這些不僅是作者在「文革」中遭受迫害的種種原因，同時也使作者在新的政治體制與新的政權國家中，在頻繁的政治運動與政治浪潮中謹言慎行的原因。當作者在「文革」後再度獲得寫作的自由後，他創作了一首藝術水平很高的詩作《月下》，從《月下》這首詩與作者在十七年時期創作的大量千篇一律，甚至有的簡單如口號式的政治抒情詩作進行對比，我們就不難發現作者真實的藝術創作水平。為了方便分析，此處將《月下》一詩與作者在十七年時期創作的政治抒情詩的代表作《在黎明》和《獻給共產黨》列出。

　　　　《在黎明》
　　　　胡彩菱，常世杰譯
　　　　領袖毛澤東
　　　　一聲號令
　　　　烏雲散開
　　　　天翻地覆；
　　　　這時
　　　　北京升起了旗
　　　　我們的祖國

增添了多少光榮。
黃河
災難重重的黃河
和我們永別了；
在它的心臟
響起了新的聲音；
我找到了強人的力量
再不怕那戈壁
長江。

鮮花開滿山
陽光照山崗
它的全身
鋪起了絨毯；
戈壁
變成花園
在廣闊的盆地裏
洋溢著快樂。

看！上海、南京
瀋陽、天津
再看看北京
哪裏不是歡樂的天堂
西安、重慶
蘭州、廣州
也在歡天喜地中
演奏起新的樂章。

這時
新疆也抬起了頭
在歡樂中
敲起手鼓；
喀什廣闊的田野
找到了救星

彈起了熱瓦甫
唱起了新歌。

《獻給共產黨》

胡彩菱，常世杰譯
獻給共產黨
在歡樂的節日裏，
我唱出心底的歌，
把感謝的心意，
寫在這潔白的紙上。

感謝您，共產黨！
教我們手拉著手，
肩並著肩，
在和睦的大家庭中，
向共產主義前進。

工廠裏鑼鼓喧天，
我們要用雙手，
讓美好的理想實現；
衝天的幹勁創造奇蹟，
新的生活
激動著我們的心弦。

五星紅旗迎著太陽飄揚，
各族人民在廣場狂歡，
人如潮湧，
一片歌聲，
互相祝賀，
互相擁抱，
新疆充滿節日的歡樂，
聽歌聲陣陣，
萬歲！共產黨！
萬歲！毛澤東！

《月下》

王一之譯

潔白，渾如乳液懸浮，
　　今夜這溶溶的月色，
我縱目眺望，
　　迤邐遠去的山岡。
起而振衣信步，
　　頓覺步履輕盈，神清氣爽。
晚風悠悠拂來，
　　輕吻我的面龐。

在這清幽寧靜、
　　萬籟俱寂的月夜，
舒展自在地安躺著，
　　遼闊而自由的原野。
高天的明月，
　　讓你的清輝，
充滿溫柔的愛撫，
　　盡情地向它傾瀉。

我用目光巡視著
　　這廣袤的田園沃野，
徜徉在這如水的月光下，
　　滾滾的思潮有如堤決，
連綿起伏的岡巒，
　　浴著迷離恍惚的月色。
皎潔的清輝浸透了心靈，
　　我的目光也變得更加清澈。

月下的山巒，
　　顯得異常端莊凝重；
披上了輕紗迷霧的樹叢，
　　此刻綠得更深、更濃，
漫山遍野的花草，

都像在晶瑩的水波中浮動。

蔥籠的詩情畫意，

孕育在大自然胸中。

一條潺湲的小溪，

泛著銀色的漣漪。

碎浪舐著河岸，

帶著歡聲流去……

呵，山岡、原野、雜花、叢樹，

月色、水聲、丘陵、小溪……

無不蘊含著脈脈的柔情蜜意，

這就是我永遠看不夠的祖國土地。

　　《在黎明》和《獻給共產黨》這兩首詩明確表達了詩人對祖國和共產黨的讚美之情，但是從藝術表現來看，它完全沒有體現出詩歌的含蓄美，它既沒有漢語古典詩歌的意境，也不符合維吾爾古典詩歌浪漫主義的傳統基調。政治抒情詩這種普遍的「寫實」傾向，「側重的是對詩的『社會功能』的考慮，在詩對社會現象、生活事實的處理上，強調的是對『客觀生活』的真實反映；這一方面損害、抑制了詩人在把握世界、人生上的情感、意志、思考的加入，使詩逐漸演化為缺乏沉致心理內容的對生活現象的摹寫。」〔註65〕《在黎明》和《獻給共產黨》這兩首詩的詩句用詞極為簡單，除了讚美與歌頌，更重要的是表達了作者對新政權與新國家的認同，表達了自己願融入其中的願望與決心，因此才會在詩句中出現口號式的呼喊。正如洪子誠對政治抒情詩的評價所言：「在詩體形態上，表現為強烈的情感宣洩和政論式的觀念敘說的結合，即『實際上是抽象的思想，抽象的概念，但用了形象化的語言來表達』，而『形象』也逐漸演化為『抽象』的、象徵化『符號』的性質。」〔註66〕此時的詩歌已不再僅僅是作者情感的表達與宣洩，也不只是語言的藝術，它更多地承擔了文學藝術所不應承擔的政治實用功能，成為詩人在社會轉型期的個人宣言，因此，僅從詩歌本身來看，與當時的群眾創作的該題材作品從語言的使用到藝術表現幾乎無異。除了承擔為作家向黨和政府宣誓與表決心的職責外，政治抒情詩還要適合眾人大聲地齊聲朗誦，講求情緒的渲染與鋪陳。因此，

〔註65〕洪子誠：《中國當代文學史》（上篇），北京大學出版社1999年版，第67頁。
〔註66〕洪子誠：《中國當代文學史》（上篇），北京大學出版社1999年版，第75頁。

政治抒情詩一般都用詞極為簡單，表達情感極為直接，意象使用也較為大眾化，大都節奏分明、聲韻鏗鏘。

「《月下》一詩可以說是艾里坎木詩歌創作中的重要代表作品，無論是思想性和藝術性都達到了一定的高度，在當代維吾爾詩歌創作中佔有重要地位」〔註67〕。《月下》這首詩的藝術水平明顯高於《在黎明》和《獻給共產黨》這兩首詩，甚至令人不敢相信這是同一位作家的作品，這種較為奇特的現象在這一時期的其他作家那裡也有出現。這種現象如果從詩歌的藝術創作和藝術表現來做分析意義並不大，而要將它作為一種特殊時期的特殊的文化現象來對待，「這更能說明當代詩歌寫作的體制性特徵以及知識分子複雜的心態。」〔註68〕「正如洪子誠強調的郭沫若在新詩創作上出現的嚴重的散文化和政論化的毛病不應該完全歸結為詩人詩歌藝術才能的下降，這與詩人對詩和政治的關係理解的簡單化、并因此降低了自己創作的藝術追求有著直接的關係。」〔註69〕

《月下》一詩為詩人自己，也為讀者營造了一個清新雅靜的美好境界，「在這清幽寧靜、萬籟俱寂的月夜」，「舒展自在地安躺著」的是「遼闊而自由的原野」，「山岡、原野、雜花、叢樹、水聲、丘陵、小溪……」，大自然的一切都被籠罩在這「溶溶的月色」之中，一切都是那樣恬靜而美好。在這個世間萬物本該都進入睡眠的月夜中，詩人卻「振衣信步」、「縱目眺望」，任憑晚風輕吻他的面龐。詩人感受到在這靜靜地月夜中，清醒著的、享受這明月的清輝「溫柔的愛撫」著的，不止自己，還有世間萬物。似乎也只有在這幽靜的月下，原野才能夠舒展自在地安躺著，展示出它遼闊而自由的一面；同樣在這靜美的月下，詩人才能更加冷靜地讓心靈有所思考與呼吸。在這眾人皆眠他獨醒的月下，潔白而清澈的明月，它那皎潔的清輝不僅浸透了詩人的心靈、使他的目光也變得更加清澈，而且這柔美的月光使得山巒也「顯得異常端莊凝重」、樹叢也「綠得更深、更濃」。這個清幽雅靜的詩境就像唐代詩人王維在「人閒桂花落，夜靜春山空。月出驚山鳥，時鳴春澗中」一詩中所營造的能夠讓心靈安靜思考的禪境一般，而使詩人能夠創作出這樣詩歌的應當也與詩人所信仰的伊斯蘭教有很大的聯繫。上文已分析過月亮在伊斯蘭教中的特

〔註67〕夏冠洲等主編：《新疆當代多民族文學史》（詩歌卷），新疆人民出版社 2006年版，第 57 頁。
〔註68〕霍俊明：《新詩史敘事場閾中的十七年詩歌》，《當代文壇》2010 年第 6 期。
〔註69〕霍俊明：《新詩史敘事場閾中的十七年詩歌》，《當代文壇》2010 年第 6 期。

殊含義及重要地位，這樣也才能夠更深層次地理解詩人創作《月下》一詩的心境。這首詩所釋放的思想與情感不僅僅是由於詩人的工作、身份與社會地位在「文革」後的恢復，也不僅僅是新時期思想解放對於知識分子精神枷鎖的解除，更重要的是在經歷了一系列政治運動與事件後，詩人對自我與人生進行了再思考與再認識。詩中不再有解放初期狂熱的歌頌，不再有對新政權與新政黨的感激和急切獲取其認可的激情，取而代之的是詩人沉靜的思考和平和的心境。這首詩重點不是描述月色的美妙，也不是僅僅為了營造一個幽靜的月夜，詩人重點是要傳遞在這月下，他的思潮——「徜徉在這如水的月光下，滾滾的思潮有如堤決」。這種在伊斯蘭教所崇拜的月亮下的思考，從一個側面似乎也能夠看出作者對其信仰宗教的再回歸和對本民族的再回歸，且這種再回歸是在冷靜思考下的結果。同時似乎也反證了作者曾經在政治狂熱的年代所做的詩句，那些與全國各族人民創作的幾近相同的詩句，不全是作者真實思想感情的流露，它們也包含了太多詩歌與文學之外的社會存在與國家意識形態。

二、藏族詩人的政治抒情詩

在維吾爾族作家的政治抒情詩作品中所表現出的複雜的情感，並不是獨有的，這種情況也出現在藏族詩人在十七年時期所創作的政治抒情詩中。上文已分析了藏族詩人和維吾爾族詩人身份的特殊性，這種特殊不僅和他們獨特的文化有關係，更與他們信仰的宗教有著緊密的聯繫。藏族詩人和維吾爾族詩人一樣，他們不僅都是信仰宗教的信徒，甚至這些詩人和作家中還有擁有宗教教職的宗教人員。例如作為阿訇的維吾爾族詩人尼米希依提，阿訇「在通用波斯語的伊斯蘭教徒中，是對伊斯蘭教教師的尊稱。在中國，是伊斯蘭教宗教職業者的通稱」〔註70〕，阿訇不僅在宗教事務中有重要的地位，他們還致力於教育事業和伊斯蘭教的學術研究，他們啟發民眾、翻譯伊斯蘭教經典史籍、創作伊斯蘭教著作。尼米希依提在解放前就創作出版了不少詩作，解放後他最為著名的就是其代表詩作《無盡的想念》，這首詩是作者 1956 年隨中國政府派出的伊斯蘭教朝覲團出行的途中所作，作品表達了他的愛國之情。在「十七年」期間，尼米希依提也創作了一些政治抒情詩，多數也是和當時的政治抒情作品大同小異，藝術性並不高，但其中有一首也和上文的《月

〔註70〕王松：《政治學常見名詞解釋》，人民出版社 1984 年版，第 278 頁。

下》一詩一樣，以夜晚為描寫的對象。這首《故鄉的夜晚》發表於雜誌《天山》1961 年的第 12 期上：

《故鄉的夜晚》

是一個美麗的夜晚，
薄霧像湖水一樣藍，
我信步漫遊在故鄉的田野，
月亮在微笑，星星在眨眼。

流泉呵，那樣清脆悅耳，
像詩人撥弄都塔〔註71〕的琴弦；
迎面飄來了一陣陣歌，
歌聲使我想起故鄉往日的災難。

在那長夜漫漫的歲月裏，
故鄉的夜晚是多麼淒涼寂靜，
田野在夜霧中坦露出蒼白的顏色，
像真主攝去了萬物的精靈。

星星被濃重的烏雲捲沒，
被鶯在麻紮〔註72〕裏不停地悲鳴。
今天呵，故鄉的夜晚多麼迷人，
像美麗的公主睜開金子的眼睛。

我眺望著月明星稀的長空，
明月怎能比過村女嬌豔的面容，
她們像百靈鳥飛進花園，
又像雄鷹飛上穆士塔格山峰。

故鄉的夜晚不再是淒涼寂靜，
開山炮伴隨著馬達的轟鳴；
毛澤東時代的西琳姑娘呵，晚安！
是你駕駛著拖拉機把幸福播種。

這首詩雖然也是歌頌社會主義新人的政治抒情詩，但作品應當算是政治抒情

〔註71〕都塔是維吾爾族的一種樂器。
〔註72〕麻紮是維吾爾族的墳墓。

詩中的佳作，詩歌塑造了一個美好而生機盎然的夜晚，詩人巧妙地使用本該寂靜的夜晚中發出的聲音與過去的生活作對比，烘托出新生活的美好。在這首詩裏，作者少有地透露出自己的宗教身份，他以「像真主攝去了萬物的精靈」來形容以往故鄉夜晚的淒涼寂靜，這在那個政治控制極為嚴苛的時代是很少見的。

　　在藏族詩人中也有一位宗教神職人員擦珠‧阿旺洛桑，他不僅是「西藏著名的學者和詩人，且原在寺歃當活佛。西藏和平解放後，他參加西藏軍區編審委員會工作，後來又擔任西藏日報副總編輯」〔註73〕。「由於他熱愛祖國、反對分裂，因而引起西藏上層反動集團的憎恨。1957 年 9 月底，在他去機關上班的路上，被反動分子拳擊猛倒地；經救治無效，到 12 月日不幸逝世，享年七十八歲。」〔註74〕由於這位詩人過世過早，他留下的詩歌也非常少，在他的作品中幾乎看不出他的宗教身份，只有對黨和部隊的歌頌。但是在另一位藏族作家的詩歌中我們卻也能夠體會強烈的宗教情感對其創作的影響，且這種影響不僅表現在他新時期的作品中，甚至也在他十七年時期所創作的政治抒情詩中也有所體現，這位詩人就是饒階巴桑。饒階巴桑是 20 世紀 50 年代第一位成名的藏族作家，他的經歷很坎坷也很複雜，他出生於在雲南省德欽縣林寺廟所屬村莊呼日林村，小時候曾隨父親經歷過馬幫商旅生活，也曾當過活佛的僕役。1951 年，年僅 16 歲的饒階巴桑就參加了人民解放軍，先後擔任過翻譯、偵察員、文化教員和創作員。對於饒階巴桑的定位大多是軍旅作家，而對於他的民族身份對其創作的影響也多僅限於藏族民歌的影響，而很少有評論家注意其詩歌與其所受宗教的影響。1956 年，饒階巴桑在《邊疆文藝》發表了政治抒情詩《牧人的幻想》，此詩迅速被《解放軍文藝》和《人民文學》轉載，他也因而被文藝界所熟悉。這首詩一反當時文壇盛行的社會主義現實主義的風格，而是以極其浪漫的筆風將一個牧人的幻想娓娓道來：「雲兒變成低頭飲水的犛牛；／雲兒變成擁排成堆的綿羊；／雲兒變成縱排橫飛的白馬……／天空呦，才是真正的牧場！」這個追著太陽、對白雲說出秘密的願望、用了半生時間對著白雲幻想的牧人不僅有著浪漫的幻想，敘述者也以著浪漫的語言來靜靜歌唱：「天空的白雲呦，過去我是怎樣地把你熱愛，

〔註73〕《我握著毛主席的手——兄弟民族作家合集》，人民文學出版社 1960 年版，第 165 頁。

〔註74〕《我握著毛主席的手——兄弟民族作家合集》，人民文學出版社 1960 年版，第 165 頁。

／因為你是變化得那麼好看，那麼快！／但如今我愛我的家鄉，／家鄉的變化比你更快更強。」詩歌中的牧人雖然經歷了苦難，也看到了新中國之後自己的幻想成真，但是這些悲與喜似乎對於牧人來說都是平靜的，他的心只是在靜靜地悲、靜靜地幻想、靜靜地喜悅。這一時期政治抒情詩對於新生活的歌頌都是充斥著激情與熱烈的喜悅的，很少有這類詩歌會是這樣情緒情感在心中的暗湧，這種情感的表現與表達方式不能不說是受到佛教的影響。

　　我國藏民所信仰的大都屬於藏傳佛教，它是「以藏民族為信教的主體民族，以藏語言為施教、學修工具，在特殊的人文、地理、歷史環境中形成的具有濃厚藏族文化特色的大乘顯密佛教」〔註75〕。藏傳佛教已有1700多年的歷史，在我國藏民族中有廣泛的傳播和至高的地位，它與漢傳佛教一樣都屬於大乘佛教，都講求修行利益眾生的菩提心。藏傳佛教極其重視內心體悟，「他們認為佛不是屹立在彼岸世界的神燈，而是我們每個人之心的真正覺醒，所以，他們完全以心為中心，從心出發，佛不再被認為是高不可攀的天國神靈，而是強調主觀性佛的意義，主張實修工夫，強調心與外境的不可分割性，注重內心體驗和直覺，強調行動與參與，強調個體存在、情感性和情緒性範疇有重要地位，感性情緒之本質受到重視。」〔註76〕如果說《牧人的幻想》這首詩還不能夠足以表現佛教對於詩人的影響，那麼再看他在這一時期創作的《寄家鄉》、《讓我變成一條金魚》等詩。這兩首詩應當也屬於政治抒情詩，《寄家鄉》則歌頌了新中國為家鄉的新變化、《讓我變成一條金魚》歌頌了一個到中央民族學院學習的社會主義新人，但這兩首詩卻不像當時的大多數的政治抒情詩那樣進行直白的歌頌和簡單的敘事，而是營造了一個在大自然中十分浪漫的氛圍。《寄家鄉》一詩有聲有色，詩人用部隊的號聲來辨別作息的時刻和傳遞自己對家鄉的思念，將季節的變換和家鄉的變化都以五彩十色的花來描述，他形容日子就像「蒂上的花瓣」，「跟著花色的變換，／四季也在輪替」。《讓我變成一條金魚》則更加富有浪漫的氣息，似乎不是一個鐵骨錚錚的軍人所做的詩篇。

　　　　《讓我變成一條金魚》

　　　　1956年5月滇池畔——金沙江畔

〔註75〕　（藏）多識仁波切：《藏傳佛教知識300題》，2009年版，第2頁。

〔註76〕　（藏）班班多傑：《拈花微笑：藏傳佛教哲學境界》，青海人民出版社1996年版，第315頁。

舞場上，快熄滅的火堆
還在人們的臉上閃耀紅光，
舞會還沒有結束，但都攜著心愛的走了，
繁鬧的餘音裏，蟋蟀的歌聲聲聲高昂。

我點燃明子（松油柴），獨自回家，
卻有喘息聲音，響在後面，
我駐步靜聽，又沒有聲息，……
哦，兩邊的樓上正有人高聲酣眠。

跨進家門，乳牛和小驢向我低聲叫喚，
給它們餵了青草，又去掩門；
一隻粗壯的手輕輕把我拉住，
一個晶亮的戒指放進我的手心。

「我的心兒固然不喜歡孤伶，
我媽媽也說我到了成熟的年齡，
但命運不能這樣隨便決定。」
我輕輕把他推出了門。

乳牛和小驢吃過了第三巡夜革；
我從門縫窺，一個魁偉的身子仍在門外佇立，
腰刀上的鑲銀映著月光，
輕輕的歎息濕潤了門外的空氣。……

迎著朝霞全村人歡送一個青年，
人們說青年要到中央民族學院；
明明，是他！昨夜你為什麼不說出理由？
現在你一眼也不看我，又叫我怎樣表示心願？

要在海底的蚌殼裏
找到泉頭失落的珍珠，
只有讓我變成一條金魚，
順著泉水不分日夜地追逐。……

這首詩以一個年輕姑娘的口吻描述了她的生活和思想，姑娘羞答答地表達著
自己的愛意，想大膽去愛卻又矜持不敢表露心聲。年輕的心是那樣簡單又複

雜，看到舞會還沒結束一對對兒青年男女都「攜著心愛的走了」，「我」卻默默獨自回家，然而很快就有了讓「我」怦然心動的事，「一隻粗壯的手輕輕把我拉住，一個晶亮的戒指放進我的手心。」「我」雖然渴望被愛，也「不喜歡孤伶」，而且「我媽媽也說我到了成熟的年齡」，「但命運不能這樣隨便決定」。「我」把他推出了門外，卻又忍不住從門縫向外窺視，門外除了有一個「腰刀上的鑲銀映著月光」的魁偉身子之外，還有那濕潤了門外空氣的輕輕歎息。詩歌將兩個青年男女細膩的感情與心理都刻畫得淋漓盡致，可是當姑娘第二天發現男子就是全村人歡送去中央民族學院學習的青年時，她才發現這個被她夜晚拒之門外的男子正是自己心儀的對象，可是這時他卻一眼也不看她。這時，姑娘既歡喜又著急後悔時，詩歌不但沒有為讀者解開心中的謎，反而以「讓我變成一條金魚」來浪漫收尾。整篇詩歌極其重視主人公心理活動的展現，雖然詩歌中並沒有直接表露佛教的痕跡，但這種像金魚一樣自由的思緒與書寫、對待大自然中的萬事萬物都親切而自然的態度、將事物和情感暗藏於心的方式，都和佛教那種拈花微笑的自由禪境十分相似。這首《讓我變成一條金魚》在那個一切以政治、階級和集體為重的時代裏，只是又一個社會主義新人形象的塑造，姑娘對於社會主義新人的認可與愛戀，但是它卻和那一時期同類的政治抒情詩卻大不相同，它撇去了那個時代幾近瘋狂的政治激情、浮躁和狂熱。

「詩歌是語言的藝術。如果從語言本體論的角度來理解的話，那麼，詩歌寫作成敗的關鍵就在於能否使語言最大限度地擺脫以往經驗的束縛，讓詩歌的翅膀自由地飛翔，但同時，詩歌又不因之而成為純粹的能指喧嘩，語言在自由的凌虛高蹈中，又前所未有地敞開、照亮被經驗、習慣、各種意識形態，暴力所遮蔽的存在，從而將漢語所具有的不言之言的魅力發揮到極致。」〔註77〕當然，在那個政治與話語權都有著嚴格控制的時代能夠像饒階巴桑一樣擺脫那一時代語言束縛的詩人和詩作都是很少的，上文分析的維吾爾族詩人絕大多數也未能夠脫離這種窠臼，饒階巴桑的這種特殊或與其特殊的軍人身份和早期參加革命的經歷有關。饒階巴桑不止這兩首詩是這樣打破所屬那個時代的語言束縛，而進行有詩意有佛教禪境的歌詠的，他的很多詩歌大都如此，可見詩人雖然經歷複雜，但宗教對他潛移默化的影響始終存在。這種

〔註77〕姚新勇：《朝聖之旅：詩歌、民族與文化衝突──轉型期藏族漢語詩歌論》，《民族文學研究》2008 年第 2 期。

影響正如前文所分析的維吾爾族詩人一樣，他們雖然在特殊的時代在作品中將自己的民族身份、宗教身份、民族情感、宗教情感有一定的隱藏，但這些與生俱來的特質總是會以不同的形式出現在他們的作品中。這只是民族作家特殊性的一個方面，這就需要我們在分析民族作家的作品時不能以自我和漢族本位的思想來進行先入為主地分析，而要站在歷史之中、站在民族作家的立場下，在尊重其民族文化和民族心理的前提下，進行虛心地學習和評論。

第四章　革命歷史題材

第一節　新疆革命歷史題材作品概述

　　作為十七年時期文學中十分重要的題材，革命歷史題材作品在小說中的數量之大，在文學史中的地位之重，都是其他題材所不能比擬的。十七年時期被稱為「紅色經典」的作品大多出於革命歷史題材，如《紅岩》、《紅日》、《紅旗譜》、《保衛延安》、《青春之歌》、《林海雪原》等。這些作品不僅在當時的文學界都評價頗高，且由於我國歷來就有的英雄傳奇及章回小說的傳統，這些作品的影響範圍較之其他題材的作品也更廣，尤其是在普通百姓這些受眾中流傳很廣。革命歷史題材的作品不僅是人民歷史的史詩性記錄，更重要的是它將新的國家意識形態以大眾喜聞樂見的方式傳播給了廣大人民群眾，同時在新中國一窮二白的艱難時期對廣大人民起到了精神支持與思想保證，鼓舞人們為了鞏固和建設新的人民民主專政以革命的堅韌不拔和樂觀主義精神，繼續投入到生產建設中去。因此，無論從文學的創作還是傳播角度來看，革命歷史題材作品在當代文學史中都應當佔有極其重要的地位。黃子平認為：「『革命歷史小說』是我對中國大陸 1950 至 1970 年代生產的一大批作品的『文學史』命名。這些作品在既定的意識形態的規限內，講述既定的歷史題材，以達成既定的意識形態目的：它們承擔了將剛剛過去的『革命歷史』經典化的功能，講述革命的起源神話、英雄傳奇和終極承諾，以此維繫當代國人的大希望與大恐懼，證明當代現實的合理性，通過全國範圍內的講述與閱讀實

踐，建構國人在這革命所建立的新秩序中的主體意識。」〔註1〕

一、十七年時期革命歷史題材產生的歷史文化背景

革命歷史題材在這一時期的出現和繁榮是有一定的歷史文化背景的。首先，從創作素材來看，無論是世界各國還是中國，兩次世界大戰都將 20 世紀中的絕大多數國家席捲於戰爭之中，而中國更是在經歷了各大帝國主義的頻繁騷擾之後，又經歷了長達八年的抗日戰爭和三年的解放戰爭，才建立了新中國。這長達半個世紀之久的戰爭還不包括新中國建立後對新疆和西藏的解放戰爭，以及建國初期與國民黨殘餘及土匪流氓的戰鬥。對於中國而言，如此長久且大規模的戰爭在歷史上都是少見的，戰爭不僅帶來了巨大的社會變動，更深深影響著每一個個體，這些對於作家自然是關注和書寫的對象。像魯迅作品中所描寫的那樣，中國人民從一開始的對於辛亥革命的漠視和不理解，之後由不得人們的選擇，大家都被席捲到戰火之中，先是趕走侵略者，再為了建立人民民主專政而戰鬥，長久以來，人們已經形成了特殊的戰爭文化心理，關注戰事、參與戰鬥、期待勝利，成為那段歷史中每一個中國人生活的一部分。

其次，儘管中國共產黨帶領人民取得了戰爭的勝利，最後建立了人民民主專政的新中國，但是留給新政權的是千瘡百孔和百廢待興的中國。在長時間的戰爭中，中國大地飽受戰爭的摧殘，農業和尚未成熟的資本主義工業被毀，大量青壯年勞動力在戰爭中喪生，國內局勢尚不穩定、國外帝國主義勢力虎視眈眈，這些都是擺在新生國家面前的巨大難題。因此，面對這重重困難，中國共產黨自然需要拿出長久以來的優秀傳統，即在馬列主義、毛澤東思想的指導下能夠戰勝一切的革命樂觀主義精神。因此，在革命歷史題材作品中處處展現出的革命樂觀主義精神，以及革命者為了新中國的勝利不怕困難、不怕犧牲、不怕戰鬥的精神在此時便十分需要，且事實證明，這些作品的確為人們帶來了精神上鼓舞和支持，對他們克服困難起到了現實作用。

其三，就是文學與文化政策的支持與倡導。在第一次文代會上，周揚就向文藝工作者發出了呼籲，「假如說，在全國戰爭正在劇烈進行的時候，有資格記錄這個偉大戰爭場面的作者，今天也許還在火線上戰鬥，他還顧不上寫，那麼，現在正是時候了，全中國人民迫切地希望看到描寫這個戰爭的第

〔註1〕黃子平：《「灰闌」中的敘事》，上海文藝出版社 2001 年版，第 2 頁。

一部、第二部以至許多部的偉大作品！它們將要不但寫出指戰員的勇敢，而且還要寫出他們的智慧、他們的戰術思想，要寫出毛主席的軍事思想如何在人民軍隊中貫徹，這將成為中國人民解放鬥爭歷史的最有價值的藝術的記載。」〔註2〕我國的文學歷來就與歷史難以兩分，《史記》、《戰國策》等史書的流傳都顯示出歷史上的每一位統治者都力圖在歷史中留下自己的足跡，《三國演義》等作品也能看出後人也想記錄前人的偉大歷史。進入新中國的知識分子自然希望拿起筆記錄下革命戰爭中共產黨的英勇與智慧，新中國文藝界自然也希望以實際行動來表達對新的政黨的擁護與支持。尤其是有的作家將親身經歷過的戰爭創作出來，他們將戰士們的一點一滴記錄了下來，戰士們的英勇與犧牲也激勵與鼓舞著他們，那是含著血與淚的作品，自然能夠感動千萬讀者。正如杜鵬程在前線做隨軍記者，和西北野戰軍著名的戰鬥英雄王老虎就在六連這個英雄的集體共同生活與戰鬥，因此在創作時所說：「這粗劣的稿紙上，每一頁都澆灑著我的眼淚！……我一定要把那忠誠樸實、視死如歸的人民戰士的令人永遠難忘的精神傳達出來，使同時代人和後來者永遠懷念他們，把他們當作自己做人的楷模。這不僅僅是創作的需要，也是我內心波濤洶湧般的思想感情的需要。」〔註3〕作為重慶中美合作所集中營幸存者的羅廣斌、楊益言，他們親眼目睹了多少革命烈士為革命犧牲的壯烈場面，才會在《紅岩》中寫出這樣的心聲：「一次次戰友的犧牲，一次次的加強著我的怒火，沒有眼淚，惟有仇恨，只有活著，一定戰鬥，我決心用我的筆，把我親眼看見的，美蔣特務的無數血腥罪行告訴人民，我願作這黑暗時代的歷史見證人，向全人類控訴！我要用我的筆，忠實地記述我看見的，無數共產黨人，為革命，為人類理想，貢獻了多麼寶貴的生命！」〔註4〕

二、十七年時期新疆革命歷史題材作品簡述

有關十七年時期新疆革命歷史題材的作品，王志萍已在其文章中做了一定的總結：

新疆的解放進程和剿匪鬥爭，從上世紀五、六十年代開始就已

〔註2〕陳思和、李平：《關於五六十年代戰爭題材小說的創作》，《唯實》，1999 年第10 期。

〔註3〕吳培顯：《「紅色經典」創作得失再評價》，《湖南師範大學社會科學學報》，2002年 第3 期。

〔註4〕羅廣斌、楊益言：《紅岩》，中國青年出版社，1961 年 12 月版，第 583 頁。

成為文學創作的題材。比較有影響的作品有：王玉胡的電影劇本《塞
外風雲》、《哈森與加米拉》，周非的長篇小說《多浪河邊》，柯尤慕‧
圖爾迪的長篇小說《戰鬥的年代》（第一、二部），聞捷的敘事長詩
《復仇的火焰》等。〔註5〕

但是這一總結僅列出了這一時期漢族作家所創作的主要作品，而忽視了少數
民族作家創作的短篇小說，如阿不都熱合滿‧卡哈爾的《戰鬥在伊犁河畔》
〔註6〕、圖爾迪‧薩姆薩克的《五發子彈》〔註7〕、司‧甫拉黑木的《光榮
的戰士》〔註8〕、吐‧阿依汗的《草原彩霞》〔註9〕、柯尤慕‧圖爾迪的《民
兵隊長》〔註10〕、艾海提‧吐爾迪的《鬥爭在繼續》〔註11〕。這些作品雖然
篇幅較短，但是新疆畢竟是一個以少數民族為主的地區，發生在此處的革命
鬥爭自然也是在少數民族群眾中開展和進行的。因此，新疆少數民族作家對
本地革命鬥爭的真實情況都更為瞭解和熟悉，創作的作品應當是具有一定代
表性的。尤其是發生在解放前的「三區革命」，這場人民革命是由新疆本地
民眾所發起的，這場革命所經歷的戰鬥也基本上是新疆少數民族參與的。同
時，不少作為進步知識分子的新疆少數民族作家都參加了這一個革命戰爭，
因此，他們對「三區革命」的敘寫還是十分重要的。除此之外，還有不少發
表於十七年時期新疆主要民族文學期刊中的革命歷史題材作品，這些作品的
體裁主要是短篇小說、特寫、回憶錄和散文。由於這些作品大多深受這一時
期的文藝政策的影響，質量也良莠不齊，此處便不進行詳述。

　　中國當代革命歷史題材作品主要以抗日戰爭和解放戰爭為主要的創作素
材，而由於新疆的革命戰爭情況的不同，這一題材作品的創作素材也不同。

〔註5〕　王志萍：《革命進程中民族、性別關係的文學構建——以新疆革命題材作品為
　　　　中心》，《民族文學研究》2011年第2期。

〔註6〕　阿不都熱合滿‧卡哈爾的《戰鬥在伊犁河畔》以「三區革命」軍隊攻佔伊寧市
　　　　的這場戰爭為背景，塑造了一位民族軍和其母親的形象進步。

〔註7〕　（維）圖爾迪‧薩姆薩克的《五發子彈》描寫一位「三區革命」軍中的炊事員
　　　　在戰鬥中的小故事。

〔註8〕　（維）司‧甫拉黑木的《光榮的戰士》描寫了編入解放軍的民族軍奉命追剿烏
　　　　斯滿匪徒的故事。

〔註9〕　（維）吐‧阿依汗的《草原彩霞》寫解放初期新疆的剿匪鬥爭中的騎兵戰士和
　　　　其做護士的妻子的故事。

〔註10〕　（維）柯尤慕‧圖爾迪的《民兵隊長》描寫了民兵和被通緝的惡霸地主的鬥
　　　　爭。

〔註11〕　（維）艾海提‧吐爾迪的《鬥爭在繼續》表現了60年代農村尖銳的階級鬥爭。

抗日戰爭的烽火基本上沒有燃至新疆，因此只有少許以抗日戰爭為題材的作品。由於解放戰爭主要是由中國共產黨領導廣大人民群眾與國民黨的鬥爭，而中國共產黨沒有派大量共產黨員和部隊進駐新疆，因此在新疆多是新疆本土民族群眾與國民黨的鬥爭，其中影響最大的是「三區革命」。「1944 年秋，新疆伊犁、塔城、阿山三區爆發了反抗盛世才和國民黨反動統治的大規模武裝鬥爭，並取得了政治、軍事上的重大勝利，成立了革命政權：這場鬥爭被稱為『三區革命』。」〔註12〕「三區革命」不僅擁有獨立的武裝部隊──新疆民族軍，也稱三區民族軍，而且還建立了獨立的政府──三區革命政府。1939 年，為了反抗盛世才對阿山地區各族群眾的壓迫，阿山地區的哈薩克族人民發起了多次武裝鬥爭，但最終都以失敗而告終。1944 年，「哈薩克民族復興委員會成立以後，在整個阿山區發動哈族人民開展反對盛世才和國民黨反動統治的武裝鬥爭，聲勢越來越大」〔註13〕且提出了「八項主張」，希望爭取哈薩克族的自由和自治，還提出了「阿山禁止漢人居住」的籠統「反漢排漢」的錯誤主張。之後，阿山地區的反抗引發了更大面積的新疆人民對國民黨的反抗鬥爭，如伊寧、塔城、迪化、阿克蘇等地的各族人民紛紛展開進步活動，也促成了鞏哈暴動〔註14〕，致使「三區革命」正式爆發。伊犁是新疆重要的交通要道，也是新疆最富庶的地區，因此，鞏哈縣城攻克後，各民族游擊隊整編裏應外合攻佔了伊寧。「1944 年 11 月 12 日，伊寧解放組織宣布成立『東突厥斯坦共和國』臨時政府」〔註15〕，之後，「三區革命」部隊及政府在和平解放新疆上也發揮了一定的作用，1950 年 1 月民族軍被改編為中國人民解放軍第 5 軍。我們在認識「三區革命」時應該知道它並不僅僅是簡單的農民起義，由於蘇聯方面的指導與幫助，「三區革命」軍隊及政府都初具規模且有較為正規的建制。例如我國解放軍 1955 年才有軍銜，而新疆民族軍早就有較為完善的軍銜制度（詳見下圖）。「三區革命」對新疆各族人民的影響很大，全疆各地的進步人士紛紛投奔「三區革命」政府，對此地的文化、教育、宣傳

〔註12〕苗普生，田衛疆：《新疆史綱》，新疆人民出版社 2004 年版，第 435 頁。
〔註13〕新疆三區革命史編寫組：《新疆三區革命史》，新疆人民出版社 1998 年版，第 22 頁。
〔註14〕1944 年 4 月，伊寧解放組織成立以後，即在各族人民中進行宣傳、功員，準備發動反抗國民黨反動統治的武裝暴動。10 月 15 日，由各民族所組成的游擊隊進攻並攻克了鞏哈縣城。
〔註15〕新疆三區革命史編寫組：《新疆三區革命史》，新疆人民出版社 1998 年版，第 40 頁。

等又起了推動作用，新疆當代作家中很多都有參加「三區革命」的經歷，自然也會對這段歷史進行敘寫。

但是，由於「三區革命」軍中人員的複雜，「當時臨時政府的領導權主要掌握在少數民族中的封建剝削階級和宗教上層人士手中，這些人中或者本人就是泛伊斯蘭主義、泛突厥主義和民族分裂主義者，或者具有濃厚的民族排外主義思想情緒；還因為近代以來，新疆的歷代統治者都推行民族壓迫的反動政策，造成了各民族間深探的隔閡和仇視。所以，伊犁革命開始後，一方面是掌握領導權的少數泛伊斯蘭主義者、泛突厥主義者、民族分裂主義者利用人民對盛世才和國民黨反動政府的強烈不滿，煽動民族不和，製造民族對立甚至民族仇殺，以達到建立『東突厥斯坦共和國』，把新疆從祖國分裂出去

的目的」〔註16〕。這就不可避免地出現了一個問題,「從 19 世紀西方打開了
中國的大門之後,中國所有的救亡的目的就不僅僅是救亡本身,而是為了建
立一個新的國家」〔註17〕,新疆民族軍發起革命的目標也應當最終會走向於
此,但是革命之後是建立僅包含新疆民族的國家還是建立新的中華民族的國
家就會成為一個重要的問題。因此曾經在「三區革命」軍中發生過殺害、搶
劫漢族群眾的惡劣事件,儘管臨時政府及不少新疆民族群眾也制止了此類事
件的發生〔註18〕,但這些畢竟成為新疆民族作家在進行創作時較為尷尬的部
分。因此在處理「三區革命」題材作品中的人物與素材時也呈現出許多微妙
之處,不同時期、不同民族作家在處理時也有所不同,這些都展現了新疆民
族作家們創作時的複雜心態,這一點對於理解新疆革命歷史題材作品很重要,
將在下一節中進行詳細分析。

　　除了「三區革命」,新疆革命歷史題材作品的主要描寫素材還有解放後新
疆的剿匪運動,其中最為著名也是被各族作家最多使用的素材是「北塔山事
件」,王玉胡就以此為素材創作了幾部作品。「北塔山事件」在當時影響很大,
不僅是駐疆解放軍與叛匪烏斯滿之間的戰鬥,而且牽涉並影響到了我國與鄰
國蘇聯和蒙古的關係。這一事件也很複雜,有的認為是烏斯滿受到美國駐新
疆領事馬克南的指使,有的認為是中蒙邊境的關係問題,甚至有認為是蘇聯
企圖以此來使新疆脫離中國的行為。當然這一事件正顯示了我國在建國之初
的國內外局勢都是極為不穩定的,國內有國民黨及其特務殘餘的各種破壞活
動,國外面臨著與世界許多國家,尤其是發達國家的不認可及與其極為緊張

〔註16〕 新疆三區革命史編寫組:《新疆三區革命史》,新疆人民出版社 1998 年版,第
　　　　45 頁。
〔註17〕 李揚:《抗爭與宿命之路:社會主義現實主義(1942～1976)》,時代文藝出版
　　　　社 1993 年版,第 47 頁。
〔註18〕 例如臨時政府決定成立特別軍事法庭,負責處理危害人民生命財產安全和正
　　　　常生活的搶劫、偷盜、詐騙、造兩等案件,並於 1945 年 1 月 1 日判處改進惠
　　　　遠城後,殺害多名無辜漢族群眾的拉甫桑以死刑。11 月底,臨時政府成立內
　　　　務廳,任命阿不都克里木・阿巴索夫為廳長。內務廳成立後,阿巴索夫鑒於
　　　　一些地方不斷發生殺害漢族戰俘和群眾、搶劫漢族群眾財物、姦淫侮辱漢族
　　　　婦女的事件,命令內務廳工作人員採取措施盡快制止此類事件的發生;指示
　　　　內務廳發給伊寧、霍爾果斯、清水河、蘆草溝等地漢族群眾受保護的證明;
　　　　指名釋放了一些漢族群眾,讓一些漢族人住在自己家中予以保護,一些少數
　　　　民族群眾也自發行動起來保護漢族群眾。摘自新疆三區革命史編寫組:《新疆
　　　　三區革命史》,新疆人民出版社 1998 年版,第 42 頁。

的關係。事實上，烏斯滿在新疆各地早有各種破壞，市場威脅到當地老百姓的生命與財產，曾有回憶錄記述：「1944 年以歷，每當秋冬季節，烏期滿匪幫經常在乾德縣進行騷擾，殺人放火，搶劫牛羊、馬匹和財物。其主要活動地區在九溝十八坡和大草灘現烏奇公路沿線一帶，使阜康、吉木薩爾、奇臺、木壘至烏魯木齊的唯一通道被迫中斷，東四縣旅客不得不經過古牧地繞道三道壩、甘泉堡去阜康。」〔註19〕但同時，鮮有人知的是，「三區革命」軍中就有烏斯滿與達列力汗的阿山哈薩克族武裝力量，且這支武裝是在蘇聯和蒙古人民共和國一手扶植下發展壯大起來的，然而這些複雜的糾葛卻沒有出現在有關烏斯滿題材的作品中。新疆的革命歷史題材作品除了以「三區革命」和剿匪為素材，剩下的就是發生在不同社會運動背景下的各種階級鬥爭，不少作品也將上述素材都作為描寫的對象和背景。

三、新時期新疆革命歷史題材作品簡述

伴隨著「重述歷史」的熱潮〔註20〕，新疆民族作家們自「20 世紀 80 年代以來，又發表和出版了不少革命鬥爭題材的作品」〔註21〕。其中以「三區革命」為題材的就有維吾爾族的圖爾迪·薩姆薩克的《從冥世回來的人》、玉素甫·艾沙的《相聚》；哈薩克族的有賈合甫·米爾扎汗的長篇小說《理想之路》、夏依蘇里唐·克澤爾的長篇小說《呼聲》、買買提利·祖農的戲劇《南部進行曲》；蒙古族浩·巴岱的《奔騰的開都河》、嘎·貢巴的《小溪》。除此之外，還有一些以農民起義等戰爭為題材的作品，例如維吾爾族的阿不

〔註19〕成樹新：《烏斯滿匪幫製造的一大慘案》，摘自中國人民政治協商會議米泉縣委員會文史資料委員會：《米泉文史》（第五輯），米泉縣印刷廠 1996 年版，第 207 頁。

〔註20〕歷史題材的創作熱潮出現在新時期，但這的確是我國少數民族文學的一個重要現象，新疆的各少數民族作家在新時期都較為注重歷史題材的創作。這一現象早有學者進行過闡述，並將這種情況稱之為「重述歷史」現象：「人口較少民族因現代性衝擊的加劇而存在文化自保壓力，以及濃厚的述源釋源、敘根論根的敘事氛圍，形成其文學書寫的『重述歷史』現象，具有不同於其他民族文學的生態意識及文體混雜和結構的空間化現象。『重述歷史』重在反思當下，強烈的身份書寫使這種寫作出現若干值得注意的問題。」引自李長中：《「重述歷史」現象論——以當代人口較少民族文學書寫為例》，《民族文學研究》 2011 年第 4 期。

〔註21〕王志萍：《革命進程中民族、性別關係的文學構建——以新疆革命題材作品為中心》，《民族文學研究》2010 年第 2 期。

都熱依木・烏鐵庫爾的敘事長詩《喀什噶爾夜沉沉》〔註22〕和《探索者的足跡》〔註23〕、穆合默德江・薩迪克的敘事長詩《伊犁河的子孫們》〔註24〕和祖爾東・薩比爾的長篇小說《母鄉》〔註25〕三部曲；哈薩克族的買買提利・祖農的戲劇《永不埋沒的足跡》〔註26〕、努爾莫合買提・熱伊斯的回憶錄《戰鬥的歷程》〔註27〕；還有一篇漢族作家王鐵創作的長篇小說《阿爾斯蘭之路》〔註28〕。

　　新時期的新疆革命歷史題材作品展現出三個特點：篇幅長、多為少數民族創作、多無漢譯本。首先，這一時期的革命歷史題材作品大多都是長篇小說、敘事長詩、回憶錄和戲劇，篇幅都較長。其次，從創作者來看，較十七年時期的新疆革命歷史題材作品，新時期此題材作品基本上都是新疆少數民族作家的創作。這些作家隨著「文革」禁錮思想時期的過去，面對代化與全球化對民族文化的巨大衝擊，民族作家們將目光紛紛放置於本民族的文化及歷史上，他們懷抱著記述、延續和傳播本民族文化歷史的責任感進行了大量創作。這種對本民族文化歷史的回歸不僅表現在新疆作家身上，其他少數民族作家也是如此，如「伊丹才讓先生 1981 年的《母親心授的歌》，就開始表現出由雪域歌喉向社會主義新西藏的歌頌，轉向歌唱『本民族』母親的變化」〔註29〕。其三，新時期的新疆革命歷史題材作品幾乎都是大部頭的長篇作品，這些作品無論在新疆文學史上還是在其各少數民族文學史上都是有一定地位的。但是，這些作品除了哈薩克族作家賈合甫・米爾扎汗的長篇小說《理想

〔註22〕　（維）阿不都熱依木・烏鐵庫爾的《喀什噶爾夜沉沉》又譯為《喀什之夜》，講述了解放前新疆人民在巴依的剝削壓迫下的鬥爭。

〔註23〕　（維）阿不都熱依木・烏鐵庫爾的《探索者的足跡》描述了哈密農民反抗哈密王的起義，作者採訪哈密人民 1000 人以上，勘察地域，手繪地圖，是一部融匯了作者諸多情感和心血的作品。

〔註24〕　（維）穆合默德江・薩迪克的敘事長詩《伊犁河的子孫們》描寫了解放前居住在伊犁河岸人民的農民起義。

〔註25〕　（維）祖爾東・薩比爾的長篇小說《母鄉》三部曲描寫了解放前對國民黨的控訴及進步分子的革命鬥爭。

〔註26〕　買買提利・祖農的戲劇《永不埋沒的足跡》是根據阿不都熱依木・烏鐵庫爾《探索者的足跡》改編的歷史悲劇。

〔註27〕　（維）努爾莫合買提・熱伊斯的回憶錄《戰鬥的歷程》描寫了沙灣之戰。

〔註28〕　新時期由王鐵創作的長篇小說《阿爾斯蘭之路》與十七年時期周非創作的《多浪河邊》有不少相似之處，都描寫了解放前新疆民族的階級鬥爭。

〔註29〕　姚新勇：《朝聖之旅：詩歌、民族與文化衝突──轉型期藏族漢語詩歌論》，《民族文學研究》2008 年第 2 期。

之路》和一部有漢族作家王鐵創作的長篇小說《阿爾斯蘭之路》外，都沒有漢譯本，這不可不認為是中國當代文學界的損失。儘管這些作品在其本民族中都有較為廣泛的傳播，也產生了較大的影響，但是缺少漢譯本也阻隔了絕大多數讀者的閱讀欣賞和更多評論家的鑒賞與評價。這一現象較十七年時期的少數民族原創文學作品的翻譯與推廣，確實差距很大，據本人與新疆著名的文學評論家、歷任《天山》、《新疆文學》及《中國西部文學》編輯、副主編、主編，編審的陳柏中先生的訪談便可得知，解放後國家專門培養了一批各民族的翻譯家，且非常支持少數民族原創文學的推廣，較為重要的新疆少數民族作家那時的作品幾乎能夠達到創作一篇、翻譯一篇、發表一篇、向國內主流文學界推介一篇。當然，這一現象並不僅存在於革命歷史題材作品中，而是新疆當代少數民族文學中的普遍現象。致使這一問題產生的原因是複雜的，一是大量缺乏少數民族語言的翻譯人才，加之翻譯人員在少數民族語言作品的翻譯中能夠得到的實際利潤太少，使得這些作品不能夠被翻譯出來。一是當代出版發行走向市場之後將發行量與銷量置於選擇作品的重要地位，文學書籍已經越來越走向沒落，讀者受到互聯網時代和讀圖時代的種種影響，能夠靜下心來進行紙媒閱讀的人也越來越少。而新疆文學更是在較長時間裏一直處於被漠視的角落，這不僅是文學批評和研究界的漠視，讀者也很少選擇純文學的邊緣少數民族文學作品進行閱讀。除以上這些客觀因素外，還有其他不少因素都造成少數民族作家的文學作品在創作後，無法被翻譯為漢文而介紹給我國更多讀者。當然，為了解決這一問題，「新疆 2011 年實施『新疆民族文學原創和民漢互譯作品工程』，面向各民族文學工作者徵集文學原創作品和翻譯作品，並給予重點扶持和出版資助」，「其中文學原創作品 25 部（維吾爾文 11 部、漢文 6 部、哈薩克文 5 部、蒙古文 2 部、柯爾克孜文 1 部）；民漢互譯作品 25 部（漢文譯維吾爾文 15 部、漢文譯哈薩克文 3 部、維吾爾文、蒙古文等譯漢文 7 部）。」〔註 30〕「據悉，2011 年新疆確定每年拿出 1000 萬元人民幣專項資金，其中 500 萬元用於少數民族文學藝術作品原創，500 萬元用於民族語言文學和漢語言文學作品翻譯」。〔註 31〕且時至今日，這一工程仍在繼續，每年都有一批優秀的作品進行互譯，這種來自思想與情感的溝通與

〔註 30〕中新網烏魯木齊 5 月 5 日電（記者 孫亭文）：http://www.chinanews.com/cul/2012/05-05/3867197.shtml。

〔註 31〕中新網烏魯木齊 5 月 5 日電（記者 孫亭文）：http://www.chinanews.com/cul/2012/05-05/3867197.shtml。

交流無疑對於當代新疆文學的發展及中華民族共同體的建構起著至關重要的作用。

第二節　孰輕孰重？——新疆革命歷史題材中的民族矛盾與階級矛盾

　　從上一節對於新疆革命歷史題材作品所創作的素材來看，主要是發生在解放前的「三區革命」、發生在解放後的繳匪運動，及發生在各時期和各種社會運動背景下的階級鬥爭。其中「三區革命」是新疆本土民族為了推翻國民黨的剝削壓迫而發起的鬥爭，且最終建立了獨立的「三區革命」政府，其中便摻雜著「剪不斷理還亂」的民族矛盾與階級矛盾。由於「三區革命」最初是反抗外來漢族統治者的鬥爭，加之在「三區革命」軍中有一部分人屬於泛伊斯蘭主義者、泛突厥主義者、民族分裂主義者，他們在戰鬥中將民族矛盾無限擴大化，致使其間曾出現過「殺回滅漢」的極端民族主義的錯誤想法。而此類錯誤不可避免地使解放後歸入解放軍的新疆民族軍及參加過這場革命的人，面對新的國家政權，在提及此事時都處於十分尷尬的境地。這種尷尬同樣也更存在於參加過「三區革命」的作家身上，他們在創作革命歷史題材作品中難免會在細節之處展現其複雜而微妙的心理及情感。

　　這種民族矛盾與階級矛盾之間的混雜與難以處理，也同樣出現在以剿匪和階級鬥爭為素材的新疆革命歷史題材作品中，這一點也成為作家們進行創作時需要謹慎處理的難題。例如曾經名噪一時的「北塔山事件」中的匪首烏斯滿就是一個複雜的人物，作家對於處理這一類人物的態度甚至還會表露出他們的政治立場與階級立場，作家自然會謹慎再謹慎。首先，烏斯滿是新疆阿山地區的哈薩克族人，他早在 30 年代就組織武裝反抗盛世才，在當地的老百姓和各部落首領中都很有影響力。其次，烏斯滿起初是「三區革命」的一份子，之後卻又投奔了國民黨，他的立場始終搖擺不定。「聯合政府成立時，烏斯滿擔任省府委員兼阿山專員。1946 年 8、9 月份，烏斯滿兩次派人到省府聯絡，投靠國民黨。在國民黨支持下，烏斯滿公開向三區挑釁，攻佔福海縣。1947 年 2 月，三區宣布撤銷烏斯滿阿山專員，由達列里汗代替。隨即派出三個騎兵團，由伊斯哈克別克指揮，討伐烏斯滿。國民黨支持烏斯滿，也導致

了聯合政府的破裂。」〔註32〕其三，新疆和平解放後烏斯滿又淪落為新疆最猖獗的土匪，據王玉胡在作品《北塔山風雲》、《塞外風雲》、《新疆平叛紀事》中的敘述，他還和解放前駐疆的美國領事馬克南勾結，受到了美國方面的指使。儘管有關美國指使烏斯滿叛匪這一點有的材料表示了否定，認為王玉胡的這種描寫有些誇大其實。但是包爾漢在其《新疆五十年》的回憶錄中也寫到了「馬克南策動烏斯滿、賈尼木汗作亂」，「早在1948年，馬克南便同烏斯滿等策劃組織了一個『反共反蘇委員會』」〔註33〕。且在1950年3月16日王震《關於圍剿烏期滿援匪作戰計劃的安排》中也提到：「烏斯滿匪在新疆存在幾十年，又與外國帝國主義相勾結，形成間諜武裝，」〔註34〕從這些史料中都可見烏斯滿與馬克南及其他國家之間的糾結是不容否認的。最後，烏斯滿於1951年2月在青海柴達木被解放軍剿匪部隊活捉，兩個月後在迪化經公審後被槍決。

事實上，這一類複雜的人物在我國內地也存在，在反抗統治階級的壓迫鬥爭中，自然會出現由一些「被逼上梁山」的「匪」，這些人有的會被共產黨及其部隊所影響收編，有的會受到國民黨的勸降收編與利益收買，也有的會堅持兩邊不靠、只做單純的「匪」。但是，這些人在文學作品中的處理相對簡單，而新疆的「匪」則相對複雜，不僅因為其特殊的民族身份與經歷，也因為有的還涉及到其宗教身份與地位。不同時期、不同民族的作家在處理民族矛盾與階級矛盾時所呈現在作品中的也不盡相同，這些同與不同也展現了新疆民族作家們創作時的複雜心態，這一點不僅對於理解新疆革命歷史題材作品很重要，對於理解由多民族所組成的中華民族之間的關係及其變化也很重要。

一、「三區革命」題材的處理

首先，由新疆本地民族發起的、在新疆革命歷史中佔據重要地位的「三區革命」，卻在十七年時期所創作的作品中基本上都只作為背景描寫而出現，致使讀者在作者影影綽綽的敘述中看不清真實的革命場景、革命思想與革命人物。十七年時期的新疆革命歷史題材作品大部分都不涉及「三區革命」的

〔註32〕苗普生：《新疆史綱》，新疆人民出版社2004年版，第441頁。
〔註33〕（維）包爾漢：《新疆五十年》，文史資料出版社1994年版，第351頁。
〔註34〕張玉璽：《新疆平叛剿匪》，新疆人民出版社2000年版，第49頁。

具體描寫，尤其是長篇作品，但短篇小說中也有描寫「三區革命」中的人物的，如阿不都熱合滿・卡哈爾的《戰鬥在伊犁河畔》「用悲壯的英雄主義筆調塑造了民族軍戰士穆乎塔爾和他的母親古麗素姆汗老媽媽的鮮明形象」〔註35〕，圖爾迪・薩姆薩克的《五發子彈》用巧妙的手法塑造了一位民族軍中的炊事員。

　　與十七年時期不同的是，新中國之前所留存下來的革命歷史題材作品中有關「三區革命」的作品不少都是正面的直接描寫。例如維吾爾族著名作家祖農・哈迪爾就是在「三區革命」爆發後，為了積極投身於現實鬥爭中，開始了短篇小說的創作〔註36〕，其中《教員的信》、《慈愛的護士》都是正面塑造「三區革命」中的人物。現代時期的革命歷史題材作品雖然留存下來的並不多，但是當作家在描寫到「三區革命」時，是直接描寫的，其中能看到的作品中有「三區革命」軍人、護士、知識分子等的描寫，也有描述其如何走向革命道路的作品。同時，在這些作品中，這些人物形象在作者的眼中和筆下都是其時代和其民族中的進步者和佼佼者，這一點和十七年時期的大部分作品不同。若將作品回歸其創作的具體時代背景之中，就不難發現，這種不同的表達是契合於其所創作的時代的。解放前，發生在新疆的「三區革命」是新疆本土的進步人士和革命軍反抗統治階級的壓迫和剝削的鬥爭，尤其是在新疆的少數民族的心目中，這場革命是進步的、正義的鬥爭。作為進步知識分子的作家們，在描述這場鬥爭時，自然是站在宣揚和讚賞的角度和立場，就像發生在我國內地由中國共產黨所領導的解放戰爭一樣，是受到當地民眾的極大擁護的。解放後，雖然毛澤東將「三區革命」定性為「我全中國人民民主革命的一部分」，但是曾經發生在「三區革命」中的極端民族主義做法畢竟是難以抹去的事實。這些不僅使得在新的國家政權下已經獲得身份和地位的少數民族作家對此感到尷尬，且早在「三區革命」時期就有進步分子認識到了狹隘的民族主義思想的錯誤。如「1947 年 7 月 31 日，阿合買提江在寫給塔城專員巴斯拜・楚拉克巴平等人的信中就指出，『人民這一詞的含義包括在這個地區生活的全部的人們，因此，也包括漢族人民。……要改變我們過去片面的認識，我們的人民過去所受的壓迫不能怪罪於漢族人民，那是

〔註35〕夏冠洲、阿扎提・蘇里坦、艾光輝主編：《新疆當代多民族文學史》（小說卷），新疆人民出版社 2006 年版，第 46 頁。
〔註36〕參見夏冠洲、阿扎提・蘇里坦、艾光輝主編：《新疆當代多民族文學史》（小說卷），新疆人民出版社 2006 年版，第 33 頁。

漢族專制統治者們的罪過。……因此，我希望你們特別注意對群眾的教育工作。』」〔註37〕

其次，十七年時期對於「三區革命」在作品中的處理，根據作家民族身份的不同，其處理方式也略有不同。漢族作家創作的作品，如周非的《多浪河邊》、王玉胡的《塞外風雲》和《新疆平叛紀事》、聞捷《復仇的火焰》中都會出現「三區革命」軍人的身影。但是他們都有一個共同的表現，那就是他們在思想政治上都不夠成熟，在革命的道路上他們都有一位領路人，而這位領路人都是漢族或少數民族的共產黨員。如《多浪河邊》中的主人公哈得爾在走上革命的道路之前，在他被壓迫剝削到無力改變現實的地步，被捕入獄失去信心時，他卻遇到了一位在他的內心中點亮了一盞明燈的指路人——阿不力孜。作品中在介紹哈得爾和阿不力孜的第一次見面時就表達了哈得爾的心聲：「哈得爾感到阿不力孜身上有一種力量使他信任」〔註38〕。之後，阿不力孜不斷鼓舞獄中夥伴並指導他們如何進行鬥爭時，作品才將阿不力孜的身份全盤托出，並將他的形象再次進行了烘托，直接點明了他的勇敢、冷靜與智慧。

> 他，阿不力孜，是個共產黨員，是維吾爾族人民的忠誠的兒子，是個堅強的無產階極的先鋒戰士。在那艱苦的年代——一九四二年，反動派頭目盛世才露出了原形，瘋狂地殺害革命志士的時候，他虎口餘生，按照黨組織的指示，疏散到了南疆這座小縣城，隱蔽起來，要在這地區繼續傳播真理，團結廣大的各民族愛國人民，為反對帝國主義和推翻國民黨反動統治作不懈的鬥爭。到南疆後，他是以一個小手工業者——木匠的身份出現的。不久，他結識了革命詩人沙伊諾夫，並參加進沙伊諾夫領導的一個以進步知識青年為核心的政團裏，從思想上影響他們，指給他們正確的鬥爭的方向。他受到這些青年們熱誠的愛戴，他的思想和性格裏，彷彿蘊含著一種極強烈的磁力，緊緊地吸引著這些朝氣勃勃、鐵一般的青年們。沙依諾夫把他當作自己是可信賴和最可依靠的導師和密友，對他產生了無比

〔註37〕新疆三區革命史委員會：《新疆三區革命領導人向中共中央的報告及文選》，新疆人民出版社1995年版，第38～39頁。轉引自新疆三區革命史編寫組：《新疆三區革命史》，新疆人民出版社1998年版，第183頁。

〔註38〕周非：《多浪河邊》，上海文藝出版社1961年版，第83頁。

崇敬的感情。在他的影響下，這個青年們的社團正健康地成長著，循著寬闊光明的道路前進著。可惜正當鬥爭形勢變化的更艱苦複雜、更需要他勤奮工作的時候，他不幸被捕了！國民黨反動派的特務已跟蹤他很久，掌握了他的材料，他掉進了敵人的魔爪中。

　　在獄中，他受盡種種難以想像的折磨和摧殘，他始終堅貞不屈，革命的鬥志磨煉的愈加堅定和頑強。他常想，一個遠離黨組織監督的共產黨員，是散兵壕的一個戰士和深入敵後的一個偵察兵，戰鬥任務要求他不論在什麼時候、什麼情況下都更勇敢堅強，更緊密地聯繫群眾，更刻苦地工作，更嚴格地要求自己，決不容許自己有一絲一毫的鬆懈和怠慢。因此，他從不輕易放棄每一個進行工作的機會，即使在酷刑將他折磨得半死的時候，他也以驚人的毅力忍受著一切痛苦，耐心地教導著周圍受難的人們，啟發著他們的覺悟。那個用大頭棒打死巴依的、柯爾柯斯族的青年長工買克蘇提，就是在獄中受到他的影響的一個。〔註39〕

聞捷的敘事長詩《復仇的火焰》中也有這樣一位在精神上鼓舞、在思想上指導、在戰鬥中幫助少數民族受苦受難的群眾的共產黨員，雖然他和《多浪河邊》中的阿不力孜不同，是一位漢族，但是他也是在主人公在最困難的時候遇到並給他指明方向的人。布魯巴 7 年前遭到盛世才的陷害後在獄中結識了一位朋友，他來自鄱陽湖，叫林恒，是共產黨員，參加了紅軍，為了團結盛世才抗日來到了新疆。結果由於盛世才出爾反爾，林恒被捕入獄，他在獄中仍不忘宣傳共產主義的思想，以其堅強的意誌感染了獄中受苦受難的底層人民。

　　　　而當盛世才們臉一變，
　　　　便呲牙咧嘴殘害從前的友人，
　　　　他每天被拷打得遍體鱗傷，
　　　　心卻似雪山一樣堅貞。

　　　　他像高舉著一支火炬，
　　　　照亮了陰暗而又狹小的牢籠，
　　　　他又常常面帶自信約微笑，

〔註39〕周非：《多浪河邊》，上海文藝出版社 1961 年版，第 215～216 頁。

眺望窗外高飛的雄鷹。

他常常談到敵人背後，

那兒戰鬥著八路軍和新四軍，

他堅信光明必定驅除黑暗，

中華民族將獲得新生。

他常常談到延安古城，

人民的力量像黃河日夜奔騰，

他堅信真理必定戰勝邪惡，

中國將掀起革命洪峰。

他常常談到黨的領袖，

每時每刻關懷著各族人民，

他堅信濃密的陰雲就要散去，

陽光將普照祖國全境。

他常常談到黨的目的，

共產主義是人類最美的黎明，

他堅信新的時代就要到來，

大地將響徹幸福歌聲。

他那堅定有力的語言，

在難友心裏撒下不滅的火種，

人們在法庭背誦這些語言，

就能經得起一切嚴刑。

……

布魯巴有一天忽然貫通，

並將他的名字深藏在心中，

只有真正為信仰而戰的勇量，

才能堅定得如同穆聖〔註40〕。〔註41〕

　　這種人物設置從側面暗示了「三區革命」是在中國共產黨的領導下走向

〔註40〕穆聖，即穆罕默德，他在傳教初期，曾遭受種種阻力和迫害，但他還是堅定
　　　　不移地宣傳自己的信仰。
〔註41〕聞捷：《復仇的火焰》，人民文學出版社1982年版，第58～60頁。

正確、光明之路的，這不僅為「三區革命」及其民族軍確立了一定的合法身份，也揭示了中國共產黨及新的國家政權對「三區革命」及其部隊的接納。儘管這些作品似乎有些誇大或特意點明了中國共產黨對於「三區革命」的影響，但是歷史上也確有此類事情的發生，不僅中國共產黨也確實關注著「三區革命」的一步步進展，新疆民族軍也曾積極主動地尋找過中國共產黨〔註42〕。「1946 年 11 月國民黨南京政府召開『國民代表大會』，三區有七名代表。會議期間，阿巴索夫與中共取得聯繫，中共駐南京負責人董必武與之會見，並決定派彭國安（又名彭長貴，化名王迪南）攜電臺隨住新疆。從 1947 年 7 月起開始工作，抄收新華社消息，供民主報和其他報紙採用。」〔註43〕

　　少數民族作家創作的作品則略有不同，以下分析主要以阿不都熱依木・烏鐵庫爾的敘事長詩《喀什噶爾之夜》、阿不都熱合滿・卡哈爾短篇小說的《戰鬥在伊犁河畔》、圖爾迪・薩姆薩克的短篇小說《五發子彈》、柯尤慕・圖爾迪的長篇系列小說《戰鬥的年代》（第一部）（其第二部是描寫解放後減租反霸運動中的階級鬥爭）、哈薩克族作家賈合甫・米爾扎汗的長篇小說《理想之路》為例。首先來看正面描寫 1944 年 12 月底至 1945 年初「三區革命」軍隊攻佔伊寧市這場的戰爭的作品《戰鬥在伊犁河畔》，這部作品描寫了一位民族軍英雄和他的母親，人物設置及情節都有似於高爾基的名作《母親》。這一點正可見新疆民族文學及「三區革命」都受到蘇聯的很大影響和幫助，「三區革命」軍中就有從蘇聯學成歸來的將領，如蒲犁游擊隊的領導者伊斯哈克伯克〔註44〕，塔城戰鬥小組也是在蘇聯駐塔城領事館的幫助下建立的，蘇聯還多次派遣部隊和飛機幫助新疆民族軍與國民黨作戰。

〔註42〕早在 1946 年，三區革命和人民革命黨主要領導人之一阿不都克里木・阿巴索夫利用去南京參加偽國民大會的機會，通過各種關係，積極尋找中國共產黨，與中國共產黨取得聯繫。他於 12 月 5 日晚秘密前往中國共產黨駐南京辦事處，中共代表團負責人董必武親自接見他；會見時，阿巴索夫向董必武轉達了人民革命黨中央委員會對中國共產黨及共領袖毛澤東、朱德的敬意，轉達了人民革命黨堅決接受中國共產黨領導的決議，轉交了新疆共產主義者同盟致中共中央的信。摘自新疆三區革命史編寫組：《新疆三區革命史》，新疆人民出版社 1998 年版，第 221 頁。

〔註43〕苗普生：《新疆史綱》新疆人民出版社 2004 年版，第 442 頁。

〔註44〕蒲犁（今塔什庫爾干）游擊隊的領導者伊斯哈克伯克是從蘇聯伏龍芝軍校學習歸來，他是新疆民族軍高級將領，1949 年赴北京參加政協會議時由於飛機失事不幸去世。該部隊在三區革命時期曾經數次進攻喀什，後來經過和談，大部經蘇聯進入伊犁地區。

　　這幾部作品除了沒有提及「三區革命」的《喀什噶爾之夜》以外，其他幾部作品在處理民族矛盾與階級矛盾時都有一定的微妙之處。《五發子彈》也是直接描寫「三區革命」部隊戰士和戰事的作品，作品很巧妙地設置了一個民族軍中的炊事員想為了給民族軍人縫製軍服的姑娘所提出的「用五發子彈打死五個敵人」的願望而努力的故事。這篇作品描寫了戰爭的激烈與這名戰士在戰鬥中的成長，只是有一個細節非常值得注意，即主人公在戰鬥廝殺中面對一位本民族的匪徒時，這個匪徒尖叫著求饒：「我……我是維……吾爾，我是……穆斯林……」，但是在這千鈞一髮之際，主人公最終還是毫不猶豫地舉起了他當炊事員時用過的刀，說：「你是維吾爾，那麼就請吧！」〔註45〕作者特意安排這個細節無疑暗示了在革命中主人公分清了階級矛盾與民族矛盾，這和漢族作家創作的革命歷史題材作品中對於這一問題的處理很相似，這一點較為複雜，將在下一部分中進行詳細分析。

　　《理想之路》和《戰鬥的年代》由於主要描寫的是解放前夜的故事，因此作者也沒有過多地涉及「三區革命」，且提到之處只是將「三區革命」對於新疆解放所做出的貢獻加以暗示和強調。如《理想之路》中寫道：「民族軍和人民解放軍兩面夾攻，已經被三區革命攔腰斬斷的新疆國民黨反動政權必將會徹底摧毀」〔註46〕；《戰鬥的年代》中寫道：「伊犁、塔城、阿勒泰三區革命軍積極配合解放軍，將國民黨匪軍壓擠到瑪納斯河對岸，使他們不敢輕舉妄動。」〔註47〕但是這一點較為微妙，眾所周知，新疆是和平解放的，駐紮在新疆的國民黨在其領導陶峙嶽和新疆省主席包爾漢所發的電文中宣布了和平解放，但是這兩部作品卻將新疆民族軍對於新疆解放的作用稍稍做了一些誇大。三區革命軍的確為了新疆的和平解放做出了一定的貢獻，例如他們「在軍事上加強戰備，在瑪納斯河西岸修築堅固工事，堅守防線，武器彈藥也不斷增加，對國民黨形成威懾力量，使之不能入關支持甘、青等省作戰，以牽制國民黨的有生力量。」〔註48〕但新疆的解放主要還是離不開陶峙嶽、包爾

〔註45〕夏冠洲、阿扎提·蘇里坦、艾光輝主編：《新疆當代多民族文學史》（小說卷），新疆人民出版社 2006 年版，第 48 頁。

〔註46〕（哈）賈合甫·米爾扎汗：《理想之路》，新疆人民出版社 1982 年版，第 16 頁。

〔註47〕（維）柯尤慕·圖爾迪：《戰鬥的年代》（第一部），新疆人民出版社 1982 年版，第 146 頁。

〔註48〕新疆三區革命史編寫組：《新疆三區革命史》，新疆人民出版社 1998 年版，第 233 頁。

漢等領導人的共同努力，例如 1949 年 2 月，李宗仁命令陶峙嶽將新疆駐軍東調關內參加內戰，陶峙嶽、趙錫光等則採取拖延辦法，拒絕入關；7 月間，包爾漢邀陶峙嶽及蘇聯駐迪化總領事去南山共商和平起義；8 月 19 日，陶峙嶽以檢查部隊戰備為名，約駐喀什的新疆警備副總司令趙錫光到焉耆密談和平起義〔註 49〕，等等。

　　除這一點外，《理想之路》中再沒有關於「三區革命」的描述和評價，《戰鬥的年代》雖將主人公阿勒瑪斯的精神與革命的導師阿賽穆設置為「三區革命」的關注者，但當他面對「三區革命」和中國共產黨時，他是這樣處理二者的關係的：

　　　　阿賽穆眼裏閃爍著欣喜的光芒。他滿懷激情地告訴大家新疆很快就要解放的消息，並頭一回當著大夥兒的面講了領導窮人鬧革命的中國共產黨，人民領袖毛主席和英勇無敵的人民解放軍。

　　　　「伯克巴依好比晚秋的惡蜂，猖狂不幾天了。歷史是無情的，人民會創造一切！」阿賽穆用堅定的語調結束自己的講話說，「前天我收到了朋友們從喀什噶爾和迪化寄來的信件和書籍，信上說中國共產黨領導下的人民解放軍，已將祖國的大部分地區從國民黨劊子手的鐵蹄下解放出來，現在正向新疆進軍。伊犁、塔城、阿勒泰三區革命軍積極配合解放軍，將國民黨匪軍壓擠到瑪納斯河對岸，使他們不敢輕舉妄動。這是中國歷史上空前未有的偉大革命，我們一定要跟著中國共產黨！……但是，我們現在頭腦要清醒，曙光出現之前，伯克、巴依們一定會拼命反抗，垂死掙扎。為了迎接大革命的勝利，我們要向鄉親們宣傳世道的變化，揭露伯克、巴依們的陰謀。」

　　　　鄉親們個個眼裏閃著亮光，一股春潮猛烈地撞擊著他們的心。艾里庫、夏尼亞孜、滿喜熱甫、居瑪、薩勒瑪臉上泛起笑容，激動得互相碰著肩膀。人民解放軍就要來到的消息，給他們插上了翱翔的翅膀，給他們增添了巨大的精神力量。〔註 50〕

〔註 49〕　參見新疆三區革命史編寫組：《新疆三區革命史》，新疆人民出版社 1998 年版，第 235 頁。

〔註 50〕　（維）柯尤慕·圖爾迪：《戰鬥的年代》（第一部），新疆人民出版社 1982 年版，第 146 頁。

從這段描述中，可見作者柯尤慕·圖爾迪對於「三區革命」的處理很謹慎，作品中的阿賽穆雖然常常閱讀三區的報紙，據史料記載那時的三區報紙常登載來自新華社的消息，從而阿賽穆這個在作品中處於革命領導者身份的主人公實際上受到的是中國共產黨的影響。不僅如此，作品中已經明確了阿賽穆與共產黨的關係，「對中國人民解放事業的這一偉大成果是歡呼，還是反對，是當時迪化師范進步力量和反動勢力之間鬥爭的焦點。阿賽穆認識了優秀的漢族共產黨員和愛國進步的維吾爾族教師，並在他們的影響下很快覺醒了。」〔註51〕作者不僅借阿賽穆的口表達了對共產黨的擁護，還表達了對由多民族所共同組成的新中國的絕對認可：「我們的祖國——偉大的中國。有悠久的歷史，燦爛的古代文化，有聰明智慧、勤勞勇敢的五萬萬人民，有豐富的物產和礦藏，是世界上最大的國家之一」〔註52〕。這些表達都完全展示了主人公，實際上也是表達了作者本人的心聲，表達了他們想要杜絕與三區革命中的泛伊斯蘭主義和泛突厥主義，及其企圖建立「東突厥斯坦伊斯蘭共和國」等錯誤想法之間的關係。

二、敵我對立模式的處理

「時代過於激情就會沖掉平和思考的空間，潛在的戰爭文化心理支配著文學世界的一切表徵，它帶來的人物塑造上另一大缺點，就是基本上不存在中間人物，要麼是革命者，要麼就是敵人，革命者的堅定性從一而終，敵人也是自始至終的陰險狡詐和兇狠，小說以一對一的關係組建人物，即我軍或是敵軍。戰爭文化心理使作家養成了『兩軍對陣』的思維模式。」〔註53〕敵我對立模式在我國主流文學中的革命歷史文學作品中極為常見，作品中的人物非善即惡，不光是部隊和戰爭中的人物如此，連生活中的人們也是如此，甚至在某種程度上有一些「臉譜化」的傾向。這種趨勢自然傷害了藝術的自由性和創造性，正如洪子誠所言：「在當代的一個重要問題就是它處在一種『制度化』的過程中，從根本上說是取消它內部的活躍的變革的思想動力，包括活躍的形式因素等。任何東西只有內部有一種矛盾性的『張力』，它才有發展

〔註51〕（維）柯尤慕·圖爾迪：《戰鬥的年代》（第一部），新疆人民出版社 1982 年版，第 70 頁。

〔註52〕同上，第 70 頁。

〔註53〕李慧：《革命理想精神感召下的理想世界——論「十七年」小說中兩大創作題材的時代精神特徵》，新疆大學 2005 年碩士論文。

的可能,有生命活力。革命文學正是犯下了這樣的錯誤,它的變革的活力、矛盾性的張力在嚴格和嚴酷的鬥爭和批判中逐漸地被削弱以及取消,從而走上了最終的僵化和死亡。」〔註 54〕當然,對於文學藝術,這種來自於「制度化」的戕害在十七年時期不只發生在我國的主流文學界,它也對新疆文學產生了很大的影響。例如,新疆作家吳連增曾於 1962 年創作了一篇短篇小說《司機的妻子》,小說塑造了一個因丈夫長期出差而心有埋怨的妻子,作品真實而細緻地刻畫了這位司機的妻子矛盾的心理,她對丈夫既有思念,又有埋怨,又因為自己的埋怨而產生自責,自責自己不夠上進,等等。這篇小說一經發表,就在新疆文學界引發了不小的轟動和爭論,認為小說中的主人公是一個「中間人物」的典型,並且在《新疆文學》編輯部連續召開了三次座談會進行討論,並在刊物上發表爭鳴文章。十七年時期的政治及文藝政策不斷反覆,時而能夠在一定程度上「百花齊放,百家爭鳴」,時而又被席捲入嚴格的「整風」運動之中。1964 年,「《新疆文學》11 月、12 月合刊號上,發表《糾正的錯誤,更好前進》的編輯部文章。這是對『關於《司機的妻子》討論的再認識』的文章」〔註 55〕。並且,在這次「整風」中,不僅牽涉了作者吳連增,之前對《司機的妻子》一文進行過正面評價的評論家和編輯們也受到了不小的牽連。當然,類似這樣的事件在那一時期還不少,這些政治事件與約束都不得不使作家們逐漸懂得謹言慎行,在藝術創作上也才會出現二元對立模式的人物塑造。

這種在十七年時期「風行」的二元對立模式的人物塑造,在革命歷史題材作品中自然表現為「敵我對立」的模式。然而這種較為單純的敵我對立模式在少數民族地區就變得較為複雜,因為在內地是較為簡單的階級矛盾,而在少數民族地區,階級矛盾和民族矛盾摻雜在一起,就像一團亂麻,難以解開,它們之間既相互聯繫又相互制約。雖然這種敵我對立的劃分在新疆頗為複雜,但是我們仍要做出清晰的敵我區分,因為這不僅對於革命戰爭中的我們十分重要,而且對於組織一個新的現代民族國家也是一個十分重要的基礎命題。因此,《毛澤東選集》第一卷第一篇文章《中國社會各階級的分析》開篇就提出了這個問題:「誰是我們的朋友?誰是我們的敵人?這個問題是革命

〔註 54〕洪子誠:《問題與方法——中國當代文學史研究講稿》,北京大學出版社 1999 年版,第 188 頁。
〔註 55〕夏冠洲、阿扎提·蘇里坦、艾光輝主編:《新疆當代多民族文學史》(附錄),新疆人民出版社 2006 年版,第 286 頁。

的首要問題。」〔註56〕這個問題「作為一個現代的發問，它擺在了所有中國人的面前。它的目的在於找出『我們』的性質，而要找到『我們』的性質，就必須設定『他們』——『我們』的『敵人』。」〔註57〕

首先，在階級對立的陣營中，處於新疆農業地區的巴依〔註58〕老爺和牧業地區的贊格〔註59〕是統治階級與剝削階級，而農民和牧民是被統治階級和被剝削階級，但同時這兩個陣營又是同一民族和同一宗教信仰者。面對前來「解放」或成為「解救」新疆本土底層人民與被剝削壓迫人民的共產黨和解放軍，在較少接觸外部世界的新疆少數民族群眾的眼中，這些人在初入新疆時會理所應當地被認為是「外來者」和「卡菲爾」〔註60〕。正如魯迅先生在小說《藥》中的描述一樣，「辛亥革命」在初期也是難以進入底層民眾心中的，每一次革命要得到民眾的合法性與認可度都是需要一定的時間和過程的。就像丁玲在《太陽照在桑乾河上》裏描述的一樣，雖然分田分地對於農民來說無疑是一件好事，但是由於他們對剛剛進入其生活的黨和革命都不甚瞭解，難免顧慮重重：「他們有許多話要說，現在還不知道該怎樣說，他們是相信共產黨的，可是他們還是瞭解得太少，和顧忌太多」。這樣的顧慮還是產生在已經略有一點基礎的解放區，對於農民來說，共產黨還是和自己同民族，甚至還有自己的同鄉和親戚，因此，我們不難想像，要取得新疆地區少數民族群眾的信任和認可應當更加困難。儘管從 30 年代起就有一些共產黨員被派遣到新疆工作，但是由於「客觀條件的限制沒有在新疆建立和發展黨組織」〔註61〕。可見，共產黨及其思想在新疆的傳播還是較為有限的，從史料來看，解放前

〔註56〕毛澤東：《中國社會各階級的分析》，轉引自李揚：《抗爭與宿命之路：社會主義現實主義（1942～1976）》，時代文藝出版社 1993 年版，第 27 頁。

〔註57〕李揚：《抗爭與宿命之路：社會主義現實主義（1942～1976）》，時代文藝出版社 1993 年版，第 27 頁。

〔註58〕巴依：「bay」，源自於突厥語，突厥語民族所共用，語意為「富裕的」，蒙古語為「bayan」（巴彥）。衍生出的意義為「貴人，老爺，達官貴人」。

〔註59〕贊格：部落的首領，阿吾勒（哈薩克族牧民游牧村落的意思。但是這個「村落」不是隨便可以落戶的，只有血緣關係最親密的人家才能成為成員，一般十幾戶到二十多戶人家集居在一起。由於牧民常年流動，村落也不完全固定，所以只要大家集居在一起的地方，就稱之為「阿吾勒」。）的主人。

〔註60〕卡菲爾：伊斯蘭教用語，意為明知伊斯蘭為真理，拒絕相信，反而與伊斯蘭為敵的人。

〔註61〕新疆三區革命史編寫組：《新疆三區革命史》，新疆人民出版社 1998 年版，第 264 頁。

夕共產黨才加大了與新疆本地革命的聯繫。同時，在新疆的民主主義革命主要反抗的是國民黨的統治，而國民黨又是漢族，因此，不容否認的是，在新疆本土革命前夕曾經出現過盲目反抗漢族的現象。這一現象使得「三區革命」在具有極端民族主義思想的領導人艾力汁·吐烈被清除之後，「以阿合買提江·哈斯木、阿不都克里木·阿巴索夫為首的進步力量在幹部和群眾中做了大量工作，不斷澄清糊塗認識，糾正錯誤思想，使大家明確革命對象和任務。」〔註62〕阿合買提江·哈斯木不斷向大家明確：「我省的民族解放運動的矛頭，是針對著中國的封建殘餘、軍閥以及它們的同盟者和保護者——世界帝國主義。漢族的民主主義者，目前正在進行反對中國的封建殘餘及其軍事政治力量——國民黨反革命集團的反動統治、反對它們的同盟者世界帝國主義的鬥爭。既然這樣，漢族的民主主義者是我們的同盟者，中國的軍閥、國民黨反革命集團、世界帝國主義則是我們解放事業兇惡的敵人。」〔註63〕在這種情況下，應當說，本地、本民族、本宗教信仰的巴依和贊格是能夠被當地百姓歸入其同一陣營中的。因為在宗教的認知中，能夠解救人民，給予人民幸福的，應當只有真主安拉，由「卡菲爾」來拯救自己，這一點要取得當地民眾的信任就需要一定的基礎和大量的努力了。例如，在《戰鬥的年代》中，當鄉村中進入了陌生的外來者後，年老的農民首先詢問的一句就是：「你們也是穆斯林吧！」《多浪河邊》中描述到新社會時，老百姓還是對共產黨及其政策，尤其是民族政策和宗教政策抱有擔心，他們詢問已歸入解放軍的哈得爾：

> 「我說，最近鄉親們都在議論你、把我也搞迷糊啦！我要問的是、是，有兩點，第一點：共產黨員是怎麼一回事情？當然，我知道共產黨很好，和國民黨不同。楊書記就是個共產黨員，我知道他是一個很好的人。我想問的是，當個共產黨員究竟是怎麼一回事？我總不能拿這個去問楊書記，我就問問你。第二點：共產黨要不要民族、要不要宗教？這是我這個老腦筋長久想不清的事，也是鄉親們最關心、經常議論的事情。楊書記也講過，但，我總覺著不放心，

〔註62〕新疆三區革命史編寫組：《新疆三區革命史》，新疆人民出版社1998年版，第260頁。

〔註63〕新疆三區革命史委員會：《新疆三區革命領導人向中共中央的報告及文選》，新疆人民出版社1995年版，第74～75頁。轉引自新疆三區革命史編寫組：《新疆三區革命史》，新疆人民出版社1998年版，第260頁。

是真的那樣嗎？可是有些鄉親們說不是那樣，究竟怎樣？你也說說吧！哈得爾阿，你就說吧，你說了我才放心。……就這兩點，你說說吧！」〔註64〕

其次，由於新疆絕大多數民族是全民信仰伊斯蘭教的，因此還有政教不分所帶來的敵我對立模式的複雜性。在宗教信仰上，毛拉和宗教工作者是老百姓的精神使者。除了每日必修的禮拜，老百姓在每週、每月及大型節日、禮拜日都會前往清真寺，跟隨宗教工作者進行更嚴格而認真的大型禮拜〔註65〕。同時，在老百姓生活中的重要時刻都需要毛拉等宗教工作者實施一定的宗教儀式，如出生、結婚、割禮、喪禮等。宗教工作者在老百姓的生活與精神世界中佔據著重要的地位，他們也因此而受到百姓們的信任、尊重和愛戴。但是，在解放前的實際生活中，大面積的宗教土地使宗教工作者又成為老百姓的對立面，成了剝削階級，因此，如何處理這個關係就成為革命歷史題材作品中的一個難題。例如，在《多浪河邊》就有描述主人公哈得爾在多浪河邊開墾荒地種甜瓜，卻被巴依發現後斥責道：「你這個小雜種，你給我當長工，你人也是我的；可是，你白天留著力氣不用，晚上給你自己種地。肉孜毛拉說，多浪河邊的荒地都是『瓦哈甫』〔註66〕地，你開了是犯法的，你又不出租子。告訴你，那塊地我已經租下來了，我今後給清真寺出租子。」〔註67〕在《戰鬥的年代》中，作者柯尤慕・圖爾迪塑造了三個反面角色，伯克的三個兒子——大兒子艾沙米丁霍加、二兒子亞森霍加和小兒子滿合索特霍加，這三個人被作者稱為「一胎生的三條毒蠍」。其中，大兒子艾沙米丁霍加就是一位大毛拉，他在作品中利用宗教的手段愚弄百姓獲取利益，他和警察、縣官等當權者勾結，同樣是一個心狠手辣的角色。艾里庫的小弟弟被伯克的狗咬死了，父親因此也被活活氣死，艾里庫憤怒地帶著勞工造反，但是毛拉和依禪卻以真主之名攔住了他們，說：「人是獵犬咬死的，不是伯克打死的，是真主收走了他的生命」，人們便信以為真，打消了怒氣。

其三，解放前在新疆地區由國民黨和大軍閥進疆統治，因此漢族的統治者和國家機器所設置的各種機構及其人員，如警察、監獄等，自然處於人民

〔註64〕周非：《多浪河邊》，上海文藝出版社1961年版，第313頁。
〔註65〕禮功是伊斯蘭教五大必修功課之一，一般是每日五次禮拜，每週一次的聚禮拜（即主麻拜），一年兩次的會禮拜（即古爾邦節和開齋節的禮拜）。
〔註66〕瓦哈甫：清真寺的宗教土地。
〔註67〕周非：《多浪河邊》，上海文藝出版社1961年版，第14頁。

的對立面。但是在這些處於統治和壓迫地位的人中，又有漢族與少數民族混雜的情況，如警察、獄警等也常有其本民族的一員，這樣在鬥爭中就會出現階級矛盾與民族矛盾混雜的局面。正如由圖爾迪・薩姆薩克創作的以「三區革命」為題材的短篇小說《五發子彈》中，就出現了這樣的局面，同樣是一個民族，卻屬於不同的階級陣營，當爭鋒相對之時，敵方以自己同是維吾爾、同是穆斯林向民族軍戰士求饒。《戰鬥的年代》和《多浪河邊》中便塑造了不少這一類的人物，其中有作惡多端、橫行鄉里的哈斯木警察，貪婪的阿局長，好色的阿不拉警長，殘忍的警察局長伊明等等。

面對階級矛盾與民族矛盾混雜的情況，不同民族的作家在處理這一難題時也有所不同。在新疆革命歷史題材的作品中，漢族作家對待這一問題極為重視，他們在作品中多次強調如何區分敵對者，多次強調要注重階級矛盾，在作品中還通過主人公對待這一問題的逐步認識和提高來教育群眾。漢族作家創作的作品中，這些對階級矛盾如何認識的話語，似乎不只是作品中人物的語言，更像是作者對更為廣大的少數民族群眾的解釋與教育，這一點在《多浪河邊》這篇長篇小說中十分明顯。作品通過主人公哈得爾的逐步成長和思想上的逐步成熟來幫助讀者分清敵對者，並從哈得爾一步步的認識中來向少數民族讀者化解心中對於民族矛盾與階級矛盾的疑惑。

作品一開始，哈得爾只是一個有著仇恨的年輕人，當他聽說「三區」的馬隊來了，要打仗的消息時，使他一時迷惘起來。

> 他曾聽人說過三區的軍隊完全是由維吾爾人、哈薩克人、烏孜別克人、塔塔爾人……所組成的，他們和漢族人是仇人，只要看見漢族人就殺。今天他們來到縣城，可能也是由於縣城裏有漢族人的緣故吧？聽說專員的老婆和縣長本人就是漢族人。「哼，殺掉他們那還不好嗎？去他媽的，這和我們有什麼關係呢？」他揚起鞭子，吆喝著他的大紅馬，飛快地向亞森阿訇居住的那條街奔去。〔註68〕

可是這種迷惘很快就消失了，因為在他看來「三區革命」就是革漢族人的命，這不僅不會傷害到他和他的親友們，他還因為能夠殺了那些漢族的專員和縣長而感到很解氣。這種認識和感受自然不僅屬於主人公哈得爾，也同樣屬於新疆的普通民眾。因此，當有人向他們宣揚漢族是如何欺壓他們時，就很容易得到他們的認同：「是呀，我們維吾爾民族太軟弱了。唉，真主！……你們

〔註68〕周非：《多浪河邊》，上海文藝出版社 1961 年版，第 16 頁。

沒見國民黨那些當大官的和背搶的士兵們，哪一個不是漢族人？」〔註69〕這時，作者便借用一個有智慧的長者向大家發出疑問：「縣裏的警察局長、專員和其他不少當官的，都是維吾爾人吧？那他倆為什麼要殺害本民族的兄弟呢？」〔註70〕在主人公迷惑不解之時，作者便設置了一位共產黨員以維吾爾族人民熟知的納斯爾丁的故事來向其解除疑惑，幫助主人公和讀者認清階級矛盾，同時化解其心中的民族仇恨。

> 「不對，」哈得爾著急地插嘴就，「他（納斯爾丁）是維吾爾族最有良心的人。我知道，他是反對漢族人的壓迫的。」

> 「好吧！小兄弟，」阿不力孜笑著說，「你既然提出了這個問題。我要說一說，不然你老是迷糊的，而這卻是十分重要的朗題。就拿你自己的事來說吧，壓迫你的巴依，還有兩次抓你的人和審問拷打你的人，他們也都是漢族人嗎？這樣看來，納斯爾丁倒比你還機靈，還聰明吧！」阿不力孜笑了起來，繼續說，「沙巴也夫的危險處正在這裡，他高喊反對所有的漢族人，混淆了是非！你要記住，什麼時候，不管漢族人還是維吾爾人，只要把他們頭上的壓迫者和剝削者消滅掉，什麼時候民族壓迫也就沒有了。漢族人有兩種，維吾爾人也有兩種，都一樣。一種是像巴依、阿不拉那樣剝削人、壓迫人的人，一種是像你我一樣靠賣力氣過活、受壓迫受剝削的人。不管是什麼民族，壓迫者和剝削者都是串通一氣的，被壓迫者和被剝削者都是同樣受苦的，都是弟兄。他們只有牢牢地團結在一起，共同來打倒騎在他們頭上的壓迫者和剝削者，那才會有納斯爾丁所希望的公平的世界和幸福的生活。〔註71〕

作者不僅要主人公和讀者能夠認清階級矛盾，認清「需要革誰的命」，還進一步要幫助主人公和讀者認識到狹隘的民族主義思想的錯誤，並且明確指出只有跟著共產黨和毛主席，才會最終走向勝利。

> 「這是怎麼一回事？我活了二十多歲，從記事的時候開始，就看見窮人遭難的多。你也說過，不管什麼民族，都是窮人受富人的欺壓。」哈得爾看著阿不力孜那隻閃動著的眼睛，湊到了他的跟前，

〔註69〕周非：《多浪河邊》，上海文藝出版社1961年版，第41頁。
〔註70〕周非：《多浪河邊》，上海文藝出版社1961年版，第44頁。
〔註71〕周非：《多浪河邊》，上海文藝出版社1961年版，第221頁。

「比如昨天，有些人就殺了幾個漢族人，那是些什麼人呢？都是窮人，不是扛長工的就是搞小手藝活的；難道我們維吾爾人受的苦難，是這些窮苦的漢族人給我們的嗎？我又要說那個黑鬍子排長了，有人說，他昨天從一家貧窮的維吾爾老鄉家中，搜出了一個被藏起來的漢族牧羊老人，黑鬍子不但槍殺了那個漢族老人，而久把那個貧苦的維吾爾老鄉也戳了一刺刀。他這樣做對嗎？如果要叫我這樣做，我寧可死去也不幹。阿不力孜，人們喊著民族，我的維吾爾民族，可是，我們民族的災難究竟是誰帶給的呢？難道是那些像我哈得爾一樣受巴依壓迫的窮苦的漢族人嗎？」哈得爾的聲音發顫，兩隻深陷的眼睛裏爆射出兩顆火星。

「冷靜點，我的好兄弟」阿不力孜抓住哈得爾抖顫的雙手，用勁地握著，「我很高興你有這樣的看法，我過去給你講時，你不太懂，你看，現在慢慢你就懂了！你的這種認識比你的生命還寶貴，但是，還不夠！以後有機會我再給你好好談談。你也不要急躁，關於你所看到的那些現象，我們民族軍的領導人正在注意糾正，我們的革命不久就會走上更加正確的道路。你要牢牢地記記住一點：天下被壓迫的人民，不管是什麼民族都是一家人，只有團桔起來推翻壓在頭上的反動派，人民自己坐了天下，所有民族的人民才有好日子過！可是，要這樣，沒行個黨來領導還不行，就像在大戈壁上行軍，沒有人領路不行，會迷路，不會走向勝利！」

「大哥，你說，什麼黨能領導我們所有民族的人民走向勝利呢？」哈得爾不解地、著急地問。

「中國共產黨！阿不力孜一字一音地說，想了想，又以哈得爾不常聽到的熱情的聲調接著就：「這個黨是代表著像你一樣靠自己一雙手過活的人們的利益的，是勞動人民自己的政黨！它的領袖是毛澤東——一個位大的人物！這個黨現在有二百幾十萬個黨員了，正在關內領導著各民族人民跟國民黨反動派鬥爭，已經取得很大勝利！人民解放軍就是共產黨所領導的人民的軍隊，就要到新疆來了，快跟我們民族軍會師了：」

「共產黨！毛澤東！」哈得爾念著，陷入沉思裏。〔註72〕

　　總的來說，雖然新疆地區有關民族矛盾和階級矛盾的處理在實際情況中十分複雜，但是漢族作家通過自己的筆——將其為主人公和讀者們逐步釐清了。因此，最終還是只有兩個陣營，還是歸結為二元的敵我矛盾，不是敵人，就是戰友。明顯可以看出，這兩個敵對陣營的劃分依據還是階級，這顯然是符合那個時代黨和國家的要求的，不僅是文學作品，那一時代對於階級和階級鬥爭的熱衷體現在所有的人與事之中，這事實上也是符合當時的歷史現狀的。對於這種現象，王志萍認為：「民族關係進入到階級關係的敘事序列中，民族間可能存在的磨擦和衝突消泯在更為迫切和激烈的階級解放鬥爭中，包括漢族在內的各民族被壓迫者自然而然地建立了兄弟般的階級感情。漢族離不開少數民族，少數民族離不開漢族的『兩個離不開』民族關係格局，在新疆的解放進程中就已經確立，並在之後的社會主義時期成為新疆民族關係的根本形態。」〔註73〕王志萍先生看到了新疆革命歷史題材作品中對於階級矛盾與民族矛盾的處理，但是並未將漢族作家與少數民族作家創作的作品進行區別分析，且未能發現少數民族作家作品中對敵我對立的二元模式的打破。

　　在新疆少數民族作家創作的作品中，這種敵我對立的二元模式就被打破了，作品中出現了一些立場猶疑的人，他們有的雖然應當是統治和剝削階級的一份子，卻由於種種原因做出了一些與其階級身份並不相符的事情。例如，在維吾爾族作家柯尤慕·圖爾迪的長篇小說《戰鬥的年代》中出現了一位小部落首領——伊瑪木哈提甫，他在面對滿合索特伯克對待百姓的殘酷極刑和苛捐雜稅時非常反感，但是他卻敢怒不敢言。作者將他設於中立地位，描述這個人物的筆墨也並不多，最終也沒有寫到他因為反感大伯克的作為而走向和群眾，和群眾一起戰鬥的一面。哈薩克族作家賈合甫·米爾扎汗的長篇小說《理想之路》中莫力達拜的外祖父蘇來曼毛拉也是一位「中間人物」，他很善良，也不主張對牧民苛刻進行的統治與剝削。《戰鬥的年代》中還出現了一位伯克家的總管夏吐爾，一開始他和哈斯木警察關係很好，兩人常常狼狽為奸，但當他被主人公阿勒瑪斯抓住了把柄之後，起初他很害怕，之後當他看到阿勒瑪斯的所作所為，又主動幫助那些進行革命鬥爭的群眾。這些作品都

〔註72〕周非：《多浪河邊》，上海文藝出版社 1961 年版，第 288～289 頁。
〔註73〕王志萍：《革命進程中民族、性別關係的文學構建——以新疆革命題材作品為中心》，《民族文學研究》2011 年第 2 期。

創作於新時期，新時期雖然已不再時刻、事事都糾結於階級鬥爭，這些「中間人物」的出現自然屬於文學藝術創作對於「極左」立場的修正，體現了作家對曾經經歷過的時代的再思考。但同時這些似乎處於「中間立場」的人物在作品中並沒有得到作者極力的刻畫，似乎也體現了作者的謹慎，畢竟這兩位作家都是較為年長的、親身經歷過那個政治運動不斷迭起的時代的知識分子。

三、較難劃分階級的人物處理

　　除了敵我對立模式的人物和幾個筆墨不多的「中間人物」，新疆革命歷史題材作品中還出現了幾個較難劃分其具體所在階級的人物形象，這幾個人物在作品中雖不是主人公，卻在作品中極為特殊。同時，由於這些人物階級性質的複雜，自然也打破了階級對立的二元模式。

　　首先，上文已經提到在新疆處理宗教事務的人物較難處理其階級劃分。這些宗教人員的身份、地位及其在社會上的作用都很特殊，他們既是與百姓生活息息相關的神職人員，又是統治階級的一份子，還是其民族中的知識分子和學者。對於老百姓來說，作為神職人員的他們值得崇敬，作為知識分子和學者的他們值得尊重，但是作為統治階級一份子的他們又應當被打倒。對於中國共產黨來說，作為神職人員的他們應當被尊重和保護，作為知識分子和學者的他們應當被認可和納入體制（如著名新疆現當代詩人尼米希依提就是一位毛拉，他在新中國不僅被納入中國宗教事務工作中，也被納入文聯和作家協會），但是作為統治階級一份子的他們又應當被打倒。對於階級成分複雜的宗教人物的處理，作家在作品中也顯示出了他們的猶疑。

　　在周非的長篇小說《多浪河邊》中，有關宗教人物的形象主要有兩位，他們分別是肉孜毛拉和尼亞孜大阿訇。首先，這兩個人物在稱謂和其人物形象的塑造上有一個有趣的現象。在《民族宗教百題問答》中對於毛拉和阿訇的解釋是這樣的：「阿訇是波斯文的音譯，原為伊斯蘭學者、宗教家和教師之意。在通用波斯語的穆斯林中，也是對具有伊斯蘭專業知識者的通稱。維吾爾族等穆斯林則稱為毛拉。」〔註74〕在《新疆百科知識辭典》中對於「毛

〔註74〕「中國民族宗教網」《「阿訇」、「毛拉」、「伊瑪目」等伊斯蘭教的稱謂是什麼意思？》，http://www.mzb.com.cn/html/report/125770-1.html，摘自《民族宗教百題問答》，開明出版社 2003 年版。

拉」的第四條解釋中也稱：「新疆維吾爾等穆斯林，將清真寺的阿訇、教長稱作『毛拉』」〔註75〕。可見，毛拉與阿訇應當是同一個稱謂。然而《多浪河邊》不僅區別稱呼這兩個人，且作者對這兩個人的態度也是不一樣的。肉孜毛拉在作品中被塑造成了統治階級的一份子，他不僅佔據著很多土地，還雇人為他餵養牛羊，甚至他的牧羊人有似於一個世代屬於他的奴隸，他對牧羊人的雇傭幾乎不用花一個錢。他被作者處理為利用宗教手段欺騙百姓的角色，主人公哈得爾請他為自己的父親看病，可病人卻在肉孜毛拉像巫醫似的「治療中」，病得更重了。同時，這個人物雖然屬於統治階級的一份子，也常用宗教打起幌子來欺騙老百姓，但是他卻沒有在階級鬥爭上犯大的錯誤，因此最後給予他的結局也是較好的：「他也被鬥爭過，窮鬼們分了他的東西。不過，他還好一些，他在寺上教經，和阿訇們關係很好，看來共產黨對他還不怎麼樣！」〔註76〕同時，在《多浪河邊》裏，作者還用不多的筆墨塑造了一位尼亞孜大阿訇，這個人物顯然被塑造成了一位正面人物，且作者在文中對他的身份應當是定位於進步知識分子。作品中，尼亞孜大阿訇為了解救被國民黨逮捕了的青年人，寫了一份狀子而被逮捕，他在人們的眼中不僅是一位智者，還是一位英雄，甚至像一個聖人。

> 「我的真主，我親眼看見他們把大阿訇包圍著。漢族士兵每人提一支手槍，那氣勢可凶啦！──願真主保祐他，他們就沒有敢綁我們的大阿訇，沒有給他帶腳鐐手拷。他穿著一體青色緞子的寬大的裕祥，頭上包著白得耀眼的『賽賴』！他多麼莊嚴明啊！簡直像真主下凡了！他走在那些拿槍的人的中見，精神很好，頭抬得高高的……你們不知道，尼亞孜大阿訇，我在十五年前就見過他，他的兩條腿是不方便的。但那天，他的腿靈活極了，像個精悍的年輕人一樣，走得那麼精神，那麼威武！他微閉著眼睛，嘴角掛著微笑，不住地向路旁給他行禮的人點頭答亂。

> 「願真主保祐！那一天啊，街道上的人們都像發呆了，都站下來，不走也不說話，千萬雙眼睛都看著大阿訇。」〔註77〕

事實上，尼亞孜大阿訇這個形象應當是契合於傳統維吾爾文學中的阿訇

〔註75〕蒲開夫：《新疆百科知識辭典》，陝西人民出版社2006年版，第136頁。
〔註76〕周非：《多浪河邊》，上海文藝出版社1961年版，第259頁。
〔註77〕周非：《多浪河邊》，上海文藝出版社1961年版，第146頁。

形象的，維吾爾文學中有不少關於機智人物毛拉翟丁的故事，類似於阿凡提的故事，這個人物是一個智者的象徵。雖然周非在《多浪河邊》塑造的這兩個不同的宗教人物有好有壞，有的聰明有的愚蠢，但是他們都完全不像柯尤慕·圖爾迪在《戰鬥的年代》中所塑造的艾沙米丁大毛拉。艾沙米丁大毛拉在作品中，無論從階級的角度，還是從傳統道德的角度，被處理為一個徹頭徹尾的壞人，甚至和他的兄弟被作者稱為「一胎生的三條毒蠍」。艾沙米丁大毛拉這個人本應當是個知識分子形象，他從小就勤奮好學，還被父親送到了喀什噶爾的「汗力克經學院」進行深造，艾沙米丁霍加在學院很快就博得了師生們的好評，最後還以「大毛拉之師」的頭銜回到了核桃村的神學院。但是他學習的目的還是為了能更好地欺騙和剝削民眾，他利用自己的宗教身份進行大量的斂財，並以此更好地控制百姓，他和自己當商人和伯克的兩個弟弟在階級立場上是完全一致的，只是他們兄弟三人以不同的方式來達到了自己的目的。除了艾沙米丁大毛拉之外，作者柯尤慕·圖爾迪在《戰鬥的年代》中還塑造了幾位宗教人員，阿不都大毛拉和一位阿訇，他們無一例外都是反面角色，是明顯站在共產黨和新的社會主義社會的對立面的，我們從他們在文中的言論就能夠看出。

　　「阿局長的牢騷是白髮的，這不頂用。」那個頭纏水桶般大綢散藍的阿訇發言了，「與其發牢騷，不如暴動，暴動！……說咱們的頭頭是糊塗蟲，這看法很對。我們從愚蠢的修道者那裡再也得不到什麼益處了，往事不必再捉。很明顯，共產黨的軍隊已經開到新疆的門戶星星峽，你反對也好，不反對也好，反正這是事實。還有一點也是很明顯的，就是共產黨跟宗教水火不相容，勢不兩立。共產黨來了會消滅宗教，燒死穆斯林頭人，廢除真主賜給我們的所有特權。對此，我們是不能容忍的。共產黨要消滅宗教，我們就打出捍衛宗教的旗幟，把所有的珠寶匠、巴依、地主、學生、伯克統統動員起來。我敢以真主的名義發誓，只要咱們這麼幹了，少則半年，多則一年，共產黨就會雞飛蛋打，永遠別想在這兒造窩，立穩腳根！」〔註78〕

　　「破壞我們計劃的，正是這些造反者。」阿不都拉大毛拉說，

〔註78〕　（維）柯尤慕·圖爾迪：《戰鬥的年代》（第一部），新疆人民出版社 1982 年版，第 173 頁。

「共產黨人不讓我們信仰真主，他們是我們的仇敵。火，必須從這兒點起來。要動員所有宗教界有聲望的人士，在共產黨到來之前，竭盡全力進行宣傳，告誡教徒們，誰聽信共產黨的話，他就會變成聾子；誰講共產黨的話，他就會變成啞巴。這樣的人死後，他的屍體會變成野豬從墓穴裏跑出來。對那些接近共產黨的人，要暗地裏殺掉，用火焚燒他們的房產，說他們父女私通、母子相姦，傷風敗俗，必須嚴加懲罰，然後把這一切罪孽都轉嫁到共產黨身上。」〔註79〕

很明顯，在維吾爾族作家柯尤慕·圖爾迪的長篇小說《戰鬥的年代》中所塑造的宗教人員與漢族作家周非在其長篇小說《多浪河邊》所塑造的宗教人員是截然不同的，在這種不同之中我們能夠體會到對這種特殊人物的處理，作者有著共同的謹慎。當然，歸根結底，涉及到言說者與向誰言說的問題。因為當「現實被敘事者講述出來後，它就已經被歸納成一種『敘述』，當這個現實被理解成一個進程的一部分或是具有父種意義時，這種敘述已經組織了這些變化的意義。」〔註80〕對漢族作家而言，他不可避免地代表著黨和國家對少數民族及其宗教的態度，因而表現在其作品中的就是能夠展現出對宗教人士的尊重和認可，以及對曾經有過一定錯誤的宗教人士的「寬宏大度」。因此，周非在其作品中才會塑造出兩個不同的宗教人士形象，一個處於正面，表達了對宗教人士和其宗教信仰的尊重和認可；另一個則是身處統治階級地位卻無大錯的宗教人士形象，這種無大錯的處理方式既表現了作者的謹慎，也試圖通過這一形象向少數民族群眾和宗教人士宣傳黨對於這一類人的寬大政策。而維吾爾族作家柯尤慕·圖爾迪則不可避免地代表著其本民族和宗教信仰者的態度，由於作者塑造的是屬於那個政教不分的年代的宗教人物，因此那時的他們自然屬於統治階級的一份子，作者為了表達對他們的不認可，劃清自己和他們的界限，自然就將他們塑造成了人民的階級對立者。

其次，除了難以劃分具體階級成分的宗教人士，在周非的《多浪河邊》中還出現了一位特殊的人物形象，一個特殊的「三區革命」中的民族軍——沙巴也夫，這個人物雖然不是主人公，卻貫穿於整篇作品之中。沙巴也夫是

〔註79〕（維）柯尤慕·圖爾迪：《戰鬥的年代》（第一部），新疆人民出版社1982年版，第244頁。
〔註80〕李揚：《抗爭與宿命之路：社會主義現實主義（1942～1976）》，時代文藝出版社1993年版，第11頁。

一個闖入多浪河邊鄉村的外來者，他自稱生長在伊犁河邊，父親是商人，自小在省城上學，後來當教員，現在想做一個修鞋匠。然而，事實上卻是，他參加了「三區革命」，為的是實現他的幻想：「把所有漢族人統統趕跑」。沙巴也夫「強烈地仇恨著漢族人，不管什麼樣的漢族人他都恨。這種仇恨是得自他父親從小的苦心培育。在他很年幼的時候，他那作為一個大投機商人的父親，就諄諄地告誡他：『漢族人壓迫我們，害得我們民族貧困，我們的民族在災難中！要記住啊，只有趕走漢族人，我們的子孫才能過好日子。』」〔註81〕他不僅自己仇恨漢族人，還向鄉親們大肆傳播反漢思想和情緒：「諸位知道，我們的民族在災難中。漢族人把我們欺侮得夠了。年輕的人們，真主給了我們神聖的任務，那就是打倒漢族人，把他們都趕出去。諸位知道，我的家鄉起了革命，諸位知道革命吧？那是什麼樣的革命呀？我的真主！」〔註82〕但是他參加革命後，怕吃苦，怕死，最終因強姦了一個居民的幼女，被控告後畏罪潛逃到了多浪河邊。這個人物的特殊性已經在其出場和他的經歷中逐漸顯現了出來，他是一個有著強烈民族主義情緒的「三區革命」軍戰士，但同時這個人又因為品行惡劣而被驅逐出了「三區革命」的隊伍。從他的言論似乎可見「三區革命」早期的錯誤思想，如艾力汗・葉烈等泛突厥主義分子所具有的狹隘的民族主義思想，作者塑造這個人物似乎就是代表著這一類人。但同時，作者又將他在品行上塑造為一個滿口謊言、大話連篇、貪生怕死、好色甚至強姦幼女的人，之後他還時常隨著時局的變化而隨風倒，因此他也常常被統治階級所利用。

　　表面上看，沙巴也夫是一個反面角色，他道德敗壞、偷奸耍滑，不僅有著極端的民族主義思想，也背叛和出賣自己的民族軍戰友。但仔細分析，就會發現這個人物實際上是一個悲劇性的人物，他想隨著形勢的變化投靠和依賴每一個政權人物和當局，最終卻總是得到被拋棄的結局。首先，他的父親是一個商人，可是由於父親的過世，他也失去了其本該擁有的身份和地位。之後，他又幻想著「把漢族人統統趕跑」而參加了當時在新疆轟轟烈烈的「三區革命」，可是由於他自身的弱點所犯下錯誤後被民族軍控告，只好又畏罪潛逃。逃跑後的流浪生活中，他吹噓自己在「三區革命」中的見聞以獲取老百姓的認可，卻又很快被老人們發現他是一個「騙子手」。他見在老百姓中間得

〔註81〕周非：《多浪河邊》，上海文藝出版社1961年版，第39～40頁。
〔註82〕周非：《多浪河邊》，上海文藝出版社1961年版，第41頁。

不到實惠，就迅速巴結上了巴依老爺，可是不久卻因為他迷上了巴依老爺年輕的小老婆而被巴依驅趕。之後，跑到城裏的他無意間遇到了「三區革命」的戰友，他以出賣自己曾經的戰友試圖獲取當局的認可和好處，結果不僅沒有得到半點好處，自己也因為不被信任而關進了大牢。解放後，他又企圖混入新社會，他以其慣有的投機手段騙取了新政府的信任，甚至還當上了水利委員。可是，儘管他利用欺騙的手段過著順心的生活，還大方地和巴依老爺的小老婆同居在了一起，但是還是被反動分子找到了他，並企圖利用他對新社會搞破壞活動。最終，他和巴依老爺的小老婆阿西汗都成了反動分子手中的棋子，可是他又不敢反抗，只能隨著反動分子東躲西藏，關鍵的時候還被當作擋箭牌，甚至無力保護自己喜愛的女人阿西汗。當反動分子命令阿西汗假扮所謂的「女聖人」去欺騙百姓時，沙巴也夫也無力反抗，只能小心地告誡她：「你自己操點心吧，阿西汗！我是毫無辦法了。真主保祐你，去吧！」〔註83〕從沙巴也夫的經歷來看，他始終沒有得到任何一個階級和組織的接納和認可，是一個可利用時被利用、無利用價值時又被無情拋棄的悲劇人物。造成他悲劇的原因有很多，無需我們一一詳解，而作者塑造這個人物的目的應當是較為明確的，這個人物應當就是「三區革命」中那些曾經有著錯誤思想的民族軍的代表。作者利用這個人物的命運告訴和警醒這類人，最終他們只能得到被利用和被拋棄的結局，正如「三區革命」的領導人向中共中央的報告中所指出的一樣：

> 關於狹隘民族主義思想的危害，進步分子指出，少數民族與漢族的對立，正中企圖利用漢族與本地民族之間的隔閡來鞏固自己統治的國民黨反動派的下懷。因此，對於民族解放革命來說，「大漢族主義的危害性有多大，狹隘民族主義的危害性也就有多大。」〔註84〕

除了以上兩個特殊的人物形象，在《戰鬥的年代》第一部的末尾還出現了一個小片段，這一片段發生在國民黨首領已經通電全國，宣布新疆和平起義，但文中的反面主人公滿合索特伯克企圖負隅頑抗，做垂死掙扎，他找到了當地的國民黨幫助其鎮壓革命群眾。其中又出現了一個漢族敵對者──朱營長，這個人心狠手辣、作惡多端、低級下流，在村裏大肆搶劫，是新疆革

〔註83〕周非：《多浪河邊》，上海文藝出版社1961年版，第433頁。

〔註84〕新疆三區革命史委員會：《新疆三區革命領導人向中共中央的報告及文選》，新疆人民出版社1995年版，第78頁。轉引自新疆三區革命史編寫組：《新疆三區革命史》，新疆人民出版社1998年版，第185頁。

命歷史題材作品中極其少見的殘忍惡毒的反面人物，也是極少見的漢族反面角色，最後被主人公阿勒瑪斯結果了他的性命。

　　這些革命歷史題材的作品既是那個時代的回憶，更是新的民族國家確立之後，建立新的歷史敘事結構的需要。這一敘事結構還不斷生產著有關這個共同體的所有知識，塑造著國家內的所有成員。〔註 85〕從上文對新疆民族文學作品中革命歷史題材作品的分析來看，儘管作品中所描述的時代是一個時時、事事都要講階級鬥爭的年代，可是在少數民族地區，階級矛盾與民族矛盾之間的處理和博弈時刻存在著，且事實證明，處理不好民族矛盾，社會的穩定與發展更是無從談起。

第三節　多功能的女性——新疆革命歷史題材作品中的女性形象

　　十七年時期小說主要有兩大類題材，一是革命歷史題材，一是農村題材，這兩大題材的作品幾乎佔據了這一時期小說的半壁江山。由於這一時期屬於特殊的社會轉型期，因此「建構」成為這一時期最為重要的主題。新的國家政權的建構、新的中華民族共同體的建構，新的文學藝術的建構，無論是何種題材都被要求服務於這一宏大主題。女性由於其身體機能上的相對柔弱，自然而然被看作是自然生產和生活中的弱者，同時由於中國幾千年來的封建體制，女性一直處於社會的底層。中國共產黨為之奮鬥的宗旨正是解放，那麼，女性這個特殊的群體自然成為其解放的重要部分，解放的話語很適合文學作品中的女性形象。在文學作品中將女性所遭遇的苦難和階級壓迫與女性得到解放之後的種種轉變進行對照，以此來證明革命與解放的合法性與重要性，便成為那一時期作家們所慣於表現的部分。因此，革命歷史題材作品中的女性主要處於被解放和被拯救的地位，而農村題材作品中的女性主要體現新的社會體制與新的政權國家為女性所帶來的巨大改變，這兩者之間的差別正好形成了呼應和對照。在革命歷史題材的作品中，儘管英雄才屬於解放話語中的主角，但是英雄背後那些被解放和拯救的柔弱女性正凸顯了英雄的價值。因此，十七年時期的文學作品中出現了不少給讀者留下深刻印象的女性

〔註 85〕姚新勇，黃勇：《全球化語境下的中國民族敘事——以〈紅河谷〉為例》，《暨南學報》2004 年第 4 期。

形象，如《青春之歌》裏的林道靜、《苦菜花》裏的娟子、《紅旗譜》裏的嚴萍、《林海雪原》裏的白茹、《野火春風鬥古城》裏的銀環等等。

　　然而無論是農村題材中所塑造的解放後逐漸與男性一同走向生產工作行列中的女性，還是革命歷史題材中所塑造的被男性拯救與解放了的女性，其背後同樣都是在男權話語體系下所體現出的國家意識形態。雖然在新疆農業合作化題材作品中的女性形象幾乎都運用了性別反差式的人物設置來凸顯女性的解放，但通過本文第二章第二節的分析可見，這種寫作策略是有著一定的地域歷史文化影響下的獨特產物。但是在同一時期所創作的新疆革命歷史題材作品中，女性形象與主流文學仍舊恢復了其處於英雄背後的地位。新疆作家創作的革命歷史題材作品中的女性形象不再如農業合作化題材作品中的女性形像那樣較之男性更加思想進步，屬於那個時代所特有的「進步分子」，而是出現了兩種反差較大的人物形象。其中一種屬於正面形象，她們是柔弱的、需要保護，甚至是需要男性拯救與解放的弱勢群體的形象，可以稱之為「被拯救者」，這種形象顯然是隸屬於解放的話語體系之中的。另一種則是反面形象，從階級上她們屬於統治階級的一份子，自然是站在革命與人民的對立面的。在反面的女性形象群體中又可以分為兩種，一種是妖媚的、歹毒的「妖婦」形象，而另一種則是被動地受到了各種反動分子的利用而做出破壞革命或社會事件的女性形象，可以稱之為「被利用者」。

一、新疆革命歷史題材作品中的正面女性形象

　　愛情是文學與藝術永恆的主題之一，但由於新中國是無產階級專政的新的國家，愛情被劃分到了小資產階級的範疇，因此愛情這一主題在十七年時期無法受到創作者的青睞。路翎發表於 1954 年 3 月《人民日報》的作品《窪地上的「戰役」》，就因為作者在文中描繪了志願軍戰士王應洪和朝鮮姑娘金聖姬朦朧的愛情故事而受到了批判，認為「這是把人民軍隊所進行的正義的戰爭和組成人民軍隊的每一個成員的理想和幸福對立起來的描寫，是歪曲了士兵們的真實的精神和神聖的責任感，也是不能鼓舞人們勇敢前進，不能激發人們對戰爭勝利的堅強信心」〔註 86〕。愛情不僅在文學作品中是不被青睞的，在革命戰爭的現實生活中也是不屬於革命者的。正如《紅日》中，當受

〔註86〕洪子誠編：《二十世紀中國小說理論資料》（第五卷），北京大學出版社 1997
　　　　年版，第 110 頁。

傷的楊軍想念自己的未婚妻阿菊，卻馬上提醒自己要將這種思念拒之心門之外，因為「他覺得，在這個時候寫信給自己的愛人，作為一個共產黨員，一個革命戰士，是很不應該的。」〔註87〕這一時期兩性之間的婚姻愛情關係甚至可以說是「不合常理」的，《紅日》中當沈振新要被派往山東時，他和將要分開的妻子黎青之間在床邊所進行的對話依舊是革命工作：「他不厭其煩地向黎青問起工作上有什麼問題沒有，和同志們的關係怎麼樣，思想上還有什麼顧慮等等」。〔註88〕而這種完全不屬於戀人之間的談話卻被妻子黎青認為「幾乎是他們結婚以來談話最多、也最親切最溫暖的一個夜晚」。〔註89〕在兩人激烈的談話之後，沈振新伴隨著激情與妻子互相交換的貼身之物是鋼筆，妻子也因此而興奮地向自己的丈夫喊著：「軍長同志」。這一時期人與人之間的關係最為主要的是階級關係、革命關係與工作關係，因此類似這樣的兩性關係的描寫在這一時期的文學作品中十分多見。

　　在新疆革命歷史題材作品中相對於英雄的愛情而出現的女性形象不是為了展現英雄的柔情而出現的，她們幾乎都被作者刻畫為展現英雄在解放道路之中所遇到的「被解放者」與「被拯救者」。例如周非所創作的長篇小說《多浪河邊》裏主人公哈得爾的妻子阿娜爾汗就是一個典型的「被解放者」與「被拯救者」。阿娜爾汗如同所有的解放話語作品中的「被解放者」與「被拯救者」一樣，處於社會的最底層，有著悲慘的經歷。阿娜爾汗沒有父母，從小就是巴依家的丫頭（奴隸），5 歲起她就在巴依家勞動，16 歲就被巴依嫁（賣）給了在城裏已經有 5 個老婆的阿不拉警長。她雖然愛慕著和她一樣在巴依家做工的同齡人哈得爾，可是她卻沒有人身自由，只能像一件物品一樣隨意被主人買賣。當她想擺脫命運對她的摧殘，逃脫控制時，她的耳邊就會響起同樣是受壓迫者的帕夏汗曾經告誡過她的話：「正經的女人，應該像藤蔓依靠一株沙棗樹一樣的依靠著男人，沒有這棵樹，藤蔓永遠也直不起腰來！」〔註90〕直到她意外發現了其所謂丈夫阿不拉和伊明的妻子阿瓦汗的不正當關係之後，才毅然放棄了所謂衣食無憂的警長太太的生活。可是她依舊不敢追求屬於自己的生活，因為結過一次婚，她自己都瞧不起自己，也害怕哈得爾瞧不起自己，便隱姓埋名躲在了肉孜毛拉的牧羊老人買買提那裡。最

〔註87〕吳強：《紅日》，中國青年出版社 2009 年版，第 23 頁。
〔註88〕吳強：《紅日》，中國青年出版社 2009 年版，第 45 頁。
〔註89〕吳強：《紅日》，中國青年出版社 2009 年版，第 45 頁。
〔註90〕周非：《多浪河邊》，上海文藝出版社 1961 年版，106 頁。

終，當成為解放軍的哈得爾找到了她，向她表達了自己的感情後，她才放下心結。正是這種來自於男性的認可最終拯救與解放了阿娜爾汗，同時代表著黨和政府的認可最終拯救與解放了她。

這種在諸多文學作品中都會出現的「拯救一被拯救」的兩性關係在解放的話語體系中時常出現，在這種兩性關係中，似乎女性只能屬於男性的從屬地位，例如《青春之歌》裏的林道靜。「林道靜的個人生活主要是一種愛情生活，作品顯然在試圖創造一個 20 世紀中國女性的主體性，這種主體性只能被創造出來，也就是說林道靜只能通過那些男性的願望和目光來認識到自己的存在。」〔註 91〕然而仔細分析十七年時期的文學作品，就不難發現在作品中種種關係都是來自於國家話語體系的一部分，包括性際關係。李揚的分析認為：

> 與林道靜這個代表邊緣個體和女性的人物相比，靜止的男性人物們構成了一個封閉抽象的語義層次，這個層次上的每一點都只能按「國家話語秘碼」來解讀，也勢必要按「國家」模式來編定。每一個男性都是「國家」話語中各種政治象徵位置的體現者，依次是土豪劣紳余敬唐、右翼小資產階級余永澤、國民黨特務如封建軍閥胡夢安、共產黨人盧嘉川、江華。每種政治勢力都暗示了一種民族的前途，也暗示了林道靜一生個人和婚姻的前途。〔註 92〕

《多浪河邊》中的阿娜爾汗也是一樣，她與其生活中的男性之間的種種關係似乎都暗示著其背後所代表著的不同政治勢力的命運與前途。阿娜爾汗從出生起便隸屬於代表著地主階級的克拉木巴依，當其成年後克拉木巴依為了獲取當權者的保護將其「嫁」給了國民黨統治階級一份子——阿不拉警長，而她一直愛慕著代表著無產階級的哈得爾。但是在哈得爾成為共產黨所領導的一員之前，他不僅無法拯救自己心愛的阿娜爾汗，甚至連自己的命運也難以掌握，最終當哈得爾加入共產黨的部隊之後才解放與拯救了阿娜爾汗。因此，從這整個過程來看，女性形象的背後不僅僅是單純的性別關係，更重要的是每一個男性背後所代表的政治與階級力量。有評論者認為「十七年」革命歷史題材小說中「愛情敘事的話語功能主要在於展示女主人公作為革命戰

〔註91〕李揚：《抗爭與宿命之路：社會主義現實主義（1942～1976）》，時代文藝出版
　　　　社 1993 年版，第 60 頁。
〔註92〕李揚：《抗爭與宿命之路：社會主義現實主義（1942～1976）》，時代文藝出版
　　　　社 1993 年版，第 60 頁。

士的成長歷程，」〔註93〕然而仔細分析就會發現無論作品中的性際關係是為
了表達女主人公或是其背後的男主人公的成長，事實上這些都是國家話語體
系中的一部分，都是為了新的政權國家的建構、新的民族共同體的建構而服
務的。

　　因此，這也就能夠解釋同一時期同一地域的文學作品中因題材不同而產
生不同的女性形象這一問題。從表面上看，新疆農業合作化題材作品中的女
性較之男性在思想進步方面表現得極為突出，並和與其生活中的男性形成了
鮮明的對比。然而從性際關係來看，這些進步的女性形象的性別特徵卻並不
明顯，她們對於愛情婚姻的選擇依據都是黨和國家所制定的政治標準，且她
們在文中的任務就是幫助與改造其生活中落後的男性。所以，不論是革命歷
史題材中那些被男性解放與拯救的柔弱女性形象，還是農業合作化題材中幫
助和改造落後男性的進步女性形象，抑或革命歷史題材作品中所出現的反面
女性形象，都隸屬於國家話語體系。正如李揚在分析林道靜時所說的一樣：「這
種由階級和政治範疇編寫過的人物譜系展示了《青春之歌》深厚的『國家話
語基礎』，它使我們看到，女性或邊緣個體在故事的前景中無論多麼活躍，她
都只能是『國家』這種統一布景的一部分。」〔註94〕事實上，這一時期文學
作品中的人物形象大都如此，都是國家話語的一部分。

二、新疆革命歷史題材作品中的反面女性形象

　　同新疆農業合作化題材作品中的女性都是正面而進步的形象有所不同，
在革命歷史題材作品中，作者常常會塑造一些隸屬於統治階級或反動政權集
團裏的女性，這些女性自然都是反面形象。這些反面的女性形象有的是思想
和行為完全站在人民對立面的「妖婦」，是無論何種時代、何種倫理文化都會
將之列為反面的女性。這種女性形象在不同時期的文學史中也是較常見的，
她們大都有著能夠魅惑男性的資本，例如周非在《多浪河邊》裏塑造的警察
局長伊明的妻子阿瓦汗，她被大家叫做「國之大花」，正是因為她不僅有著美
麗的容貌，還慣於玩弄政治和男性。王玉胡在《北塔山風雲》中塑造的叛匪
烏斯滿的三老婆則更符合十七年時期「臉譜化」的人物塑造準則，這個女人

〔註93〕牛秋菊：《對「十七年」革命歷史長篇小說性際關係的管窺》，《甘肅社會科學》
　　　　2010年第4期。
〔註94〕李揚：《抗爭與宿命之路：社會主義現實主義（1942～1976）》，時代文藝出版
　　　　社1993年版，第1頁。

不僅陰險狡詐、貪得無厭、水性楊花、嫉妒心強，在其醜惡的靈魂下還擁有著醜陋的容貌。

> 烏斯滿為什麼對老婆這樣好呢？是因為這個三老婆長的特別美麗嗎？不是的，這個三老婆長的非常醜陋。兩個顴骨高過了鼻子，一雙小眼眯成兩條線，厚嘴唇，大嘴巴，還長了滿臉的黑痣與雀斑。可是她卻有一種非凡的本領，這就是她投能摸住男人們的脾氣，她能像膠泥似的把男人們黏住。她能像貓一樣用一隻爪子把人抓傷，然後又咪咪著用一隻爪子把人撫慰的歡心，就憑這一套本領，她可以捉弄最強硬的漢子，使這些漢子俯首聽命。後來，她和烏斯滿勾搭上了，烏斯滿便從她原來的丈夫那裡，強霸了過來。無論什麼時候，烏斯滿總與她形影不離，她也能完全左右烏斯滿。在她的挑唆下，烏斯滿曾一鞭打死了大老婆，現在的二老婆也像牲口一樣被扔到旁邊的小氈房裏去了。〔註95〕

除了這種「妖婦」式的反面女性形象，新疆的革命歷史題材作品中還出現了幾個塑造地較好的「被利用的」反面女性形象。她們屬於統治階級的一份子，出於種種原因做出過不利於國家與人民的事，她們是被反動分子利用後最終卻又被拋棄了的悲劇性人物。在這一類「被利用」反面女性形象中，塑造的極為豐滿的有周非在《多浪河邊》裏塑造的阿西汗。阿西汗是克拉木巴依的第三個妻子，她是一個富農的女兒，從小就嬌生慣養、長得很漂亮，可是在她15歲時就被父親嫁給了比她大25歲的克拉木巴依，成了他的第三個妻子。她雖然身處優越的生活環境，卻沒有絲毫的自由，「十年來，她在克拉木家的活動範圍，是從正房到臥室，從臥室到廚房，間或，在巴依外出時，她才可以到宅旁的果園裏去走動走動，嘗嘗新鮮的葡萄，吃幾個酸杏子或桃子，這就是她唯一的樂趣。」〔註96〕儘管她是克拉木巴依的太太，可她只是丈夫的附屬品，「她很少說話，說起話來聲音也很低。克拉木在家時，她總是像隻貓一樣悄悄地蜷縮在炕角裏，手裏不停地編織著花邊。克拉木對她有時也是很殘暴的，那些怒罵和毒打她只能無聲地忍受。在這個家庭裏，人們甚至感覺不到她的存在。」〔註97〕她沒有子女，沒有朋友，甚至對於家門外的

〔註95〕王玉胡：《北塔山風雲》，摘自《從延河到天山》，作家出版社1957年版，第143頁。

〔註96〕周非：《多浪河邊》，上海文藝出版社1961年版，第25頁。

〔註97〕周非：《多浪河邊》，上海文藝出版社1961年版，第26頁。

世界都不得而知，「她的處境反映了封建極權時代少數民族女性的共同命運。她的美貌並沒有換來丈夫對她的溫存，生在巴依家，她所受到的禁錮和摧殘在某些方面更甚於普通人家的婦女。」〔註98〕

因此，當她遇到下流、卑鄙的投機分子沙巴也夫對其獻殷勤後，她那顆年輕的卻被囚禁已久的心就自然而然地被打動了。每當沙巴也夫前來拜訪，「阿西汗也頂著頭巾走過來，斜坐在床沿上，一邊編織著花邊，一邊加入了談話。」〔註99〕當沙巴也夫想要做出越軌之事，阿西汗雖然驚恐地拒絕了他，但當他離去時，她卻用手指拉開頭巾，用一隻眼睛長時間地注視著他的背影。巴依死後，阿西汗這顆孤獨的心就被沙巴也夫俘獲了，可是她仍舊逃脫不了被心愛的人利用的命運，她被迫假扮「女聖人」來煽動村民們的民族與宗教情緒。作者在刻畫阿西汗這個悲劇的反面角色時，用那條常年蓋住其面龐的頭巾來細膩地向讀者解讀了這個女人的各種心理變化。一開始，作者就向讀者交代了「阿西汗是一個十分美麗的女人，但是，除非是家裏人，外人休想看見她的面目，因為她的頭上永遠頂著一塊寬大的黑紗頭巾。」〔註100〕之後，與沙巴也夫的感情糾葛也展示在這塊頭巾上，自從沙巴也夫「無意中看見了阿西汗的美麗的容貌後，這長久以來他一直心神不定，他多麼希望能再看看她那紅潤的、像蘋果一樣的臉蛋！但不管什麼時候，她總是頂著那塊該死的頭巾。」〔註101〕兩個年輕人灼熱的情感就隔著這一塊頭巾在不斷地燃燒，阿西汗被封建教條束縛著，將自己的感情隱藏在頭巾之下，直至沙巴也夫偶然見到了沒戴頭巾的她。「阿西汗用哆嗦的手趕忙把滑落的頭巾往頭上拉，但頭巾角卻被她自己的腿壓住了，一下拉不出來」，〔註102〕在感情和教條的衝擊下，阿西汗矛盾的內心都在這個拉頭巾的動作中展現無餘了。當她跟隨著心愛的人一起投身於反動分子的群體，她再次用頭巾將自己的全身裹得嚴嚴實實。然而當反動分子阿不拉向她咆哮著：「取下你的那塊裙襟子——我要看你的眼睛」〔註103〕，她也只能用僵硬的手指輕輕地拉開了她的頭巾，露出了她那「像

〔註98〕王志萍：《革命進程中民族、性別關係的文學構建——以新疆革命題材作品為中心》，《民族文學研究》2011年第2期。

〔註99〕周非：《多浪河邊》，上海文藝出版社1961年版，53頁。

〔註100〕周非：《多浪河邊》，上海文藝出版社1961年版，第25頁。

〔註101〕周非：《多浪河邊》，上海文藝出版社1961年版，第53頁。

〔註102〕周非：《多浪河邊》，上海文藝出版社1961年版，第56頁。

〔註103〕周非：《多浪河邊》，上海文藝出版社1961年版，第432頁。

兩口乾涸了的水井，又深又黑，呆滯滯的，看了叫人害怕」〔註104〕的雙眼。在反動分子命令阿西汗扮演所謂的「女聖人」敗露後，她用兩手緊緊壓著她的頭巾，最終不得不在村幹部的命令下面對眾人扯下了她的頭巾。這塊頭巾在阿西汗的生活中扮演著重要的角色，當她作為巴依的妻子時她是被男性藏在頭巾下的私人物品，既受著丈夫的保護，也被剝奪了人身自由。隨著愛情的來到，她在頭巾下隱藏著自己青春的激情，既想打開頭巾追求愛情，又害怕頭巾外的世界和被社會與宗教所否定的愛情。最後，她被自己所愛的人利用並拋棄後，她本想藏在頭巾下不去面對，卻一再被他人將她的頭巾扯下，這一切都使她失去了生活的希望。

聞捷在《復仇的火焰》中塑造的尤麗・米哈洛芙娜也是一個「被利用」的反面女性形象。她是一個沒有國籍的女人，她的父親是沙皇的將軍，母親帶她潛逃出國，她從小就仇恨紅黨。尤麗做了麥克南的情婦，可是麥克南卻利用她的美貌作為反共資本，讓她勸說烏斯滿。尤麗得知烏斯滿的手下哈里對她懷有歹意，便乞求麥克南：「快離開這個山谷吧！離開撒旦統治的地獄」，可是麥克南卻只想著「我今夜必須派出尤麗，以柔情將他牢牢地繫在裙邊」。〔註105〕尤麗一次又一次地被麥克南的甜言蜜語和謊言蠱惑與欺騙著，「她懷著嚮往紐約的幻想，懷著槍殺布爾什維克的快感」〔註106〕去幫助麥克南實現他的「理想」，同時也將自己送入了虎口，最終被哈里和他的部下輪姦。如果說十七年時期文學作品中的許多女性形象都表現出性徵不明顯的特徵的話，那麼在革命歷史題材作品中這些「被利用」的女性，在作者的筆下常常描繪到的正是其女性所獨有的特徵。如王玉胡在《北塔山風雲》中塑造的反動分子烏斯滿的三老婆帶來的女兒，一開始作者就介紹她「長的非常漂亮。女兒的美麗，曾流傳在哈薩克部落中間，她能談善唱，騎馬、言談、接待客人，樣樣超群。三老婆就憑著這個女兒，籠絡了大批頭目及年輕的『巴圖爾』們，替烏斯滿打仗賣命。」〔註107〕作者還借馬克南的目光詳細描述了這位姑娘的外貌：「清脆的琴聲、響亮的歌喉、繡花的頭巾、蘋果般的臉龐、潔日的牙齒、

〔註104〕周非：《多浪河邊》，上海文藝出版社1961年版，第432頁。

〔註105〕聞捷：《復仇的火焰》，人民文學出版社1982年版，第334頁。

〔註106〕聞捷：《復仇的火焰》，人民文學出版社1982年版，第340頁。

〔註107〕王玉胡：《北塔山風雲》，摘自《從延河到天山》，作家出版社1957年版，第142頁。

無數的髮辮、華美的袍子、豐滿的胸脯……」〔註108〕。這些反面的女性形象在傳統小說中就較為常見，「這樣描寫的目的在於通過醜化敵人的身體與行為，展示其道德上的卑污與低下」，〔註109〕由此對比展示塑造的主體的正直與高大。

三、不同的女性形象背後共同的國家意識

綜觀十七年時期作品中的女性形象，無論是基本上被消滅了性徵而出現的正面的進步女性形象，或始終成為體現男性力量與智慧的「被解放與被拯救」者，還是將性別特徵自己利用或被他人所利用的反面女性形象，事實上都是國家話語系統中的象徵性符號。法國學者西蒙・波娃認為：「一個人之為女人，與其說是『天生』的，不如說是『形成』的。沒有任何生理上、心理上或經濟上的定命，能決斷女人在社會中的地位，而是人類文化之整體，產生出這居間於男性與無性中的所謂『女性』。」〔註110〕當然，從這個角度來看十七年時期那種一切以階級鬥爭為綱，以解放話語為表達方式，永遠以國家和集體為重的社會文化背景，不僅女性在其中是『形成』的，男性也同樣是『形成』的。為了在每一個新的政權國家中的人民都樹立起國家意識形態，就勢必要求他們將自我與個體消磨殆盡。李揚認為，「在『社會主義現實主義』後期的象徵主義文學中我們看到的女性基本上都是作為一種社會性徵而存在的」，女主人公在作品中「都是沒有家庭、沒有由來的符號，是一個又一個的『空洞能指』。」〔註111〕事實上，在這樣的社會政治文化情境中，不僅是女性，每一個個體都在被「塑造」為一個國家話語體系之中的符碼。性別符號不再是每一個個體的基本標籤，因此，在這一時期的文學作品中，女性形象才會在不同的題材中扮演著不同的角色，這些多功能的女性實際上都是為了完成革命的、階級的、解放的國家話語的完整邏輯而產生的象徵性符號。

〔註108〕王玉胡：《北塔山風雲》，摘自《從延河到天山》，作家出版社 1957 年版，第 179 頁。

〔註109〕牛秋菊：《對「十七年」革命歷史長篇小說性際關係的管窺》，《甘肅社會科學》2010 年第 4 期。

〔註110〕（法）西蒙・德・波娃：《第二性》，桑竹影等譯，湖南文藝出版社 1986 年版，第 3 頁。

〔註111〕李揚：《抗爭與宿命之路：社會主義現實主義（1942～1976）》，時代文藝出版社 1993 年版，第 69 頁。

第五章 十七年時期新疆多民族文學的生產

　　十七年時期是中國極其重要的社會轉型期，在這一特殊時期中的文學自然也因此而發生了巨大的變化，文學從生產到消費與傳播都展開了嶄新的一頁。作為新的政權國家而言，確立新的民族共同體的認同顯得極為重要，而作為文學而言，新的民族文學的建構便成為這一時期文學的首要任務。「作為全國文協機關刊物的《人民文學》，在 1949 年 10 號的『發刊詞』中也明確提出民族文學建構的問題：『作為全國文協的機關刊物，本刊的編輯方針當然要遵循全國文協章程中所規定的我們集團的任務。這個任務就是：……開展國內各少數民族的文學運動，使新民主主義的內容與各少數民族的文學形式相結合，各民族互相交換經驗，以促進新中國的多方面發展』。」〔註1〕處於社會轉型期的「十七年」文學更是一個重要而複雜的部分，因為這一時期的文學一方面存在於新的國家話語體系中，另一方面卻又在不同的地域與民族中呈現出話語建構的豐富性與差異性。同時，作為民族文學一部分的新疆文學，這一時期在建構新的民族文學的任務下，也建構起了當代新疆文學。在建構新的民族文學的過程中，文學生產機制的轉變、作家身份的流變與新的作家隊伍的培養、文學翻譯所帶來的文學交流與互動都有新的變化。時至今日，且不妄加評斷我國的民族文學建構，但是能夠在還原的記憶與文學文本中找尋建構過程中的所產生的經驗與教訓，並以此來反觀當下文學的生態環境與

〔註1〕 袁向東：《民族文學的建構——以〈人民文學〉（1948～1966）為例》，暨南大學出版社 2011 年版，第 12 頁。

作家作品。由此聚焦於中國文學的邊疆場域，試圖找尋那些被主流文學界所忽視的少數民族文學中的種種複雜現象及其背後所隱藏的問題，從而探尋多元一體中華民族文學的建構。因此，本文前四章已從新疆民族文學的題材類型著手考察了以上問題，本章將重點結合論者及其他學者對新疆的作家、評論家與文學期刊的主編所進行的訪談，系統對這一時期的文學生產、作家培養與文學翻譯等基礎問題進行探討。

第一節　文學期刊——國家主體的想像與塑造

　　儘管建國初期我國的文學還談不上所謂的「文化產業」，但是，與以現代技術為依託而生存的文化產業相同的是，在十七年時期由於國家建構所要求的民族文學的建構中，文學的生產還是存在著特定的機制與規範的。「『文學生產機制』指的是文學生產各部分、各環節的內在工作方式和相互關係，主要包括文學的生產、流通、接受、消費等幾個主要方面」。〔註2〕洪子誠在談到50～70年代的文學時，用了「一體化」這個詞，即

　　　　首先，它指的是文學的演化過程，這就是我剛才說，一種文學形態，如何「演化」為居絕對支配地位，甚至幾乎是惟一的文學形態。其次，「一體化」指的是這一時期文學組織方式、生產方式的特徵。包括文學機構、文學報刊，寫作、出版、傳播、閱讀、評價等環節的高度。「一體化」的組織方式，和因此建立的高度組織化的文學世界。第三，「一體化」又是這個時期文學形態的主要特徵。這個特徵。表現為題材、主題、藝術風格、方法等的趨同傾向。〔註3〕

　　共產黨作為社會歷史中第一次由無產階級為主的政黨，為了使更多的人都認識並信任他，一直都十分關注宣傳工作。列寧就曾專門提出有關黨組織如何管理出版物的問題，「報紙應當成為各個黨組織的機關報。寫作者一定要參加到各個黨組織中去。出版社和發行所、書店和閱覽室、圖書館和各種書報經營所，都應當成為黨的機構，向黨報告工作。有組織的社會主義無產階

〔註2〕邵燕君：《傳統文學生產機制的危機和新型機制的生成》，摘自首都師範大學文學院《文藝爭鳴》編輯部：《中國文藝論文年底文摘》，社會科學文獻出版社2010年版，第366頁。

〔註3〕洪子誠：《問題與方法：當代文學史研究講稿》，北京大學出版社2002年版，第188頁。

級，應當重視這一工作，監督這一工作」。〔註4〕在這一時期的文學機制中，文學的主要流通途徑就是文學期刊和出版書籍，其中文學期刊又是其時期文學生產到流通與傳播的最為廣泛、直接的方式。「新中國成立以來，中國當代文學機制的基本結構就是以文聯、作協為核心，以各級文聯、作協主辦的文學期刊為基地，這是一個與國家行政級別和計劃經濟體制嚴格配套的網狀結構。各級文學期刊執行著三個方面的職能：意識形態傳播『主渠道』的宣傳職能；促進文學繁榮、提高全民文學索質的發展、教育職能以及培養本地作家、積累地方文化的建設職能。」〔註5〕文學期刊不僅是連接著作家作品與讀者評論家的紐帶，而且從期刊的變化發展也能夠看出其時期最真實的文學生態。同時，我國的期刊在黨的直接領導下，受到黨的宣傳部門的各項監督，因此期刊也能夠反映其時期的文藝政策與文藝思潮。對十七年時期文學期刊的研究能夠從一個側面反映出在國家建構的過程中，國家主體的想像與塑造是如何通過文學藝術來展現的，並且在此過程中又會出現怎樣的偏差與意外的收穫，以及文學與政治的拒絕、融合與反抗等各種複雜的關係。

　　新疆在十七年時期最為重要的文學刊物之一是《新疆文學》，它是新疆維吾爾自治區文學藝術聯合會主辦的刊物，於 1951 年試刊，當時有維吾爾文、漢文和哈薩克文三個版本，漢文只辦了三期就停刊了。1956 年 10 月該刊物又以《天山》為刊名重新出版月刊。1961 年 1 月更名為《新疆文學》，出版雙月刊，1966 年 7 月再次停刊。1978 年 1 月以《新疆文藝》復刊，1980 年恢復刊名為《新疆文學》。1985 年隨著「西部文學」的興起，更名為《中國西部文學》。〔註6〕從這段《新疆文學》期刊的歷史就不難看出其不斷的停刊、復刊、更名、復名，都暗合於我國在這些年的社會政治歷史。在本人與自 1958 年起曾先後擔任該期刊編輯、主編的陳柏中〔註7〕先生的訪談中，也不難看出該刊物與社

〔註4〕列寧：《黨的組織與黨的刊物》，《紅旗》1982 年第 22 期。

〔註5〕邵燕君：《傳統文學生產機制的危機和新型機制的生成》，摘自首都師範大學文學院《文藝爭鳴》編輯部：《中國文藝論文年底文摘》，社會科學文獻出版社2010 年版，第 367 頁。

〔註6〕有關《新疆文學》的歷史簡介參見董印其編：《《新疆文學〉〈中國西部文學〉總目索引》，新疆大學出版社 2010 年版前言。

〔註7〕陳柏中，浙江新昌人。中共黨員。1958 年畢業於山東大學中文系。歷任《天山》、《新疆文學》及《中國西部文學》編輯、副主編、主編，編審。新疆文聯第四屆委員、副主席，新疆作家協會第四屆理事、常務副主席、第五屆名譽主席。曾獲中國作家協會首屆全國文學期刊優秀編輯獎。被評為 1992 至 1997年度新疆維吾爾自治區優秀專家，享受國務院特殊津貼。

會政治歷史的緊密聯繫。

自《新疆文學》1956 年正式出版後不久，「就碰到了『反右』鬥爭。『反右』（運動）把幾乎是全部的編輯一網打盡，被稱為『右派』或者是『準右派』，那麼全班人馬都換了。」〔註8〕陳柏中先生將《新疆文學》分為三個階段，第一階段為 1956～1962 年的《天山》階段，第二階段為 1962～1985 年的《新疆文學》階段，第三階段為 1985 年至今的《中國西部文學》階段。陳先生認為從這三段歷史來看，該文學刊物「是在艱難的情況下勉強支撐著的。搞的基本上不是文學，它主要根據政治的大的環境，根據政策的調整拼命地去緊跟」，且長期以來刊物的定位就是「為政治服務」〔註9〕。例如，陳先生特別提到了 1962 年，這一年是很複雜的一年，儘管無論從文學來看，還是從該期刊本身來看都是一個很好的時期，「與政治上的調整相適應的，文藝政策也變得比較務實，比較寬鬆，有一段時間，很短的一段時間。」在這一時期《天山》進行了改刊，改刊後刊物是自創刊以來辦得最好的階段，在 1962 年第一期上的改刊詞《迎新曲》中便提出了要貫徹「雙百方針」，要提倡題材多樣化。在這一時期該刊物不僅「大膽地」刊登了涉及「中間人物論」的作品〔註10〕，還根據該作品進行了較長時間爭鳴與討論〔註11〕，甚至還刊發了一些被批判的作家的作品，如艾青、王蒙及新疆詩人鐵依甫江的作品。可惜好景不長，正是由於刊物在這一短暫階段的「大膽」作為，在接下來猛烈的政治運動中，也將刊物和辦刊人員一一牽涉其中。陳先生回憶說：「特別是 62 年這一年，他們認為這是『毒草泛濫，群魔亂舞』的一個時期。我們大大小小的人都被當成，不是修正主義分子，就是修正主義的黑苗子，因為那個時候我們只有二十多歲，還不是當權派嘛，所以就定為『修正主義

〔註8〕參見筆者於 2010 年 8 月 13 日對陳柏中先生所做的訪談。

〔註9〕參見筆者於 2010 年 8 月 13 日對陳柏中先生所做的訪談。

〔註10〕這裡主要指 1962 年《新疆文學》第一期上刊發了一篇吳連增的短篇小說《司機的妻子》，小說描寫司機的妻子春蘭，由於丈夫國慶節因公未歸產生苦惱，和她在生活中受到啟示，苦惱有所克服的思想變化。

〔註11〕《新疆文學》雜誌於 1962 年六月號至十二月號，連續討論了該作品。有的評論認為這「不是一篇好作品」；有的評論認為這是「一首動人心弦的抒情詩」，是「一首心的歌」，「是一篇好作品」。在討論該作品半年之後，該刊發表了一篇對這一作品及事件的總結性文章《關於塑造普通人物的幾點質疑》，肯定了這篇作品和這次討論，認為該作品擴大了題材，很真實地表現了普通人的思想感情，肯定了這篇作品。同時認為討論開闊了視野，活躍了思想，也肯定了這次討論。但這篇作品很快就陷入了有關「中間人物論」的批判中。

的黑苗子」,《新疆文學》黑店的小夥計、黑幹將。」〔註12〕並且,當時該刊物的負責人「王谷林〔註13〕在新疆『文化大革命』是第一個揪出來的,被定性為反黨、反社會主義、反毛澤東思想,『三反分子』當中的極限分子。當時第一個提出來,當時鋪天蓋地地就批判王谷林。批判王谷林的批判文章把它收集起來的話可能幾千公斤都有,要用車子拉。每一個生產隊、車間必須批判王谷林,哪一個生產隊、那一個車間如果沒有批判王谷林的話,你的先進就保不住了,你如果是一個紅旗車間,馬上就把你的紅旗拿走。」〔註14〕有關這段歷史,丁子人教授〔註15〕在與本人的訪談中也有所提及,在批判「中間人物論」的文藝整風運動中,丁老師由於曾在其評論中肯定了《司機的妻子》這篇涉及「中間人物論」的小說,自己也被牽涉其中。他回憶說:「我就只好在文學上悄悄地『把尾巴夾起來』,再加上說我不務正業,不安心政治教學,這些批評都來了,所以一直到『文化大革命』之前,我幾乎與文學隔絕了一段(時間)。」〔註16〕

　　事實上,類似這樣的事件在我國當代文學史上並不罕見,對於這種政治對文學的過度干涉,作家與評論家們自然有自己的意見。陳柏中先生就認為:「批判資產階級文藝思想也好、批判修正主義文藝思想也好,它歸根結底批判什麼呢?就是批判人道主義、人性論的。當時『極左』的思潮就是把人道

〔註12〕 參見筆者於 2010 年 8 月 13 日對陳柏中先生所做的訪談。

〔註13〕 王谷林:江蘇泰興人。中共黨員。1952 年畢業於中央文學研究所。1945 年參加新四軍,歷任文化教員、指導員,報社和刊物編輯、記者,《蘇北文藝》主編,中央文學研究所所部秘書,《文藝報》秘書組長、社會生活組長、辦公室副主任,中國作家協會新疆分會副秘書長、副主席,《新疆文學》副主編,《民族文學》編輯部主任,中國作家協會專職黨委副書記、辦公廳主任。1948 年開始發表作品。1979 年加入中國作家協會。著有電視劇劇本《飲馬長江》等。

〔註14〕 參見筆者於 2010 年 8 月 13 日對陳柏中先生所做的訪談。

〔註15〕 丁子人:湖南臨湘人。中共黨員。北京師範大學中文系畢業。1950 年參軍。歷任小學教員,新疆工學院講師,新疆師範大學中文系教授。曾任新疆文聯委員,中國當代文學研究會理事,新疆當代文學研究會副會長。現任世界華文文學家協會、中國新文學學會、中國少數民族作家學會理事。1990 年加入中國作家協會。著有劇本《兩個小隊的秘密》,文學評論集「春泥」與「護花」》、《西部文學的風骨》、《西部文學的尋蹤》,參與編寫《中國少數民族現代文學》、《20 世紀中國文學通史》、《新當代多民族文學史》、《絲綢之路文化大辭典》等。作品獲首屆中國當代文學研究獎、首屆中國少數民族文學研究獎、新疆第二屆哲學社會科學優秀成果獎與天山文學獎。

〔註16〕 參見筆者於 2010 年 8 月 20 日對丁子人教授所做的訪談。

主義、人性論定為『修正主義黑線』的理論基礎，所以最後要批，就是批這個的。而你想一下，把人性論批掉了，（文學）還有什麼？文學不寫人性，不去挖掘人性深層的內容，那還叫文學嗎？那不叫文學嘛！那麼，到了稍稍寬鬆的時期，回過頭來要寫一點人，人的比較複雜的、內在的思想感情，寫一點包括飲食男女呀，男歡女愛呀，要寫這個的時候，『啪』一棒子把你打下去！」〔註17〕維吾爾族當代作家穆罕默德·巴格拉西〔註18〕就認為那一時期的作家就是：「寫那些階級鬥爭啊，集體化啊」，「老作家的寫法都是那些現實寫作，蘇聯模式（新聞式的），所有人都是一樣的。」〔註19〕

然而，仔細考察了我國十七年時期的主要文學期刊之後，我們就不難發現文學話語是隸屬於國家話語體系之中的。一個新的政權國家成立之後必須迅速建立起人民對於國家和民族共同體的認同感，文學自然也需要建構起新的民族文學。在袁向東博士以《人民文學》為例對民族文學建構所進行研究認為：「民族文學的建構從根本上說是國家行為。國家是從兩個方面建構民族文學的：一是通過《人民文學》等雜誌發展少數民族文學創作；二是通過中國社會科學院等單位整理、編撰民族文學是，尋找少數民族在文化心理方面的特色。」〔註20〕中國作為一個由多民族所長期共同組成的國家，在建構民族文學的這一國家行為中，其建構的目的是複雜的，建構的結果也同樣是複雜的。首先，國家建構民族文學的最根本的目的就是「使民族文學的建構工作成為國家體制建構工作的一部分」〔註21〕，這當然是通過各級文學機構以及文學期刊來具體完成的。為了更好地完成這一重大任務，作為全國性的文學期刊《人民文學》要為了這個目標而努力，各地方的文學期刊也在為之而努力，這一點在《新疆文學》雜誌中便可見。以下兩幅圖片分別是《天山》

〔註17〕 參見筆者於 2010 年 8 月 13 日對陳柏中先生所做的訪談。

〔註18〕 穆罕默德·巴格拉西：維吾爾族。原名穆罕默德·奧斯曼。新疆焉耆人。畢業於阿克蘇地區農校，後又畢業於新聞大學中文系（自學）。1965 年參加工作，歷任阿克蘇專區文工團演員，新疆交通廳四運公司司機、宣傳科宣傳幹事，《新疆工人報》編輯、記者、新疆文聯專業作家，文學創作二級。新疆自治區第八屆政協委員，報告文學學會常務理事。

〔註19〕 《為這樣的讀者寫作——穆罕默德·巴格拉西訪談錄》，摘自歐陽可惺：《當代少數民族文學中的民族主義表達》打印稿（下卷），第 285 頁。

〔註20〕 袁向東：《民族文學的建構——以〈人民文學〉（1948～1966）為例》，暨南大學出版社 2011 年版，第 16 頁。

〔註21〕 袁向東：《民族文學的建構——以〈人民文學〉（1948～1966）為例》，暨南大學出版社 2011 年版，第 70 頁。

雜誌 1958 年 7 月號和 1958 年 10 月號所刊登的圖片，從中便可見文學期刊為了配合當時的「大躍進」與「大煉鋼鐵」運動而做的宣傳。

以下兩幅圖片分別是《天山》雜誌 1959 年 2 月號和 1961 年 2 月號所刊登的圖片，從中便可見文學期刊為了配合當時的「大煉鋼鐵」運動與貫徹宣傳「全黨全民大辦農業、大辦糧食」的方針政策而發出的徵文啟事。這一時期的期刊不僅在文學的題材、主題上都緊跟國家政策思想的腳步，甚至在表現形式上也是如此。就文學作品而言，這一時期的作品絕大多數都是社會主義現實主義的創作形式，在表達方式上多用敘事的手法，甚至文學期刊上刊發的美術作品都和國家意識形態分不開來。由於魯迅的倡導和延安的傳統使得《人民文學》的美術作品中木刻作品居多數，我們在考察十七年時期的《新疆文學》時，同樣發現了這一特點。

以下兩幅圖片分別是《天山》雜誌1957年3月號和1960年2月號所刊登的圖片，這兩幅美術作品都是木刻作品，一副被用來作為期刊的封面，一副為插圖，這樣的木刻美術作品在那一時期的期刊中十分多見。例如，在1962年刊登的美術作品專欄-，「新疆生產建設兵團第一屆美術作品選」中，共刊發了16幅作品，其中有15幅都是以木刻創作的作品，題材也主要以軍墾生活與民族團結為主。

其次，作為一個由56個民族所共同組成的國家，要將這些民族都凝聚起來絕非易事。同時，作為一個嶄新的社會主義國家，也是一個剛從兩次世界大戰與國內革命戰爭的長久戰爭中剛剛成立的國家，內憂外患都不在少數，因此，如何保證國內各民族的和平共處便顯得尤為重要。因此，在文藝工作中實行「先民族問題再民族文藝問題的結構模式，是毛澤東《在延安文藝座談會上的講話》中所確定的功利文藝觀的具體實踐，也說明了國家建構包括文學在內的民族文藝的動機，那就是在繁榮民族文藝的同時，更要解決實際的國家安全問題。」[註22]《新疆文學》雜誌作為主要以少數民族為主的地方文學刊物，除了肩負著黨和國家的各種政治運動的宣傳，還肩負著民族團結的宣傳工作，這一點也是隸屬於國家與民族共同體的建構的。因此，在《天山》雜誌中常見有關民族團結與軍民團結題材的文學作品，我們從《天山》雜誌1962年5月號和1962年9月號所刊登的以下兩幅圖片中便可見。從以上宣傳可見我國有關宣傳民族團結的方式方法還是比較生硬，這一問題至今存在，維吾爾族作家穆罕默德·巴格拉西在提及這一問題時也表達了這一憂慮。

　　巴格拉西：我覺得現在社會上所提倡的民族團結這個概念不具

〔註22〕袁向東：《民族文學的建構——以〈人民文學〉（1948～1966）為例》，暨南大學出版社2011年版，第71頁。

體，首先，在民族中間要樹立人類的觀念，我們首先強調的是人而不是民族，人都是平等的，無論在真主面前還是其他人面前都是平等的。老百姓是平等的，我們百姓心中沒有想到他是漢族，還是其他民族。在新疆長大的那些娃娃，我們一塊玩的時候根本沒有想到誰是漢族，一個人掉河裏了，還要過去看一下是漢族就去救，得個獎，是維族的話就不去救？一個人掉進河裏，我第一個想到的是要把他救上來。民族團結嘛，要用一種簡單的方式，把人和人之間的關係搞好，不是漢族怎麼樣，民族怎麼樣，那是因為他是一個人的孩子，他是一個人。一切都是以人為出發點，如果沒有人的話，把民族意識強加到別人意識上，這是很虛偽的，是讓人反感的。所以文學，團結應該寫，因為漢族和民族生活在一起，這是一個鐵的事實。但不要寫得太簡單化，應該寫出人心靈深處的東西。所以不要把民族團結弄成虛假的，乾巴巴的東西。文學作品要一切以人為出發點。〔註23〕

〔註23〕《為這樣的讀者寫作——穆罕默德·巴格拉西訪談錄》，摘自歐陽可惺、王敏、鄒贊：《民族敘述：文化認同、記憶與建構》，暨南大學出版社 2013 年版，第336、337 頁。

　　作為一個由多民族所共同組成的國家，國家建構民族文學的另一目的就是使中國的文學版圖更加豐富，以《人民文學》編者的話進行表述就是：「我們的文學是多民族的極其豐富多彩的文學」。〔註24〕「1958年第12期的『編者的話』中就再一次明確《人民文學》雜誌以建構民族文學來完成中國文學版圖的態度，並要將發表民族文學作品的做法經常化。」〔註25〕為了完成這一目標，自建國以來我國的文學期刊都為之做出過一定的努力，《人民文學》格外注重少數民族文學作品的發表〔註26〕以及少數民族作家的培養，而作為少數民族聚居區的主要文學期刊《新疆文學》更是自創刊起就將繁榮少數民族文學作為其辦刊宗旨。陳柏中先生回憶說：「文聯、自治區黨委宣傳部也好，文聯領導也好，你如果瞭解，長時間是劉蕭無和王玉胡兩個人，他們的思想也是很明確的，就是在新疆，文藝事業的重點是發展和繁榮少數民族文學。」〔註27〕由國家所倡導，各文學機構與文學期刊具體實施，在建國後確實翻譯、發表了不少少數民族作家的作品，也推出和培養了不少少數民族作家，這些對於完成中國多民族文學版圖的建構自然也起到了一定的積極作用，這是不容否認的。儘管建構民族文學的目的都是與國家意識形態緊密相連的，也許回過頭來看這一時期政治對於文學的干預是過度的，但有關建構多元一體的民族文學的這一目標是好的。我們不得不承認，「中國現代化的複雜性表現在新中國要建立的是個多民族的統一的民族國家。在建立統一的政治共同體的同時還要建設不同民族的多樣文化共同體，要在國家認同和民族認同之間形成一種平衡是件複雜的事情。」〔註28〕

〔註24〕《〈阿詩瑪〉編者按》，《人民文學》，1954年第5期。

〔註25〕袁向東：《民族文學的建構——以〈人民文學〉（1948～1966）為例》，暨南大學出版社2011年版，第69頁。

〔註26〕《人民文學》在1949～1966年17年間共出版了198期（此外，在新中國成立一週年的時候，《人民文學》還和《文藝報》、《人民戲劇》、《人民美術》、《人民音樂》合編了一期名為「勝利一週年」的紀念特刊），共發表少數民族或少數民族有關的文學作品670篇，其中少數民族作者的作品約占半數。摘自袁向東：《民族文學的建構——以〈人民文學〉（1948～1966）為例》，暨南大學出版社2011年版，第18頁。

〔註27〕參見筆者於2010年8月13日對陳柏中先生所做的訪談。

〔註28〕袁向東：《民族文學的建構——以〈人民文學〉（1948～1966）為例》，暨南大學出版社2011年版，第57頁。

第二節　作家培養──身份話語的流變與角逐

　　新中國成立初期，百廢待興，中國共產黨要將雜亂無章的所有社會資源進行重新整合，這其中也包括了對人力資源的整合。「強有力的政府借助於軍事和群眾積極的組織活動，對越來越多的社會成員進行社會強制性整合」〔註29〕，並將其納入社會主義建設的各個不同的「單位」之中，以便更好地對其進行管理，作家與文藝工作者自然也不例外。由於新中國對作家隊伍的整合與改造，使得作家的身份地位再次發生變化，且作家在身份變化之後對其創作亦不可避免地產生諸多影響。本文主要闡述新疆少數民族作家如何被納入國家政治體系的過程，以及我國文化機構對於新疆作家培養、作家隊伍建設所做出的工作。

一、十七年時期主流文學作家的培養

　　在主流文學領域，新中國成立之前，我國的作家就因其所處國統區和解放區的不同，而懷抱著不同的創作目的進行創作。新中國時期，作家這種自由職業也被納入了新的體制之中，文學組織不再只是民間的、獨立自發的，而是隸屬於社會主義體制中的具有具體行政職能的單位。1949 年 7 月，由中國人民政治協商會議發起成立了中國文學藝術界聯合會（簡稱中國文聯），它是一個由全國性的文學藝術家協會，及各省、自治區、直轄市的文學藝術界聯合會和全國性的產業文學藝術工作者，所共同組成的人民團體。儘管它是一個人民團體，但事實上從它成立之初就是在黨和國家的直接領導之下的。中國文聯及各協會不僅辦有各種文藝報刊與雜誌，且在其隸屬之下的中華全國文學工作者協會更是在建國之後將我國的作家們一一納入其組織，以便進行統一的培養與管理。在第一次中華全國文學藝術工作者代表大會上就有毛主席、朱總司令、周總理等國家重要領導人前來講話。周恩來同志在第一次「文代會」上所做的政治報告不僅提醒文藝工作者不要忘了人民解放軍、不要忘了工人、不要忘了農民，還要求他們要深入部隊裏、工廠和農村去體驗他們的生活，向他們學習。在這次講話中，周恩來特別對文藝工作者們提出了五點要求，即團結的問題、為人民服務的問題、普及與提高的問題、改造舊文藝的問題及文藝界要有全局觀念。周恩來所提出的這些問題也可以看作是黨和國家對文藝工作者所提出的具體要求，這五點要求除了為人民服務之

〔註29〕楊曉民、周翼虎：《中國單位制度》，中國經濟出版社 1999 年版，第 77 頁。

外，其餘則涉及到新中國對於文藝工作者的制度收編與改造。周恩來在講話中最後再次重申了這一問題：

> 同志們，朋友們，這次文藝界代表大會的團結是這樣一種情形的團結：是從老解放區來的與從新解放區來的兩部分文藝軍隊的會師，也是新文藝部隊的代表與贊成改造的舊文藝的代表的會師，又是在農村中的，在城市中的，在部隊中的這三部文藝軍隊的會師。這些情形都說明了這次團結的局面的寬廣，也說明了這次團結是在新民主主義旗幟之下、在毛主席新文藝方向之下的勝利的大團結，大會師。〔註30〕

新中國時期，國家除了關注對原有作家的制度收編與改造，也十分重視青年作家和業餘作家的培養。在中國作家協會第二次理事會議上，茅盾就做了《培養新生力量，擴大文學隊伍》的報告，報告中指出作家隊伍中出現不少新人，但其作品仍有缺陷。他認為中國作家協會在培養青年作家方面「是領導落後於群眾、認識落後於實際」〔註31〕，應當「從政治上、思想上、工作上、生活上關懷和幫助他們」〔註32〕。茅盾先生在報告中明確提出了培養青年作家的具體方法，如「在各個中等以上的城市中建立文學小組」，「改進文學講習所的工作，舉辦短期培訓班」，「每隔一兩年召開一次青年文學創作會議」，「組織、動員、督促作家從事具體幫助青年作家的工作」，「加強對青年作者作品的評論工作」，「培養理論批判的新生力量」〔註33〕等。武漢分會也積極響應茅盾先生的這一號召，表示「培養業餘作者，是我們文學發展的極其重要的任務」。〔註34〕除此之外，我們在十七年時期的不少文學材料中都能看到國家對於培養作家和改造作家的重視。

〔註30〕周恩來：《在中華全國文學藝術者工作者代表大會上的講話》，摘自中國文學藝術界聯合會主管主辦：中國文藝網，http://old.cflac.org.cn/wdh/cflac_wdh-1th_Article-06.html。

〔註31〕茅盾：《培養新生力量，擴大文學隊伍》，摘自中國作家協會編：《中國作家協會第二次理事會會議（擴大）報告、發言集》，人民文學出版社1956年版，第43頁。

〔註32〕茅盾：《培養新生力量，擴大文學隊伍》，人民文學出版社1956年版，第46頁。

〔註33〕茅盾：《培養新生力量，擴大文學隊伍》，人民文學出版社1956年版，第50、51頁。

〔註34〕於黑丁：《培養業餘作者是我們重大的任務》，摘自《作家·階級·時代》，長江文藝出版社1956年版，第165頁。

二、十七年時期新疆多民族作家的培養

　　對於如何建設少數民族地區的文學藝術隊伍的問題，就不僅限於文藝工作者的制度收編與改造了。例如在新疆、西藏等少數民族聚居區，這裡的少數民族占絕大多數，其文學藝術也絕大多數是民間傳統的形式，從事文學藝術創作的大多不是專業作家。因此，為了建設少數民族文學事業，就必須要培養新的少數民族作家、改造民間藝術家與宗教人員之中的文學創作者與，建立起一支少數民族的創作者隊伍。我們且不論當初建構民族文學的目的是非純文學的，帶有強烈的國家意識形態色彩，但在種種目的之中的確包括中國共產黨想要建立一個人人平等的國家，試圖營造一個在各領域之中，各民族之間都能平等、團結、和諧相處的氛圍。在複雜的社會與文化背景下，我國的確做了不少建設與繁榮少數民族文學的實事，因此理論界認為「共和國建立之初的 17 年間，我國少數民族作家的創作活動，曾經出現了一個歷史性的熱啟動過程。」〔註35〕不僅國家級的文學刊物被要求要重視少數民族文學作品的發表和推廣，少數民族地區的文學刊物更是將建設與繁榮本地區少數民族文學作為己任。陳柏中先生在訪談中就談到了《天山》雜誌創刊之初所肩負的任務：

　　　　一方面的任務主要是培養、推舉漢族的作家，盡可能讓他們走上文學的舞臺，盡可能把他們推向全國去。第二個方面就是要介紹新疆本土的文學，當時提的比較寬，包括少數民族文學民間文學和當代作家文學。大體上的比例是介紹少數民族文學占三分之一或一半以上，基本上這個兩個任務是並重的。當時因為文聯、自治區黨委宣傳部也好，文聯領導也好，你如果瞭解，長時間是劉蕭無和王玉胡兩個人，他們的思想也是很明確的，就是在新疆這個文藝事業的重點是發展和繁榮少數民族文學。〔註36〕

　　因此，為了更好地完成建設與繁榮新疆少數民族文學的任務，《新疆文學》期刊所採取的方式就是通過積極翻譯少數民族作家的作品並將其發表，再及時地將其推薦給全國性文學刊物或對作品發表專業評論進行推介。陳柏中先生在訪談中提到了不少有關以推介少數民族作家作品來培養少數民族作家的

〔註35〕瑪拉沁夫：《中國少數民族文學經典文庫》（理論批評卷），雲南人民出版社 1999年版，第 2 頁。
〔註36〕參見筆者於 2010 年 8 月 13 日對陳柏中先生所做的訪談。

具體事例，並且這些事例常常也體現出不同時期的不同之處了，這也能夠更好地幫助我們從這些過往的歷史中通過反觀來發現問題。他談到了五、六十年代《新疆文學》期刊是如何以推介少數民族作家作品來培養少數民族作家的，也對比了現在的情況。

　　　　可以這樣講，當時五、六十年代少數民族文學很不繁榮，創作出的數量也不是很多，所以凡是他們創作出的好的作品幾乎都翻譯成漢文了。而且稍稍優秀一點的作品，我們這兒發了以後，全國又發了。那麼就推出了一批少數民族作家，相當出名的，比如祖農‧哈迪爾寫小說的，郝斯力汗寫小說的就是這兩個尖子。寫詩歌的就一大幫了，鐵依甫江、尼米希依提、克里木、庫爾班阿里、郭基南，他們的東西，在五、六十年代只要翻一篇，一般說來，在我們刊物上發了以後，全國報刊不是轉載，或者他們直接投去，全國報刊都是發的，這一點現在的少數民族文學達不到這一步。現在完全趕不上，現在一個是他們寫出來沒人給你發，覺得你的水平比我的還要差。那個時候，那些人基本上講，包括他們出書，他們發了以後出書都是全國出版社出版的。發的你看都是在《詩刊》上發的。這一點當然是有很多方面的原因。一方面，從我們這方面來檢查，就是對少數民族文學的重視程度還不夠，這個最突出的一點就是我們翻譯後繼無人。年輕人不屑於做這個事情，而且大家為什麼呢，你翻譯出來有沒有用，投不出去，沒效益。原來是翻譯出來以後，作家出名，翻譯家也出名，馬上就可以發。當時的稿費是十塊錢，一般當時定的稿費是三塊到十塊，但是那個時候十塊錢是一個什麼概念，當時的十塊錢相當於現在的，少說少說也是幾百塊錢吧！當時一個雞蛋兩分錢嘛！現在雞蛋五毛錢的話，也得 25 倍了嘛！〔註37〕

可見，在國家政策的支持下，少數民族文學事業得到了不少重視，少數民族作家好的作品大多數都能夠被翻譯成漢文並發表，期刊還會以各種方式將其推介給全國的文藝界，並將好的作品結集成冊出版。例如 1960 年出版的《新疆兄弟民族小說選》，這一文集一經出版發行就在全國都引起了一定的反響，老舍先生看到後十分高興，對該書中的作品進行了逐篇點評。可見，這些實際行動都收到了一定的效果，對於少數民族作家的培養、各民族文學之間的

〔註37〕參見筆者於 2010 年 8 月 13 日對陳柏中先生所做的訪談。

交流、少數民族作家作品的推介、少數民族文學的發展都起到了不可否認的作用。

　　當然，這其中對於文學作品的選擇和作家的推介與培養，在十七年時期還是難以擺脫當時政治環境和國家意識形態的束縛的，例如文學期刊在選擇發表作品時就常常帶有各種束縛。例如，陳柏中先生在談到兩位同屬十七年時期的哈薩克族作家時，就坦言當年對作家的推介難以擺脫政治的束縛。

　　　　昆蓋，阿勒泰的，他的小說語言非常好，他的東西也沒有很好
　　　　介紹和翻譯，實際上他同郝斯力汗是同一個時代的，成就也可以同
　　　　郝斯力汗相提並論的，他寫的從現在看來比郝斯力汗的更有長遠的
　　　　價值，因為他寫哈薩克的民風民俗比較多，郝斯力汗同政治貼得比
　　　　較近，但是當時五、六十年代同政治貼得比較近的就很快翻過來，
　　　　很快在全國引起影響，而他的東西反而沒有影響。八十年代翻過來
　　　　一看，有很高的水平！一個《朋友》，它實際上是五、六十年代寫的，
　　　　八十年代翻過來的，觸及到人性的弱點，他的小說都帶一點諷刺意
　　　　味。（具體講）我們叫「前寫作」，或者叫「被埋沒了的寫作」。現在
　　　　是講主旋律和多樣化，五、六十年代是只有主旋律，沒有多樣化，
　　　　它都是清一色的作品，當時實際上多樣化的作品被埋沒掉了，後來
　　　　才被發現。〔註38〕

這裡提到的兩位哈薩克族作家其中一位是當時就已經很出名的作家郝斯力汗〔註39〕，他的作品不僅大部分都被翻譯發表，還有不少被推向全國，其作品也被收入作品集得到了出版與發行，而另一位作家昆蓋·阿木哈江〔註40〕卻鮮有人知，其作品也大多數沒有被翻譯。當然，像這樣的例子在那一時期並不少見，洪子誠也曾提到這樣事例，「李希凡和藍翎，兩個『小人物』1954年起來批判俞平伯的《紅樓夢研究》，向唯心主義開火，被毛主席肯定，兩個人

〔註38〕參見筆者於2010年8月13日對陳柏中先生所做的訪談。

〔註39〕郝斯力汗（1924～1979），哈薩克族作家，全名郝斯力汗·庫孜巴尤夫。新疆沙灣縣人，出生於貧苦牧民家庭。自幼受到哈薩克民間文學的薰陶。1942年開始仿照民歌寫一些短詩。1947至1948年，寫了敘事詩《誰之罪》、小劇本《毫無希望》。1954年開始寫短篇小說、散文。代表作《起點》、《牧村紀事》、《獵人的道路》、《斯拉木的同年》、《阿吾勒的春天》等。

〔註40〕昆蓋·阿木哈江的主要作品有發表於1954年第5期的哈薩克文學刊物《曙光》上的短篇小說《心路歷程》、《世交》（也譯為《繼承人》或《朋友》），以及中篇小說《爭執》。

都出名了。很快，李希凡就成了第二屆全國政協委員。」〔註41〕

　　除了培養新的少數民族作家並翻譯推介其作品，十七年時期尤其重視少數民族民間文學的搜集、翻譯、整理和少數民族民間藝人的改造。在新疆的主要文學刊物，如維吾爾文的《塔里木》、哈薩克文的《曙光》和漢文的《新疆文學》雜誌上，幾乎每一期都有各少數民族的民間文學作品被翻譯發表，如1961年6月刊的《新疆文學》上專設一欄為「兄弟民族民間文學作品」。當然這與中國共產黨走群眾路線，對於民歌、民間文學的一貫重視也是分不開的，直至1958年伴隨著「大躍進」運動而起的全民性的民歌運動。有關這一大躍進民歌運動所興起的原因不少文藝理論家都已對此進行過探討，此處便不再贅言，我們不得不承認在這場運動中的確搜集和整理了龐大數量的民歌和民間文學作品。對於這一全國性的運動，新疆文藝界自然也不例外，1958年4月15日，新疆維吾爾自治區宣傳部就下發了有關全疆各級文化團體動員起來搜集各民族民間歌謠的通知。1961年5月，自治區文聯還組織了兩個民間文藝調查組，分別赴南北疆調查、搜集各少數民族的民間文學，我們從當時的文學期刊中也能夠看到大量民間文學的收集與翻譯。到了1962年4月，中國科學院新疆分院文學研究所撤銷後被改為中國作家協會新疆分會內的民間文學組。在文學藝術受政治影響較大的這段時期，民間文學卻得到了相反的大的發展，例如在新疆民間文學組成立的兩年多時間裏，就搜集、整理、編印了柯爾克孜族英雄史詩《瑪納斯》第一部資料本。但是在這一過程中，並非所有經過了搜集、整理與翻譯的民間文學都能夠保留其原有的思想內涵與文學意義。例如維吾爾族民間文學中最為著名的阿凡提的故事，自其被翻譯發表出現在讀者面前至今就有不少的版本，在當前多數讀者心中的阿凡提就是一個幽默與智慧的人，是一個喜劇角色。新疆最早將阿凡提的故事翻譯為漢文的翻譯家是趙世傑，「40年來，國內6家出版社出版了他編譯的10個版本的阿凡提故事，其中《阿凡提故事》早1980年獲『全國少年兒童文學創作三等獎』」〔註42〕。事實上，在許多穆斯林國家阿凡提這個人物都是一個智者的化身，是一個帶有傳奇色彩的人物，受到他們的崇拜與尊敬。在尚存的諸多阿凡提故事的版本中，依稀能辨阿凡提這個人物形象產生了不斷的改寫與變化。類似這樣的事例在我國少數民族文學民間文學中也絕不止這一

〔註41〕洪子誠：《問題與方法：當代文學史研究講稿》，北京大學出版社2002年版，
　　　　第218頁。

〔註42〕夏冠洲、阿扎提‧蘇里坦、艾光輝主編：《新疆當代多民族文學史》（文學翻
　　　　譯卷），新疆人民出版社2006年版，第119頁。

例，儘管在特殊的時期民間文學得到了更多的重視，但是從長久以來將作家文學與民間文學分別歸為「陽春白雪」與「下里巴人」的觀念依舊影響著絕大多數學者與讀者，對民間文學與民間藝人正確認識與理解至今仍需要逐步改變。

三、新時期新疆多民族作家的培養

儘管自新中國以來，我國就一直關注和扶持少數民族地區的經濟發展與民生建設，也較為注重少數民族文學的發展，但是隨著「解放思想」對人們思想意識的衝擊及國外新的思想理論的接收，我國的文學界與作家們都發生了不小的變化。尤其是在許多客觀的變化中，逐漸改變了主體對於自我的認知，這一點對於敏感的作家更是產生了極大的影響。作家們不再只是意識形態的傳聲筒，不再只注重於其社會身份，而是將目光放置於自我的自然身份，如女性作家對於其性別的關注，及少數民族作家對於其民族身份的關注等。少數民族作家在這種自我認知的過程中，不僅將這些感受訴諸於自己創作的作品之中，也更加關注民族意識、民族文化、民族語言等問題。在這種情況下，少數民族作家不僅對其作品有著更高的要求，也對國家的文學文化機構有了更高的要求。例如，當張春梅老師問到哈薩克族女作家、翻譯家葉爾克西‧胡爾曼別克〔註 43〕：「哈族作家的作品在新疆作協是否受重視」時，她的回答是：「重視肯定是重視的，但還是不夠。」〔註 44〕無獨有偶，在筆者與兵團女作家王伶〔註 45〕的訪談中也問到了新疆作協是否重視兵團作家這

〔註43〕 葉爾克西‧胡爾曼別克：女，哈薩克族，新疆特克斯人。八十年代初畢業於中央民族學院漢語言文學系，中共黨員。1983 年後歷任新疆文聯《新疆民族文學》編輯、《民族作家》、《西部》副主編，文藝理論研究室主任。八十年代中期開始寫小說，後來一度做文學翻譯工作，九十年代末期開始進行散文創作，有《永生羊》、《天狼》、《藍雪》等個人作品集及文學翻譯作品集發表，曾獲全國少數民族文學駿馬翻譯獎、首屆「天山文藝獎」優秀作品獎。2005年加入中國作家協會，現在新疆維吾爾自治區文聯文藝理論研究室任職。
〔註44〕 《多元文化的對接——葉爾克西‧胡爾曼別克訪談錄》，摘自歐陽可惺、王敏、鄒贊：《民族敘述：文化認同、記憶與建構》，暨南大學出版社 2013 年版，第303 頁。
〔註45〕 王伶：女。四川巴中人，中共黨員。1987 年畢業於中國人民大學新聞系。歷任《喀什日報》、《兵團日報》記者、主任編輯，《生活晚報》副總編輯，新疆生產建設兵團文聯專業作家，創作組副組長。2002 年當選兵團勞動模範，榮獲兵團「十佳新聞工作者」稱號。1982 年開始發表小說。2003 年加入中國作家協會。文學創作二級。著有長篇小說《天堂河》、《月上崑崙》、《永遠的夏米其》、《化劍》。20 集電視連續劇《月上崑崙》(編劇) 獲 2002 年山東省長篇電視劇一等獎。

一問題，而作家王伶也認為「重視並不夠」〔註46〕。面對這一問題，事實上並不僅僅是文聯與作協對作家重視是否足夠的問題，這與當下文學逐漸式微的趨勢、作家隊伍日益龐大、文學藝術走向市場化、少數民族地區文學邊緣化等問題都是分不開的，因此並不能對此簡單下結論。

縱觀文學史，無論在哪一時期，對於少數民族作家而言，翻譯與推介對於其創作與發展，以及作家對漢語及新的文藝理論的掌握都是十分有益的。陳柏中先生在訪談中曾舉到了兩位十分出色的少數民族作家，其中一位是維吾爾族的祖爾東·沙比爾〔註47〕，另一位則是哈薩克族的艾克拜爾·米吉提〔註48〕，這兩位作家及其作品由於推介的情況不同，而使其在中國文學界的認知程度也略有所不同。

艾克拜爾·米吉提，後來就是葉爾克西了。因為他們都是雙語作家，所以他們就接受漢語的新思潮啊，接受一些國外的、西方的文藝理論呢，他們接受的多一點、快一點。所以他們的作品很快就用到，寫得好的作品就可以推廣到全國去。

祖爾東·薩比爾主要還是現實主義的，他比較關注現實的矛盾，特別是在改革開放中出現的新的矛盾。我舉個例子，特別是《刀郎青年》。《刀郎青年》這一篇全國沒有得獎我以為是非常可惜的，因為它實際上是屬於傷痕文學這一類，他寫得也很早，80年那個時候傷痕文學還方興未艾。當時主要我們也沒有極力地推薦，這也有關

〔註46〕參見筆者於2010年7月25日對作家王伶所做的訪談。

〔註47〕祖爾東·沙比爾：筆名賽比，維吾爾族，新疆伊寧人。1957年畢業於伊犁師範學校，1981年畢業於魯迅文學院。曾在蘭州西北民族學院學習，後留院工作。歷任新疆人民出版社編輯，新疆文聯專業作家，新疆文聯、作協副主席。新疆政協常委，少數民族歷史文化研究會常務理事。1962年開始發表作品。1979年加入中國作家協會。文學創作一級。著有長篇小說《阿布拉力風雲》、《探索》（上、下部）、《父親》、《故鄉》（三部曲），短篇小說集《露珠》、《忠誠》、《忘不了你，古麗賽萊》、《無頭無尾的信》，中篇小說集《柏葉》、《朦朧的窗戶》，話劇劇本《霧》、《啊，土路》、《金雕》、《蘇比海》、《柏葉》等。《刀郎青年》、《探親》、短篇小說集《沙棗樹竊竊私語》均獲全國少數民族作品獎。

〔註48〕艾克拜爾·米吉提：著名哈薩克族作家，現任全國政協委員、全國政協民族宗教委員會委員、中國作家出版集團管委會副主任、《中國作家》主編、中國作家協會全國委員會委員、中國作家協會少數民族文學委員會委員、北京師範大學珠海分校文學院客座教授、北京師範大學珠海分校國際華文文學研究所特約研究員、中央民族大學客座教授、中央民族大學少數民族文學研究所特邀研究員、伊犁師範學院客座教授。

係。但是他寫得很好，寫得非常有民族氣息，而且寫法上他是用一種喜劇的風格來寫的。80 年代拿出來評獎的話，它完全夠得上全國水平。

那麼哈薩克族的就是《努爾曼老漢和獵狗巴力斯》，那個因為他是用漢文寫的，79 年 3 月在《新疆文學》上發，一發了之後就引起全國轟動。(《新疆文學》)一方面就向全國推薦，我還在《文藝報》80 年發表了評論。〔註49〕

第三節　文學翻譯──互動交流的營造和重構

從人類產生之初，交流就是生產生活中必不可少的部分，因此，在人類社會發展的歷史上，用於進行思想交流、情感交流與文化交流的翻譯活動便成為各族人民互相交往的重要橋樑。作為語言藝術的文學作品，其中包含的不僅僅是作家的思想感情，還有作家的文化審美追求，以及作家在進行文學創作時所特有的創作手法、創作風格，甚至是用詞、造句的特點等等，這些種種複雜的元素最後還要完整地合成一篇文學作品。「原作中包含的現實世界的邏輯映像或藝術映像，乃是原作者根據一定世界觀對現實世界的反映，其中不但包含著現實世界的映像，而且包含著原作者對現實世界的理解和評價，亦包含著原作者作為社會人和科學家（藝術家）的面貌」。〔註50〕因此，對文學作品的翻譯不僅僅是將作品中的詞、句、段、篇所進行一對一的語言兌換，而是一次在翻譯者對作家及其作品進行深層理解與解讀之後的複雜的再創作。一部好的翻譯作品不僅包含著作者的創作意圖，也能夠將翻譯者的各種素質體現得淋漓盡致。我國是由 56 個民族所組成的，其中有一些民族擁有自己獨立的語言及文字，因此，文學翻譯對於各民族之間文學與文化的交流就顯得極為重要。將少數民族文學作品翻譯為漢文能夠將少數民族文學與文化介紹給更多的讀者，同時，將漢族及其他民族的文學作品翻譯為某一少數民族語言，也能夠使更多不懂漢文的少數民族群眾瞭解漢民族及其他民族的文學與文化。「自 1949 年推翻舊政權之始。具有全新國家理念的中國共產黨人就開始著手大規模建設新型國家的工作，而重構新型國家內部民族關

〔註49〕參見筆者於 2010 年 8 月 13 日對陳柏中先生所做的訪談。
〔註50〕張今：《文學翻譯原理》，河南大學出版社 1987 年版第 8 頁。

係構架的工作則是其重要的構成部分。」〔註51〕在十七年時期，新的國家政權的建立後，為了完成建構多元一體的中華民族的要求，就需要加強各民族之間的互動與交流。對於文學藝術而言，文學翻譯正是獲取不同民族之間互動與交流之間的重要途徑。在這一前提下，新疆對於少數民族語言翻譯的培養在建國初就在各種需求的推動下進行了。「新疆多民族、多語種的特殊情況，促使新疆抓緊了對翻譯工作者的培養和教育，文學翻譯隊伍在原有的非常有限的基礎上，通過開辦短期翻譯培訓班和在當時的新疆省人民政府幹部學校、新疆學院、喀什師範專科學校、伊犁師範學校、新疆師範學院、新疆政法幹部學校，以及區外的中央民族學院和西北民族學院招收的維吾爾、漢語言文學專業班學習畢業的一部分人員，組成了20世紀50年代初新疆的第一代翻譯工作者，他們長期在新聞、出版、教育、科研等部門從事文學翻譯和翻譯理論研究及教學工作，為發展和繁榮新疆的文學翻譯事業發揮了很大的作用，為培養新一代翻譯家做出了積極貢獻。」〔註52〕

一、翻譯家對作家作品的選擇

「少數民族文學的建構一開始就不是直接、自覺的行為，而是依附於國家對『少數民族』的建構行為中的，是集合性、整體性少數民族建構工作的衍生物與副產品」。〔註53〕新疆的文學翻譯工作，自然也是隸屬於「少數民族」的建構行為中的，因此，十七年時期的文學翻譯不僅僅是一座連接各民族之間文學與文化的橋樑，更重要的還是它的意識形態功用。「新中國為了國家安全，為了意識形態的再生產，對民族文化工作給予了空前的重視，在各級黨委和政府都設有領導民族文化工作的機構，負責民族文化事業的規劃，制定相關的政策、法規。」〔註54〕在新中國的政權體制中，文學作品的出版工作是從屬於我國的宣傳工作之中的，在我國的出版方針中明確指明要「三為」，

〔註51〕姚新勇：《追求的軌跡與困惑──「少數民族文學性"建構的反思》，《民族文學研究》2004年第1期。

〔註52〕夏冠洲、阿扎提・蘇里坦、艾光輝主編：《新疆當代多民族文學史》（文學翻譯卷），新疆人民出版社2006年版，第26頁。

〔註53〕姚新勇：《追求的軌跡與困惑──「少數民族文學性"建構的反思》，《民族文學研究》2004年第1期。

〔註54〕袁向東：《民族文學的建構──以〈人民文學〉（1948～1966）為例》，暨南大學出版社2011年版，第70頁。

即「為人民服務、為社會主義服務、為全黨全國的大局服務」。〔註55〕儘管新中國建國後，人民的出版自由被明確寫入法令，但是現代國家的意識傳入我國以來，為了確保上層建築的安全，出版發行還是有一定的限制。因此，在十七年時期，儘管新疆培養了一大批翻譯人才，但是哪些作品能夠被翻譯發表出版、翻譯家能夠選擇哪些作品進行翻譯，這些都會受到意識形態的制約。例如在上一節中所舉到的同屬於五十年代的哈薩克族作家郝斯力汗與孔蓋的作品就遇到了不同的翻譯情況，與政治貼得比較近的郝斯力汗的作品就基本上都得到了翻譯，而孔蓋的作品卻大多數沒有被譯為漢文。

　　新時期伴隨著「思想解放」，我國的文學環境自然也有所改變，儘管翻譯家在選擇作品時還是會考慮一定的意識形態規約，但是其自主性相比新中國初期要大得多。雖然政治環境有所寬鬆，但隨著文學藝術的日益市場化，純文學的式微使得少數民族文學作品在非本民族的文學文化市場中很難收到市場效益，這也大大影響了少數民族文學的翻譯。一方面，新疆的「文學翻譯隊伍青黃不接、後繼乏力，人才的培養上潛伏著越來越多的斷層，自 20 世紀 90 年代中期以後，因各種原因，新疆的專業翻譯人員銳減。全區在解放初期有 5000 多名翻譯人員，目前僅剩 1400 多人，其中從事『民譯漢』的文學翻譯人員更少，其充其量也不過幾十人」。〔註56〕其次，不僅是新疆，乃至全國都十分缺乏一個能夠較為穩定發表我國少數民族文學翻譯作品的園地，這也極大地挫傷了少數民族文學翻譯的熱情。其三是缺乏資金的支持，就以新疆少數民族文學為例，新疆的少數民族作家已經創作了幾百部的長篇小說，但是被翻譯為漢文的，據 2006 年的數據統計僅有三四部。所幸，為了推動新疆少數民族文學的發展，2010 年新疆維吾爾自治區黨委、人民政府正式啟動了「新疆民族文學原創和民漢互譯作品工程」，確定每年拿出 1000 萬元專項資金，其中 500 萬元用於少數民族文學藝術作品原創，500 萬元用於民族語言文學和漢語言文學作品翻譯〔註57〕。這一工程持續至今現已翻譯出版了上百本漢譯民、民譯漢的文學作品，這對於新疆的少數民族原創文學及翻譯而言無疑是一件好事，但是其中也存在很多問題。一是在被挑選進入翻譯出版工程的新疆少數民族原創文學作品中，仍然不

〔註55〕袁亮：《出版學概論》，遼海出版社 2000 年版，第 197 頁。
〔註56〕夏冠洲、阿扎提·蘇里坦、艾光輝主編：《新疆當代多民族文學史》（文學翻譯卷），新疆人民出版社 2006 年版，第 74 頁。
〔註57〕《新疆啟動「新疆民族文學原創和民漢互譯作品工程」》，摘自搜狐新聞 2011 年 10 月 24 日，http://roll.sohu.com／20111024／n323140081.shtml。

乏國家意識形態的明顯痕跡；二是這些原創作品被翻譯出版之後數量極少，僅
2000 套，一部分存放於有關部級單位，一部分贈送給省市級圖書館。

　　當然，在這種情況下，拋卻了政治要求與經濟利益，翻譯家選擇作家作
品更多源於其個人喜好與文學、美學的追求，在這方面最好的例子就是新疆
哈薩克族女作家、翻譯家葉爾克西・胡爾曼別克對哈薩克族作家朱馬拜・比
拉勒〔註58〕作品的翻譯。關於這一點，作家朱馬拜也坦言：「我很早就開始寫
作，作為一個新疆作家，我對現代文學的研究較早，也可以說是領路人。以
前葉爾克西也是寫現代作品的，走的也是同樣的捷徑，我們在文學方式上比
較接近。她一般不翻譯別人的作品，可能和這個有關。我想，如果沒有葉爾
克西的翻譯，我也不會取得今天這樣的成就，作品也不會為這樣多的人所知。」
如果關注兩人的創作，便會在其中發現不少共同的美學追求和文化夙求，例
如其作品中所共同體現出的生態美學思想和哈薩克草原文化等。著名的當代
哈薩克族作家艾克拜爾・米吉提也在訪談中肯定了文學翻譯在民族文學、文
化、關係的交流中所起到的作用：

> 　　「漢語敘事／民族話語、哈語原著／漢語譯文等二元領域」「這
> 兩對範疇的關係」是一個恒定存在對立統一關係。它們就像一條河流
> 的兩岸，同樣芳草萋萋，同樣鮮花盛開，同樣林木茂密。它們隔河相
> 望，彼此遙遙欣賞。所或缺的就是連接兩岸的一座橋樑。翻譯就是這
> 座橋樑，真正好的文學翻譯則是連接兩岸的金橋，他能使隔在兩岸心
> 靈世界相通相融。這就是文學的力量，也是翻譯的力量。〔註59〕

二、文學翻譯與作家作品的推介

　　不可否認的是，文學翻譯對於推介少數民族作家作品有著積極的意義，

〔註58〕朱馬拜・比拉勒：中國作協全委員名譽委員、哈薩克族，新疆額敏人，1941
　　　年 8 月生，大學文化程度，塔城地區文化處工作，任伊犁州文聯副主席、文
　　　學創作二級，1992 年享受政府特殊津貼。哈薩克族作家中首批創作中、長篇
　　　小說的代表之一。1978 年發表中篇小說《歲月》，1980 年發表長篇小說《深
　　　山新貌》。迄今發表長篇小說 2 部，中篇小說 11 部，短篇小說 50 多篇，在社
　　　會上引起廣泛影響。並多次榮獲國家級、自治區級文藝創作獎，有 4 部中篇
　　　小說、近 20 篇短篇小說被譯為漢文發表，受到好評。
〔註59〕《跨語際的成功實踐——艾克拜爾・米吉提訪談錄》，摘自歐陽可惺、王敏、
　　　鄒贊：《民族敘述：文化認同、記憶與建構》，暨南大學出版社 2013 年版，第
　　　290 頁。

由於新疆多民族、多語言文字的制約，新疆少數民族文學作家作品要想被更多的讀者所認知，首先就要通過文學翻譯。尤其是十七年時期，由於新疆大多數的少數民族作家都不會漢語，無法直接使用漢語進行創作，這一時期的文學翻譯更好地起到了推介少數民族作家作品的作用。在這一時期，主要的少數民族作家所創作的作品基本上都得到了翻譯，加之當時對於要努力完成少數民族文學建構的任務，少數民族作家所創作的作品翻譯了就能夠得到發表和推介，這更加推動了翻譯家們的翻譯活動。在這一方面，新疆及少數民族地區的主要文學期刊的確通過翻譯對少數民族文學的發展起到了很好的作用，有關這一點《人民文學》期刊不僅對此表示了認可，還表示要向其學習。「我國各民族兄弟，有豐富的文學遺產，幾年來，有不少青年作者成長起來，創作了不少作品。邊疆各省文藝工作者和文藝刊物在這方面做了很多工作，有不少成績。本刊在這方面的工作做得太少。從本期起我們準備經常地翻譯各兄弟民族作家的一部分優秀作品，並選擇一部分古典文學和民間文學。由於翻譯能力的缺乏，數量上不可能滿足讀者的要求，但我們保證做到經常化。」〔註60〕可見，以文學翻譯來完成民族文學的建構是建國後使用的主要方式之一，這不僅推介了大量的少數民族作家作品，還搜集和整理了大量的少數民族民間文學作品，對於少數民族文學的發展的確起到了不可忽視的作用。

五、六十年代，我國少數民族作家文學還尚不發達時，文學翻譯還扮演著培養少數民族作家、幫助少數民族作家成長的作用。例如，維吾爾文學長期以來所擅長創作的文學體裁是詩歌，其敘事性作品也是通過敘事長詩來表現的。新中國建國前不少維吾爾族進步人士接觸到了外國文學，尤其是蘇聯文學，他們也開始創作小說和戲劇。但那時維吾爾族作家所創作的小說也只是短篇小說，僅有一篇買買提伊敏·托乎塔耶甫於 1945 年創作的《血地》可以說相當於一部較為完整的長篇小說。直到 1974 年，當柯尤慕·吐爾迪創作了歷史題材的長篇小說《克孜勒山下》後，維吾爾文學才出現了第一部真正的長篇小說。但據曾經參與這部作品的翻譯人員回憶，他們在翻譯這篇作品的過程中進行了大量的修改和潤色，甚至在內容和人物塑造上還有所添加。當然，之後柯尤慕·吐爾迪還創作了不少作品，其中不乏好的長篇小說，如《戰鬥的年代》三部曲，之前《克孜勒山下》的創作、翻譯與出版發行為作家創作長篇小說積累了寶貴的經驗。

〔註60〕《編者的話》，《人民文學》1958 年第 12 期。

　　上文已經提及新疆的少數民族文學翻譯在新時期所遇到的種種問題，這自然也阻隔了少數民族文學與其他民族的理解與交流，阻隔了其他民族對不少少數民族作家作品的認識與鑒賞。陳柏中先生在訪談中曾經提到兩位新疆少數民族作家的例子，其中一位是維吾爾族的祖爾東·薩比爾，一位是哈薩克族的烏拉孜汗·阿合麥德〔註61〕，這兩位作家的作品都非常優秀，但是由於其很多作品都沒有翻譯，就阻礙了更多的讀者與中國文學界對他們及其作品的認識。有關這個情況，陳柏中先生是這樣具體談到的：

　　　　陳柏中：祖爾東·薩比爾他後來（80年代）創作很旺盛啊，他寫了很多東西，包括長篇，他長篇有一篇叫《大地母親》，沒有翻過來，聽說，他們認為是代表維吾爾長篇文學上的最高峰。

　　　　筆者：那為什麼沒有把它翻過來呢？

　　　　陳柏中：長的很，七、八十萬字，誰給他出版啊！但是維文聽說是再版了幾次了，聽說印數也是在四、五十萬冊了。這個四、五十萬冊已經很了不起了現在，他的民族人數一共就不到一千萬嘛！

　　　　我聽哈薩克講，成就最高的，他們認為實際上是烏拉孜汗，他寫了四部長篇，但是一部也沒翻。但是他們哈薩克人極力推薦他，所以獲少數民族「駿馬獎」的第一部長篇就是烏拉孜汗，這部作品叫《巨變》。他寫了四部長篇，但是都沒有翻，很遺憾，他講是找不到把他的作品能夠表達出原意的翻譯。哈薩克族在他們看起來，他是要比艾克拜爾·米吉提的要高，也要比朱瑪拜高。那麼從漢族看起來，艾克拜爾下來是朱馬拜，因為他的東西大部分被翻過來了，那主要是葉爾克西的功勞。〔註62〕

〔註61〕（哈）烏拉孜汗·阿合麥德（1938～）新疆霍城人。1956年發表反映兒童生活的小說《小畫家》，是其處女作。1959年畢業於新疆學院文學系。反右運動中被錯劃為「地方民族主義分子」，送往塔里木勞動改造。1962年回到故鄉沙爾布拉克當社員，直到1979年才得到徹底平反。長期的農村生活，為他的文學創作積累了豐富的素材。近年來發表的幾十篇短篇小說中，大都是反映農村勞動人民生活的。其中《春日的遐想》獲得新疆建國三十年文學作品一等獎。《巨變》是他的一篇力作，也是哈薩克族文學中頭一批湧現出來的長篇之一。這篇小說在出版前受到群眾的喜愛，曾以手抄本的形式傳閱。小說成功地描寫了60年代哈薩克族農村人民的生活，刻畫了年輕一代中的新人，在題材的選擇上有一定的開創性，表現了作者藝術探索的勇氣。

〔註62〕參見筆者於2010年8月13日對陳柏中先生所做的訪談。

三、文學翻譯對作家的影響

「新疆少數民族，特別是維吾爾、哈薩克等少數民族，從 20 世紀 50 年代開始就系統地接觸內地作家的漢文名著，將魯迅、郭沫若、魏巍、白樺、李季、柳青、楊朔、趙樹理、楊沫、賀敬之、羅廣斌、周立波、曲波等名家的長篇小說、中短篇小說以及散文、詩歌等大量的優秀作品翻譯成維吾爾、哈薩克、托忒蒙古、錫伯、柯爾克孜等 5 種文字出版」。〔註63〕從這句描述我們能夠看到新中國時期翻譯介紹給新疆各民族讀者的主要漢文作品是符合國家意識形態的作品，這些作家作品自然也會反過來影響新疆各民族作家的創作。然而這些影響並不僅僅是單一方向的影響，例如魯迅對少數民族作家的影響就較為複雜。關紀新先生認為「魯迅先生從不願『以導師自居』，又表示希望自己的作品是『速朽』，然而，半個多世紀以來，他不僅受到中外人民的廣泛尊重，也被幾代少數民族作家尊為精神導師、中國新文學之父，其思想、作品也由於對中國現當代少數民族文學如此切深的滲透，而在少數民族作者的生命裏、文字裏、血裏、夢裏，獲得了不朽的延續。」〔註64〕從新疆少數民族作家的自傳與訪談中，能夠發現魯迅對不同時期的新疆少數民族作家都產生過一定的影響。如艾合坎木・艾合坦木就在其自傳中提到他對魯迅的作品的接受：「我國偉大文學家魯迅和延安出版的文學作品，在蘇聯翻譯成維吾爾文和其他文字之後，也運到了新疆。」〔註65〕而買買提明・吾守爾在坦言其受西方作品影響更大的同時，認為在國內的作家中「魯迅的雜文對我的影響也比較大」。〔註66〕儘管魯迅無疑是屬於新中國所認可的左翼文學家的一份子，但由於魯迅作品大多是有關國民性和民族的思考，這些對於少數民族作家的影響又會產生不同於效果。哈薩克族作家朱馬拜在談及自己如何走上文學創作的道理時，談到他在閱讀了魯迅等作家的作品之後，開始「考慮到這個民族的命運，這個社會的命運，就想成為一個作家，就想寫寫我們這個社

〔註63〕夏冠洲，阿扎提・蘇里坦，艾光輝等編著：《新疆當代多民族文學史》（文學翻譯、文學評論卷），新疆人民出版社 2006 年版，第 30 頁。

〔註64〕關紀新：《20 世紀中華各民族文學關係研究》，民族出版社 2000 年版，第 7，8 頁。

〔註65〕吳重陽，陶立珍編：《中國少數民族現代作家傳略》，青海人民出版社 1980 年版，第 46 頁。

〔註66〕《怪誕與真實——買買提明・吾守爾訪談錄》，摘自歐陽可惺、王敏、鄒贊：《民族敘述：文化認同、記憶與建構》，暨南大學出版社 2013 年版，第 259 頁。

會的變化」。〔註67〕這種對於國民性、民族未來的思考無形中推動了少數民族作家對於本民族的更多思考，如對於民族文化、民族性等的思考，進而也在一定程度上影響了新時期少數族裔民族意識的復蘇。

四、少數民族作家眼中的文學翻譯

儘管文學翻譯對於少數民族作家作品的推介起到了很大的作用，但由於文學作品翻譯本身的複雜性，許多作家還是認為作品的翻譯在反映作者的創作意圖、審美追求、文化內涵、創作風格時常常不能夠盡如人意。張春梅老師在對新疆當代中青年少數民族作家進行訪談時，很多作家都提到了這個問題，哈薩克族作家艾克拜爾·米吉提既肯定了翻譯的意義，但也坦言「美文不可譯」。

張春梅：在您的小說中，常見注釋與正文之間營構出富有意味的互文空間。因作者本人在母語和漢語之間擁有遊刃有餘的本事，故敘述暢通，少有翻譯文本的「隔」。但其實在漢語敘事／民族話語、哈語原著／漢語譯文等二元領域還有很多可商榷的、游移的段落。不知您是怎樣看待這兩對範疇的關係？您心目中理想的翻譯如何？

艾克拜爾：有一種說法曰：「美文不可譯」。這似乎是應當成立的。我以為，更多的情況下，對於音素文字和象形文字之間或其他語言間的韻文體翻譯要相對困難一些。但也不完全是。在眾所周知的樂府民歌中，那首《敕勒川》迄今被認為是經典的翻譯民歌。的確如此。它把音素文字語言十分傳神地轉化為象形文字語言，讀來即琅琅上口，又傳達了特殊的生活和地理空間的信息。其實，這樣的翻譯範本不乏其例。〔註68〕

維吾爾族作家買買提明·吾守爾和穆罕默德·巴格拉西在表示了對其作品進行翻譯的翻譯家的感謝之後，還是認為其翻譯作品由於種種複雜的原因還是有不滿意之處。

張春梅：閱讀您的作品，不難發現「蘇永成」的身影。您的作

〔註67〕《現代寓言的一種──朱馬拜訪談錄》，摘自歐陽可惺、王敏、鄒贊：《民族敘述：文化認同、記憶與建構》，暨南大學出版社 2013 年版，274 頁。

〔註68〕《跨語際的成功實踐──艾克拜爾·米吉提訪談錄》，摘自歐陽可惺、王敏、鄒贊：《民族敘述：文化認同、記憶與建構》，暨南大學出版社 2013 年版，第290 頁。

品基本上都是他翻譯的。您對他的翻譯滿意嗎？您這樣看待自己的文學創作與他的翻譯之間的關係？

吾守爾：我不好評論，因為文學本身翻譯取決於譯者的水平，但是譯者水平的高低是客觀存在的，但總的來講，任何一部作品在翻譯的過程中肯定有一些折扣，因為它從一種文化環境轉移到另一種語境，肯定會有丟失，有些是無法進行彌補的，這和翻譯人的水平有關。有作者可能是接近原著，語言精練，但是要說完全符合還很難說，現在有這樣高水平的翻譯家現在還沒有。比如在《這不是夢》中，主人公托合提是外來人，在當地人們看不起他，經常喜歡耍他，很直接的叫他託合代克，在漢語表達中可能聽不出有什麼區別，但是維吾爾族一聽就知道是在損他，但你說翻譯怎麼翻，有些象聲詞、虛詞、歎詞是很難表現的。〔註69〕

張春梅：您提到有市場的接受環境，市場喜歡這樣的作品，這個確實很重要。您的作品大多都是通過翻譯讓大家知道的，您對您作品的翻譯滿不滿意？

巴格拉西：張老師，說心裏話，文學這個東西不能翻，真正意義上的文學是不能翻譯的，一翻譯，本來的那種價值就降低了，不管是再大的翻譯家也好。我的作品翻譯出來，我當然高興了，沒有這些翻譯的功勞，中國文學怎麼認識我？那是翻譯的功勞。我的許多作品翻譯成其他的文字，也是通過漢文才翻譯過去的。從這個意義上說，翻譯對我的幫助太大太大了。使其他讀者認識到我，中國作協認識了我，其他作家也認識到我，一小部分人也知道有巴格拉西這麼個傢伙，從這個意義上我當然高興了。但是呢，作品裏面內涵的東西，那是翻譯不來的，它的音樂性，語言的色彩，包含的那種虛的內容，內在的那種寓意，內在的東西，那種屬於原著的顏色、色彩、音樂，翻譯不出來。

張春梅：本民族的作家也很難翻譯出來嗎？

巴格拉西：不行，因為他的漢語不像對自己的少數民族語言那

〔註69〕《怪誕與真實——買買提明·吾守爾訪談錄》，摘自歐陽可惺、王敏、鄒贊：《民族敘述：文化認同、記憶與建構》，暨南大學出版社2013年版，第339頁。

麼熟悉。我們的翻譯呢，多像是一個辦公室翻譯。真正意義上，文學人翻作品的很少，要是文學人翻譯的話那就太棒了。〔註70〕

　　隨著「雙語教育」的推行，不少少數民族作家已經能夠使用雙語進行創作，哈薩克族女作家葉爾克西・胡爾曼別克也坦言，「我用漢語創作容易引起關注，但對於一大批用母語創作的少數民族作家來說，出書不是一件容易的事，儘管我們都覺得那作品不錯。」〔註71〕但仍有很多少數民族作家還是認為使用母語創作能夠更好地表達其創作意圖，例如用漢語創作了不少作品的錫伯族作家傅查新昌於 2006 年出版了一部描寫新疆邊陲百年風雲的長篇小說《秦尼巴克》，這部小說用錫伯文創作，後翻譯為漢文。這部作品巧妙地將現實主義與魔幻現實主義結合了起來，將讀者深深吸引在其傳奇似的敘述中，甚至有評論稱之為「中國的《百年孤獨》」，連作者的父親也稱讚這部小說「你直接用漢文寫的那些小說，實在沒有人看，唯有這本用錫伯文寫的小說，是一部錫伯文學史上的扛鼎之作」〔註72〕。可見，為了少數民族文學更好的發展，為了我國各民族文學、文化、民族關係能夠得到更多的交流與互動，文學翻譯仍將是一個需要關注和研究的複雜課題。

〔註70〕《為這樣的讀者寫作——穆罕默德・巴格拉西訪談錄》，摘自歐陽可惺、王敏、鄒贊：《民族敘述：文化認同、記憶與建構》，暨南大學出版社 2013 年版，第 340 頁。

〔註71〕《新疆啟動「新疆民族文學原創和民漢互譯作品工程」》，摘自搜狐新聞 2011 年 10 月 24 日，http://roll.sohu.com／20111024／n323140081.shtml。

〔註72〕（錫伯）傅查新昌：《秦尼巴克》，上海世紀出版股份有限公司 2006 年版，第 1 頁。

結語 十七年時期新疆多民族文學建構的意義

　　長期以來，我國的主流文學與民族文學的研究往往都是單一性的研究，而缺乏相互關照的對比性研究，這對於跨地域、多族群的中國文學研究是非常不利的。本文試圖打破這種文學研究的單一性，將十七年時期新疆多民族文學的題材類型研究放置於中國民族文學的建構之中進行深度剖析。以「題材類型」為切入點，將十七年時期新疆多民族文學與漢語主流文學不斷進行對照分析，試圖揭示這一時期新疆多民族文學的建構與中國民族文學的建構之間關係，以及多元一體的中國文學的豐富性與複雜性。在對比分析了十七年時期的新疆多民族文學三大典型題材類型和新疆多民族文學的生產之後，從中也展現出這一時期新疆多民族文學建構的意義與歷史侷限性。

　　十七年時期的新疆多民族文學的建構是隸屬於中國民族文學的建構的。新中國成立後，由國家所提出的對於中國民族文學的建構這一設想是具有一定的現代意義的。因此，在國家建構中國民族文學的指示下，實施了不少有利於民族文學發展的措施。例如，創設民族文學期刊、培養民族文學作家與翻譯家、翻譯與推廣民族文學作品等。這些具體的做法使得這一時期成為當代民族文學的發生器，也從中產生了不少優秀的民族作家與作品。在這一方面，新疆多民族文學在建構的過程中進行了不少的努力，尤其在培養民族文學作家與翻譯家、翻譯與推廣民族文學作品上更是收到了很好的效果。相對於新時期民族作家的作品很少被翻譯和推廣，這一點對於新時期新疆多民族文學的建設更是很好的鏡鑒。民族文學與文化的交流往往依賴於文學翻譯，

因而缺少翻譯的民族文學無法談及各民族之間的交流與互動，而缺少交流與互動的民族關係也難免會出現問題。因此，表面看只是民族文學的翻譯與推廣，事實上它與民族文學的建構與發展、民族關係的良性發展及中華民族共同體的建設都是有意義的。

　　從十七年時期新疆多民族文學建構的意義與歷史侷限性可見，中國當代文學是中華民族多元一體的文學，我們應當衝破文化壁壘、尊重各民族文學與文化，促進富於生命力的異質同構的中國文學及文化認同的建構。中國民族文學的建構能夠更好地促進中華各民族之間的溝通與瞭解，進而逐步建設起和諧、多元、有機的中華多民族關係。

參考文獻

1、文學作品

（1）維吾爾族作家作品

1. 阿不都熱依木·納扎爾：《熱碧亞·賽丁》，趙維新譯，北京：作家出版社 1959 年版。

2. 阿不都熱依木·那扎里：《阿不都熱依木·那扎里愛情故事詩選》，烏魯木齊：新疆人民出版社 1981 年版。

3. 阿不都熱依木·那扎里：《帕爾哈德與西琳》，烏魯木齊：新疆人民出版社 1981 年版。

4. 阿不都熱依木·烏鐵庫爾：《心泉集》，烏魯木齊：新疆人民出版社 1988 年版。

5. 阿不拉麥合遜：《維吾爾寓言詩集》，井亞譯，成都：四川民族出版社 1986 年版。

6. 阿不都克里木·娜芝桂牡：《維吾爾族民間敘事詩》，烏魯木齊：新疆人民出版社 2001 年版。

7. 阿合買提：《真理的入門》，魏萃一譯，烏魯木齊：新疆人民出版社 1981 年版。

8. 阿·剋日木：《維吾爾民歌選》，卜昭雨，井亞，劉發俊，張世榮，曹世隆，楊金祥譯，烏魯木齊：新疆人民出版社 1984 年版。

9. 艾合坦木：《鬥爭的浪濤》，烏魯木齊：新疆人民出版社 1963 年版。

10. 艾里希爾·納瓦依：《納瓦依則勒詩選集》，烏魯木齊：新疆人民出版社 2001 年版。

11. 庫·巴拉提，阿·執蘇里：《綠色的生活》，烏魯木齊：新疆人民出版社

1988 年版。

12. 克里木·霍加：《克里木霍加詩選》，烏魯木齊：新疆人民出版社 1983 年版。

13. 柯尤慕·圖爾迪：《戰鬥的年代》（一），趙世傑，梁學忠譯，烏魯木齊：新疆人民出版社 1980 年版。

14. 柯尤慕·圖爾迪：《戰鬥的年代》（二），趙世傑，梁學忠譯，烏魯木齊：新疆人民出版社 1982 年版。

15. 麥邁提明·吾守爾：《有棱的玻璃杯》，烏魯木齊：新疆青少年出版社 2001 年版。

16. 麥邁提明·吾守爾：《燃燒的河流》，北京：民族出版社 2006 年版。

17. 尼米希依提：《尼米希依提詩選》，烏魯木齊：新疆人民出版社 1981 年版。

18. 賽福鼎·艾則孜：《財主與長工》，開英譯，北京：作家出版社 1956 年版。

19. 賽福鼎·艾則孜：《風暴之歌》，烏魯木齊：新疆人民出版社 1975 年版。

20. 賽福鼎·艾則孜：《博格達峰的回聲》，姑麗娜爾·吾布利譯，烏魯木齊：新疆人民出版社 1977 年版。

21. 賽福鼎·艾則孜：《賽福鼎詩選》，姑麗娜爾·吾布利譯，烏魯木齊：新疆人民出版社 1996 年版。

22. 鐵木爾·達瓦買提：《生命的火炬》，北京：作家出版社 1991 年版。

23. 鐵木爾·達瓦買提：《生命之苑集萃》，北京：民族出版社 1991 年版。

24. 鐵木爾·達瓦買提：新疆：《我可愛的故鄉》，北京：民族出版社 1993 年版。

25. 鐵木爾·達瓦買提：《綠洲放歌》，北京：民族出版社 1996 年版。

26. 鐵木爾·達瓦買提：《生命的足跡》，北京：作家出版社 2000 年版。

27. 鐵木爾·達瓦買提：《鐵木爾·達瓦買提文集》，北京：作家出版社 2003 年版。

28. 鐵依甫江：《鐵依甫江詩選》，王一之譯，北京：人民文學出版社 1982 年版。

29. 祖爾東·薩比爾：《探索》，烏魯木齊：新疆人民出版社 1982 年版。

30. 祖爾東·薩比爾：《再見，古麗莎拉》，烏魯木齊：新疆青少年出版社 2001 年版。

31. 張世榮、楊金祥編：《黎·穆塔裏甫詩選》烏魯木齊：新疆人民出版社 1982 年版。

32. 祖農·哈迪爾：《鍛鍊》，北京：中國作家出版社 1958 年版。

33. 祖農·哈迪爾：《蘊倩姆》，北京：中國戲劇出版社 1960 年版。

34. 祖農・哈迪爾：《往事》，烏魯木齊：新疆人民出版社1991年版。

（2）哈薩克族作家作品

1. 艾克拜爾・米吉提：《哦，十五歲的哈麗黛喲……》，北京：人民文學出版社1984年版。
2. 艾克拜爾・米吉提：《留存在夫人箱子裏的名單》，烏魯木齊：新疆人民出版社1986年版。
3. 艾克拜爾・米吉提：《留存在夫人箱子裏的名單》，烏魯木齊：新疆人民出版社1986年版。
4. 阿拉提・阿斯木：《陽光如訴》，烏魯木齊：新疆人民出版社1998年版。
5. 阿斯哈爾・塔塔乃演唱：《英雄阿爾卡勒克》，金英譯，烏魯木齊：新疆人民出版社1981年版。
6. 賈合甫・米爾扎汗：《理想之路》，烏魯木齊：新疆人民出版社1982年版。
7. 哈爾曼・阿克提：《游牧之歌》，王為一整理，北京：作家出版社1957年版。
8. 浩・巴岱：《昵美爾山風雲》，烏魯木齊：新疆人民出版社1989年版。
9. 浩・巴岱：《馬頭琴之歌》，烏魯木齊：新疆人民出版社1992年版。
10. 郝斯力汗：《郝斯力汗小說散文選》，烏魯木齊：新疆人民出版社1982年版。
11. 夏木斯・胡瑪爾：《潺潺流淌的額爾齊斯河》，烏魯木齊：新疆青少年出版社2003年版。
12. 葉爾克西・胡爾曼別克：《草原火母》，烏魯木齊：新疆人民出版社2006年版。
13. 葉爾克西・胡爾曼別克：《黑馬歸去》，烏魯木齊：新疆青少年出版社2006年版。
14. 葉爾克西・胡爾曼別克：《永生羊》，烏魯木齊：新疆人民出版社2006年版。
15. 朱瑪拜・比拉勒：《藍雪》，新疆青少年出版社2007年版。
16. 孜亞：《伊犁河邊》，蘭州：西北文社（打印）1954年版。

（3）錫伯作家作品

1. 傅查新昌：《人的故事》，烏魯木齊：新疆人民出版社1998年版。
2. 傅查新昌：《父親之死》，烏魯木齊：新疆人民出版社1998年版。
3. 傅查新昌：《我就這麼活著》，烏魯木齊：新疆人民出版社1999年版。
4. 傅查新昌：《秦尼巴克》，烏魯木齊：新疆人民出版社2006年版。

5. 郭基南：《烏孫山下的歌》，烏魯木齊：新疆人民出版社1989年版。

6. 郭基南：《英雄壯行》，烏魯木齊：新疆人民出版社2005年版。

7. 吳文齡：《錫伯族情歌》，烏魯木齊：新疆人民出版社1985年版。

8. 吳文齡：《雪膽名獵》，烏魯木齊：新疆人民出版社1992年版。

（4）回族作家作品

1. 白練：《黑牡丹 白牡丹》，烏魯木齊：新疆人民出版社1988年版。

2. 孟馳北：《新疆疏勒劫獄奇案》，南京：江蘇文藝出版社1988年版。

3. 尚久驂，吳雲龍：《背著一簍夢：新疆訪察散記》，烏魯木齊：新疆人民出版社2006年版。

4. 楊峰：《故鄉的新月》，烏魯木齊：新疆人民出版社1989年版。

（5）滿族作家作品

1. 何永鼇：《戈壁灘上找寶貝》，北京：少年兒童出版社1956年版。

2. 何永鼇：《火焰山上四十天》，北京：少年兒童出版社1961年版。

3. 何永鼇：《瀚海潮》（上下），北京：解放軍文藝出版社1984年版。

4. 李娟：《九篇雪》，烏魯木齊：新疆人民出版社1984年版。

5. 李娟：《克拉瑪依新歌》（報告文學卷），烏魯木齊：新疆人民出版社2003年版。

6. 李娟：《金胡楊 金沙漠》（中篇小說卷），烏魯木齊：新疆人民出版社2003年版。

7. 李娟：《共和國的血脈》，烏魯木齊：新疆人民出版社2005年版。

（6）漢族作家作品

1. 碧野：《陽光燦爛照天山》，中國青年出版社1959年版。

2. 鄧普：《軍隊的女兒》，人民文學出版社2008年版。

3. 霍平：《大躍進的春天》，上海文藝出版社1958年版。

4. 季麥林：《邊地黎明》，新文藝出版社1957年版。

5. 權寬浮：《春到準噶爾》，新文藝出版社1956年版。

6. 權寬浮：《牧場雪蓮花》，上海文藝出版社1959年版。

7. 王玉胡：《阿合買提與帕格牙》，三聯書店1952年版。

8. 王玉胡，布哈拉：《哈森與加米拉》，藝術出版社1954年版。

9. 王玉胡：《沙漠裏的戰鬥》，藝術出版社1956年版。

10. 王玉胡：《從延河到天山》，作家出版社1957年版。

11. 王玉胡：《綠洲凱歌》，中國電影出版社1960年版。

12. 王玉胡：《綠洲集》，中國電影出版社 1966 年版。

13. 王玉胡：《王玉胡小說散文選》，新疆人民出版社 1985 年版。

14. 王玉胡：《反特驚險故事選三：北塔山風雲》，上海人民美術出版社 2001 年版。

15. 聞捷：《復仇的火焰》（第一部），作家出版社 1959 年版。

16. 聞捷：《復仇的火焰》（第二部），作家出版社 1962 年版。

17. 聞捷：《復仇的火焰》，人民文學出版社 1982 年版。

18. 周非：《多浪河邊》，上海文藝出版社 1961 年版。

（7）作家作品集

1. 丁子人：《新疆文學作品大系》（短篇小說卷），烏魯木齊：新疆電子音像出版社 2009 年版。

2. 韓子勇：《葡萄的精靈·散文卷》，烏魯木齊：新疆人民出版社 2000 年版。

3. 矯健主編：《葡萄的精靈·小說卷》，烏魯木齊：新疆人民出版社 2000 年版。

4. 李雲忠：《中國當代少數民族作品選》，北京：民族出版社 2000 年版。

5. 盧一萍：《冰封上的沙風暴·跨文體卷》，烏魯木齊：新疆人民出版社 2000 年版。

6. 瑪拉沁夫主編：《中國新文藝大系：1976～1982 少數民族文學集》，北京：中國文聯出版公司 1991 年版。

7. 瑪拉沁夫：《中國少數民族文學經典文庫》（理論批評卷），昆明：雲南人民出版社 1999 年版。

8. 沈葦主編：《大地向西·詩歌卷》，烏魯木齊：新疆人民出版社 2000 年版。

9. 《天山》月刊編輯部編：《新疆兄弟民族小說選》，上海：上海文藝出版社 1960 年版。

10. 中國作家協會新疆維吾爾自治區分會編：《新疆十年小說選 1949～1959》，烏魯木齊：新疆人民出版社 1960 年版。

11. 中國作家協會新疆維吾爾自治區分會編：《新疆十年散文選 1949～1959》，烏魯木齊：新疆人民出版社 1960 年版。

12. 中國作家協會新疆維吾爾自治區分會編：《天山路》，烏魯木齊：新疆人民出版社 1965 年版。

13. 中國作家協會新疆維吾爾自治區分會編：《天山景物記》，烏魯木齊：新疆人民出版社 1979 年版。

14. 中國作家協會新疆維吾爾自治區分會編：《天山之歌》，烏魯木齊：新疆人民出版社 1984 年版。

15. 鄭興富：《新疆文學作品大系》（詩歌卷），烏魯木齊：新疆電子音像出版社 2009 年版。

2、新疆文學與文化研究專著

1. 阿扎提·蘇里坦：《論當代維吾爾文學》，烏魯木齊：新疆人民出版社 1997 年版。

2. 阿扎提·蘇里坦，張明，努爾買買提·扎曼：《二十世紀維吾爾文學史》，烏魯木齊：新疆大學出版社 2001 年版。

3. 阿扎提·蘇里坦等：《維吾爾當代文學史》，烏魯木齊：新疆科技衛生出版社、新疆大學出版社 2002 年版。

4. 包爾漢：《新疆五十年》，北京：文史資料出版社 1994 年版。

5. 丁俊主編：《阿拉伯人的歷史與文化》，蘭州：甘肅人民出版社 2009 年版。

6. 丁子人：《西部文學的尋蹤》，烏魯木齊：新疆大學出版社 2003 年版。

7. 董印其編：《〈新疆文學〉〈中國西部文學〉總目索引》，烏魯木齊：新疆大學出版社 2010 年版。

8. 丁士人主編：《伊斯蘭文化》（第一輯），蘭州：甘肅人民出版社 2008 年版。

9. 耿世明：《新疆歷史與文化概論》，北京：中央民族大學出版社 2006 年版。

10. 關紀新：《20 世紀中華各民族文學關係研究》，北京：民族出版社 2000 年版。

11. 紀大椿：《新疆歷史詞典》，烏魯木齊：新疆人民出版社 1993 年版。

12. 雷茂奎，李竟成：《絲綢之路民族民間文學研究》，烏魯木齊：新疆人民出版社 1994 年版。

13. 李竟成：《新疆回族文學史》，烏魯木齊：新疆大學出版社 2003 年版。

14. 馬堅譯：《古蘭經》，北京：中國社會出版社 2005 年版。

15. 馬明良，丁俊主編：《伊斯蘭文化前沿研究論集》，北京：中國社會科學出版社 2010 年版。

16. 歐陽可惺：《當代少數民族文學中的民族主義表達》打印稿。

17. 苗普生、田衛疆主編：《新疆史綱》，烏魯木齊：新疆人民出版社 2004 年版。

18. 蒲開夫：《新疆百科知識辭典》，西安：陝西人民出版社 2006 年版。

19. 塔瓦庫力·提力瓦爾地編：《中國維吾爾歷史文化研究論叢》，烏魯木齊：新疆人民出版社 2002 年版。

20. 鐵木爾·達瓦買提主編：《中國少數民族文化大詞典》，北京：民族出版社 1999 年版。

21. 王士仁主編,《伊斯蘭文化》,蘭州:甘肅人民出版社 2008 年版。

22. 王旭東:《新疆吉木乃縣巴扎爾湖勒村調查》,昆明:雲南大學出版社 2004 年版。

23. 維吾爾族簡史編寫組:《維吾爾族簡史》,烏魯木齊:新疆人民出版社 1989 年版。

24. 夏冠洲,阿扎提·蘇里坦,艾光輝等編著:《新疆當代多民族文學史》,烏魯木齊:新疆人民出版社 2006 年版。

25. 新疆維吾爾自治區編輯組:《南疆農村社會》,烏魯木齊:新疆人民出版社 1980 年版。

26. 新疆維吾爾自治區民族事務委員會編:《新疆民族辭典》,烏魯木齊:新疆人民出版社 1995 年版。

27. 新疆維吾爾自治區文聯文藝理論研究室:《新疆作家作品論》,烏魯木齊:新疆人民出版社 1985 年版。

28. 新疆三區革命史編寫組:《新疆三區革命史》,烏魯木齊:新疆人民出版社 1998 年版。

29. 雅森·吾守爾,任一飛:《維吾爾族》,北京:民族出版社 1997 年版。

30. 〔日〕羽田亨:《西域文明史概論》,北京:中華書局出版社 2005 年版。

31. 元文琪:《伊斯蘭文化小叢書——伊斯蘭文學》,北京:中國社會科學出版社 2004 年版。

32. 趙嘉麟:《哈薩克族文學簡史》,烏魯木齊:新疆人民出版社 2007 年版。

33. 張今:《文學翻譯原理》,鄭州:河南大學出版社 1987 年版。

34. 張俊才:《現實中國文學的民族性建構》,太原:山西人民出版社 2008 年版。

35. 張玉璽:《新疆平叛剿匪》,烏魯木齊:新疆人民出版社 2000 年版。

36. 中國社會科學院世界宗教研究所伊斯蘭教研究室:《伊斯蘭教文化面面觀》,濟南:齊魯書社 1991 年版。

3、民族文學與文化研究專著

1. 班班多傑:《拈花微笑:藏傳佛教哲學境界》,西寧:青海人民出版社 1996 年版。

2. 〔美〕本尼迪克特·安德森:《想像的共同體——民族主義的起源和散佈》,吳叡人譯,上海:上海世紀出版集團 2003 年版。

3. 朝戈金主編:《中國西部的文化多樣性與族群認同——沿絲綢之路的少數民族口頭傳統現狀報告》,北京:社會科學文獻出版社 2008 年版。

4. 陳國新,杜玉銀主編:《馬克思主義民族理論發展史》,昆明:雲南大學

出版社 2001 年版。

5. 《當代中國的民族工作》編輯部：《當代中國民族工作大事記：1949～1988》，北京：民族出版社 1989 年版。

6. 丁帆主編：《中國西部現代文學史》，北京：人民文學出版社 2004 年版。

7. 韓子勇：《西部——偏遠省份的文學寫作》，天津：百花文藝出版社 1998 年版。

8. 韓子勇：《邊疆的目光》，烏魯木齊：新疆人民出版社 2001 年版。

9. 李鴻然：《中國當代少數民族文學史稿》，武漢：長江文藝出版社 1986 年版。

10. 李鴻然：《中國當代少數民族文學史論》（上下），昆明：雲南教育出版社 2004 年版。

11. 李雲忠：《中國少數民族現當代文學概論》，瀋陽：遼寧民族出版社 2006 年版。

12. 梁庭望，黃鳳顯：《中國少數民族文學》，太原：山西教育出版社 2003 年版。

13. 劉康：《全球化／民族化》，天津：天津人民出版社 2002 年版。

14. 〔德〕馬克思，恩格斯：《馬克思恩格斯論民族問題》（上、下），北京：民族出版社 1987 年版。

15. 馬戎：《民族社會學》，北京：北京大學出版社 2004 年版。

16. 馬戎：《民族社會學：社會學的族群關係研究》，北京大學出版社 2004 年版。

17. 馬學良，梁庭望，張公瑾：《中國少數民族文學史》（上下），北京：中央民族大學出版社 2004 年版。

18. 倪偉：《「民族」想像與國家統制》，上海：上海教育出版社 2003 年版。

19. 特·賽音巴雅爾：《中國少數民族當代文學史》，北京：北京十月文藝出版社 1999 年版。

20. 韋建國，吳孝成：《多元語境中的西北多民族文學》，北京：中國社會科學出版社 2007 年版。

21. 吳重陽：《中國現代少數民族文學概論》，北京：中央民族學院出版社 1992 年版。

22. 吳重陽：《中國當代民族文學概觀》，北京：中央民族學院出版社 1986 年版。

23. 吳重陽，陶立珍編：《中國少數民族現代作家傳略》，西寧：青海人民出版社 1980 年版。

24. 曉雪，李喬主編：《中國新文藝大系：1949～1966 少數民族文學集》，北

京：中國文聯出版公司 1991 年版。

25. 肖雲儒：《中國西部文學論——多維文化中的西部美》，西寧：青海人民
    社 1989 年版。

26. 姚新勇：《尋找：共同的宿命與碰撞——轉型期中國文學與邊緣區域及少
    數民族文化關係研究》，中國社會科學出版社 2010 年版。

27. 楊荊楚主編：《毛澤東民族理論研究》，北京：民族出版社 1995 年版

28. 〔以色列〕耶爾‧塔米爾：《自由主義的民族主義》，陶東風譯，上海：
    世紀出版集團上海譯文出版社 2005 年版。

29. 余斌：《中國西部文學縱觀》，西寧：青海人民出版社 1992 年版。

30. 袁向東：《民族文學的建構——以〈人民文學〉（1948～1966）為例》，廣
    州：暨南大學出版社 2011 年版。

31. 趙嘉文，馬戎主編：《民族發展與社會變遷》，北京：民族出版社 2001 年
    版。

32. 張爾駒：《中國民族區域自治的理論和實踐》，北京：民族出版社 1988 年
    版。

4、基礎理論專著

1. 〔美〕愛德華‧W‧薩義德：《文化與帝國主義》，北京：三聯書店 2003
   年版。

2. 艾青：《艾青論創作》，上海：上海文藝出版社 1985 年版。

3. 〔英〕安東尼‧吉登斯：《現代性與自我認同》，趙旭東、方文譯，三聯
   書店 1998 年版。

4. 〔英〕安東尼‧吉登斯：《現代性與自我隊同》，北京：三聯書店 1998 年
   版。

5. 〔英〕巴特‧穆爾－吉爾伯特等編：《後殖民批評》，楊乃喬等譯，北京：
   北京大學出版社 2001 年版。

6. 陳駿濤：《精神之旅——當代作家訪談錄》，桂林：廣西師範大學出版社
   2004 年版。

7. 陳平原：《中國小說敘事模式的轉變》，上海：上海人民出版社 1988 年版。

8. 陳平原：《文學史的形成與建構》，桂林：廣西教育出版社 1999 年版。

9. 陳平原：《大眾傳媒與現代文學》，北京：新世界出版社 2003 年版。

10. 陳平原：《文學的周邊》，北京：新世界出版社 2004 年版。

11. 陳思和主編：《中國當代文學史教程》，上海：復旦大學出版社 2003 年版。

12. 陳思和：《中國當代文學關鍵詞十講》，上海：復旦大學出版社 2002 年版。

13. 陳曉明：《表意的焦慮——歷史祛魅與當代文學變革》，北京：中央編譯

出版社 2002 年版。

14. 陳曉明主編：《現代性與中國當代文學轉型》，昆明：雲南人民出版社 2003 年版。

15. 陳順馨：《中國當代文學的敘事與性別》，北京：北京大學出版社 1995 年版。

16. 程光煒主編：《大眾傳媒與中國現當代文學》，北京：人民文學出版社 2005 年版。

17. 戴燕：《文學史的權力》，北京：北京大學出版社 2002 年版。

18. 《當代中國農業合作化》編輯室：《建國以來農業合作化史料彙編》，北京：中共黨史出版社 1992 年版。

19. 董之林：《熱風時節——當代中國「十七年」小說史論》（上），上海：上海書店出版社 2010 年版。

20. 多識仁波切：《藏傳佛教知識 300 題》，蘭州：甘肅民族出版社 2009 年版。

21. 范家進：《現代鄉土小說三家論》，北京：三聯書店 2002 年版。

22. 費正清：《劍橋中華人民共和國史》（1949～1965），北京：中國社會科學出版社 2007 年版。

23. 〔英〕馮客：《近代中國之種族觀念》，南京：江蘇人民出版社 1999 年版。

24. 郭志剛，董健等：《中國當代文學史初稿》，北京：人民文學出版社 1983 年版。

25. 賀桂梅：《轉折的年代——40～50 年代作家研究》，濟南：山東教育出版社 2003 年版。

26. 洪子誠編：《二十世紀中國小說理論資料》（第五卷），北京：北京大學出版社 1997 年版。

27. 洪子城：《1956 百花時代》，濟南：山東教育出版社 1998 年版。

28. 洪子誠，孟繁華主編：《當代文學關鍵詞》，桂林：廣西師範大學出版社 2002 年版。

29. 洪子誠：《中國當代文學史》，北京：北京大學出版社 2003 年版。

30. 洪子誠：《問題與方法：中國當代文學史研究講稿》，北京：三聯書店 2004 年版。

31. 黃子平：《「灰闌」中的敘事》，上海：上海文藝出版社 2001 年版。

32. 黃書泉：《文學轉型與小說演變》，合肥：安徽教育出版社 2005 年版。

33. 曠新年：《寫在當代文學邊上》，上海：上海教育出版社 2005 年版。

34. 老舍：《老舍創作與生活自述》，北京：人民文學出版社 1982 年版

35. 〔英〕雷蒙·威廉斯：《關鍵詞：文化與社會的詞彙》，劉建基譯，北京：三聯書店 2005 年版。

36. 〔英〕雷蒙德・威廉斯：《文化與社會》，吳松江，張文定譯，北京：北京大學出版社 1991 年版。

37. 李康化：《稿費與版稅：魯迅生活的經濟來源》，上海：上海人民出版社 2003 年版。

38. 李歐梵：《中國現代文學與現代性十講》，上海：復旦大學出版社 2002 年版。

39. 李希凡：《題材・思想・藝術》，天津：百花文藝出版社 1964 年版。

40. 李揚：《50～70 年代文學經典再解讀》，濟南：山東教育出版社 2003 年版。

41. 李揚：《文學史寫作中的現代性問題》，太原：山西教育出版社 2006 年版。

42. 李揚：《抗爭宿命之路──「社會主義現實主義」(1942～1976)》，吉林：時代文藝出版社 1993 年版。

43. 羅鋼，劉象愚主編：《後殖民主義文化理論》，北京：中國社會科學出版社 1999 年版。

44. 羅鋼，劉象愚主編：《文化研究讀本》，北京：中國社會科學出版社 2000 年版。

45. 羅雲鋒：《現代中國文學史書寫的歷史建構──從清末至抗戰前的一個歷史考察》，北京：法律出版社 2009 年版。

46. 〔英〕邁克・克朗：《文化地理學》，楊淑華、宋慧敏譯，南京：南京大學出版社 2003 年版。

47. 孟繁華：《傳媒與文化領導權──當代中國的文化生產與文化認同》，濟南：山東教育出版社 2003 年版。

48. 孟繁華，程光煒：《中國當代文學發展史》，北京：人民文學出版社 2004 年版。

49. 孟繁華：《夢幻與宿命》，廣州：廣東人民出版社 1999 年版。

50. 孟悅、戴錦華：《浮出歷史地表》，鄭州：河南人民出版社 1989 年版。

51. 南帆：《文學的維度》，上海：三聯書店 1998 年版。

52. 南帆主編：《文藝理論新讀本》，杭州：浙江文藝出版社 2002 年版。

53. 南帆：《理論的緊張》，上海：三聯書店 2003 年版。

54. 彭立勳：《西方美學與中國文論》，上海：華中師範大學出版社 1986 年版。

55. 人民文學出版社編：《我握著毛主席的手──兄弟民族作家合集》，北京：人民文學出版社 1960 年版。

56. 賽妮亞編：《鄉村哲學的神話》，烏魯木齊：新疆人民出版社 2002 年版。

57. 申丹：《敘述學與小說文體學研究》，北京：北京大學出版社 2004 年年版。

58. 深圳大學文學院傳播系：《多維世界：文化與傳播研究》，北京：北京大

學出版社 2001 年版。

59. 首都師範大學文學院《文藝爭鳴》編輯部：《中國文藝論文年底文摘》，北京：社會科學文獻出版社 2010 年版。

60. 〔英〕斯圖爾特·霍爾編：《表徵——文化表象與意指實踐》，北京：商務印書館 2003 年版。

61. 陶東風：《社會理論視野中的文學與文化》，廣州：暨南大學出版社 2002 年版。

62. 唐金海，周斌：《20 世紀中國文學通史》，北京：東方出版中心 2003 年版。

63. 〔英〕特瑞·伊格爾頓：《文化的觀念》，方傑譯，南京：南京大學出版社 2003 年版。

64. 王本朝：《中國現代文學制度研究》，重慶：西南師範大學出版社 2002 年版。

65. 王德威：《想像中國的方法》，北京：三聯書店 2003 年版。

66. 王明珂：《華夏邊緣：歷史記憶與族群認同》，北京：社會科學文獻出版社 2006 年版。

67. 王銘銘：《西方人類學思潮十講》，桂林：廣西師範大學出版社 2005 年版。

68. 王曉路：《視野·意識·問題——文學理論與文化研究》，成都：四川人民出版社 2003 年版。

69. 王先霈、王由平主編：《文學批評術語詞典》，上海：上海文藝出版社 1999 年版。

70. 王瑤：《中國新文學史稿》，上海：新文藝出版社 1954 年版。

71. 王一川：《中國現代性體驗的發生》，北京：北京師範大學出版社 2001 年版。

72. 吳福環主編：《新疆的歷史及民族及宗教》，北京：民族出版社 2006 年版。

73. 吳秀明主編：《中國當代文學史寫真》，杭州：浙江大學出版社 2002 年版。

74. 吳秀明：《轉型時期的中國當代文學思潮》，杭州：浙江大學出版社 2001 年版。

75. 武振平：《衝開的閘門：當代文學題材發展問題》，上海：上海社會科學出版社 1994 年版。

76. （法）西蒙·德·波娃：《第二性》，桑竹影等譯，長沙：湖南文藝出版社 1986 年版。

77. 謝冕、洪子誠主編《中國當代文學史料選（1948～1975）》，北京：北京大學出版社 1995 年版。

78. 許寶強，羅永生選編：《解殖與文化主義》，北京：中央編譯出版社 2004

年版。

79. 楊匡漢，孟繁華主編：《共和國文學 50 年》，北京：中國社會科學出版社 1999 年版。

80. 楊曉民、周翼虎：《中國單位制度》，北京：中國經濟出版社 1999 年版。

81. 余岱宗：《被規訓的激情——論 1950、1960 年代的紅色小說》，上海：上海三聯書店 2004 年版。

82. 於黑丁：《培養業餘作者是我們重大的任務》，摘自《作家·階級·時代》，武漢：長江文藝出版社 1956 年版。

83. 袁亮：《出版學概論》，瀋陽：遼海出版社 2000 年版。

84. 〔英〕約翰·B·湯普森：《意識形態與現代文化》，高括等譯，上海：譯林出版社 2005 年版。

85. 〔英〕約翰·斯道雷：《文化理論與通俗文化導論》，楊竹山等譯，南京：南京大學出版社 2001 年版。

86. 趙樹理：《中國當代文學研究資料趙樹理專集》，福州：福建人民出版社 1981 年版。

87. 趙樹理：《趙樹理全集》（第四卷），北京：大眾文藝出版社 2006 年版。

88. 贊可訓：《當代文學：建構與闡釋》，武漢：武漢大學出版社 2005 年版。

89. 張炯：《社會主義文學藝術論》，石家莊：花山文藝出版社 1996 年版。

90. 張學軍：《中國當代小說流派史》，濟南：山東大學出版社 1996 年版。

91. 張學正：《現實主義文學在當代中國》，南京：南開大學出版社 1997 年版。

92. 張政德：《外國文學知識辭典》，北京：書目編輯出版社 1993 年版。

93. 周鴻：《中華人民共和國國史通鑒》（第一卷），北京：紅旗出版社 1993 年版。

94. 中國作家協會編：《中國作家協會第二次理事會會議（擴大）報告、發言集》，人民文學出版社 1956 年版。

5、期刊學術論文

1. 艾雯：《建國後十七年文學的主體美學形象與個性審美方式》，《文藝研究》1990 年第 4 期。

2. 董之林：《史與言——〈舊夢新知：「十七年」小說論稿〉導言》，《江海學刊》2003 年第 2 期。

3. 郭於華：《心靈的集體化：陝北驥村農業合作化的女性記憶》，《中國社會科學》2003 年第 4 期。

4. 哈依夏·塔巴熱克：《從電影文學劇本《神井》看哈薩克族女性文化素質的提高》，《昌吉學院學報》2004 年第 4 期。

5. 賀仲明：《真實的尺度——重評五十年代農業合作化題材小說》，《文學評論》2003 年第 4 期。

6. 賀仲明：《重與輕：歷史的兩面——論中國當代文學中的土改題材小說》，《文學評論》2004 年第 6 期。

7. 霍俊明：《新詩史敘事場閾中的十七年詩歌》，《當代文壇》2010 年第 6 期。

8. 李慧：《革命理想精神感召下的理想世界——論「十七年」小說中兩大創作題材的時代精神特徵》，新疆大學 2005 年碩士論文。

9. 劉思謙：《對建國以來農村題材小說的再認識》，《文學評論》1983 年第 2 期。

10. 羅振亞：《是與非：對立的二元共在——「十七年詩歌」反思》，《江漢論壇》2002 年第 3 期。

11. 孟富國：《農業合作化初期的農民心理分析》，《滄桑》，2008 年第 2 期。

12. 牛秋菊：《對「十七年」革命歷史長篇小說性際關係的管窺》，《甘肅社會科學》2010 年第 4 期。

13. 帕孜來提·努熱合買提：《維吾爾現當代作家祖農·哈迪爾研究》，新疆大學 2006 年博士論文。

14. 喬亮：《秩序隔閡與政治理想的藝術表達——重新理解〈鍛鍊鍛鍊〉中的三個人物形象》，《山東理工大學學報》2008 年第 5 期。

15. 薩支山：《試論五十至七十年代「農村題材」長篇小說——以〈三里灣〉〈山鄉巨變〉〈創業史〉為中心》，《文學評論》2001 第 3 期。

16. 斯炎偉：《新中國文學組織的建構與作家身份的嬗變》，《社會科學戰線》2009 年第 6 期。

17. 王志萍：《革命進程中民族、性別關係的文學構建——以新疆革命題材作品為中心》，《民族文學研究》2011 年第 2 期。

18. 吳秀明，段懷清：《文化生態環境與十七年文學歷史評價國際學術研討會綜述》，《文學評論》2006 年第 4 期。

19. 謝納：《「十七年」女性文學的倫理學思考》，《遼寧大學學報》2005 年第 2 期。

20. 姚文元：《從阿 Q 到梁生寶——從文學作品中的人物看中國農民的歷史道路》，《上海文學》1961 第 1 期。

21. 姚新勇：《多樣的女性話語——轉型期少數族文學寫作中的女性話語》，《南方文壇》2007 年第 6 期。

22. 姚新勇：《追求的軌跡與困惑——「少數民族文學性"建構的反思》，《民族文學研究》2004 年第 1 期。

23. 姚新勇，黃勇：《全球化語境下的中國民族敘事──以〈紅河谷〉為例》，《暨南學報》2004 年第 4 期。

24. 姚新勇，黃勇：《土改、民族、階級與現代化──少數民族題材小說中的「土改」》，《民族文學研究》2005 年第 2 期。

25. 姚新勇：《朝聖之旅：詩歌、民族與文化衝突──轉型期藏族漢語詩歌論》，《民族文學研究》2008 年第 2 期。

26. 姚新勇：《文化挑戰、詩意建構與中國現代詩──彝族詩人阿庫烏霧的詩歌》，《海南師範大學學報》2008 年第 2 期。

27. 姚新勇：《雜糅的詩性：轉型期少數族裔漢語詩歌語言詩性重構的一種解讀》，《民族文學研究》2010 年第 3 期。

28. 姚新勇：《尋找：共同的宿命與碰撞──「轉型期中國文學與邊緣區域及少數民族文化關係研究」導論》，《南方文壇》2010 年第 3 期。

29. 姚新勇：《多彩的共和國文學──中國當代多民族文學共同發展研究》國家社科基金重大項目投標書打印版。

30. 煙波：《消除題材問題上的清規戒律》，《文藝報》1957 年第 2 期。

31. 葉君：《論「十七年」農村題材小說中的外來者下鄉──以〈創業史〉、〈山鄉巨變〉、〈豔陽天〉為中心》，《求是學刊》2010 年第 3 期。

32. 張光年執筆：《題材問題》，《文藝報》1961 年第 3 期。

33. 張勇：《從維吾爾諺語看維吾爾傳統文化中的婦女觀》，《新疆大學學報》2007 年第 5 期。

附錄 十七年時期新疆主要少數民族作家身份流變

序號	姓名	原名	族別	出生年月	出生地	出生家庭	主要作品
1	尼米希依提(意為「半個犧牲者」、「半條命」)	艾爾米亞·伊里·賽依拉姆／艾爾米葉大毛拉	維吾爾	1906～1972	新疆拜城縣賽依拉姆鄉的提翟克卡阿村	貧農家庭宗教家庭(父親是毛拉)	《無盡的想念》
2	祖農·哈迪爾		維吾爾	1911～1989	塔城區額敏縣城	手工業者家庭	《蘊倩姆》、《鍛鍊》、《喜事》
3	艾合坎木·艾合坦木	名字的阿拉伯語意為「悲憤、苦怨」	維吾爾	1922～1995	伊犁州伊寧縣胡德雅爾玉孜村	貧農家庭	《天亮了》、《北京》、《祖國》、《獻給共產黨》「文革「作品《如今我受苦難》、《那時塔里木河對我說》
4	阿不都熱依木·烏鐵庫爾	阿不都熱依木·提列西·烏鐵庫爾	維吾爾	1923～1995	哈密	小商人家庭	《渴望新中國》(1942)、漢文詩集《心底沉默》(1946)長篇敘事詩《喀什噶爾之夜》

5	郭基南	伯基	錫伯	1923至今	伊犁河畔察市查爾錫伯族自治縣	農民家庭	《飄揚吧，五星紅旗》、《伊犁春色》
6	郝斯力汗·胡孜巴尤夫		哈薩克	1924～1979	塔城沙灣縣托里	牧民，父親是阿肯	《起點》、《牧村紀事》、《斯拉木的同年》
7	庫爾班阿里·烏斯曼諾夫		哈薩克	1924～1999	伊犁尼勒克縣	牧民，父親是阿肯	《從小氈房走向全世界》「文革」作品《我的眼眶裏充滿了淚水》、《我不自殺》、《你身後要留下清白》、《眼淚不要留下來》
8	克里木·霍加	阿不都克里木·霍加	維吾爾	1928～1988	哈密	貧農家庭	《樹與樹葉》「文革」作品《與心談心》（1972年在「五七」幹校改造寫）
9	鐵衣甫江·艾里耶夫	曾用筆名「居來提」（志剛）	維吾爾	1930～1989	霍城縣	農民家庭宗教家庭（父親是毛拉）	《祖國，我生命的土壤》諷刺詩《報告迷之死》、《倉庫主任的錦囊妙計》、《基本的控訴》「文革」作品《我夢見了夜鶯》、《父親的叮嚀》

序號	姓名	生活經歷	學習經歷
1	尼米希依提	1、他的弟弟叫阿不都卡德爾，是一個出色的教育家，一九四五年九月十八日深夜與革命詩人黎·穆特里夫一道犧牲在國民黨的屠刀之下。 2、1933年參加反對反對統治的鬥爭，遭槍擊未亡，後改名尼米希依提，意為「半個犧牲者」、「半條命」。	1、小時在本村初級宗教學校學習。2、1922～1930年到拜城、庫車等地的經文學校求學。3、在親友們贊助下去喀什艾提尕爾經文學院求學。4、1933年，詩人在喀什戰亂中負傷，出院後開始用「尼米希依提」這一筆名發表作品。

2	祖農·哈迪爾	5 歲喪母，12 歲喪父。	1、七歲開始入宗教學校讀書。 2、1935 年從家鄉到伊犁，在師資培訓班學習六個月。 3、1937 年了烏魯木齊，進中學讀了兩年書，然後又到農業技術專科學校學習了一年。
3	艾合坎木·艾合坦木	十歲那年，父親去世。1935～1937年 7 月，在伊寧縣的皮里其煤礦裏當童工。	1、小學是在煤礦夜校。 2、1939～1942 年，與黎·穆塔裏大來到烏魯木齊，在省立師範學校讀書。
4	阿不都熱依木·烏鐵庫爾	一歲母親去世，五歲父親去世，養父烏斯滿·哈合是一位富商，也是開明人士。1931 年養父參加了哈密農民暴動；是暴動的組織者之一，暴動成功後舉家遷往烏什。	1、1931 年進新學堂讀小學。 2、1936 年考入迪化第一中學，其同學阿巴索夫後來成為「三區革命」領導人之一。 3、1939 年中學畢業後考入新疆學院，受到茅盾、杜重遠、林基路等人的影響。
5	郭基南	小時候常隨祖母參加錫伯族傳統的文化活動家庭「念說會」。1954年加入了中國共產黨。	1、1939 年畢業於伊寧五族中學。 2、1940 年秋到烏魯木齊上學，在茅盾主持的「文化幹部訓練班」（文幹班）學習，受到了茅盾、趙丹、林基路、王為一等教授。
6	郝斯力汗·胡孜巴尤夫	父親是阿肯，15 歲之前都是在家鄉的歌聲中渡過的。	1、1936 年上小學 2、1943 被「抽丁」派到迪化警察學校受訓。
7	庫爾班阿里·烏斯曼諾夫	父親是當地有名的阿肯，向他介紹了各種詩歌體裁，如民歌、謎語、謊言詩、山歌、石頭歌、水歌、漁歌、宗族歌、驅邪歌、情歌等。	1、1940 年 9 月到 1943 年 9 月，在中學讀書期間，我學習了文藝理論，並讀了俄國作家普希金、萊蒙托夫、克笛洛夫的一些詩歌。
8	克里木·霍加	1931 年為避戰亂，隨家人逃至甘肅，定居酒泉。1946 年秋回到哈密。	1、小學、中學都在漢族學校學習。 2、1948 年在南京國立邊疆學習學習一年。
9	鐵衣甫江·艾里耶夫	父親扎克爾阿洪是個毛拉。幾個哥哥租種別人的地。作家祖農·哈迪爾對詩人幫助很大。1953 年加入了中國共產黨。	1、八歲至十四歲曾就讀於霍城縣新式的小學和初中。 2、1944 年家人望其繼承父業當毛拉，遂進宗教學校學習 4 年。 3、1948 年在伊寧市中級師範學習。

序號	姓名	工作經歷	「三區革命」經歷	「文革」經歷
1	尼米希依提	1、1936 年，「阿克蘇專區維吾爾文協會」出版《阿克蘇通訊》，尼米希依提應邀擔任編輯直至 1945 年，其間與革命詩人黎‧穆塔裏甫合作。 2、1948 年 8 月 1 日，在伊犁成立「新疆和平自主同盟」，他是該盟的委員及其刊物《同盟》的編委。 3、1952 年他是各族各界的人民代表會議的代表，其後又當選為自治區人大代表及政協委員。 4、1957 年 5 月當選為新疆文聯及作協的理事。 5、當選中共宗教協會委員。	1、1944 年尼米希依提在拜城參加了革命軍。2、1945 年民族軍撤返伊犁時，他也隨軍到伊犁，在司令部從事宣傳工作。 3、1948 年擔任新創刊的《同盟》雜誌的編委。	1、文革中詩人遭到了殘酷的迫害，倍受摧殘和凌辱，許多詩稿和文稿被洗劫，於 1972 年 8 月 22 日含冤去世。 2、1979 年 3 月，詩人得到了平反昭雪，先後出版多部詩集。
2	祖農‧哈迪爾	1、1935 年秋在伊犁小學當教員，後又到哈伊里耶小學任教。 2、1940 年在伊犁維吾爾協會伊寧劇團當演員兼文學部主任。 3、建國後，在伊寧市女子中學任教。 4、1954 年調至烏魯木齊從事專業創作。 5、1962 年曾擔任全國文聯委員、中國作家協會理事、新疆文聯副主席等職。	「三區革命」時期，任報刊編輯。	1979 年復出。
3	艾合坎木‧艾合坦木	1、1942 年師範學校畢業後在伊寧市任中心語文教師。 2、1951 年任伊犁自治州黨委宣傳部部長、《伊犁日報》社副社長。 3、1956 年任新疆維吾爾自治區文字改革委員會副主任。 4、1959 年任中國作家協會新疆分會主席，直至「文化大革命」。 5、1963 年任新疆教育廳副廳長。 6、1978 年 7 月恢復新疆作家協會主席的職務。 7、1979 年當選中共作協理事。	三區革命時期，在《伊犁日報》做編輯，擔任《前進報》的記者、編輯直到新疆解放。	被迫害達十年之久，還被趕到塔里木呆十三年，直至 1978 年 7 月。

4	阿不都熱依木·烏鐵庫爾	1、1942年畢業後在迪化任中學教師，不久任《新疆日報》編輯，並升至該報維文版副總編。 2、1945年出獄後繼續在《新疆日報》工作，並升至維文版副總編輯。 3、「文革」後任新疆社會科學院民族文學研究所副所長。	1944年被捕，1945年出獄。作者本人自傳中提到：「軍閥盛世才撕去進步的偽裝，投靠了蔣介石，在新疆推行民族同化政策。於是，在一些知識分子中，包括我在內產失了強烈的地方民族主義情緒。」	
5	郭基南	1、1962年，被調到新疆文聯，成為專業作家。	1944年投身於「三區革命」鬥爭。	「文革」中受到不公正的待遇與迫害直至「文革」結束。
6	郝斯力汗·胡孜巴尤夫	1、畢業後擔任過教師與翻譯。 2、建國後成為歌舞劇院的一名演員。 3、1955年調至新創辦的哈薩克文雜誌《曙光》任編輯。		1966年，成了「黑線」人物，其作品成了「毒草」。1970年被離職下放，從此擱筆，趕了近十年大車。
7	庫爾班阿里·烏斯曼諾夫	1、烏拉斯臺當小學校長。 2、曾任伊犁哈薩克自治州州長、自治區人大副主任、全國文聯委員和新疆文聯副主席等職。 3、中國作協會員。	1944年秋，詩人的家鄉發生了「三區革命」，詩人遂參加了游擊隊，1945年先後擔任三區革命政府在伊犁出版的《前進報》哈薩克文報的助理編輯、編輯和主編。	1963年，受「極左」路線的迫害，被剝奪了寫作的權利。
8	克里木·霍加	1、1949年10月參軍至烏魯木齊。次年加入中國共產黨。 2、1953年任中國作協新疆分會副秘書長。 3、1979年任中國作協民族文學委員會委員。 4、1980年調回新疆，任新疆作協副主席兼秘書長、《文學譯叢》主編。1982年舉家遷至北京。 5、1984年任中國作協理事、《詩刊》編委。		「文革」下放烏拉泊「五七」幹校勞動改造。

| 9 | 鐵衣甫江·艾里耶夫 | 1、1956年當選中國作協理事。
2、1961年成為專業作家。
3、1979年當選為中國作家協會副主席及中國作家協會民族文學委員會主任委員等職。
4、1982年參加世界作家大會。 | 1948年8月逃離了霍城縣的宗教學校，到伊寧參加工作，做新疆和平民主同盟中央委員會的機關刊物《前進》報的編輯，成為「三區革命」隊伍中的一名士兵。 | 1958年由於反右鬥爭和反地方民族主義鬥爭的擴大化，受到錯誤的批評鬥爭，被下放勞動，1961年重回工作崗位，「文革」再次受到批判，被下放勞動改造，直至1978年恢復名譽，重新創作。 |